에이전시

소롤드 저택의 스파이

에이전시

소론드 저택의 스파이

지은이 | 잉 리 옮긴이 | 정해영
펴낸이 | 김언호 펴낸곳 | (주)도서출판 한길사
등록 | 1976년 12월 24일 제74호
주소 | 413-756 경기도 파주시 문발동 파주북시티 520-11
홈페이지 | www.hangilsa.co.kr 블로그 | hangilsa.tistory.com
전자우편 | island@hangilsa.co.kr
전화 | 031-955-2012 팩스 | 031-955-2089

THE AGENCY: A SPY IN THE HOUSE
Copyright ⓒ 2009 by Ying S. Lee
Published by arrangement with William Morris Endeavor Entertainment, LLC.
All rights reserved.
Korean translation copyright ⓒ 2012 Hangilsa Publishing Co., Ltd.
Korean edition is published by arrangement with
William Morris Endeavor Entertainment, LLC. through Imprima Korea Agency.
이 책의 한국어판 저작권은 임프리마 코리아 에이전시를 통한
저작권사와의 독점 계약으로 한길사가 소유합니다.
신저작권법에 의하여 한국 내에서 보호를 받는 저작물이므로 무단 전재와 무단 복제를 금합니다.

1판 1쇄 펴낸날 2012년 12월 20일

값 14,000원
ISBN 978-89-356-6526-6 03840

• 잘못 만들어진 책은 구입하신 서점에서 바꿔드립니다.
• 이 도서의 국립중앙도서관 출판시도서목록(CIP)은 e-CIP 홈페이지(www.nl.go.kr/ecip)와
  국가자료 공동목록시스템(www.nl.go.kr/kolisnet)에서 이용하실 수 있습니다.
  (CIP제어번호: CIP2012005564)

CHANGPO design group 031.955.2080

에이전시

소롤드 저택의 스파이

잉 리 지음 · 정해영 옮김

아일랜드

니콜라스 올리에게 이 책을 바친다.

1853년 8월

런던 올드 베일리 중앙형사법원

피고석에 앉은 메리는 판사의 말에 귀 기울이는 대신, 발목에 들끓는 파리들과 그것들을 불러 모은 퀴퀴한 오줌에 신경을 집중했다. 발밑에 고인 오줌은 물론 그녀의 작품이 아니다. 그날 일찍 열렸던 한 재판에서 어떤 멍청이가 그만 방광을 조절하지 못하고 실수를 했는데, 그 흔적이 아직까지 남아 있는 것이었다. 어쨌든 그 바보의 재판이 끝난 지 한참 지났는데도 아직까지 치워지지 않은 것이다.

메리의 의식은 참으로 이상하게 흘러갔다. 늦은 오후의 무더위 속에서 파리의 윙윙거림이 어떤 소리보다도 크게 들렸다. 비음 섞인 판사의 목소리는 그녀의 관심 목록에서 한참 아래쪽에 있었다. 심지어 방청석에서 계속 떠드는 누군가의 소리보다도 희미했다. 그녀가 제대로 된 방향으로 눈을 살짝만 돌렸더라면, 후광처럼 보이는 흐트러지고 희끗희끗한 판사의 머리를 볼 수 있었을 것이다. 판사는 미친 것일까? 아니면 단지 자신이 아닌 다른 사람이 피고석에 있다는 것에 안도한 것일까?

고개를 돌릴 때마다 허연 가루가 떨어지는 가발 때문에 볼썽사나워 보이는 검사는 아주 신이 났다. 그는 메리가 어리다는 점을 이용했다.

"어린아이가 얼마나 더 타락할 수 있을까요? 이 아이는 벌써부터 죄악의 가시덤불을 통과했습니다."

그리고 메리의 위험스러워 보이는 외양도 이용했다.

"저런 시커먼 머리는 저 아이의 시커먼 영혼을 보여주는 증거입니다. 악의 싹은 애초에 잘라버려야 합니다."

검사는 식상한 표현으로 메리를 교수형에 처하자고 주장했다. 메리는 할 말이 없었기 때문에 스스로를 변호하지 않았다.

흥분해 윙윙대는 파리들 사이를 누비던 판사의 목소리가 갑자기 가깝고 실감 나게 들려왔다.

"메리 랭, 피고에게 주거 침입죄로 교수형을 언도한다. 신께서 피고의 영혼에 자비를 베풀기를."

판사의 마지막 말은 어떻게 들어도 조롱이었다.

법정 안이 작게 술렁였지만, 놀란 웅성거림은 아니었다. 메리는 고개를 들어 방청석을 쳐다보았다. 방청객들은 늦여름의 무더위 때문에 불편해 보였다. 그중 한 사람, 베일을 뒤로 넘긴 가벼운 상복 차림의 여인이 메리와 눈을 마주쳤다. 그리고 메리에게 윙크를 했다. 메리가 눈을 깜빡였다가 다시 그 여인을 쳐다보았을 때, 그녀는 사라지고 없었다.

여자 교도관이 피고석에서 메리를 끌어내 법정 밖으로 데리고 나갔다. 그들은 구린내와 땀내가 진동하는 긴 복도를 지나 축축한 감방으로 향했다.

여자 교도관은 메리의 어깨에 억센 팔을 두르고 거칠게 흔들었다.

"이봐, 정신 차려. 벌써 기절하면 안 돼."

교도관의 목소리는 쉬어 있었고, 말투엔 웨스트 컨트리 억양이 섞여 있었다.

허를 찔린 메리는 살짝 휘청거렸다.

"안 그래요."

메리가 대답했지만, 여자 교도관은 다시 한 번 무릎이 꺾일 만큼 메리의 어깨를 세게 찍어 눌렀다.

"주님께서 정말로 네 약하고 보잘 것 없는 영혼에 자비를 베푸셔야 할 텐데."

여자 교도관은 페티코트 밑으로 몰래 메리의 발을 차서 또 한 번 메리를 휘청거리게 했다.

"아이고, 이 말라깽이 계집애. 허튼수작 부리지 마!"

간수가 있는 곳에 거의 도착하자 교도관은 등 뒤에서 메리의 왼쪽 손목을 날카롭게 비틀었다. 쇠고랑이 살을 파고들자, 메리는 깜짝 놀라 씩씩거렸다. 여자 교도관은 메리의 어깨를 거칠게 흔들며 내내 간수에게 떠들어댔다.

"이 망할 계집애가 자꾸 기절하려 하지 뭐예요! 이렇게 숙녀 행세를 하는 것들은 정말 못 봐주겠어요!"

귀에 거슬리는 교도관의 목소리는 가까이에 있는 수감자들의 반응을 삼켜버렸다.

"말구유에 한 번 시원하게 처박으면 알아서 해결되겠지!"

교도관은 격렬하게 소리쳤다.

메리는 차라리 축 늘어지기로 했다. 또 한참 괴롭힘당할 생각을 하니 눈앞이 캄캄했다. 그녀는 여자 교도관이 계속 흔들어대며 호통을 치는 가운데 자갈 깔린 마당으로 끌려나갔다. 좋은 구경거리를 보려고 문가에 모인 남자들은 싱글거렸다. 메리의 머리를 겨드랑이에 끼고 안뜰 구석에 있는 구유 근처까지 끌고 왔을 때, 여자 교도관은 주머니에서 조잡한 손수건을 꺼내서 메리의 코와 입을 막았다. 처음 맡아보는 달콤하고 차가운 냄새가 메리의 콧속에 퍼졌다. 그녀는 여자 교도관의 눈빛에 당황하며 몸부림쳤다. 그리고 그 순간 하늘이 캄캄해졌다.

내가 죽은 걸까? 입안이 텁텁하고 머리가 띵했다. 그리고 손가락엔 감각이 없었다. 시험 삼아 손을 꼬집어보았을 때, 손목에 수갑이 채워져 있지 않은 것을 깨닫고 적잖이 놀랐다. 마치 리넨과 부드러운 담요에 감싸여 둥둥 떠 있는 것 같았다. 메리는 폭신한 베개에 고양이처럼 뺨을 비볐다. 익숙하지 않은 향기가 났다. 적어도 지금까진 지옥의 불구덩이가 아닌 게 분명했지만, 천국의 성가대도 없었다. 그녀는 몸을 움직이거나 눈을 떠야 할 이유를 찾을 수 없었다.

"메리?"

그때까지 메리는 하느님이 여자일 거라고 생각하지 않았다. 마지못해 무거운 눈꺼풀을 천천히 들어 올리고 말을 건 사람에게 초점을 맞추었다. 조금 더 어두운색 옷으로 갈아입었지만 방청석에서 윙크했던 바로 그 여자였다. 그렇다면 여긴 천국과 지옥이 모두 아니라는 얘기였다.

"기분이 어때?"

좋지 않은 질문이었다. 메리는 눈을 돌려 방 안을 훑었다. 촛불이 밝혀진 방은 크고 단순하게 꾸며져 있었다. 그리고 다시 윙크를 했던 여자에게로 눈을 돌렸다.

"모르겠어요."

"머리가 아플지도 몰라. 클로로포름은 가끔 그런 부작용을 보이거든. 물론 최대한 조금 사용했지만 말이야."

클로로포름. 그건 위험한 물질을 일컫는 그럴싸한 말이었다. 메리도 사람을 실신시킨다는 약물에 대한 소문을 들었지만,

동경 섞인 거짓말로 치부했다.

"목이 마를 테지."

여자는 흐리고 탁한 뭔가가 든 유리잔을 건넸다. 메리가 주저하자 그녀는 미소 지었다.

"마셔도 안전한 거야."

입증이라도 하듯 여자가 한 모금 홀짝였다.

첫맛은 불분명했다. 잠시 후 차가운 액체의 맛이 입안 가득 퍼지자 메리는 게걸스럽게 벌컥벌컥 들이켰다. 레모네이드였다. 몇 년 전에 한 번 마셔본 적이 있었다. 이제 그녀는 음료를 다 마신 것이 아쉬웠다. 입을 닦으며 메리는 여자를 보았다. 여전히 머리가 멍했지만 강한 호기심이 발동했다.

"대체 왜죠?"

"내가 누구고 여기가 어디인지서부터 시작할까? 그런 다음 왜 그랬는지, 어떻게 했는지 설명해주지."

메리는 고개를 끄덕였다. 놀림받는 기분이었다.

여자가 침대 옆에 앉았다.

"내 이름은 앤 트렐리븐이야."

그녀가 설명을 시작했다.

"그리고 이곳 스크림쇼 여성 아카데미의 교장이지. 우리 아카데미의 설립자는 여성들이 독립하기를 소망했던 부유한 괴짜 여성이었지. 영국에서 여성들을 위한 교육은 부자들에게도 아주 열악하고, 많은 여자들이 교육 자체를 전혀 받지 못하고 있어. 그래서 스크림쇼 여사가 이 학교를 설립하신 거야."

자신을 앤이라 소개한 여자의 말투는 조용했지만 눈매가 날카로웠다. 그녀는 메리의 얼굴에서 눈을 거의 떼지 않았다.

"우린 자선 학교와 비슷해. 대부분의 학생들은 수업료를 감당할 여력이 없으니까. 하지만 우리는 학생들이 들어오기를 기다리는 것이 아니라 대부분의 학생들을 직접 선택한다는 점에서 아주 특별해. 스크림쇼 아카데미는 특수 교육에 가장 적합한 소녀들을 찾고 있지."

그녀는 잠시 뜸을 들인 후 말했다.

"그리고 우린 널 택했어."

메리는 인상을 찌푸렸다.

"그래서 굉장히 관대하다고 생각하시나 본데요. 누가 선택받고 싶대요? 내가 만일 교수형을 당하고 싶다면 어쩔래요?"

충격이나 분노 대신, 앤은 흥미로운 표정을 지었다.

"발끈할 것 없어. 강제로 잡아둘 생각은 없으니까. 원한다면 언제든 이곳을 떠나서 곧장 교도소로 가도 돼. 하지만 적어도 그 전에 내 얘기를 몇 분만 들었으면 좋겠다."

메리는 자신이 상스럽고 유치하다고 느끼며 어깨를 으쓱했다.

"우리 동료들이 한동안 널 지켜보았단다. 한 명은 너도 아는 사람이야. 물론 넌 올드 베일리의 여자 교도관으로 알고 있겠지만. 그리고 다른 한 사람은 네가 구형받기 전 몇 주 동안 뉴게이트 감옥에서 널 관찰했어. 두 사람 모두 너의 영민함에 강한 인상을 받았단다. 그리고 두 사람은 네가 재판을 고집하는 대신 유죄를 인정했다는 사실에도 흥미를 느꼈지. 중죄로 기소된 대부분의 사람들은 그것이 진실이건 아니건 결백을 주장하기 마련인데 넌 그러지 않았어. 왜 그랬지, 메리?"

잠시 후 메리는 다시 어깨를 으쓱했다.

"아마 질려버렸나 보죠."

앤의 눈이 번쩍였다.

"거짓말에? 아니면 도둑질에?"

그녀는 유리잔에 음료를 채워 건네주었다.

"어쩌면 사는 것 자체에?"

마지막 질문에 메리가 눈을 깜빡인 것은 온순한 소녀의 자백이나 다름없었다.

"어린아이치고 놀라울 정도로 죽음에 초연하구나."

"저한테는 12년이면 충분해요."

메리가 말했다. 선의를 가진 낯선 사람들이 메리의 고통스러운 인생에 대해 눈물을 흘리며 고백하라고 구슬렸다. 그녀는 여러 해 동안 그런 허튼소리에 넘어가지 않았다.

앤은 한쪽 눈썹을 치켜올렸다.

"내 동료들이 추측하던 대로야. 그래서 널 아카데미로 데려온 거란다. 네가 지금보다 견딜 만한 다른 삶을 찾을 수 있기를 바라는 마음에서."

"온갖 일을 떠맡는 충실한 하녀 말인가요? 양갓집 아가씨들이 1년에 8파운드로 나를 마음껏 때릴 수 있게요?"

메리는 카펫에 침을 뱉었다.

"난 싫어요."

앤의 표정이 굳었다.

"아니, 메리. 그렇지 않아. 절대 아니야."

"그렇다면 아줌마는 미친 거예요. 다른 게 있을 리 없잖아요. 나 같은 애한테."

"넌 잘못 생각하고 있어."

"제가요?"

"넌 똑똑해, 메리. 그리고 불같지. 야망도 있고. 여자들이 가질 수 있는 직업이 많지는 않지만, 넌 그중 하나에 몸담게 될 거야."

앤은 잠시 말을 멈추고 고개를 갸우뚱했다.

"한두 가지 다른 가능성들이 있긴 하지만…… 지금 그런 얘기를 하는 건 시기상조구나."

어처구니없군. 누구에게도 두 번의 기회는 없어. 적어도 그 정도는 알았다. 이런, 맙소사. 기대하지도 않은 칭찬을 받다니!

"목적이 뭐죠?"

메리는 따져 물었다. 이번에도 앤은 질문 내용과 무례함에 놀라지 않았다.

"아까 설명한 것처럼 소녀들에게 독립적인 삶을 제공하는 거야. 너무 많은 여자들이 결혼이라는 강박에 시달리고 있고,

그보다 더 많은 여자들이 결혼을 선택할 기회도 없이 생존을 위해 매춘이나 그보다 더한 일에 의존하고 있는 게 현실이야. 우리는 적절한 교육만이 졸업생들의 자립에 도움을 줄 거라고 믿어."

앤은 잠시 멈추었다.

"물론 졸업생들이 모두 성공하는 건 아니야. 여자들에게 열린 일자리가 많지 않아 문제를 더 어렵게 만들고 있지. 어떤 학생들은 폭력배나 주정뱅이와 결혼하는 것이 다른 어떤 직업보다도 힘들다는 걸 깨닫지 못하고 힘들게 일하는 것보다 결혼을 선호하기도 하지. 하지만 어쨌든 학생들은 자신의 길을 스스로 결정해. 학생들에게 우리의 생각을 강요할 수 없어. 하지만 잠시 본론에서 벗어나야겠다. 내 동료들은 네가 독립적이고 자기 힘으로 앞길을 개척하려는 의지를 가졌다고 보고 있어. 넌 스스로 결정하고 제 앞가림을 하는 데 익숙해. 아카데미에서는 네가 자립하는 데 유리한 기회를 줄 수 있어. 네가 원한다면 도둑질에서 벗어나 새사람이 되도록 도울 수도 있어. 너에 대한 기대치를 높일 수 있는 기회⋯⋯ 그러니까 운명이 처음부터 덜 잔인했다면, 네가 되었을지도 모를 존재가 될 수 있는 기회를 줄 수도 있고."

메리는 침을 꿀꺽 삼켰다. 앤이 하는 말은 도대체 사실 같지 않은 아찔한 생각이었다. 그녀의 감정이 어떻게 그렇게 빨리 바뀔 수 있었을까? 불과 5분 전만 해도 메리는 자신을 죽음에서 구해준 여인을 저주했었다. 그러나 이제는 이 빛나는 약속이 전부 사기에 불과할지도 모른다는 것이 두려웠다.

"아직 제 질문에 대답하지 않았어요."

메리는 무뚝뚝하게 말했다. 그녀는 자신의 목소리가 떨리지 않을까 두려웠다.

"그래서 아줌마가 얻는 게 뭔가요? 대체 무슨 꿍꿍이죠?"

메리는 문득 앤의 눈이 금속을 연상시키는 회색이라는 것을 깨달았다.

"난 여자들이 희생되는 게 싫다."

앤이 조용하지만 강하게 말했다.

"너도 그럴 뻔했고. 내가 얻는 건 그거야."

갑자기 그녀가 메리의 차가운 손을 잡았다.

"그리고 내 꿍꿍이는 널 열심히 노력하게 만드는 거야. 그뿐이란다."

앤의 악수는 갑작스럽게 날아오는 주먹보다 메리를 더 깜짝 놀라게 했다. 마지막으로 누군가와 닿았던 게 언제였더라? 물론 여자 교도관이 조금 거칠게 다루긴 했었다. 이제 와 생각하니 좋은 이유에서였지만. 거리의 남자들은 메리의 치마를 더듬으려 했다. 사람들이 모인 뒷골목이나 술집에서 취객들은 비틀거리며 메리와 부딪쳤다. 어린아이들은 군중 사이를 헤집고 다니며 그녀와 충돌했다. 하지만 누군가 애정을 가지고 그녀를 만진 일은…… 어머니가 돌아가신 뒤로는 한 번도 없었다.

메리는 동요하여 손을 빼냈다. 사실일 리 없어. 이것 역시 함정일 거야. 희망은 없어. 몇 년 전에 벌써 배웠잖아. 멍청이! 그녀는 차분하게 숨을 늘이쉬었다. 그리고 으르렁거리며 머릿속 얘기들을 쏟아내려고 입을 열었다. 하지만 막상 입에서 나온 말은, 가느다란 소리로 겨우 내뱉은 한마디였다.

"부탁합니다……."

1

1858년 4월 2일 성금요일
런던 존스 우드, 스크림쇼 여성 아카데미

메리는 고미다락 계단을 두 칸씩 올랐다. 철제 크리놀린과 단추 달린 부츠 차림이라 불편했지만, 지금은 뭔가 신경을 분산시킬 것이 필요했다. 그날 오후 교장 선생님과의 면담을 신청한 뒤부터 어떤 일에도 집중할 수 없었다. 첫 번째로 시도한 노크는 너무 떨리는 바람에 손마디가 묵직한 참나무 문을 살짝 스쳤을 뿐이었다. 그 다음엔 실수를 만회하려 너무 세게 두드리는 바람에 또다시 움츠러들고 말았다. 소리만 들어서는 마치 문을 부수려는 것 같았다.

"들어와."

활기찬 명령이 들렸다.

메리는 침을 꿀꺽 삼키고 손바닥을 치마에 닦았다. 그리고 반짝반짝 윤을 낸 청동 손잡이를 돌렸다. 조용히 문이 열리며 평범한 장면이 펼쳐졌다. 오후의 차를 즐기고 있는 중산층 여인 두 명. 평범해 보이는 두 숙녀가 아카데미의 모든 것을 좌지우지하고 있다는 것을 메리는 일찌감치 깨달았다.

"아, 안녕하세요, 트렐리븐 선생님."

메리는 간신히 웅얼거렸다.

"프레임 선생님."

앤은 가까이 오라고 손짓했다.

"메리, 들어와서 앉아."

"가, 감사합니다."

메리는 가장 가까이에 있는 의자에 풀썩 주저앉았다. 금세라도 그녀를 바닥으로 내동댕이칠 것처럼 미끄러운 말총 쿠션 의자였다. 메리는 평소에 말을 더듬지 않는다. 지금까지 말을 더듬은 적도 없었다. 그런데 이제 그 끔찍한 시간이 시작되었다.

앤은 메리에게 차를 건넸다. 오늘은 날씨가 아주 따뜻했는데 다락 안은 더했다. 모락모락 피어오른 김이 코에 이르자, 긴장이 두 배가 되어 메리는 눈을 깜빡였다. 그녀는 랍상소우총(중국 푸젠 성에서 생산되는 홍차—옮긴이)이 채워진 잔을 들고 있었다. 보통 특별한 일이 있을 때에만 내놓는 차였다.

"케이크 한 조각 먹을래?"

앤이 팔꿈치 근처의 쟁반에 놓인 시드케이크(씨앗을 갈아 넣어 구운 빵—옮긴이)를 가리켰다.

생각만 해도 위장이 뒤틀리는 것 같았다.

"감사하지만 괜찮습니다."

마음을 진정시키려고 노력하면 할수록, 찻잔은 받침 위에서 더 크게 달그락거렸다.

"얘기를 하고 싶다고 했지?"

그런데 놀랍게도 앤이 일어나더니 차가운 벽난로 앞을 초조하게 왔다 갔다 하기 시작했다. 메리의 시선이 의자에 앉아 있는 펠리시티 프레임을 향해 재빨리 움직였다. 두 여인은 모든 면에서 정반대였다. 앤이 마르고 수수하며 매사에 진지한 반면, 펠리시티는 키가 크고 여성스러운 몸매에 낭랑한 웃음이 놀랍도록 아름다웠다.

메리는 입술을 축였다.

"네."

그들이 가만히 있으니, 메리가 먼저 입을 열 수밖에 없었다.

"저를 감옥에서 구해주시고 교육까지 받게 해주신 것 정말 감사드립니다. 저는 두 분께 말 그대로 모든 걸 빚졌어요. 하지만 저는 제 미래에 대해 생각해왔습니다. 그리고 제가 바라는 건, 그러니까 제 생각은……."

메리는 말을 더듬었다. 열심히 연습했던 말은 그들의 진지하고 호기심에 찬 얼굴 앞에서 증발해버렸다.

메리는 뜨거운 차를 한 모금 마셨다. 오늘은 왜 특별한 차를 준비한 거지? 강렬한 죄책감이 더 빨리 단도직입적으로 말하도록 메리의 마음을 찔러댔다.

"한동안 전 보조 교사로서의 자질에 의문을 품었습니다. 아무래도 제 적성에 맞지 않는 것 같습니다. 아카데미에서 생활하는 게 즐겁고 학생들을 좋아하지만 교사가 되기에는 참을성이 부족합니다."

메리는 눈을 들지 않고 계속 말했다.

"상황이 더 나빠질까 두렵습니다. 저는 2년 전에 속기와 타이핑 교육을 받았지만 기계적인 일에 흥미를 느끼지 못했습니다. 그리고 작년에는 간호사가 될 생각으로 기초 수련을 시작했지만, 수간호사들이 저를 신뢰하지 않았고, 훈련을 더 받으라고 권유하지도 않았죠."

메리는 침을 꿀꺽 삼켰다. 굴욕의 맛이 여전히 진하게 남아있었다.

"최근 저는 의심하게 되었습니다. 내가 일에서 더 큰 뭔가를 기대하는 것이 가능할까? 그리고 타당하긴 한 걸까?"

앤은 은근한 호기심을 내비쳤다.

"'더 큰 뭔가'란 뭘 말하는 거지?"

메리는 내심 괴로웠다.

"바보같이 들린다는 건 알지만 일에 대한 자긍심과 적극적인 흥미, 즐거움 같은 것 말입니다. 만족감이라고나 할까요?"

드디어 입 밖에 내고말았다. 배은망덕하지만 결국 속내를 말해버린 것이다.

짧은 침묵이 흘렀지만, 두 사람의 얼굴에서 놀라움이나 실망의 흔적은 보이지 않았다. 앤이 먼저 입을 열었다.

"네가 학생들을 가르친 지 얼마나 되었지?"

"1년입니다. 열여섯 살 때 시작했으니까요."

"그리고 넌 열두 살 때부터 학교에서 살았지."

"선생님이 올드 베일리에서 절 구해주신 날부터요."

메리의 얼굴이 빨개졌다.

"열두 살쯤이었던 건 분명해요. 아시다시피 전 출생증명서가 없어요. 하지만 1841년에 태어난 건 확실합니다."

"그럼 인생의 3분의 1을 우리와 보낸 셈이구나."

메리가 끄덕였다.

"네. 저도 아주 이기적인 얘기라는 건 압니다."

앤의 입술에 옅은 미소가 잠시 스쳐 지나갔다.

"은혜나 감사 같은 문제는 잠시 접어두자. 이제 너도 열일곱 살이 되었구나. 그리고 교사 일은 숨 막힌단 말이지."

메리가 고개를 끄덕였다.

"네."

"그럼 수감되기 전과 같은 생활로 돌아가고 싶니? 빈집털이와 소매치기 생활로?"

"아닙니다!"

메리는 자신의 대답이 거의 고함에 가까웠음을 깨닫고 목소리를 낮추었다.

"절대 아닙니다. 하지만 저는 자립과⋯⋯ 다른 종류의 일을 원합니다."

"음."

또다시 앤의 얼굴에 만족스런 빛이 언뜻 스쳤다.

"어떤 종류의 일을 생각하고 있니?"

메리는 안타깝게 고개를 저었다.

"그걸 모르겠습니다. 전 두 분이 조언을 해주실 수 있을 거라 기대했어요."

펠리시티가 처음으로 입을 열었다.

"아무튼 일을 하고 싶은 건 확실하니? 많은 여자들이 가난에서 탈출하기 위해 결혼을 택하지."

메리는 단호하게 고개를 저었다.

"아뇨, 전 결혼하고 싶지 않습니다."

"또 어떤 여자들은 부양해줄 애인을 찾기도 해."

메리는 깜짝 놀라 찻잔을 떨어뜨릴 뻔했다.

"프레임 선생님? 혹시 저에게 권하시려는 일이⋯⋯"

펠리시티가 희미하게 미소 지었다.

"난 아무것도 권유할 생각 없어. 하지만 도덕 따위는 일단 미뤄두고 현실적인 가능성에 대해 얘기하고 싶어. 넌 예쁘진 않지만 똑똑하고, 음, 뭐랄까⋯⋯ 인상적이야. 이국적이기까지 하지. 충분히 누군가의 애인이 될 수 있어."

"저는 사람들이 저를 쳐다보는 게 싫습니다! 사람들은 제가 노랑머리에 부리부리한 파란 눈이 아니라는 이유로 외국인이 냐고 묻곤 하죠."

"그게 내 요지야. 개성 있는 외모가 가끔은 그냥 예쁘기만 한 것보다 나을 때가 있거든."

이게 무슨 말도 안 되는 소리란 말인가. 대체 프레임 부인은 무엇을 제안하려는 거지? 그리고 그녀가 말하는 이국적인 외모란 무엇인가? 혹시 짐작 가는 것이라도 있나? 메리는 부인의 의중을 알아내려 애썼다.

"하지만 애인은 아내만큼 의존적이죠."

이 말이 입에서 나오는 순간, 메리는 오래전에 들었던 프레임 부인에 대한 화려한 소문이 떠올랐다. 아차! 하지만 돌이키기에는 너무 늦었다.

펠리시티는 한쪽 눈썹을 치켜 올렸다.

"메리, 넌 스크림쇼 아카데미의 철학이 몸에 배었구나. 우린 학생들에게 자기 삶을 남자들의 일시적인 기분에 맡기라고 가르치지 않아."

앤이 다시 말했다.

"아주 좋아. 네 생각이 그렇단 말이지. 그럼 이제 우리를 만나기 전의 네 삶과 가족에 대해 말해보렴."

메리의 놀란 얼굴을 보며 그녀가 미소 지었다.

"우리도 자세히 알고 있지만, 네 입으로 한 번 더 듣고 싶다."

그러니까 이건 전체적인 가능성을 시험하는 것이었다.

"저는 런던 동부의 포플러에서 태어났습니다."

메리는 입을 열고 신중히 말을 골라가며 천천히 얘기했다. 앤과 펠리시티가 자신의 과거와 가족에 대해 전부 알게 되고 난 뒤에도 자신을 신뢰할 수 있을까? 어떻게 반응할까? 그들은 메리에 대해 이미 모든 것을 안다고 생각하고 있는데…….

"괜찮니?"

펠리시티가 물었다.

메리는 자신이 말을 중단하고 있었음을 인식하지 못하고 눈을 깜빡였다.

"물론입니다."

숨을 깊이 들이쉬고 메리는 애써 다시 입을 열었다.

"아버지는 상선 선원이었고, 어머니는 아일랜드 태생 재봉사였습니다. 아버지가 바다에 자주 나가긴 했지만 행복했던 걸로 기억합니다. 유일한 슬픔은 제 두 남동생들이 어렸을 때 죽은 것이었죠."

메리는 말을 잠시 멈추고 침을 꿀꺽 삼켰다.

"제가 일곱 살인가 여덟 살 되던 해, 아버지가 탄 배가 난파해 모든 선원이 사망했습니다. 그 충격과 슬픔으로 어머니는 병이 났고 그 때문에 일자리를 잃었죠. 어머니는 당시 임신 중이었는데, 아이마저 유산되고 말았습니다. 몸이 좀 나아지자, 어머니는 집에서 할 수 있는 삯일을 찾았습니다. 하지만 삯일은 무료 봉사나 다름없었어요. 그래서 일용 파출부로 나가서 하루 종일 청소를 해보았지만 버는 돈은 겨우 2펜스였지요. 그 돈으로는 두 사람이 생활할 수 없었습니다."

메리의 목소리는 이제 초연했고 높낮이가 사라졌다.

"어머니는 저를 돌봐야 했습니다. 선택의 여지없이 결국 매춘부가 되었어요. 어머니는 늦은 밤에 제가 자고 있다고 생각하고 남자들을 집에 불러들였죠. 그때 도둑질을 배웠습니다. 가끔 남자들이 잠들었을 때 주머니에서 동전을 슬쩍한 거죠."

또 한 번 길게 숨을 들이쉬고 메리는 눈을 들어 도전적으로 두 여인을 올려다보았다.

"많은 돈은 아니었어요. 지폐는 훔친 적이 없었고, 동전만 빼냈으니까요. 그때 전……."

메리는 고개를 저었다.

"무슨 생각으로 그랬는지 모르겠어요. 아무튼 뻔한 얘기일 겁니다. 어머니는 곧 병이 났는데, 우린 약을 살 돈도 없었고, 이웃들은 우리를 멀리 했습니다. 훔친 돈으로도 생활하기 힘들었지요."

잠시 멈췄다가 메리는 다시 입을 열었다.

"어머니가 돌아가신 직후에 대해서는 별로 기억이 없습니다. 그리고 몇 달 뒤, 소매치기하는 법과 자물쇠 따는 법을 배웠죠. 저는 남자아이처럼 옷을 입고 다녔어요. 그 편이 더 쉽고 안전했거든요. 한동안 빈집털이를 제법 잘했습니다. 그런데 전 더 큰 모험을 하기 시작했죠. 정말 바보 같은 짓이었어요. 더 일찍 잡히지 않은 게 오히려 이상한 일이었죠. 그리고 나머지는 두 분이 아시는 대로입니다. 전 교수형을 선고받았지요."

메리는 앤과 펠리시티에게 감사의 눈빛을 보냈다.

"두 분이 절 구해주셨어요."

잠시 침묵이 흘렀다. 앤이 다시 입을 열었을 때, 그녀의 목소리는 유난히 부드러웠다.

"고맙다, 메리. 네가 과거에 대해 분명하고, 비교적 담담하게 말할 수 있게 된 건 다 스스로 노력한 결과야."

앤은 옅은 미소를 지었다.

"너도 알다시피 스크림쇼 아카데미는 강인한 성격을 강조하지. 어떻게 생각해요?"

앤이 한결 더 활기찬 목소리로 말하며 펠리시티를 보았다.

"메리의 직업적 가능성에 대해 평가해보죠. 똑똑하고 야망이 있는 건 분명해요."

"충성심과 분별력도 있죠."

펠리시티가 칭찬을 덧붙였다.

"게다가 용감하고 끈질기고 결단력도 있어요. 그리고 자신이 옳다고 믿는 일을 하려고 애쓰죠."

전혀 기대하지 못한 따뜻한 칭찬에 메리의 얼굴이 붉어졌다.

"하지만 성질이 급해요."

앤이 냉정하게 지적했다.

"남에게 지적당하는 걸 싫어하고, 실수를 피하기 위해 무슨 일이든 다 하죠. 그리고 낯선 사람, 특히 남자들한테 낯을 가려요. 어린 시절을 생각하면 이해할 만하지만 어쨌든 단점이죠."

자긍심으로 얼굴에 떠올랐던 홍조는 이제 창피한 화끈거림으로 바뀌었다. 그들의 말은 모두 지당했다.

"메리, 흥분한 것 같구나."

앤이 말했다.

"얘기를 계속해도 괜찮니?"

메리는 침을 꿀꺽 삼키고 낮은 목소리로 말했다.

"네."

"좋아. 우린 네 철학을 이해하고 네 성격을 알아."

앤은 펠리시티를 보았고, 펠리시티는 살짝 고개를 끄덕였다.

"마침 네 적성에 아주 잘 맞을 거라고 생각한 일이 있다."

메리는 기대에 차서 눈을 들었다.

"하지만 이야기를 계속하기 전에, 우리가 이제부터 하려는 얘기를 누설하지 않겠다고 맹세해야 해. 내 말 이해하니?"

메리는 침을 삼키고 고개를 끄덕였다.

"네."

"맹세하거라."

"저는 이 얘기를 절대 누설하지 않을 것을 맹세합니다."

앤은 긴장이 조금은 누그러진 듯했고, 흡족한 듯 고개를 끄덕였다. 그녀는 벽난로 한쪽으로 걸어가 반들반들한 참나무 장식 뒤로 손가락을 집어넣었다. 아주 작게 딸깍 소리가 났다. 그러자 메리의 왼쪽 벽에서 빛바랜 벽지로 덮인 한 부분이 홱 젖혀지더니 캄캄하고 좁은 입구가 나타났다.

메리는 깜짝 놀라 입이 떡 벌어졌고, 앤의 얼굴을 황홀하게 쳐다보았다. 앤의 얼굴에는 의기양양한 미소가 아주 살짝 어려 있었다.

"이제 에이전시 본부로 들어가볼까?"

메리는 흥분으로 전율하며 벌떡 일어나 여인들을 따라 들어갔다. 좁고 어두운 터널이었지만 벽돌이 말라 있었고 거미줄도 없었다. 정기적으로 사용하고 있다는 증거였다. 세 사람은 둥근 탁자와 등받이 의자 네 개가 있는, 넓지만 소박한 방으로 빠져나왔다. 앤과 펠리시티는 가져온 석유램프를 내려놓았다. 노란 불빛이 벽돌로 된 벽과 거친 바닥 위에서 흔들리며 묘하게 안락한 분위기를 만들었다.

각자 의자에 앉자, 앤은 메리에게 온화한 미소를 지었다.

"난 항상 언젠가 네가 우리에게 오기를 바랐는데, 드디어 때가 왔구나. 그런데 내가 너무 많은 얘기를 해서 이곳 책임자가 나인 듯한 인상을 심어줬을지도 모르겠다. 하지만 아니야. 에이전시는 집단으로 운영되는 조직이야. 오늘 저녁에는 우리 둘 뿐이지만. 프레임 부인, 우리 일을 설명해주시겠어요?"

펠리시티는 목청을 가다듬었다. 그녀는 오늘따라 유달리 조용했다.

"너도 알다시피 스크림쇼 아카데미의 목표는 젊은 여성들이 자립할 수 있도록 수단을 제공하는 거란다. 결혼은 도박이고, 여자들에게 허용되는 일들은 주로 고용주의 인품에 의존해야 하는 형편이야. 그 때문에 대부분의 가정 교사나 하녀들이 치욕스러운 대접을 받고 있지."

앤은 열심히 고개를 끄덕여 동의를 표시했다.

"바로 그거야. 여자들을 위한 직업이 별로 많지는 않지만, 우리의 목표는 아이들을 가르치거나 식사를 준비하는 것 이외의 일을 할 수 있도록 여자들을 훈련시키는 거야. 하지만 이건 너도 이미 아는 얘기고, 너 역시 이런 교육을 도와왔어."

앤은 잠시 말을 멈추고 펠리시티를 보았다.

"끼어들어서 미안해요, 플릭(펠리시티의 애칭으로, 가볍게 찰싹 때린다는 뜻도 있다 ─옮긴이). 계속하세요."

애정 어린 호칭에 메리는 미소가 번지려는 것을 간신히 참았다. 늘 진지하고 생각 많은 트렐리븐 선생님이 그렇게 허물없이 얘기하는 건 들어본 적이 없었다.

펠리시티가 매혹적인 눈으로 메리를 바라보았다. 그녀의 눈을 보고 있으면 거의 최면에 빠질 것 같았다.

"에이전시는 아카데미를 보완하지. 여기서 우리는 얌전한 여자 고용인들에 대한 고정 관념을 유리하게 이용하고 있어. 대개 여자들은 어리석고 약하다고 생각하기 때문에, 비슷한 위치에 있는 남자보다 더 효과적으로 감시하고 정보를 캐낼 수 있지. 고객들은 정보 수집을 위해 우리를 고용하는데, 아주 비밀스러운 것들도 있어. 굉장히 민감한 상황에 요원들을 배치하는데, 남자라면 의심받을 수 있는 상황에도 가정 교사나 하녀로 위장한 여자들은 다들 완전히 무시하기 때문이야."

펠리시티는 옅은 미소를 지었다.

"또 잘 훈련된 여자들은 남자들에 비해 더 예리하면서 동시에 자신의 관찰에 대해 덜 오만하다는 것도 발견했어. 실수가 적은 이유는 더 영리하거나 운이 좋아서가 아니라, 섣불리 가정을 하거나 당연시하는 경우가 적기 때문이야. 그리고 고정관념과 달리 여자들이 남자들보다 더 논리적일 때가 많아."

펠리시티는 메리를 예리하게 쳐다보았다.

"물어보고 싶은 것이 있니?"

메리는 고개를 끄덕였다. 그녀는 손으로 의자 양쪽을 꽉 쥐었다.

"에이전시에는 요원이 몇 명이나 있나요? 의뢰인들은 요원들이 여자라는 걸 아나요? 그리고 에이전시는 언제, 누가 결성했나요? 스크림쇼 여사도 개입되었나요?"

그들은 메리의 열정에 웃음을 터뜨렸다. 대답을 한 것은 이번에도 펠리시티였다.

"에이전시는 약 10여 년 전에 설립되었고, 앤과 나는 첫 공작원이었지. 우리는 이제 공식 지휘자이자 일상적인 관리자가 되었지만, 중요한 결정은 모두 함께 내려. 하지만 보안상 다른 요원들과 직접 대면할 일은 없을 거야. 그리고 우리는 의뢰인들에게 우리 요원들에 대해 이야기하지 않아. 의뢰인들은 에이전시의 명성을 듣고 일을 맡기지만 우린 의뢰받은 정보 외에 공개하는 게 거의 없어. 그렇게 하는 편이 관련자 모두에게 가장 좋다는 걸 알기 때문이야. 의뢰인을 선택할 때도 아주 신중한 편이고 우린 범죄 조직이나 수상한 자들과는 일하지 않아. 그리고 스크림쇼 여사는 에이전시에 개입하지 않았어. 물론 그분도 우리 행동을 용인할 것이라고 믿지만."

메리의 눈이 커졌다.

"정말로 제가 이 일에 적합하다고 생각하세요?"

펠리시티의 목소리가 깊고 굵어졌다.

"너에게 접근할 것인지 말 것인지를 두고 한동안 고민했어. 우리 둘 다 네가 잠재력을 갖고 있다고 믿었지만 한편으로는 에이전시 일이 과거를 일깨우지나 않을까 걱정스럽기도 했지. 널 불행하게 만들고 싶지 않았고, 단지 우리를 기쁘게 하려고 일을 하는 걸 원하지 않았어."

펠리시티가 환하게 미소 지었다.

"그런데 네가 우리에게 온 거야."

"벌써부터 자축하지는 말아야겠죠."

앤이 그녀다운 날카로운 어조로 말했다.

"메리, 우선 임무에 대해 듣고 나서 이 일을 수행할 의사가 있는지 판단해야 해. 그리고 그 전에 잠시 기술 문제로 돌아가야겠다."

"기술이요?"

"우린 네 관찰력을 눈여겨보고 있어. 메리, 눈을 감고 우리가 너를 맞이한 방을 떠올려봐. 그리고 방에 램프가 몇 개 있었는지 말해주겠니?"

방에 대한 상세한 이미지를 불러오는 것은 어렵지 않았다. 메리는 자신 있게 대답했다.

"세 개요."

"방의 크기는?"

"대강 가로 18피트, 세로 12피트 정도에 천장은 10피트예요. 회반죽이 골고루 발려 있었어요."

"네 왼쪽에 있는 탁자는 어땠지?"

"둥글고 호두나무로 만들어졌어요. 직경은 3피트 18인치 정도. 다리는 세 개였고, 탁자 위에는 아무것도 없었어요."

"내가 오늘 어떤 보석을 걸쳤지?"

메리는 잠시 생각해보았다. 이번에도 구체적인 이미지가 떠올랐다.

"금과 호박으로 만든 원형 브로치요. 테두리에 선 세공이 되어 있어요."

"지금이 몇 시쯤인 것 같니?"

"4시 30분에 선생님들을 뵈러 왔으니까, 5시가 조금 지났을 겁니다."

"수고했다, 메리."

앤은 마치 목록 속의 항목들을 확인하며 지워나가듯 고개를 끄덕였다.

"아주 잘했어. 굉장히. 그리고 본인의 싸움 실력에 대해 어떻게 생각하니?"

"권투요?"

앤은 메리의 명확한 단어 선택에 미소 지었다.

"기술이랄 것도 없이 그냥 막 싸워요. 하지만 부둣가에서 자라서 스스로를 보호하는 법은 배웠어요. 저는 모든 여성들이 권투를 배워야 한다고 생각합니다. 그래서 보조 교사 시절 기본 동작을 가르치기 시작한 것이고요."

앤은 다시 한 번 활기차게 고개를 끄덕였다.

"관찰력과 호신술, 다른 그 밖의 유용한 기술들을 배우는 훈련 첫 단계는 보통 몇 달이 걸리지. 하지만 네 이력을 보면 불필요한 반복일 것 같구나. 프레임 부인과 나는 만일 네가 좋다고 하면, 첫 번째 훈련 기간을 한 달로 단축할 수 있을 거라고 생각해. 하지만 그러려면 집중 훈련을 해야 하는데. 어쩌면 넌 조금 더 여유 있고 개인 시간도 있는 일반 과정을 선호할지도 모르지. 선택은 전적으로 네 몫이야."

메리는 잠시 뜸을 들였다. 갑작스러운 전망 앞에서 갑자기

현기증이 밀려왔다. 5년 전처럼 불과 1시간 만에 눈앞의 여인들로 인해 인생 전체가 180도 바뀌어버렸다. 메리는 그들을 바라보았지만 표정을 읽을 수 없었다. 펠리시티는 무심해 보였고, 금테 안경은 앤의 표정을 감춰주었다. 메리는 이해했다. 그들의 기대는 중요하지 않았다. 전적으로 자신의 결정에 달려 있었다.

"전 최대한 빨리 시작하고 싶습니다."

메리는 단호하고 분명한 목소리로 말했다.

"한 달 집중 과정을 선택하겠어요."

"내일 아침부터 시작하면, 5월에는 현장 실습을 시작할 수 있을 거야. 시기 한번 절묘하군!"

메리는 갑자기 자세를 꼿꼿이 했다.

"왜요?"

즐거운 체념이 앤의 얼굴에 잔물결처럼 퍼졌다.

"프레임 부인, 또 앞서 가시네요."

펠리시티가 입술을 깨물었다.

"미안해요. 하지만 메리가 훈련의 방향을 알면 더 집중해서 준비할 수 있을 거라고 하지 않았던가요?"

메리는 등골이 오싹해지면서 두피가 따끔따끔한 것을 느꼈다.

상당한 침묵이 흐른 뒤, 앤은 건조하고 냉정한 목소리로 이야기를 시작했다.

"작년에 인도에서 폭동이 일어났을 때, 많은 힌두교 사원과 가정 들이 귀중한 보석과 조각상 들을 강탈당했어. 그런데 최소 두 건의 사건에서, 아주 독특한 공예품들이 영국으로 반입되어 개인 소장품이 되었어. 우리는 밀수품의 상당 부분을 취급해온 것으로 의심되는 한 상인에 대한 조사를 의뢰받았어. 그자는 물건들을 런던과 파리의 악덕 골동품상들에게 팔아넘기고 있다는 혐의를 받고 있지."

메리는 상황이 주는 짜릿한 흥분에서 앤이 설명한 문제로 관심을 돌리려 애쓰며 인상을 찌푸렸다.

"이 임무는 경찰의 수사 범위를 벗어나나요?"

"그렇기도 하고, 아니기도 해."

펠리시티가 말했다.

"이들의 범죄가 영국에서 일어나지 않고, 우리의 용의자를 범죄와 연결시킬 근거도 아직 없어. 그래서 런던 경시청이 나설 수 없는 거야. 대신 경시청이 우리에게 연관성을 찾고 증거를 회수하도록 의뢰했지. 독립 기관인 우리는 어느 정도 자유로우니까. 용의자 이름은 헨리 소롤드야. 동인도 회사와 극동 무역회사, 그리고 많은 미국 기업들과 연관이 있는 사람이지. 브리스틀과 리버풀, 칼레에 창고를 두고 있지만, 소롤드의 사업 본거지는 템스 강 남쪽에 위치한 런던 창고야. 소롤드는 과거에 여러 건의 금융 범죄에 대한 혐의가 있어. 8년에서 10년 전의 인지세 탈세 건에, 최근에는 보험사를 속인 혐의도 받고 있고. 하지만 아무것도 입증된 게 없어. 우린 우리 요원이 더 효

과적으로 임무를 수행할 거라고 생각해. 이 일의 담당 요원은 한 달 정도 걸릴 단순한 일이라고 판단했고. 물론 국제 무역에는 항상 날씨 등 변수가 존재하니, 선박의 도착이 한참 지연될 수도 있겠지. 가장 우선적인 건 결정적인 증거를 최대한 많이 수집하는 거야."

메리는 차분하면서 참을성 있게 보이려 애쓰며 고개를 끄덕였다.

"알겠습니다. 하지만 선생님은 이 사건에서 제게도 역할이 주어질 수 있다고 말씀하시지 않았나요?"

펠리시티가 미소 지었다.

"물론 중요한 역할은 아니야. 우린 이미 요원을 배치해 두었고, 그녀가 조사의 대부분을 수행하고 있거든. 하지만 신참 요원들을 위한 훈련으로 유용하다고 생각한 자리가 있어."

펠리시티는 앤을 힐긋 보았다.

"트렐리븐 선생님이 설명해줄 수 있겠죠?"

"물론이죠. 소롤드의 부인은 몸이 약해서, 딸 안젤리카에게 샤프롱(젊은 여성이 사교장에 나갈 때 따라가서 보살펴주는 사람―옮긴이)이 필요하다고 생각하고 있어. 가급적 젊은 여자를 고용하고 싶어해. 중년의 보호자보다는 딸과 비슷한 또래의 말동무를 원하는 거지. 내가 알기로 그 딸은 버릇이 없고 제멋대로인 부류야."

앤은 눈에 장난기를 번득이며 말했다.

"그런 면에서 교실에서 아이들을 가르친 경험이 도움이 될 수도 있고."

그런데 한 달이 지체된다고!

"하지만 한 달 후면 그 자리에 이미 다른 사람이 고용되지 않을까요?"

메리가 이의를 제기했다.

"그럴 것 같지 않구나. 난 아카데미의 교장으로서 다음 주에 소롤드 부인을 만나기로 되어 있어. 협상하는 데 시간이 좀 걸릴 테고, 소롤드 부인은 행동이 굼뜬 편이지."

얘기를 들어보니 앤과 펠리시티는 쭉 자신을 염두에 두고 있던 것 같았다.

"만일 제가 집중 과정을 선택하지 않는다면요?"

"이달 말까지 네가 준비되지 않았다고 판단되면 다른 요원이 투입될 거고, 넌 훈련이 끝나는 대로 똑같이 유용한 훈련용 임무를 받게 될 거야."

앤은 단호하게 말했다.

"이 임무가 너한테 달려 있다고 생각해선 안 돼. 그건 네 역할을 과대평가하는 거야."

메리는 얼굴을 붉히며 고개를 끄덕였다.

그때 펠리시티가 좀 더 부드럽게 말했다.

"하지만 네가 이 임무를 염두에 두고 훈련을 받을 수 있겠지. 그러면 눈에 띄지 않고 얌전한 성격으로 보이는 걸 연습할 기회가 될 거야."

메리는 그 말을 이해했다. 아카데미는 학생들에게 이성적으로 사고하고, 자신감을 갖고, 자기 의견을 고수하도록 훈련시켰다. 그런 행동들은 일반적인 샤프롱과는 거리가 먼 것이다.

"임무에 대해 좀 더 알 수 있을까요?"

앤은 잠시 메리를 살폈다.

"안 될 것 없지. 임무를 시작하기 전에 좀 더 철저한 보고를 받게 될 거야. 만일 네가 그 임무를 받아들인다면 말이야. 하지만 기본적으로 소롤드의 집에 배치되는 요원은 말라바르 해안에서 들어오는 특정 선박에 대한 소식을 귀담아 들어야 할 거야. 그 집에 사는 비서가 있는데, 마이클 그레이라는 젊은이야. 채 1년이 못 되게 소롤드 가족과 함께 생활하고 있지. 소롤드와 그레이가 집에서 부정한 사업에 대한 얘기를 나눌 가능성이 있어."

메리는 고개를 끄덕였다.

"꽤 단순해 보이네요. 제가, 그러니까 요원이 해야 할 일이 또 있습니까?"

앤은 실망한 메리를 보고 미소를 지었다.

"네 입으로 본인의 성질이 급하다고 말했지. 아니, 메리. 이건 너의 첫 번째 현장 경험이야. 우리가 그곳을 선택한 건 네가 기술을 익히기에 가장 안전한 장소라고 생각했기 때문이고."

"알겠습니다."

메리가 작은 소리로 덧붙였다.

"전 빨리 배우는 편이에요."

"질문이 더 있겠지만, 계속하기 전에……."

앤은 강렬한 눈빛으로 몸을 앞으로 기울였다.

"메리, 아직도 넌 네 길을 선택할 자유가 있어. 지금 우리와 헤어져서 우리가 나눴던 대화를 잊어버려도 괜찮아. 아니면 에이전시에 합류할 수도 있고. 하지만 합류하기로 한다면 에이전시와 에이전시의 원칙에 철저히 따라야 해."

펠리시티는 길고 예쁜 손으로 깍지를 끼었다.

"에이전시는 비밀 조직이고, 요원 한 명 한 명에게 자유재량에 따라 판단할 것을 요구하지. 비밀 요원이 된다는 건 항상 위험이 뒤따르는 일이야. 결정하기 전에 신중하게 생각해보렴."

펠리시티는 자세를 꼿꼿이 폈고, 덕분에 시시각각 더욱 위풍당당해지는 것처럼 보였다.

"비밀 요원이 되면, 넌 새로운 조직의 일원이 되는 거야. 임무 수행 중일 때, 너의 행방과 목적을 아는 유일한 사람은 우리가 될 거야. 우린 가능한 모든 방법을 동원하여 널 도와줄 거고, 네 양심에 위배되는 행동을 하도록 강요하지 않을 거야. 하지만 어쩔 수 없이 혼자라고 느끼는 날도 있겠지. 메리, 서두르지 말고 신중하게 생각하거라. 네가 교실로 돌아가기로 한다 해도 무시하지 않을 테니까 걱정 말고."

메리는 심호흡을 하고 앉은 자세를 꼿꼿이 했다. 메리는 이미 결정을 내렸다. 그녀는 차분한 목소리로 조용히 말했다.

"결정할 준비가 되었습니다. 선생님의 제안을 받아들이고, 최선을 다해서 모든 임무를 수행하겠습니다."

한순간 침묵이 흘렀다. 또 한 번의 침묵. 그리고 세 번째 침묵이 지나갔을 때, 앤과 펠리시티는 의자로 마룻바닥을 긁으며 일어났다. 그리고 메리의 손을 꼭 잡았다.

앤은 환하게 미소 지었고, 그녀의 목소리에서는 자랑스러움이 배어 나왔다.

"메리, 에이전시에 온 것을 환영한다."

2

5월 4일 화요일

"22번지입니다, 부인."

마차는 삐걱거리며 멈추었고, 마부는 단정한 옷차림의 두 여인이 내리자 과장된 동작으로 모자를 기울였다.

앤은 2펜스짜리 은화와 반 페니 동전을 조용히 세어 한 치의 에누리도 없이 요금을 지불했다. 마부는 눈을 굴렸다. 지독한 노처녀 가정 교사로군. 마부가 떠나자, 앤은 '동료'에게 기운을 북돋는 미소를 살짝 지어 보이며 속삭였다.

"준비됐니?"

정말 준비가 된 걸까? 메리는 메스꺼움이 밀려오는 것을 느꼈다. 지난 한 달 동안의 집중 교육이 증발하고 있는 것 같았다. 첫 임무를 향해 뻗어 있는 회반죽을 바른 짧은 계단 앞에서, 호신술과 변장, 체력 단련 등 그간 받은 모든 신체적 훈련들은 다 무용지물인 것 같았다. 어떤 종류의 염탐 기술이 필요할까? 능란한 손재주와 용의자를 심문하는 기술은 말할 것도 없고, 자물쇠 따기와 매듭 묶기 따위를 활용할 여지는 있을까? 오늘의 임무는 차를 마시며 이야기를 듣는 것이 전부다. 어쩌면 메리는 전혀 준비가 되어 있지 않은지도 모른다.

그러나 앤은 주의 깊은 눈으로 메리를 지켜보고 있었다. 메리는 코를 덮고 있던 손수건을 내렸다.

"준비됐습니다."

소롤드 저택은 강 바로 옆에 위치해 썩은 내가 입으로도 느껴질 만큼 강하게 풍겼다. 식물, 죽은 동물, 그리고 배설물 따위가 부패하고 있었다. 게다가 석탄 연기와 모든 악취 밑에 배경처럼 깔린 소금물의 짠 내가 코를 찔렀다.

앤은 입을 꾹 다물었다.

"끔찍하구나, 그렇지? 이 더위가 가시면 한결 나아지겠지."

"그러길 바라야죠."

메리가 중얼거렸다. 메리의 관심은 저택에 집중되었다. 체이니 워크 22번지. 사업가로서는 의외의 선택이었다. 첼시 지구는 자유분방한 주민들, 특히 문제적 화가이자 시인인 단테 가브리엘 로세티가 사는 곳으로 유명했다. 어쩌면 악명 높다는 표현이 더 어울릴지도 모르겠다. 예술적인 매력에도 불구하고, 첼시는 여전히 허름했다.

저택 자체는 마치 조지 왕조풍 웨딩 케이크를 한 조각 잘라 낸 것 같았다. 그러나 템스 강과 너무 가까운 탓에 회반죽을 바른 건물 정면은 새들의 배설물과 검댕이 덕지덕지 달라붙어 있어서 마치 울퉁불퉁한 회색 프레스코화처럼 보였다. 그래도 계단은 그날 아침에 말끔히 청소가 되어 있었고, 문가에서 하인이 즉시 그들을 맞이했다.

"어서 오십시오. 소롤드 부인께서 기다리고 계십니다."

침침하고 답답한 내부에 눈이 적응하기까지 몇 초가 걸렸다. 2층으로 이어지는 계단에는 초상화들이 나란히 걸려 있었다. 예쁘지만 과하게 치장한 금발 소녀. 선원 복장을 한 창백한 소년. 찬란한 루비 목걸이를 과시하는 뚱뚱한 중년 여성. 부은 눈과 그에 걸맞게 턱이 여러 겹인 중년 남자. 메리는 마지막 그림을 주의 깊게 살펴보았다.

응접실은 집 정면 쪽에 있었다. 커다란 창문들은 햇빛과 바람이 비집고 들어올 틈도 없이 정교한 벨벳 커튼으로 꽁꽁 감싸여 있었다. 덕분에 실내 공기는 탁하고 후덥지근했고, 장미꽃 향기에 살짝 가려진 강물의 악취는 여전했다.

"부인, 트렐리븐 선생님과 퀸 양이 오셨습니다."

하인의 목소리에 비음이 섞여 있었다.

앤이 다가가 머리 숙여 인사했다.

"안녕하세요, 소롤드 부인. 메리 퀸 양을 소개해 드리죠. 제가 지난번 편지에서 말씀드린 아가씨입니다."

소롤드 부인은 힘없이 떨리는 목소리로 말했다.

"일어나서 맞이하지 못하는 걸 이해해주시기 바랍니다. 오늘 따라 기운이 없네요."

메리는 머리 숙여 인사하고 조심스럽게 눈을 들었다. 더운 날씨에도 불구하고 소롤드 부인은 레이스 숄로 몸을 꽁꽁 싸매고 있었고, 유행에 뒤처진 레이스 모자 아래로 보이는 얼굴은 창백했다. 근시 때문인지 부인은 메리와 앤을 보며 파란 눈을 자꾸만 깜빡였다. 조금 늙고 마맛자국이 두드러졌지만 초상화 속 여인이었다. 화가가 마맛자국을 의도적으로 무시한 듯했다.

"더운 날씨 때문에 무척 힘드시죠, 소롤드 부인."

메리는 주춤거리며 말했다.

"사실 그래요."

중년 여인이 고개를 끄덕였다.

"의사들은 기력 소진이라고 하더군요."

그녀의 시선이 메리의 얼굴과 유행에 뒤떨어진 수수한 드레스를 훑었다. 가스등 켜진 침침한 실내에서 초점 없는 눈으로 얼마나 많은 것을 식별할 수 있을지 의구심이 들었다.

"앉으세요."

소롤드 부인은 자신이 앉아 있는 안락의자 정면에 있는 소파를 가리키고 하인에게 고개를 돌렸다.

"윌리엄, 차를 내와. 그리고 음, 안젤리카에게 손님이 오셨으니까 응접실로 오라고 말해. 트렐리븐 선생님과……."

부인이 이름을 기억해내려 애썼다.

"퀸 양입니다."

앤이 말했다. 퀸은 원래 어머니 쪽 성으로, 아카데미에 들어간 후 바꿔버렸다. '메리 랭'은 여전히 수배자였다. 게다가 메리는 좀 더 눈에 덜 띄는 성을 선호했는데, 그 이유에 대해서는 절대 말하려 하지 않았다.

앤은 능수능란하게 대화를 이끌며, 편지 쓰기, 낭독 능력, 유창한 프랑스어 실력, 고상한 문학 취향 등 샤프롱으로서 메리의 능력에 대해 설명하고 소롤드 부인에게 테스트해볼 기회를 제공했다. 메리가 현재 읽고 있는 설교 모음집에 대해 막 얘기하기 시작했을 때, 응접실 문이 열렸고 소롤드 부인의 얼굴이 밝아졌다.

"안젤리카. 이리 와서 트렐리븐 선생님과 퀸 양에게 인사드리렴."

초상화 속 소녀였다. 여전히 예쁘고 치장이 지나쳤지만, 지금 소녀의 눈은 그림과는 달리 가늘어져서 적대적이었다. 소녀의 시선이 앤을 훑은 후 메리에게로 넘어갔다.

"당신이 '그거'인가요?"

소녀가 따지듯 물었다.

"어머님께서 허락하시면 샤프롱이 되고 싶어요."

"샤프롱 따윈 필요 없어요."

냉담한 파란 눈이 메리를 샅샅이 살폈고, 얌전한 자세와 수

46

수한 옷차림을 한눈에 알아보았다.

"특히 외국인은요. 어디 출신이죠?"

"런던입니다."

안젤리카는 코웃음을 쳤다.

"그 눈에 그 머리로?"

메리는 얼굴이 달아오르는 것을 막을 수 없었다.

"어머니가 아일랜드 분이세요. 아일랜드 사람 중에는 눈과 머리가 검은 사람들이 있죠."

"그럼 절반만 영국인이군."

안젤리카는 못마땅한 듯 입을 삐죽거렸다.

"몇 살이죠?"

"스무 살입니다."

거짓말을 하려니 민망했다. 메리는 전혀 스무 살처럼 보이지 않았지만, 누구도 열일곱 살짜리를 고용하지 않을 것이기에 어쩔 수 없었다.

역력하게 드러난 안젤리카의 불신은 소롤드 부인의 불안한 듯 떨리는 목소리에 의해 제압되었다.

"사랑스러운 우리 딸, 도대체 예의범절은 어디로 간 거냐? 트렐리븐 선생님이 널 무례한 아이로 생각하실까 두렵구나."

사랑스러운 소녀는 시선을 카펫으로 떨어뜨리고, 주의를 기울여야 간신히 들을 수 있는 크기로 중얼거렸다.

"안녕하세요?"

"마침내 만나게 되어 반가워요, 소롤드 양."

앤이 작은 목소리로 말했다.

"음악에 조예가 깊다고 들었어요."

메리는 신호를 알아채고, 즉시 음악에 대한 가벼운 질문을 던지기 시작했다. 메리와 앤은 안젤리카를 구슬려서 일상적인 대화를 유도하다가, 마침내 피아노를 연주하도록 설득했다. 메리는 달달하고 대중적인 발라드를 기대했지만, 안젤리카는 바흐의 서곡을 빠르고 열정적으로 연주했다. 그러고는 놀란 앤과 메리의 감탄을 못들은 척했다.

차 쟁반이 도착하자, 안젤리카는 반사적으로 임무를 수행했다. 덜그럭거리며 찻잔을 내려놓고, 의도적으로 앤의 잔에 설탕을 너무 많이 집어넣고, 비스킷 접시를 거의 집어던지다시피 했다. 그 바람에 비스킷 한두 개가 카펫에 떨어졌지만, 소롤드 부인은 알아차리지 못한 것 같았다.

메리와 앤의 노력에도 불구하고, 차를 마시는 내내 침묵이 흘렀다. 소롤드 부인은 의자 속에 파묻혀 졸다가 이따금 멍하니 미소를 지었고, 안젤리카는 비스킷을 입에 밀어 넣고 누군가 말을 시킬 때마다 어깨를 으쓱할 뿐이었다. 그러나 끊임없는 질문을 던진 결과, 앤과 메리는 안젤리카가 열여덟 살이라는 것, 작년에 서레이에서 교양 학교를 마쳤다는 것, 동창생들이 하나같이 멍청하고 따분해서 그립지 않다는 것, 런던에는 특별히 친구가 없다는 것, 왕립 음악원에서 일주일에 두 번 피아노 레슨을 받는다는 것, 그리고 그 외에는 지루한 파티들이 일상을 채우고 있다는 사실을 알아냈다. 안젤리카가 앤과 메리를 특별히 싫어하는 것인지, 아니면 이 세상 전체에 대해 화가 나 있는 것인지 분간하기 어려웠다.

차 쟁반을 치울 때 소롤드 부인은 졸음에서 깨어난 것 같았다. 그녀는 안락의자에서 자세를 꼿꼿이 펴려고 애쓰며 한숨을 쉬었다.

"자, 어떠니, 안젤리카?"

안젤리카가 메리를 힐끗 보았다.

"싫어요."

메리는 긴장했다. 실패한 걸까? 그녀는 앤을 쳐다보고 싶은 충동과 싸웠다.

소롤드 부인은 눈을 두 번 깜빡인 다음 다시 한숨을 쉬었다.

"얘야, 이 짓을 언제까지나 되풀이할 순 없잖니. 너무 지치는 일이야."

"할 수 있어요. 망할 샤프롱 따윈 필요 없다는 걸 엄마가 이해할 때까지요."

소롤드 부인의 얼굴이 창백해졌다.

"말버릇이 그게 뭐니, 아가!"

"엄마, 난 샤프롱 따윈 두지 않을 거예요. 아시겠어요?"

침묵은 몇 초 동안 이어졌고, 그동안 네 여인 모두 얼어붙은 것처럼 의자에 꼼짝 않고 앉아 있었다. 마침내 곤란한 상황을 해결한 것은 앤이었다.

"소롤드 부인, 퀸 양을 소롤드 양의 샤프롱으로 억지로 들이밀고 싶지는 않군요. 그래봐야 두 사람 모두 거북할 뿐이지요."

안젤리카는 회심의 미소를 지었다.

메리는 내심 좌절했다.

"하지만 어쩌면……."

앤이 말을 이었다.

"소롤드 양이 다른 종류의 샤프롱을 원하는 걸까요? 어쩌면 좀 더 나이 들고 영향력 있는 분으로요? 아카데미에 있는 고참 교사들 중에 적임자가 있습니다만."

"아, 아니요."

안젤리카가 말을 자르고 끼어들었다. 안젤리카의 시선이 앤에게서 메리에게로, 그리고 다시 자기 어머니에게로 재빨리 옮겨갔다.

"호들갑스러운 늙은이는 싫어요."

앤은 서늘한 눈으로 안젤리카를 보았다.

"그냥 제안일 뿐입니다, 소롤드 양. 하지만 어머님께서 샤프롱 두기를 바라시고, 소롤드 양에게 가장 좋은 일이 무언지 아시기 때문에……."

안젤리카는 인상을 찌푸렸다.

"아뇨, 모르세요."

그녀는 자기 어머니에게 고개를 돌렸다.

"엄마, 빨리요! 저 사람들한테 아무도 필요 없다고 말해주세요!"

소롤드 부인의 흐리멍덩한 눈에 희미한 번득임이 떠올랐다. 그녀는 조심스럽게 입술을 적셨다.

"음, 그러니까 트렐리븐 선생님…… 선생님께서 현명한 제안을 하신 것 같습니다."

"엄마!"

안젤리카는 외침이라기보다 울부짖음에 가까운 소리를 내뱉었다. 메리는 저러다 안젤리카가 카펫에 쓰러져 주먹으로 바닥을 치지 않을까 생각했다.

소롤드 부인이 앤을 쳐다보았다.

"예, 이제 알겠네요. 안젤리카, 네가 선택해라. 퀸 양이냐, 아니면 나이 든 보호자냐?"

"설마 진심은 아니시죠?"

"나는 진심이다, 얘야."

부인의 목소리는 여전히 부드러웠지만, 앤이 이끌어준 덕에 자신감을 얻은 듯했다. 부인은 태연하게 눈을 깜빡이며 딸의 성난 눈빛을 마주했다.

"퀸 양이 벌써 열여덟 번째 후보잖니. 엄마가 보기엔 모든 면에서 샤프롱으로 적절한 것 같고, 게다가 아주 상냥해 보이는구나. 네가 선택해. 안 그러면 내가 대신 택할 테니까."

안젤리카는 여전히 부루퉁했다. 저 성미는 아버지에게서 물려받은 것일까?

앤이 안젤리카를 향해 몸을 돌렸다.

"어쩌면 시험 기간을 갖는 게 최선일 것 같군요."

앤은 조용히 말했다.

"소롤드 양과 잘 지내는지 보기 위해서요. 만약 한 달 뒤에도 여전히 퀸 양이 샤프롱으로 있는 걸 참지 못하겠다면, 그땐 클램펫 선생을 소개하죠. 여러 해 동안 교실에서 학생들을 가르친 아주 활기차고 유능한 선생님입니다. 새벽 산책과 냉수 목욕을 늘 강조하는 분이죠."

"지금 저를 겁주시려는 건가요?"

말은 이렇게 했지만 안젤리카의 목소리에는 확신이 없었다.

앤은 어깨를 가볍게 으쓱한 뒤 손목시계를 보았다. 그리고 다시 소롤드 부인을 향해 몸을 돌리며 말했다.

"즐거운 만남이었습니다, 부인. 그런데 저희는 이제 가봐야 할 것 같네요."

앤은 잠시 뜸을 들인 뒤, 신중하게 물었다.

"며칠 동안은 퀸 양을 다른 곳에 소개하지 말까요? 사실, 다른 의뢰인께서도 젊은 샤프롱을 원하시고 계셔서 어쩌면 제가 약간은 연기를……."

세 쌍의 눈이 한꺼번에 안젤리카를 향했고, 소녀는 넌더리를 내며 두 손을 들었다.

"네, 네, 좋아요! 그래도 사람을 냉수에 처넣는 고약한 늙은 이보다는 퀸 양이 낫겠네요."

메리는 의기양양한 웃음을 간신히 억누르고 새침하게 미소
지었다.

"감사합니다."

그 뒤로 메리가 체이니 워크에 정착하기까지의 과정은 숨 가
쁠 만큼 일사천리로 진행되었다. 불과 15분 만에 임금 협상이
이루어졌고, 담당 업무가 재차 확정되었으며, 메리의 작은 트
렁크는 그날 저녁 배달되기로 결정되었다. 메리는 바로 그 순
간부터 일하게 되었다.

앤이 떠나자 엄청난 공포가 밀려왔다. 자신의 임무를 분명히
알고 있었지만, 5분간 주어진 앤과의 개인적인 대화에서 많은
얘기를 나누고 싶었다. 그러나 메리는 애써 희미한 미소를 지
어 보이며 가볍게 고개 숙여 인사했다. 그리고 완전히 혼자가
되는 것은 아니라고 스스로를 위안했다. 앤과 정보를 교환할
수 있는 간단한 편지 작성 암호가 있었다. 그리고 무엇보다 메
리 스스로 이 일을 자처했고, 간청하기까지 했다. 도전과 새로
운 삶을 간절히 원했다.

메리의 전 고용주가 나가고 응접실 문이 닫히기도 전에, 소
롤드 부인과 그 딸은 이미 일상으로 되돌아가 있었다. 소롤드

부인은 의자에 파묻혀 꾸벅꾸벅 졸았고, 안젤리카는 피아노를 연습했다.

음악은 남자들이 등장하고서야 멈췄다. 계단에 발소리가 들리자 안젤리카는 악보를 치웠고, 응접실 문이 철컥 열리자 소롤드 부인 역시 잠에서 깨어났다.

"내가 왔어요. 우리 예쁜이들."

동그란 얼굴에 키가 작고 배가 불룩한 남자가 부산스럽게 방으로 들어와서 한쪽 테이블에 모자를, 다른 쪽 테이블에 장갑을 벗어놓고는, 벗겨진 정수리 근처에 불쑥 솟아 있는 머리카락 몇 가닥을 손바닥으로 눌러 정리했다.

"오늘 저녁에는 일찍 오셨네요, 아빠."

안젤리카는 아버지가 키스할 수 있도록 이마를 살짝 내밀며 인사했다.

"내가 여자들만의 대화를 방해한 게 아니면 좋겠구나."

소롤드가 딸의 뺨을 톡톡 두드리며 말했다. 그는 소롤드 부인에게 인사한 뒤, 다시 안젤리카에게 말을 걸었다.

"좋은 하루였니?"

"네, 아빠. 위스키를 가져오게 벨을 누를까요?"

"역시 내 딸이야."

그는 정중하게 메리를 쳐다보았다.

"그런데 초면인 것 같군요, 미스……."

"퀸입니다. 메리 퀸."

메리는 고개 숙여 인사했다.

"방금 전부터 소롤드 양의 샤프롱으로 일하게 되었습니다."

"오호, 그러셨군요. 저는 헨리 소롤드입니다. 그리고 이 친구는 내 비서인 마이클 그레이고요."

메리는 소롤드를 뒤따라온 젊은 남자에게도 고개 숙여 인사했다.

"두 분을 만나게 되어 기쁩니다."

비서의 외모는 출중했지만, 메리의 시선이 돌아간 곳은 소롤드 쪽이었다. 계단 옆 초상화 덕분에 단번에 알아볼 수 있었다. 하지만 품위 없어 보일 만큼 기운차고 명랑한 모습은 놀라웠다. 그녀는 선입견을 피해야 했다. 세금을 포탈하고 힌두교 유물을 밀매하는 간악한 상인이라고 쾌활한 가장이 되지 말라는 법이 세상에 어디 있는가?

한 손에 술잔을 들고 기분 좋은 한숨을 내쉬며, 소롤드는 안젤리카 바로 옆에 있는 안락의자에 앉았다. 마이클은 소파에 자리 잡았다. 소롤드 부인은 원래 앉아 있던 자리에 그대로 머물러서, 다른 세 사람이 만들고 있는 삼각형 대화 구도에서 살짝 벗어났다. 침묵이 흘렀다. 마침내 소롤드가 입을 열었다.

"별일 없었니? 오늘 우리 딸은 뭘 하고 지냈지?"

"대화를 나누고 피아노 연습도 했어요, 아빠."

안젤리카의 목소리는 온화했다. 그러니까 아버지가 있는 자리에서는 얌전하게 행동하고 어머니한테만 제멋대로 구는군.

마이클 그레이가 예의 바르게 미소를 지었다.

"축하합니다, 퀸 양. 소롤드 양의 마음에 드셨다니 틀림없이 능력이 출중한 분이겠군요."

그때 뜻밖에 소롤드 부인이 끼어들었다.

"안젤리카와 퀸 양은 앞으로 잘 지낼 거예요."

힘없이 떨리는 목소리였지만 분명 명령이었다.

"그리고 이번 토요일 파티 때 퀸 양이 도움을 줄 거예요."

"파티?"

소롤드는 잠깐 당황한 것처럼 보였다. 그러더니 갑자기 손바닥으로 이마를 치며 말했다.

"파티! 물론이지!"

안젤리카는 인상을 찌푸렸다.

"그 파티 말인데요, 아빠! 가든파티를 하기에는 날씨가 좀 그렇지 않을까요? 어휴."

'악취'라는 말을 대신할 좀 더 점잖은 말을 찾느라 안젤리카의 목소리가 작아졌다.

"오염된 공기요?"

마이클의 말을 무시하며 안젤리카가 말했다.

"계절에 맞지 않게 너무 더워요. 손님들이 불편해할 거예요."

메리는 호기심 어린 눈으로 안젤리카를 쳐다보았다. 부유하고 항상 따분해 보이는 젊은 아가씨가 파티를 취소하려는 이유는 뭘까?

"지금 취소하는 건 불가능해요."

소롤드 부인이 단호하게 말했다.

"벌써 3주 전에 초대장을 보냈잖아요."

"손님들은 파티를 연기하는 이유를 이해할 거예요."

안젤리카가 주장했다.

"손님들도 템스 강에서 겨우 20피트 떨어진 응접실에 모이고 싶진 않을 걸요."

"준비도 미리 마쳐야겠죠."

소롤드 부인은 마치 안젤리카가 아무 말도 하지 않은 것처럼 말을 이었다.

"음식도 주문해야 하고, 악단도 불러야 하고, 하인과 하녀도 추가로 고용해야 하고요. 정원에 칠 대형 천막도 필요하죠."

소롤드는 테니스 경기 심판처럼 아내와 딸을 번갈아 보았다.

"일리가 있군."

그는 누구에게 하는 말인지 알 수 없게 애매하게 말했다.

"이제 와서 취소할 순 없어요. 너무 늦었어요."

소롤드 부인이 단호하게 말했다.

"엄마 건강은 어쩌고요? 요즘 너무 약해지셨잖아요."

소롤드 부인과 거의 동시에 안젤리카가 말했다.

두 여자는 판결을 기다리며 소롤드를 쳐다보았다. 몇 초간 긴 침묵이 이어졌다. 방 안이 너무 조용해서 소롤드가 술을 들이키는 소리까지 들렸다. 한동안 시간이 흐른 뒤, 소롤드가 조심스럽게 목청을 가다듬었다.

"음, 그게…… 문제가 좀 복잡하군."

"이스튼 씨는요?"

소롤드 부인이 힘주어 말했다. 모두 부인을 쳐다보았다. 그녀는 의자 깊숙이 파묻혀 앉았다.

"그분은 안젤리카에게 아주 훌륭한 남편감이에요."

소롤드 부인은 다소 약해진 목소리로 말했다.

"게다가 안젤리카를 아주 좋아하죠."

소롤드는 인상을 찌푸렸다.

"이스튼 씨를 실망시키는 건 안 될 일이지. 오늘 이스튼 씨를 만났는데 파티를 무척 고대하고 있더군."

"그런 재력 있는 구혼자는 돈을 노리고 몰려드는 가난뱅이들과는 딴판이죠."

소롤드 부인이 선언하자 소롤드는 흡족해 보였다.

"곧 인도에서 계약을 따낼 거라고 하더군. 참 영리한 친구야. 인도는 지금 기회의 땅이지."

메리는 자세히 들으려고 몸을 살짝 앞으로 뺐지만, 그게 다였다.

안젤리카는 무겁게 한숨을 쉬었고, 마이클은 천장을 보았다.

소롤드는 고개를 한 번 끄덕였다.

"좋아. 그럼 파티를 강행해!"

3

한밤이 되자 모든 손님들이 개인 하녀를 대동하고 도착했다. 정원에 설치된 대형 천막에는 조명이 아름답게 밝혀져 있었지만, 날씨 탓에 강물에서 풍기는 악취를 맡아야 하는 천막을 모두들 기피했다. 그 바람에 실내가 혼잡해졌다. 방마다 별도로 고용한 하인들이 구석에 서서 커다란 부채를 부치고 있었음에도 불구하고, 공기는 여전히 후덥지근했다. 곳곳에 놓인 꽃다발들이 하인들과 마찬가지로 벌써 시들시들했다.

그러나 더위만 빼면 정말 아름다운 연회였다. 10여 개의 긴 양초와 가스등이 방 안 여기저기 켜져 있어 실내를 대낮처럼 밝혔다.

젊은 여성들은 리본과 꽃으로 화려하게 장식한 가볍고 얇은 소재의 흰 드레스를 입고 있었다. 반면 나이 지긋한 기혼 여성들은 좀 더 화려한 색상의 옷을 입었다. 지금은 모든 여성들이 깊게 파인 드레스와 가슴에서 화려하게 반짝이는 보석을 한껏 과시하는 계절이었다. 신사들은 선명하게 대비되는 검정 턱시도와 흰 타이를 차려입었다.

웃고 떠들고 시시덕거리고 얼근하게 취한 사람들을 둘러보며, 메리는 이 모든 사치를 삐걱거리는 목선(木船)과 상선 선원들이 이루었다는 사실이 믿기지 않았다. 국제 교역과 위험한 노동의 흔적은 파티장 어디에도 없었다. 아무도 인정하지 않고 눈에 보이지도 않는, 부의 원천으로 존재할 뿐이었다.

메리는 조바심에 뱃속이 뒤틀리는 것 같았다. 소롤드 가족과 벌써 4일을 보냈다. 안젤리카의 곁을 지킨 지 4일. 온갖 적대적인 발언을 참아내고 부루퉁한 얼굴을 애써 못 본 척 해온 4일. 소롤드 부인이 오후마다 마차를 타고 외출하는 동안, 어둡고 숨 막히는 집에 갇혀 지낸 4일은 대체 무엇을 위한 것이었나? 안타깝게도 메리가 들은 정보는 하나같이 흔해 빠진 것들이었다. 예를 들어 소롤드에겐 뚜렷한 상속인이 없었다. 초상화 속 병약해 보이는 소년, 외아들 헨리 2세가 몇 해 전에 죽었기 때문이다. 그 사건으로 '소롤드와 그 아들'이라는 야심 찬 상호는 '소롤드 상사'라는 밋밋한 이름으로 바뀌었다. 그리고 지난달, 내실 하녀 하나가 부도덕하다는 이유로 해고되었다. 그녀는 당시 임신 6개월이었고, 주방에서는 아기의 아버지가 소롤드라는 소문이 돌았다.

소롤드와 마이클이 집에서나 여자들 앞에서는 사업 이야기를 하지 않는다는 것이 점점 더 분명해졌다. 그리고 남은 시간은 많지 않았다. 앤과 펠리시티는 1주 정도면 임무가 끝날 것으로 예상했다. 추가적인 지시나 정보는 없었다. 새로운 소식이 아예 없거나, 최소한 메리와 관련된 소식은 없다는 뜻이었다. 주 요원에게서는 어떤 접선 시도도 없었고, 이는 곧 메리의 도움을 필요로 하지 않는단 소리였다. 규정상 아주 구체적인 정보를 입수하지 않는 한, 주 요원은 물론 에이전시에도 메리 쪽에서 먼저 연락할 수 없었다. 주변을 돌아볼까? 그녀가 무엇이건 발견할 수 있는 유일한 방법은 적극적으로 밀거래의 증거를 찾는 것이다. 오, 이런! 게다가 그것은 낯간지러운 드레스를 입고 무례한 귀부인들을 위해 과일 셔벗을 나르는 것보다 훨씬 더 흥미진진한 일이리라.

원칙적으로 메리는 지시를 철저히 따라야 했다.

그렇지만 증거를 찾는다고 손해 보는 건 없지 않을까? 남은 시간은 겨우 9일뿐이다.

그녀는 어디서부터 시작해야 할지 몰랐다.

아니, 사실 알고 있었다.

파티는 절정에 이르렀다. 15분쯤 자리를 비워도 아무도 메리를 찾지 않을 것이다. 메리는 응접실 입구 근처에 무리 지어 있는 남자들을 슬쩍 지나쳤다. 딱 한 사람만 빼고 대부분의 손님들은 소박한 회색 옷차림의 그녀를 못 본 척했다.

더위 때문에 후줄근해진 흰색 셔츠의 가슴팍이 갑자기 메리의 시야를 가로막았다.

"뭐가 그리 급해요?"

메리는 마이클의 눈을 똑바로 올려다보았다. 푸른 눈이었다.

"네?"

메리는 깜짝 놀라 헐떡이며 말했다.

"저녁 내내 분주하게 돌아다니더군요. 누구 피하는 사람이라도 있어요?"

그녀는 웃었다.

"제게 피해야 할 사람이 어디 있겠어요."

"당신은 날 알죠."

"약간은요."

메리는 어리둥절했다. 마이클은 우스꽝스러운 표정을 지었다.

"약간이라. 저녁 내내 당신을 기다린 내 꼴이 참 초라해지는군요."

지금 수작을 거는 건가? 설마 그럴 리가. 하지만 이럴 때는 어떻게 맞장구를 치는 거지? 만약 맞장구를 치고 싶다면…….

마이클은 메리의 얼굴에 드러난 혼란을 즐기는 것 같았다.

"꿀 먹은 벙어리가 되었나요?"

"당신이 절 꿀 먹은 벙어리로 만들고 싶어 하는 것처럼 보이는데요."

마이클의 웃는 얼굴은 정말로 매력적이었다.

"어쩌면요. 하지만 난 당신과 이야기를 나누려 애쓰는 중이기도 하죠. 다음 왈츠는 저와 함께 추실까요?"

"전 왈츠를 못……."

"댄스 파트너 명단이 다 찼다고 하진 말아요."

"물론 아니에요."

파트너 명단 따위는 없었다.

"하지만 춤출 수 없어요."

"금지됐나요?"

"물론 아니에요. 단지……."

메리는 어쩔 줄 모르겠다는 제스처를 취했다.

마이클의 감탄 어린 시선이 가볍게 그녀를 훑었다.

"춤출 조건은 갖췄잖아요. 여자고, 팔 두 개, 다리 두 개…… 적어도 내 눈엔 그렇게 보여요."

그녀는 웃었다.

"일부러 못 알아듣는 척 하시네요. 난 파티에 참석한 아가씨들과는 다르다는 뜻이에요. 다른 분과 춤을 추셔야 해요."

"난 이상적인 미혼남이 아닙니다. 그러니까 나와 춤추는 건 당신이 할 일이죠."

"오히려 그 반대죠. 지금 남자 파트너가 부족해 보이는데요. 그렇게 춤을 추고 싶다면, 좀 더 어린 아가씨들에게 신청하시는 게 좋겠어요. 그 편이 훨씬 안전할 테니까요."

"이봐, 그레이!"

문가에 서 있는 남자들 중 한 명이 그를 불렀다.

"갑니다!"

마이클이 대답했다. 그리고 미소 지으며 경고했다.

"아직 얘기 안 끝났어요. 당신과 춤추길 기다릴 겁니다."

메리는 그를 지나치면서 살짝 건방진 눈빛을 보냈다.

"기다리는 거야 당신 자유죠."

메리는 여전히 입가에 미소를 머금은 채 모퉁이를 돌아 복도를 따라 걸어갔다. 어쩌면 남녀 간의 연애는 생각했던 만큼 어려운 것이 아닌지도 모른다.

집 뒤쪽에 가까워지자, 소음과 열기 모두 누그러졌다. 방치된 복도 끝에는 소롤드의 서재뿐이었다. 아래층에서는 하인들이 시원한 음료와 음식을 만들고 샴페인을 따느라 분주했다.

메리는 손잡이를 돌려보았다. 당연히 문은 잠겨 있었다. 메리는 올린 머리에서 핀을 뽑아 능숙하게 구부렸다. 자물쇠를 따는 것은 그녀가 좋아하는 일 중 하나였다. 망을 보면서 자물쇠가 달그락거리는 소리에 귀 기울이는 것은 상당한 집중력이 요구되는 작업이었다.

지난달 에이전시에서 훈련을 받는 동안, 메리는 옛 기억이 되살아나는 것을 느꼈다. 기쁘고 놀라웠다. 어쩌면 당연하겠지만, 그녀가 암호 해독 같은 새로운 기술을 익히는 와중에도, 꼬마 도둑 시절 습득한 능력이 여전히 남아 있었다. 그러나 그동안 요조숙녀처럼 착실한 세월을 보낸 터라 그녀의 배짱은 무용지물이 되었고, 손이 덜덜 떨렸다.

메리는 동작을 멈추고, 힘겹게 연달아 다섯 번 심호흡을 했다. 냉정을 찾지 못한다면, 자물쇠에 흠집을 내고 머리핀도 잃은 채, 빈손으로 돌아가야 할 것이었다. 그런 생각이 들자 정신이 번쩍 나면서 손가락의 떨림이 어느 정도 진정되었다.

두 번째 시도는 한결 나았다. 핀을 넣음과 거의 동시에, 메리는 자물쇠 구멍의 내부를 느낄 수 있었고, 장부가 매끈한 모양으로 돌아가는 것이 눈에 보이는 듯했다. 복도 저쪽에서 들리는 까르르 웃음소리에 순간 얼어붙었지만, 소리의 주인이 나타나지 않아 작업을 계속할 수 있었다. 마지막 레버가 짤깍하고 자리를 잡자, 메리는 싱긋 웃었다. 무척 만족스러웠다.

손잡이는 기름칠이 잘 되어 있었다. 방이 비어 있는지 확인하기 위해 안쪽을 잽싸게 훑어본 뒤, 그녀는 안으로 들어가 조용히 문을 닫았다. 두꺼운 벨벳 커튼이 열려 있어서 달빛과 정원 조명이 방 안을 반쯤 비추고 있었다. 주머니에 넣어온 양초는 필요 없었다.

드디어 메리는 서재를 수색하기 시작했다. 오른쪽으로 커다란 사각형 책상이 있었는데, 책상 위에는 아무것도 없었다. 책상 뒤로는 서류 캐비닛 한 쌍과 키가 큰 옷장, 그리고 술병과 유리잔 세트가 놓인 탁자가 자리 잡고 있었다. 왼쪽에는 책등에 금박을 입힌 가죽 장정 책들이 꽂힌 책장들이 나란히 늘어섰다. 그리고 그 뒤쪽 벽에는 창문이 나 있었다.

메리는 눈살을 찌푸리고 입술을 깨물었다. 놀랄 만한 발견을 기대할 수 없었다. 소롤드는 모든 무역 관련 문건을 창고에 보관할 것 같다는 생각이 강하게 들었다. 그러나 만전을 기하기 위해 이곳부터 시작해야 했다.

왼쪽에 있는 책장부터 시작했다. 책장은 최근에 총채질을 했는지, 어떤 책을 다른 책들보다 많이 보았는지 분간할 도리가 없었다. 표지에는 밀턴, 셰익스피어, 존슨 같은 위인들의 이름이 적혀 있었는데, 책들은 완전히 새것처럼 보였다. 그녀는 존 던의 설교집 한 권을 꺼낸 뒤 미소 지었다. 아직 책장 가장자리가 잘리지도 않아 순전히 전시용으로 꾸민 서재가 분명했다(옛날에는 책을 만들 때 큰 종이에 여러 장을 인쇄해서 접은 뒤 나중에 모서리를 자르거나 간혹 일부러 자르지 않고 남겨두었다. 잘리지 않은 부분은 책을 읽는 사람이 잘라야 했다—옮긴이). 책꽂이에 꽂힌 책들은 하나같이 깨끗하고 손을 타지 않은 데다, 점잖은 책 일색이었다.

그런데 창문과 가장 가까운 마지막 책장을 열자마자, 뭔가 다르다는 것을 감지했다. 새 가죽과 새 종이의 기분 좋은 냄새는 온데간데없고 먼지와 담배 연기 비슷한 냄새가 그 자리를 대신했다. 메리는 재빨리 책들을 훑었다. 표지는 우아했지만 완전히 다른 종류의 책이었다. 『아레틴의 체위』, 『채찍의 집』, 『패니 힐』. 그녀는 그중 가장 낡은 책을 골라 펼쳤다. 벌거벗은 몸들이 서로 뒤엉켜 있었다. 어떤 몸은 흰 피부, 어떤 몸은 살구색, 또 다른 몸은 갈색이었다. 누구는 웃고 있었고, 다른 사람들은…….

메리는 소리 나게 책을 덮었다. 그녀는 순진하지도 않고, 거리에서 자라 외설적인 그림은 익숙했다. 하지만 이런 그림은 처음이었다. 그림 속 여인들은 아프리카 노예들이었고 백인 남성들은 그들의 주인이었다.

메리는 밀려드는 구역질을 참아야 했다. 책을 원래 자리에 꽂고, 솟구치는 위액을 꿀꺽 삼켰지만 입안에는 여전히 쓴맛이 남았다. 그녀는 창문을 열고 밤공기를 마시고 싶었다. 비록 불쾌한 공기였지만 방금 본 장면보다 더 끔찍할 수는 없을 것이다.

그러나 곧 냉정하게 스스로를 다그쳤다. 연약한 아가씨처럼 구는 건 금물이었다. 이곳에서 정보를 찾아야 했다. 메리는 책장을 꼭 닫고 관심을 돌렸다. 첫 번째 서류 캐비닛의 자물쇠는 아주 단순했다. 머리핀을 한두 번 돌리는 것만으로 걸쇠가 풀렸다. 맨 위 서랍을 열 때, 그녀는 또 한 번 짜릿한 흥분을 느꼈다. 서랍이 아주 부드럽게 열리며, 깔끔하게 묶어놓은 꼬리표들이 모습을 드러냈다. 꼬리표마다 연도와 주제가 표시되어있었다. 1836년 미국. 1836년 버뮤다와 서인도. 1836년 인도.

이 소리는 뭐지? 메리는 방 안을 둘러보았다. 분명 무슨 소리를 들었다. 하지만 귀를 쫑긋 세우고 들어보니, 손님들의 목소리와 이따금 까르르하는 웃음소리만 들릴 뿐이었다.

메리는 서류 캐비닛으로 돌아갔다. 그리고 잠시 후 서류철이 오래된 것들임을 알아차렸다. 마지막 연도는 1845년이었다. 두 번째 캐비닛에는 1846년에서 1855년까지의 서류철이 들어 있었지만, 좀 더 최근 것은 없었다. 메리는 입술을 깨물었다. 최근 서류는 다른 곳에 있는 게 분명했다. 메리는 확인을 위해 서류철 몇 개를 살짝 들여다보았지만 수상한 점을 발견하지 못했다. 꼬리표 번호와 날짜에 따라 묶여 있었고, 중간에 서류가 뭉텅이로 빠진 흔적이나 다른 이상한 점은 없었다. 정교한 암호 같은 것이 있지 않은 한, 이 서류철들은 수상쩍어 보이지 않았다. 아마도 창고 쪽을 봐야 할 것 같았다.

또다시 뭔가를 긁는 듯한 소리가 들렸다. 메리는 잠시 멈추고 귀를 기울였지만 멀리서 들려오는 파티의 소음뿐이었다.

그때 갑자기 복도를 따라 걸어오는 발소리가 들리는가 싶더니 점점 가까워졌다. 잠글 시간까지는 없어 얼른 서랍을 닫고 두리번거렸다. 책상 밑으로 기어들어 갈까 생각했지만 발소리가 가까워지자 생각을 바꿨다. 근처에 옷장이 있었던 것이다. 하느님, 감사합니다! 옷장 문은 잠겨 있지 않았다. 그녀는 부랴부랴 옷장 속으로 들어가며 이렇게 자유롭게 움직일 수 있도록 해준 폭 좁은 크리놀린에 감사했다. 사무실 문손잡이가 찰칵하며 돌아가는 소리와 함께 옷장 문이 닫혔다.

그리고 몇 초 동안 메리는 격렬하게 쿵쾅거리는 맥박 너머로 아무 소리도 듣지 못했다. 그녀는 천천히 심호흡을 했다. 세 번째에서야 어느 정도 안정을 되찾았다. 메리는 따뜻하고 캄캄한 옷장 속에서 눈을 깜빡였다. 코트처럼 느껴지는 거칠거칠한 모직 옷에 뺨이 스쳤고, 담배 냄새와 조금 전 책장에서 났던 남자 향수가 뒤섞인 묘한 냄새가 느껴졌다.

메리는 입이 말랐다. 방 안에서 나는 소리는 뭐지? 어쩌자고 문도 제대로 잠그지 않고 들어온 걸까? 성급한 게 문제야. 메리는 스스로를 책망했다.

천천히 새로운 소리가 그녀의 의식 속으로 들어왔다. 너무도 서서히 다가오는 소리에 처음에는 자신이 꿈을 꾸고 있다고 생각했다. 그것은 마치…… 조용한 숨소리 같았다. 그렇다. 숨소리였다. 자신의 것은 아니었다. 그리고 그 소리는…… 설마 메리의 뒤에서 나는 것일까?

말도 안 되는 소리였다.

그렇지 않은가?

메리는 본능적으로 숨을 참았다. 그리고 잠시 후 또 한 번 호흡을 멈추었다. 다섯까지 센 뒤, 그녀는 아주 조용히 숨을 내쉬었다. 그런데 바로 뒤에서 희미한 울림이 들렸다.

터무니없는 소리. 메리에겐 지금 이렇게 공포에 휩싸일 만한 여유가 없었다. 일단 상상하기 시작하면 끝도 없다. 맞다. 그녀는 자신이 몹쓸 상상력에 굴복하고 있음을 스스로에게 딱 부러지게 입증해야 했다.

조용히, 그리고 천천히, 메리는 왼쪽 손을 뒤로 뻗었다. 뭔가가 만져졌다. 천이었다. 정확히 말하자면 품질 좋은 리넨이었다. 여기까지는 좋았다. 따지고보면 지금 옷장 안에 있으니까. 그런데 문제는 이 리넨이 이상하게 따뜻하다는 것이었다. 마치 사람의 체온 같았고 손바닥으로 누르자 움직이는 듯도 했다.

갑자기 장갑을 끼지 않은 맨손이 메리의 코와 입을 거칠게 덮었다. 그리고 긴 팔이 그녀의 두 팔을 움직이지 못하도록 휘감았다. 단단하고 따뜻한 옷 위로 메리의 몸이 바싹 붙었다.

"쉿."

그녀의 왼쪽 귀에 눌려진 입술이 속삭였다.

"소리 지르면 우리 둘 다 들켜요."

설사 소리치기로 작정했다 해도 그러지 못했을 것이다. 메리의 목소리는 목구멍 뒤에서만 맴돌았다.

그녀를 잡고 있는 남자는 입을 더욱 단단히 막았다.

"알겠소?"

남자의 어조는 일정했고, 손은 따뜻하고 건조했다. 그는 지금 당장 메리에게 홍차에 설탕을 넣어 마시냐고 물어볼 수도 있을 것 같았다.

그녀는 간신히 고개를 한 번 끄덕였다.

길게만 느껴지는 몇 초가 흘렀다. 발소리가 가까워지더니 다시 멀어졌다. 금속과 금속이 스치는 소리가 들렸다. 한 번, 두 번. 커튼을 치는 소리 같았다.

메리의 눈에서 눈물이 따끔따끔 솟았지만, 이를 악물고 참았다. 절대로, 절대로, 절대로 이 남자에게 자신이 겁에 질렸음을 알게 하는 만족감을 줄 수 없었다. 대신 메리는 옷장 속 남자에 대해 자신이 알고 있는 대로 평가해보기로 했다. 교양이 느껴지는 목소리였다. 마이클 그레이? 아니다. 이 남자는 냄새가 다르다. 마이클에게서 나는 머릿기름과 파이프 담배 냄새 대신이 남자에게서는 삼나무 비누 향과 희미한 위스키 냄새가 풍겼다. 그렇게 확신하는 데 스스로도 놀랐다.

발소리가 방을 한 바퀴 더 돌았다. 발소리 주인은 '흥' 하고 못마땅한 소리를 냈다. 그리고 마침내 문이 다시 열렸다 닫힌 뒤 열쇠가 돌아갔다.

메리와 그녀를 잡고 있는 남자는 기다렸다. 그녀의 등에서 그의 심장이 천천하고 꾸준하게 뛰는 것이 느껴졌다. 메리는 10까지 세었다. 20까지, 또 30까지. 놓아주지 않을 작정인가? 그녀는 손을 물어버릴까 생각했다.

그때 남자의 목소리가 들렸다.

"소리치거나 울지 않을 거죠?"

메리가 약하게 고개를 끄덕였다.

그는 몇 초간 기다렸다가 천천히 입을 막았던 손을 풀었다.

남자는 길고 불안한 숨을 들이쉬었고 메리는 헐떡거리지 않으려 애썼다. 그녀는 팔을 움직이려 했지만, 남자의 왼팔이 여전히 그녀를 감고 있었다.

잠시 후 남자가 천천히 메리의 팔을 놓아주었다.

메리는 떨리는 손으로 옷장 문을 밀다가, 그만 옷장 밖으로 넘어지고 말았다. 강인한 손이 부드럽게 그녀를 붙잡아 똑바로 일으켜 세웠다.

메리는 손을 쳐내며 휙 돌아서 남자의 얼굴을 보았다. 커튼이 드리워진 탓에 방은 거의 칠흑처럼 캄캄했지만, 키가 크고 마른 형체를 알아볼 수 있었다.

남자의 손에서 성냥이 타올랐고, 메리는 검은 눈과 단호하고 고집스런 입매를 볼 수 있었다. 그는 짧은 양초를 꺼내어 그녀의 얼굴 가까이에 대고 불을 붙였다. 오랫동안 어둠 속에 있었던 탓에 눈부신 빛이 고통스럽게 느껴졌다. 그들은 오랫동안 서로를 살펴보았다. 그리고 남자의 입가가 실룩거렸다. 이 상황이 재미있는 걸까? 남자는 물어보고 싶은 것이 있는 듯했지만 마음을 바꾼 것 같았다.

메리는 도전적으로 남자를 노려보았다. 그녀 역시 질문이 맴돌았지만 남자가 먼저 입을 열 때까지 아무 말도 하지 않기로 결심했다. 남자의 체온이 사라지자 등이 서늘해졌다.

그는 문으로 성큼성큼 걸어가서 주머니에서 열쇠를 꺼내 문을 열었다. 그리고 복도가 비어 있는 것을 확인하고는, 그녀를 돌아보며 한 손으로 정중한 제스처를 취했다.

"레이디 퍼스트."

또 그 망할 자연스러운 목소리였다. 마치 둘이 대화라도 나누고 있었던 듯한 말투였다.

메리는 그를 노려보았다. 도대체 뭐야, 이 작자는?

그는 다시 복도를 쳐다본 다음 초조하게 말했다.

"지금이에요, 빨리."

메리는 제자리에 서서 고개를 천천히 저었다.

"아뇨. 먼저 가세요."

"어서 와요. 입씨름하고 있을 때가 아니오."

남자의 목소리에서 보호자인 척하는 거만함이 역력했다.

"입씨름할 생각 없어요."

그녀는 도도하게 말했다. 이제 그가 입을 열었으므로, 메리는 더욱 자기 위치를 지켜야겠다는 확신이 들었다.

"여기서 나가고 싶다면 꿈에도 말릴 생각이 없어요."

남자는 다시 문을 닫고 그녀를 노려보았다.

"이봐요, 아가씨. 지금 여기서 무슨 짓을 하고 있는 거요?"

그녀는 오만하게 그를 쳐다보았다.

"지금 댁이 그렇게 물어볼 입장이 아닐 텐데요."

그의 입가가 다시 실룩거렸다. 정말 이상한 남자였다.

"뚜셰('한 방 맞았다', '졌다'라는 뜻—옮긴이)!"

프랑스어로 내뱉은 남자는 잠시 아무 말 없이 마치 영감을 얻으려는 듯 천장을 노려보았다.

"그럼 좋아요. 동시에 떠나는 건 어떻소?"

메리는 그 제안을 생각해 보았다. 사실 방에 남아 있을 수는 없었다. 누군가 사무실로 들어오는 위험은 둘째 치고, 곧 그녀를 찾는 사람이 생길 수도 있었다. 그가 정말로 파티에 초대받은 손님이라면 남자도 마찬가지일 것이다. 그녀는 정중하게 고개를 기울였다.

"훌륭한 생각이에요."

메리는 남자의 정중한 어조를 흉내 내며 중얼거렸다.

메리는 문을 향해 유유히 걸어갔고, 그는 그녀를 위해 문을 조용히 열어주었다. 복도로 빠져나오고 나서 메리는 남자가 문을 다시 잠그고 열쇠를 주머니에 넣는 것을 지켜보았다. 진짜 집 열쇠였다. 어떻게 열쇠를 구했지?

그는 거만하게 눈썹을 치켜 세우며 그녀를 내려다보았다.

"어때요? 응접실로 뛰어가는 게 낫지 않겠소?"

메리는 남자를 때려주고 싶은 충동을 억지로 눌렀다. 그리고 인내심을 총동원하여 최대한 점잖게, 발꿈치를 돌려 재빨리 복도를 걸어갔다.

4

그녀는 왜 옷장에서 소리치지 않은 걸까? 응접실에서 다음 행보를 고려하며 사람들 사이를 헤치고 걷던 제임스 이스튼은 안젤리카 소롤드를 도와 차를 따르고 있는 문제의 아가씨를 발견했다. 두 여자는 대조적인 매력을 지녔다. 곱슬곱슬한 금발에 분홍빛 도는 하얀 피부의 소롤드 양과 검은 머리에 사나운 눈빛의 '미스 옷장'. 저 눈은 무슨 색이라고 표현해야 하지? 헤이즐넛 갈색? 아까는 촛불 밖에 없어서 식별하기 힘들었다. 소롤드 양의 인형 같은 아름다움을 더욱 돋보이게 해주는, 전혀 영국인답지 않은 외모였다. 그리고 그 점이 그녀의 매력 포인트였다.

미스 옷장은 머리에 다시 핀을 꽂은 것이 분명했다. 불과 몇 분 전 어깨에서 치렁거리던 머리카락이 이제는 단단히 뒤로 당겨져 있었다. 그녀의 향기가 되살아났다. 깨끗한 세탁물 냄새, 레몬 향 비누 냄새. 처음엔 그녀가 향수를 뿌리지 않은 것에 놀랐다. 그리고 좁은 공간에 갇혀 있으면서 곧 그 사실에 감사하게 되었다.

제임스는 맞은편에서 그녀를 눈여겨보았다. 목이 올라온 소박한 옷은 사교계에 진출한 소녀가 아님을 분명하게 말해주었다. 그리고 머리 모양도 문제가 있었다. 요즘 젊은 여성들 사이에 유행하는 스타일은 귀 위쪽에 핀을 꽂은 물결치는 곱슬머리였다. 무엇보다도 차 테이블에서 그녀가 맡은 역할이 그 모든 것을 확인해주었다. 미스 옷장은 약간 뒤로 물러나 시선을 낮추고 차를 따랐다. 이와 대조적으로 소롤드 양은 앞으로 나와서 우아하게 찻잔에 크림과 설탕을 넣었다. 그리고 일렬로 줄을 선, 주로 그녀의 미모에 감탄하는 미혼 남성 손님들에게 건넸다. 제임스의 형인 조지도 그 무리에 끼어 있었다.

제임스의 노골적인 시선을 느끼기라도 한 듯 미스 옷장은 갑자기 고개를 들어 눈을 맞추었다. 기분 좋기도 하고 놀랍기도 한 짜릿한 기운이 퍼졌다. 그는 조용히 무표정을 유지하려 애썼다. 부끄러워해야 할 순간인데도 그녀의 모습은 도전적이었다. 그녀는 마치 제임스를 꿰뚫어보려는 것처럼 한동안 쳐다보더니, 필요한 것을 모두 보았다는 듯 도도하게 눈을 돌렸다. 그는 웃음이 터져 나오려는 것을 참았다. 거만한 꼬마 같으니.

미스 웃장은 가정 교사치고는 매력적이었다. 그리고 웃장에서의 행동으로 판단해보건대 바보도 아니었다. 시시한 여자 같았으면 그 순간 소리치거나 몸부림치거나, 아니면 최소한 울음을 터뜨렸을 것이다. 하지만 그녀의 반응은 신속하고, 통제되어 있었고 실용적이었다. 보통 아가씨가 아니었다. 어쩌면 타인과 어울리지 못하는 부류일까? 결국 문제는 그녀가 어두운 서재에서 혼자 대체 뭘 찾고 있었냐는 것이었다.

제임스는 천천히 방 안을 돌면서 열린 발코니 문 쪽으로 조금씩 다가갔다. 실내 공기의 답답함보다 강의 악취가 더 크게 느껴졌다.

"아니, 이게 누구야? 제임스 도령 아니야?"

제임스는 눈을 깜빡이며 아는 척하며 나타난 남자에게 초점을 맞추었다.

"스탠디시 씨. 안녕하십니까?"

워너 스탠디시는 그의 가문과 오랜 친분이 있는 인물로, 허세만 가득한 멍청이에다 몰염치한 수다쟁이였다.

끝이 뾰족한 붉은 수염이 갈라진 틈으로 혀 짧은 소리의 원인이 드러났다. 새로 해 넣은 기막힌 나무 틀니였다.

"여기서 자네를 만날 거라곤 생각도 못했네. 이제 곧 잠자리에 들 시간 아닌가."

제임스는 어깨를 으쓱했다. 이제 곧 자신도 스무 살이 된다는 사실을 일깨워줄 필요가 있을까? 뭐, 별로.

"지금 이튼에 다니나? 아니면 해로우?"

둘 다 아니다.

"몇 년 전에 학교를 졸업했습니다, 스탠디시 씨."

"어허. 그렇다면 옥스퍼드에 다니고 있겠군."

"아뇨, 지금은 형과 함께 일을 하고 있습니다."

제임스가 이를 앙다물고 말했다.

"다리 놓는 것 말인가? 정말 특이하군!"

"토목은 저희 가업이죠."

'당신도 잘 알잖아, 이 늙은 주정뱅이야.'

제임스는 속으로 덧붙였다.

"그렇다면 자네 형은 어디 있나?"

스탠디시가 물었다.

"오늘은 보지 못했는데."

"형을 못 본 건 스탠디시 씨뿐일 겁니다."

제임스는 앙다문 이 사이로 대답했다. 맙소사. 오늘 밤 조지
는 부끄럽기 그지없었다. 형은 소롤드 양 때문에 완전히 바보
가 된 것 같았다. 케이크 접시와 펀치 잔을 들고 소롤드 양을
졸졸 따라다니며 대화를 독점하려 했다. 거기다 소롤드 양의
파트너 목록이 꽉 차 있음에도 불구하고 계속 그녀와 왈츠를
추려했다. 모두들 조지를 비웃었다.

"그게 무슨 소린가?"

스탠디시가 큰 소리로 물었다.

제임스는 턱으로 조지가 있는 쪽을 가리켰다.

"차 테이블이요."

"오호라. 소롤드 양을 보려고 기다리고 있구먼."

"아마 넉 잔째일 걸요."

그리고 제임스는 아무렇지 않은 듯 덧붙여 물었다.

"그런데 옆에서 차를 따르는 여자는 누구죠?"

"내 생각엔 누구냐고 묻기보다는 정체가 뭐냐고 묻는 게 적절할 것 같군."

제임스가 눈썹을 치켜 올렸다.

"네?"

"내가 아까 소롤드에게 물어봤는데 새로 고용한 딸의 샤프롱이라고 하더군. 이름이 퀸이라던가."

"퀸 양……?"

"그런 일이 있었으니 놀랄 일도 아니지 않나?"

제임스가 고개를 저었다. 그는 대체로 뒷소문에 어두웠다.

"무슨 애긴지 설명을 해주셔야 할 것 같은데요."

스탠디시는 능글맞게 웃었다.

"이 집의 내실 하녀 한 명이 9개월 동안 휴가를 받았지. 그게 무슨 뜻인지 알겠나? 그 하녀를 대신해서 들어온 여자는 얼굴이 메줏덩이처럼 생겼었지. 그리고 한 달 뒤 저 여자가 나타난 거야."

제임스의 턱이 굳어졌다.

"소롤드는 영리하고 뻔뻔한 작자야. 나라면 딸의 샤프롱으로 들일 생각 같은 건 하지도 못했을 텐데. 너무 속 보이잖아?"

"자기 집에서 말입니까?"

스탠디시는 히죽거렸다.

"그보다 더 편리할 수 있겠나?"

그는 고개를 돌려 방 저편에서 아직도 차를 따르고 있는 퀸 양을 쳐다보았다.

"구미 당기지. 뭔가 이국적인 데가 있어. 한때 알고 지내던 스페인 무희를 떠올리게 하지. 아니면 이집트 여자? 음…… 혼혈아 같기도 하고 말이야."

스탠디시가 만족스럽게 한숨을 쉬었다.

"말하기 좀 뭣하지만, 참 요염한 여자야."

제임스는 상상하지 않으려 애썼다. 하지만 스탠디시가 말한 나머지 부분은 앞뒤가 딱 맞아떨어졌다. 그녀는 매력적이고 말솜씨도 좋고 미혼이었다. 그리고 젊었다. 열여섯이나 열일곱쯤? 게다가 스탠디시의 주장은 그녀가 이 파티에서 눈에 띄지 않게 행동하려는 이유를 자연스럽게 설명해주었다. 그리고 그녀가 옷장에서 어째서 그토록 침착했는지, 왜 소리쳐서 구조되기보다 조용히 낯선 사람과 갇혀 있기를 선택했는지도 설명이 되었다. 그렇다. 그것은 미스 옷장의 수수께끼에 대한 가장 논리적인 설명이었다.

"다들 그렇게 알고 있나요?"

제임스는 태연한 목소리로 물었다.

"아니면 스탠디시 씨의 가설인가요?"

"믿지 않는 건가?"

제임스는 어깨를 으쓱했다.

"증거가 없다면……."

스탠디시가 목소리를 낮췄다.

"그녀와 소롤드 양 사이에 흐르는 냉랭한 분위기가 보이지 않나? 소롤드 양은 저 여자를 집에 두는 게 못마땅한 게야."

사실 제임스도 두 여자 사이에 흐르는 긴장감을 눈치챈 상태였다.

"음."

스탠디시는 그를 보며 활짝 웃었다.

"자네, 저 아가씨에게 마음이 있군, 안 그래?"

제임스는 퀸 양에게 눈을 떼며 다시 냉정한 표정을 지었다.

"전 단지 소롤드 씨가 자기 정부를 아내와 딸에게 소개했다는 것에 놀랐을 뿐입니다."

"고상함과 도덕심 따위는 내버린 거지. 안 그런가?"

"왜 저 여자들이 서로 머리채를 붙잡고 싸우지 않는 건지 궁금할 따름입니다."

"벌써 했는지도 모르지. 혹시 바에 가려거든 위스키와 탄산음료 좀 가져다주지 않겠나, 제임스?"

그러나 제임스는 이미 멀찌감치 가버리고 없었다.

그렇게 많은 손님들이 더운 밤에 차를 찾을 것이라고 누가 짐작이나 했을까? 메리는 조심스럽게 이마의 땀방울을 훔쳤다. 차를 따르는 것은 안젤리카 소롤드가 매력을 과시할 절호의 기회였다. 부드러운 목소리와 장갑을 벗은 섬세한 손가락, 가슴에서 반짝이는 다이아몬드 목걸이의 위력은 대단해서 테이블에는 남자들이 줄을 이었다. 대부분 미혼남이거나 홀아비들이었다.

메리는 자신의 말동무가 사교계에서 이토록 잘나가는 것이 불만스럽지는 않았지만, 1시간 가까이 차를 따르다보니 이 일이 지겹게 느껴졌다. 게다가 이 일은 창피했다. 메리는 고개를 숙이고 안젤리카 뒤에 서 있으려 했지만, 그렇더라도 사람들은 끊임없이 메리를 쳐다보았고 노골적으로 응시했다. 메리는 사람들이 자신을 쳐다보는 것이 싫었다. 대부분의 시선은 별로 해로울 것이 없었지만, 누군가 그녀를 지켜보며 진실을 추측할 위험은 항상 존재했다. 그리고 절대로 정체가 발각되면 안 되었다.

메리는 손님들이 그녀에 대해 질문하는 소리를 어깨 너머로 들었다. 그들 중 몇 사람은 일부러 자신의 추측을 큰 소리로 떠들었고, 그럴 때면 메리는 얼굴을 붉히며 두 손으로 찻주전자를 꼭 부여잡았다. 그녀는 냉정해지려 애를 썼다. 본차이나를 다룰 때 흥분은 금물이었다. 메리는 기계적으로 다르질링 홍차를 또 한 잔 따랐다.

"또 접니다, 소롤드 양."

뺨이 불그스레한 땅딸막한 남자가 말했다. 서른 살가량 되어 보이는 남자는 옅은 갈색 머리에 수염이 덥수룩하게 나 있었고, 얼굴 전체가 땀으로 번들거렸다.

안젤리카는 믿을 수 없다는 듯 웃었다.

"이스튼 씨! 벌써 여섯 잔째시네요."

"정말 그렇군요, 소롤드 양. 하지만 오늘 저녁은 유난히 목이 마르네요. 더위 때문인가 봅니다."

"그래요?"

"아니면 끝내주는 차 때문이거나! 아니면……."

그가 얼굴을 가까이 대며 말했다.

"사랑스러운 아가씨 때문, 이크!"

그는 찌푸린 얼굴로 뒤에 있는 남자를 돌아보며 신경질적으로 말했다.

"그만 좀 찌르시죠!"

그러더니 곧 목소리가 누그러졌다.

"너로구나, 제임스."

제임스는 그의 말을 무시했다.

"형이 말하려는 것처럼 사랑스러운 파티입니다, 소롤드 양."

찻잔과 받침 접시를 안젤리카에게 건네다가, 메리는 깜짝 놀라 손을 멈칫하고 고개를 번쩍 들었다. 두 번째 듣는 목소리였다. 옷장에 있던 남자였다. 받침 위에서 찻잔이 흔들리다가 멈추었다. 그러나 잠시 후, 조지의 과장된 몸짓 때문에 찻잔이 다시 한 번 기울면서 메리의 왼손 위로 뜨거운 차가 쏟아졌다. 아무튼 그를 알아보고 놀라서 헐떡거린 소리는 고통으로 인한 외마디 신음에 가려졌다. 테이블과 바닥에 차를 흘렸지만 찻잔을 깨지 않고 테이블 위에 놓았다.

안젤리카는 펄쩍 뛰며 물러서서 날카롭게 소리쳤다.

"이게 뭐예요. 조심성 없이!"

그리고 드레스를 버리지 않았는지 살펴보았다.

"죄송합니다."

메리는 고통으로 이를 악물며 중얼거렸다.

"사고였어요."

그녀는 어질러진 차를 닦아내기 위해 손으로 더듬더듬 냅킨을 찾았다.

제임스가 냉정을 유지하며 지나가는 하인을 불렀다.

"엎질러진 걸 치워주게."

드레스 때문에 호들갑을 떠는 안젤리카를 쳐다보며, 그는 건조하게 덧붙였다.

"그리고 즉시 소롤드 양의 하녀를 불러주게."

"소롤드 양, 괜찮아요?"

조지 이스튼이 물으며 안젤리카의 손을 잡았다.

"정말 불쾌한 사고군요."

조지 이스튼은 책망하는 눈으로 메리를 보았다.

안젤리카의 비명 덕분에 호들갑스러운 손님들이 몰려들었다. 자기 드레스에 얼룩이 생기지 않은 것을 공공연히 안도하며 동정을 표시하는 젊은 아가씨들과 안젤리카가 여전히 완벽하게 사랑스럽다고 끊임없이 안심시키는 젊은 남성들이었다. 한 무리의 중년 부인들이 군중을 뚫고 안젤리카를 향해 나오며 발코니 문 쪽으로 메리를 밀어냈지만, 그녀는 신경 쓰지 않았다. 책망을 듣느니 차라리 무시당하는 편이 나았다.

"데인 상처 좀 봅시다."

조용한 목소리에 메리는 다시 한 번 화들짝 놀랐다. 그녀는 고개를 들고 조롱이나 경멸을 예상하며 제임스의 검은 눈동자를 올려다보았다. 그러나 뜻밖에도 염려하는 모습이 눈에 들어왔다. 그녀는 손을 내밀었다.

"많이 아프지는 않아요."

제임스는 눈살을 찌푸렸다. 메리의 손등은 벌써 빨갛게 부어 올라 있었다.

"화상은 늘 고통스럽죠."

그는 놀란 손님의 손에서 펀치 잔을 빼앗아 들고 부서진 얼음 조각을 건져내 손수건에 쌌다.

"여기."

목소리는 무뚝뚝해도 임시로 만든 얼음주머니를 메리의 손에 부드럽게 대주는 손길이 세심했다.

"고마워요."

메리는 한 번 더 남자를 훔쳐보았다. 행동은 어른스러웠지만 응접실의 밝은 빛 아래에서 보니 처음 생각했던 것보다 훨씬 더 젊어 보였다. 이런, 스무 살도 안 된 것 같은데.

"우리 형의 결례를 사과합니다."

조지는 땅딸막하고 얼굴이 넙적한 반면, 제임스는 키가 크고 각진 얼굴이었다. 자신만만한 태도 말고는 가족인데도 전혀 닮은 구석이 없었다.

"사과하실 필요 없어요."

긴 침묵이 흐른 후 제임스가 입을 열었다.

"의사에게 보여야 할 것 같군요."

"아무것도 아니에요."

메리가 고집을 부렸다.

"소롤드 가족이 의사를 불러줄까요?"

"제 손은 괜찮아요."

데인 피부가 그 거짓말에 반응했다.

"그럼 알았어요."

또 한차례 침묵이 지나간 뒤에, 그가 말했다.

"상처가 괜찮다면 다음 왈츠는 나와 추시죠."

메리는 입을 크게 벌리고 제임스를 쳐다보았다. 다시 또 긴 침묵이 흘렀다.

"뭐라고요?"

"다음 왈츠를 나와 추자고 했습니다."

제임스는 조바심 나는 목소리로 말했다.

"당신도 왈츠 추는 법을 알잖아요. 안 그런가요?"

"못 춰요."

메리는 목이 막혔다. 그리고 다시 말했다.

"당신과 춤출 수 없어요."

제임스는 위협하듯 몸을 앞으로 기울였다.

"왜 안 됩니까?"

메리는 그를 노려보며 별 소용은 없었더라도 커 보이려고 최대한 몸을 펴고 또박또박 말했다.

"신사는 숙녀에게 춤추자고 강요하지 않아요. 거절당하면 조용히 물러나죠."

이번에는 그의 입꼬리가 확실하게 위로 올라갔다.

"좋아요. 하지만 당신은 나와 함께 옷장 속으로 기어들어 갔을 때부터 숙녀이길 포기했다고 생각하는데."

"쉬잇!"

메리는 얼굴을 붉히며 켕기는 얼굴로 주변을 둘러보았다.

"말씀을 이상하게 하시네요."

그녀의 목소리가 점점 작아졌다.

제임스는 검은 눈썹을 치켜 올렸다.

"아닌가요?"

그들은 한동안 서로를 응시했다. 제임스의 표정은 읽을 수 없었고 메리 쪽에선 적대감을 감추지 않았다. 메리는 숨을 깊이 들이쉬었다.

"난 손님과 춤출 수 없어요. 적절치 못한 행동이에요."

"손님에게 무례한 것만큼 부적절하진 않죠."

제임스가 부드럽게 말했다.

"당신 말대로 그게 당신 일 아닙니까?"

"소롤드 양과 춤을 추셔야 할 것 같군요."

메리가 앙다문 이 사이로 말했다.

"소롤드 양은 파트너 목록이 꽉 찼어요."

그때 문득 새로운 생각이 떠오른 듯, 그가 덧붙였다.

"당신 매력이 넘쳐서 내가 당신과 춤추고 싶어 목을 매는 건 아닙니다. 하지만 우린 서재에서의 사건을 얘기해야 하고, 춤 추는 것이 가장 쉬운 길이죠."

메리는 제임스 이스튼과 춤추고 싶지 않았고 그에 대한 호감 도 전혀 없었다. 하지만 그의 말을 듣자 자존심이 상했다.

"당신이 제게 개인적으로 관심이 있다고 생각한 적 없어요."

그녀가 뻣뻣하게 말했다.

"그리고 할 얘기도 없고요. 이제 결례를 너그러이 봐주신다 면 저는 이만……."

그녀는 위엄 있는 발걸음으로 오른쪽을 향해 걷다가 하마터 면 마이클 그레이와 부딪힐 뻔했다.

"어머나, 당신이군요!"

마이클은 그녀가 쓰러지지 않도록 그녀의 팔꿈치를 살며시 붙잡았다.

"무슨 일이에요? 당구장에서 시끄러운 소리를 들었는데."

마이클은 하늘이 보내주신 선물 같았다. 메리는 제임스 이스튼에게 혀를 날름 내밀고 싶은 충동을 간신히 참았다.

"제가 실수로 차를 엎질렀어요."

그녀는 급히 덧붙였다.

"그러면서 소롤드 양의 드레스에 튄 것 같아요. 소롤드 양의 친구들이 많이 걱정했고요."

마이클은 잠시 안젤리카를 보았다. 그녀는 용감하게 눈물을 삼키며 사람들의 손에 이끌려 밖으로 나가고 있었다.

"맙소사. 그게 전부예요? 난 또 살인이라도 난 줄 알았네."

마이클은 여전히 그녀의 팔을 잡고 있었다. 메리는 몸을 살짝 움직였고, 그는 놀리는 듯한 미소를 지으며 놓아주었다.

"당신이 무사하고 차분한 걸 보니 다행입니다."

그때 마이클은 그녀의 오른손을 보고 날카롭게 소리쳤다.

"그런데 화상을 입었단 얘기는 왜 하지 않았죠?"

마이클은 메리의 손끝을 잡고 저항을 무시한 채 임시 얼음주머니를 치웠다. 화상은 손등과 손목을 뒤덮었지만 심해 보이지는 않았다. 다만 뜨거운 차와 차가운 얼음 때문에 불그스름한 색을 띠었고 조금 부은 상태였다.

"보이는 것만큼 심하게 아프지 않아요."

마이클이 찬찬히 살펴보는 동안 메리는 어색하게 쭈뼛거리며 말했다. 제임스가 그들을 지켜보고 있음을 느꼈다.

"정말이에요. 그레이 씨. 괜찮을 거예요."

마이클은 고개를 저었다.

"거짓말 말아요. 자, 부엌으로 가서 연고를 구해봅시다. 그리고 마이클이라고 불러요."

메리는 주저했다. 연고는 필요 없었다. 그날 저녁에 일어난 사건들이 무엇을 의미하는지 혼자 조용히 생각하고 싶었고 안젤리카의 상태도 확인해야 했다. 하지만 마이클과 함께 나가면 적어도 제임스 이스튼의 시선으로부터 벗어날 수 있다.

마이클은 이성으로서의 관심이 가득한 미소를 지어 보였다.

"아까는 나와 춤을 추지 않겠다더니, 이제 내 도움까지 사양하는군요. 걱정 말아요, 메리. 묻지 않을 테니까. 참, 메리라고 불러도 되겠죠?"

메리가 용기를 내어 제임스를 슬쩍 쳐다보았을 때, 그가 더욱 깊게 눈살을 찌푸리고 있는 것이 들어왔다. 지금까지 본 것 중에 가장 위협적인 표정이었다. 파티보다는 심문에 어울릴 듯한 얼굴이었다.

"연고라고요? 정말 좋은 생각이네요, 마이클."

메리는 달콤하게 말했다.

상처 입지 않은 손으로 마이클의 팔짱을 끼며, 메리는 그가 앞장서도록 허락했다.

5

5월 9일 일요일

오전 내내 꽃다발을 배달하는 하인들의 행렬이 끊이지 않았다. 모두 안젤리카를 위한 꽃들로, 부유하고 매력적인 신붓감으로서의 입지를 여실히 보여주었다. 꽃이 너무 많아서 남는 공간마다 꽃병들이 빈틈없이 채워진 탓에, 응접실은 마치 온실이나 꽃가게처럼 보였다. 그러나 안젤리카는 기뻐하기는커녕 따분해 보였고, 심지어 불행해 보이기까지 했다. 오찬 후 응접실에 모였을 때도, 안젤리카는 안락의자에 웅크리고 앉아 창밖을 응시할 뿐이었다. 메리가 피아노 연주를 권했을 때도, 안젤리카는 악보를 잠깐 넘기다가 자리로 돌아갔다.

"이스튼 씨의 꽃다발은 어디 있니, 아가야?"

소롤드 부인이 물었다.

"몰라요."

그것을 찾아서 눈에 띄는 위치에 가져다 놓는 것은 메리의 몫이었다.

"양치류로 둘러싼 월계화와 노란 재스민이라니. 참 좋구나."

소롤드 부인이 평가했다.

안젤리카는 한숨을 쉬며 의자에서 몸을 뒤척였다.

"물론 좋지요."

비꼬는 투가 역력했다.

소롤드 부인은 천천히 눈을 깜빡였다.

"이 꽃다발이 뭘 의미하는지 알겠지, 아가?"

안젤리카는 눈을 굴리며 기계적으로 읊었다.

"월계화는 아름다움을 상징하고, 재스민은 우아함과 기품을 뜻해요. 양치류는 신사의 매혹을 말하죠. 그러니까 꽃송이들은 그분의 애정에 포위된 나를 가리키겠죠."

메리는 웃음을 참으려 입술을 깨물었다. 아카데미에서 꽃말에 대해 공부했지만 이렇게 문자 그대로 해석하리라고는 상상도 하지 못했다.

"아주 섬세한 칭찬이로구나."

소롤드 부인이 말했다.

"이스튼 씨는 전도가 유망한 청년이다. 야심도 있고, 집안도 좋고. 너에게 마음이 있는 게 분명해."

안젤리카는 약간 정신이 드는 것 같았다.

"그분은 거칠지만 매력적이죠."

안젤리카는 생각에 빠진 것 같았다.

"하지만 너무 어려요."

"그분은 서른한 살이다, 애야. 모든 면에서 너에게 딱이야."

"아, 조지 이스튼 말씀이군요."

소롤드 부인의 눈이 휘둥그레졌다.

"넌 엄마의 의중을 전혀 헤아릴 수 없는 게냐, 안젤리카?"

소롤드 부인은 진심으로 짜증을 냈다.

"차남이라니? 넌 도대체 무슨 생각인 거니?"

안젤리카는 언짢은 표정을 지었다.

"그건 중요하지 않다고 생각해요. 그 사람들은 사업가예요. 작위가 상속되는 귀족이 아니고요."

소롤드 부인은 이 논리를 무시했다.

"다른 후보들은 잊어버려. 오후에도 조지 이스튼 씨에게 특별히 잘 대해야 한다. 퀸 양이 확인해줘요."

"그 말씀은 엄마는 방에 가서 쉬시겠다는 뜻인가요?"

안젤리카의 턱이 긴장으로 팽팽해졌다.

"지금 갈 거다."

소롤드 부인은 문가에서 잠시 멈춰서 날카롭게 안젤리카를 보았다.

"허리를 꼿꼿이 펴고 예쁘게 행동하거라. 그렇지 않으면……."

소롤드 부인의 뒤에서 문이 닫히자마자, 안젤리카는 의자에서 스프링처럼 튀어올랐다.

"예쁘게 행동하거라!"

안젤리카는 으르렁거렸다.

"아마 내 행실을 기록이라도 해두겠죠, 퀸 양?"

메리는 눈을 깜빡였다.

"난, 난, 안 그래요."

"그리고 한 마디도 빼놓지 않고 보고할 테지."

"뭘 말이에요?"

메리는 머뭇머뭇 물었다. 설마 에이전시를 말하는 걸까?

"내가 한 가지 가르쳐주죠, 퀸 양."

안젤리카는 메리의 의자 위로 몸을 기울였다. 새빨개진 얼굴
이 메리와 겨우 몇 인치 떨어져 있어서, 다소 그로테스크했다.

메리는 침착한 목소리로 말하려 애썼다.

"무슨 소리죠, 소롤드 양?"

"월급을 주는 건 엄마지만, 만일 내 심기를 건드리면 그땐 당
신 인생이 지옥으로 바뀔 줄 알아요!"

안젤리카의 말은 아주 설득력 있었다. 그러나 메리는 안젤리
카가 말하는 대상이 소롤드 부인이라는 것에 우선 안도했다.

메리의 표현 방식에 안젤리카가 좋아하지 않는 뭔가가 있는
게 분명했다. 안젤리카는 조금 더 메리를 노려보았다. 그러더
니 아무 경고도 없이 메리의 화상 입은 손을 잡고, 날카로운 손
톱으로 물집이 잡힌 분홍색 피부를 깊숙이 찔렀다.

메리는 날카롭게 숨을 들이쉬었다. 너무 아파서 눈에 눈물이 고였지만 간신히 비명을 참았다.

안젤리카는 움직일 테면 움직여보라는 표정으로 메리의 눈을 노려보았다. 메리는 맞붙어 싸우고 싶은 충동을 억누르고 완벽하게 냉정을 유지했다.

몇 초 뒤, 안젤리카는 메리를 놓아주었다. 안젤리카의 손톱 끝이 붉게 빛났다.

"그게 내 경고예요."

피를 보니 안젤리카는 기분이 한결 나아진 모양이었다. 몇 분 뒤 방문객들과 꽃다발을 보낸 장본인이 도착했을 때, 안젤리카는 평소 모습을 되찾았다. 그러나 얼굴은 여전히 분홍빛으로 상기되어 있었다. 메리가 손에 붕대를 감고 응접실로 돌아왔을 때, 마침 하인이 "조지 이스튼 씨와 제임스 이스튼 씨가 오셨습니다"라고 말하는 것을 들었다.

조지 이스튼이 빠르고 열정적인 발걸음으로 앞장섰다. 완벽한 차림새였다. 실크 조끼와 무늬 있는 넥타이를 걸쳤고, 부츠는 반짝반짝 광이 났으며, 시곗줄은 그의 미소만큼이나 환하게 빛났다. 그는 심지어 콧수염 양 끝까지 왁스로 윤을 낸 상태였다. 몇 발짝 뒤에 따라 들어온 제임스 이스튼은 회색 조끼와 단색

넥타이의 수수한 차림이었다. 깨끗이 면도한 덕분에 약간 시니컬하게 틀어진 입매가 드러났다.

아주 적절하게, 안젤리카는 조지에게 먼저 인사를 했다.

"이스튼 씨! 훌륭한 꽃다발을 보내주셔서 정말 감사해요. 제가 월계화를 좋아하는 걸 어떻게 아셨어요?"

조지는 격식을 갖추어 그녀의 손등 위로 고개를 숙인 뒤, 몸을 펴고 방 안을 둘러보았다.

"어떤 꽃다발이 제 것인지 기억하셨다니, 감명 받았습니다. 소롤드 양."

안젤리카는 감질나는 웃음을 보인 뒤, 제임스에게 손을 내밀었다.

"전 가장 좋아하는 것만 기억한다는 걸 고백해야겠네요."

비어 있는 소파 한가운데 앉으며, 그녀는 어깨 너머로 메리를 보며 조심스럽게 말했다.

"벨을 울려서 차를 내오게 하세요, 퀸 양."

안젤리카는 우아한 몸짓으로 형제들에게 앉을 것을 권했다.

그들이 앉자 메리가 벨을 울렸다.

차가 도착했고, 메리는 창가 가까이에 놓인 의자에 앉았다. 그들이 나름 작전을 구사하며 대화를 나누고 시시덕거리는 모습을 지켜보기 좋은 위치였다. 안젤리카는 여성스럽고 장난스럽게 행동했고, 주로 관심이 제임스에게 집중되어 있었다. 조지가 다른 생각을 못하도록 이따금 말을 걸기도 했지만 그녀가 관심 있는 쪽은 명백했다. 다만 어머니를 거스르기 위한 행동인지 아니면 정말로 제임스를 더 좋아하기 때문인지는 분명하지 않았다.

메리는 계속 입을 다물고 뜨개질하는 척했다. 손이 욱신욱신했다. 안젤리카는 피아노 치는 사람치고 손톱이 아주 날카로웠다. 그런데 조금 뒤, 대화가 흥미로운 방향으로 전개되었다.

"내가 못마땅한 건 플로렌스 나이팅게일이 성녀처럼 대접받고 있다는 겁니다."

제임스가 말했다.

"병사들을 간호하는 건 중요하지만 나이팅게일은 지금 우스꽝스러운 사이비 교주처럼 되어버렸죠. 크림 반도행 첫 기차에 몸을 싣는 바보 같은 젊은 숙녀들을 생각하면, 그건 정말 위험하고 무책임한 짓입니다."

안젤리카가 그 말에 동조하며 낭랑한 목소리로 웃었다.

"오, 옳은 말씀이에요!"

"따분해 죽을 지경인 영국 아주머니들 전부가 이제 본인이 전쟁터에서 의사 노릇을 하기에 적합하다고 생각하죠."

제임스는 거드름을 피우며 말했다.

"그 따분해 죽을 지경인 아주머니들이 크림 반도에 없었다면, 영국의 피해는 더더욱 커졌을 걸요."

메리는 깜짝 놀랐다. 날카롭고 신랄한 목소리는 분명 자신의 것이었다. 개인적인 대화에 끼어들다니 제정신일까?

세 사람의 눈이 모두 그녀를 향했다.

제임스는 눈썹을 살짝 치켜 세웠다.

"사실입니다. 하지만 난 간호사의 일을 낭만적으로 미화하는 경향을 말하는 겁니다. 간호사는 더럽고 지저분한 직업입니다. 그런데 많은 여성들이 그걸 이해하지 못하는 것 같아요."

메리도 똑같이 눈썹을 들어 올려 응수했다.

"분명 언론이 나이팅게일과 동료 간호사들을 영웅으로 만든 건 사실이에요. 하지만 언론에서는 병사들에 대해서도 미화하고 있고, 그 때문에 바보 같은 젊은 신사들이 장교 자리를 돈으로 사고 있잖아요."

제임스는 거만하게 한숨을 쉬었다.

"남자들은 입대를 할 때 목숨이 위험하게 될 것을 알고 떠납니다. 하지만 곱게 자란 젊은 여성들이 전쟁터로 몰려갈 때는 스스로를 위험에 빠뜨릴 뿐 아니라 그 보호자들에게 심려를 끼치고, 다른 문제를 생각해야 할 사람들의 정신을 어지럽히죠."

"그리고 남자들은 자신의 능력 부족을 여자들의 탓으로 돌리려고 열을 올리죠."

메리는 반박했다.

"마치 간호사들이 전쟁터에 존재하는 유일한 여자인 양 말이에요."

매춘부를 지칭하는 것이 분명한 메리의 말에 조지는 입을 떡 벌렸다.

제임스는 싱긋 웃었다.

"두 분이 그렇게 잘 아는 사이인 줄 몰랐네요."

안젤리카가 눈을 가늘고 사납게 뜨며 날카롭게 말했지만 제임스는 눈치채지 못한 것 같았다.

"사실, 아직 제대로 소개받을 기회가 없었습니다."

제임스가 부드럽게 말하자 조지의 얼굴이 굳었다.

안젤리카는 차마 거절할 수 없어서 냉랭한 목소리로 말했다.

"퀸 양을 소개하죠. 퀸 양, 조지 이스튼 씨와 제임스 이스튼 씨예요."

조지는 최대한 짧게 그녀와 악수했다.

"만나서 반갑습니다."

얼버무리듯 말하는 조지의 얼굴에는 반갑지 않은 기색이 역력했다.

제임스는 그녀의 손등에 입술이 닿을락 말락 깊숙이 고개 숙여 인사했다.

"앙샹떼(처음 만났을 때 반갑다는 인사로 사용되는 프랑스어 인삿말―옮긴이)! 위험한 급진주의자를 만나니 기쁘군요."

메리는 뭔가를 중얼거리고는 잽싸게 손을 거두었다.

"간호사 얘기를 나누다보니 떠오른 건데, 아가씨 손이 쾌차하길 바랍니다."

메리의 오른손은 불타는 듯 했다.

"네. 감사합니다."

"그나저나 특제 연고가 도움이 되었나요?"

사회적으로 우월한 위치에 있는 건 사실이지만 제임스의 어조는 어딘가 오만했다.

메리는 턱을 치켜올렸다.

"네, 그래요."

사실 기름기 많은 연고는 오히려 상태를 악화시켰다.

"그 소리를 들으니 안심이군요. 그때 신속하게 당신을 도와준 신사분도 정말 친절하시더군요. 가족 중 한 분인가요?"

이 남자는 얘기를 어디로 몰고가려는 걸까?

"그레이 씨는 소롤드 씨의 비서예요."

메리는 더없이 딱딱한 목소리로 설명했다.

"아하! 어디서 본 것 같더라니. 오랫동안 알고 지냈나요?"

"전 이 집에 고용된 지 며칠밖에 되지 않았어요."

제임스는 한쪽 눈썹을 치켜올렸다.

"당신이 최근에 들어온 줄은 몰랐습니다. 이 저택에 굉장히 익숙해 보여서 말입니다."

메리는 이를 갈았다.

"당신도 이 집을 잘 아시는 것 같네요. 가족분들과 아주 친밀해 보여요."

제임스의 입술이 익숙한 모양으로 실룩거렸다.

"친밀감은 아주 빨리 생겨나기도 하지요, 안 그래요? 예를 들어 당신과 그레이 씨처럼 말입니다."

짜증과 따분함으로 가득했던 안젤리카의 표정에 흥미로운

기색이 떠올랐다.

메리는 그에게 인상을 썼다.

"'친밀감'이라는 단어는 전혀 적절한 표현이 아닌 것 같군요, 이스튼 씨. 그레이 씨는 단지 제 상처를 보고 정중하게 걱정을 표현한 것뿐이에요."

"제가 보기엔 '정중한 걱정'이 좀 과하더군요."

제임스는 고집을 부렸다. 그의 입은 조롱기 섞인 미소로 일그러졌다.

"아내에게조차 그토록 극진한 남자는 많지 않거든요."

안젤리카의 미소가 경직되고 약해졌다.

"마이클 그레이는 모든 젊은 여성들에게 알랑거려요."

안젤리카가 날카롭게 말했다.

"그 사람의 가장 큰 단점이죠. 아빠도 그렇게 말했고요."

마치 그 주제를 마무리하듯 그녀가 덧붙였다.

조지는 안젤리카를 쳐다보았다.

"그 친구가 넌더리 나는 관심으로 당신을 피곤하게 하지 않으면 좋겠습니다. 소롤드 양."

"감히 그러진 못 하죠."

안젤리카는 마치 소설 속에 등장하는 반항적인 여주인공처럼 고개를 쳐들었다.

"자기 위치를 아니까요."

"그 소리를 들으니 다행입니다."

"그리고 당신도 자신의 위치를 알았으면 좋겠군요, 퀸 양."

제임스의 말에 메리는 분노로 얼굴이 달아올랐다.

"지금 훈계하시는 건가요, 이스튼 씨?"

"아니요. 전 단지 당신과 같은 위치에 있는 젊은 여성들이 가끔 이상한 상황에 놓이게 된다는 걸 말하는 겁니다."

그는 '위치'라는 단어가 무례하게 들리도록 말했다.

메리는 의자에 앉은 채 허리를 꼿꼿이 세웠다. 그는 옷장 사건 이상의 것을 암시하고 있었다. 지난밤에 나눈 대화가 되살아났다. 제임스는 메리가 누군가의 정부라고 의심하는 모양이었다. 하지만 누구란 말이지? 소롤드, 아니면 마이클?

제임스는 의자에 기대어 다리를 꼬았다.

"가정 교사나 샤프롱들이 사회적으로 취약하다는 걸 얘기한 것뿐입니다. 비서나 다른 남자가 그들에게 부적절한 행동을 한다면, 그 가엾은 여자들이 어디에 호소하겠습니까?"

메리는 얼굴이 창백해졌다.

"여성들의 무력함에 대해 관심이 지대하시군요. 여자들이 어디에 속해 있고, 어디에 속해 있지 않은지에 대해서도요."

안젤리카가 뺨이 빨개져서 갑자기 말했다.

"지금 혹시 제 가족을 중상하고 계시는 건가요?"

떨리는 음성으로 보아, 안젤리카 역시 하녀에 대해 뭔가 들은 것 같았다.

이 괘씸한 남자는 자신이 불러일으킨 반응을 재미있어 하는

102

것 같았다.

"이런, 제가 본의 아니게 두 분의 기분을 상하게 한 것 같군요. 죄송합니다, 소롤드 양."

또 한 번 메리는 그를 패주고 싶은 충동과 싸웠다.

안젤리카는 여전히 언짢아 보였다.

조지가 걱정스러운 듯 허겁지겁 끼어들었다.

"친애하는 소롤드 양, 제 동생은 일반적인 얘기를 한 겁니다. 당신이나 당신 가족을 지칭한 게 아닙니다."

그리고 험악한 눈빛으로 동생을 쏘아보았다.

"그렇지, 제임스?"

"맞습니다."

제임스의 목소리는 마치 이 모든 소동이 다른 사람의 일인 양 온화했다.

안젤리카는 한동안 목이 뻣뻣하게 굳어 있었지만, 몇 분이 지나자 화가 누그러졌다.

"그런 얘기를 함께 나눌 정도로 제 지성을 존중하신다는 칭찬으로 여기겠어요."

"당연하죠, 친애하는 소롤드 양."

제임스의 목소리에는 웃음기가 묻어 있었지만, 안젤리카는 그가 '친애하는'이란 표현을 사용한 것이 기쁜 듯했다. 그는 설득하려는 듯한 검은 눈동자를 메리를 향해 돌렸다.

"퀸 양. 우리가 서로를 이해하기 바랍니다."

메리는 영문을 모르겠다는 듯 눈을 크게 떴다.

"그렇다고 믿어요, 이스튼 씨."

"그렇다면 안심이군요."

갑자기 제임스가 일어섰다.

"이 자리가 너무 즐거워서 다음 약속이 있는 것도 잊을 뻔했네요. 잘 마셨습니다. 즐거운 대화도 감사합니다."

조지는 깜짝 놀란 것 같았다.

"무슨 약속?"

제임스가 미소 지었다.

"형까지 서둘 거 없어. 밤에 집에서 봐."

안젤리카는 조그만 분홍색 입술을 벌리고 눈을 깜빡였다. 그녀가 추방하기 전에 남자 쪽에서 먼저 자리를 뜬 것은 처음인 것 같았다.

"음, 알겠어요."

안젤리카는 한 번 더 눈을 깜빡인 뒤, 가볍게 야유했다.

"그럼, 잘 가요. 다음에 뵈어요."

"네, 다음에. 혼자 나가겠습니다. 안녕히 계세요, 소롤드 양."

제임스는 응접실 문가에서 고개를 돌려 어깨 너머로 메리를 보았다.

"그리고 퀸 양."

메리는 한쪽 눈썹을 치켜 올렸다.

"혹시 당신이 눈엣가시가 빠졌다고 생각할까봐 두렵군요."

6

5월 10일 월요일

편지의 수신자는 'G. 이스튼 귀하'로 되어 있었지만, 제임스는 소인을 보고 겉봉을 뜯었다. 그의 얼굴이 환한 미소로 밝아졌다. 제임스는 공동 사무실을 쏜살같이 가로질러 형의 개인 사무실로 갔다.

"됐어!"

제임스는 문을 열고 뛰어 들어가며 고함쳤다.

"우리가 해냈어!"

조지는 벌떡 일어나 얼굴을 찌푸렸다.

"빌어먹을, 넌 노크하는 법도 모르냐?"

제임스는 형의 코앞에 편지를 들이밀었다.

"봐! 철도 계약서야. 인도야. 우리가 인도에 철도를 건설하게 되었다고! 9월에 공사를 시작해야 하니까…… 맙소사, 형이 당장 이달 말에 출발해야 한다는 소리라고. 아니면 더 일찍."

제임스는 교통편 예약과 키니네 알약을 구하는 것에 대해 떠들기 시작했지만, 이내 말을 멈추었다.

"형? 듣고 있는 거야?"

조지는 장부에서 눈을 들었다.

"음?"

"이건 이스튼 엔지니어링이 지금까지 수주한 가장 큰 계약이고, 형은 곧 인도로 떠나야 해. 그런데 형은 꼭 방금 아코디언을 도둑맞은 사람처럼 보여. 무슨 일이야?"

조지는 크게 한숨을 쉬었다.

"그녀가 걸려."

"무슨 말인지 모르겠군. 그녀가 누군데?"

"물론 소롤드 양이지. 파티에서 그녀에게 나도 음악을 한다고 했더니 관심을 보이더군. 하지만 아코디언을 연주한다고 말하자 웃었어."

제임스는 웃음을 감추고 말했다.

"공감한단 뜻이었겠지."

"그래봐야 소용없어. 그녀는 날 어릿광대로 생각하니까."

"그렇지 않아."

제임스는 용감하게 거짓말을 했다. 그는 조지의 장부가 낙서로 뒤덮여 있는 것을 처음으로 알아차렸다. 이스튼 부인, 안젤리카 이스튼, 조지와 안젤리카……. 가장 많은 낙서는 그냥 '안젤리카'라고 쓰고 글자의 둘레를 소용돌이무늬, 하트와 화살표로 장식한 것이었다.

조지는 얼굴을 문질렀다.

"시인들 말이 맞아. 이건 병이야. 잠을 잘 수도, 먹을 수도, 일을 할 수도 없어. 머릿속이 온통 소롤드 양 생각뿐이야."

"어제는 저녁 식사를 거하게 했잖아."

"그건 달라."

"메뉴가 로스트 치킨이라서?"

제임스는 웃지 않으려 애썼다.

"형이랑 결혼하려는 여자가 족히 열 명도 넘을 텐데, 왜 꼭 소롤드 양이어야 해?"

조지는 동생을 노려보았다.

"네가 사랑에 대해 얼마나 무지한지 보여주는 질문이구나."

"이게 다른 선택이라면 차라리 안심이겠어."

제임스는 장부를 가리켰다.

"다음엔 차라리 시를 쓰시지."

조지는 이마에서 목까지 새빨개졌고, 제임스는 다시 웃기 시작했다.

"뭐야, 정말이야? 맙소사!"

"이제 다 비웃었냐?"

"어림없지. 하지만 우선 캘커타 철도 공사 건에 대해 얘기하자고."

"무슨 얘기?"

조지는 발끈한 것 같았다.

"무슨 얘기냐니? 그게 무슨 말이야? 몇 달 뒤에 형은 철도를 건설하게 돼! 사실 형이 필요한 게 바로 이거잖아. 너무 오랫동안 형은 일선에서 물러나 있었어. 철도 공사 건이 형의 마음에서 그 아무개 양을 털어내 줄 거야."

제임스는 진심으로 흥분한 것 같았다.

"2주 후면, 형은 아름답고 향기로운 인도로 가는 배에 오를 거고, 아무개 양에 대한 생각도 머리에서 싹 사라질 거야."

조지는 앉은 자세에서 몸을 똑바로 세웠다.

"2주?"

"음, 형이 원한다면……."

"그렇다면 시간은 많아!"

조지의 눈에 생기가 돌며 그제야 비로소 제임스에게 미소 지었다.

"2주면 쉽게 해결할 수 있을 거야!"

"물론 할 수 있지."

제임스는 안도하며 말했다. 형다운 미소였기 때문이다.

조지는 동생을 똑바로 쳐다보았다.

"정말 그렇게 생각해?"

"그럼."

조지는 벌떡 일어나 제임스의 손을 잡고 열렬하게 흔들었다.

"고맙다! 네가 신뢰한다는 건 내게 승산이 크다는 뜻이겠지. 네가 그 문제에 별로 관심이 없다는 걸 알아. 한동안은 대놓고 무시했지. 하지만 아우가 나를 지지한다니 정말 기쁘구나."

관심이 없다고? 대놓고 무시해? 인도 계약을? 제임스는 갑자기 그들이 지금 서로 다른 얘기를 하고 있다는 불길한 느낌을 받았다.

"음, 그런데 뭐에 대한 신뢰를 말하는 거지?"

"뭐긴 뭐야. 소롤드 양과 결혼해서 인도로 데려가는 거지."

이런 맙소사.

"형이 말하는 게 그거였어?"

그러나 조지는 더 이상 듣고 있지 않았다.

"소롤드 양은 그녀의 어머니와 달리 건강해. 인도의 기후가 위협적이진 않을 거야. 그리고 너도 말했다시피 낭만적인 인도가 그녀의 마음을 얻는 데 도움이 될 테고!"

제임스는 속으로 한숨을 쉬었다. 갈수록 가관이로군. 그는 처음부터 소롤드가와 엮이는 것을 내심 반대했다. 소롤드의 사업에 관한 불미스러운 소문을 들었기 때문이다. 그러나 그는 조지가 청혼을 하기 전까지 진실을 밝혀낼 자신이 있었다. 그래서 소롤드의 서재를 수색했던 것이다. 그러나 폭풍 같은 구애라면 얘기가 달랐다. 안젤리카 본인의 태도는 미지근하지만, 부모들은 열성적이었다. 부모들이 안젤리카에게 청혼을 받아들이도록 강요할 수도 있다. 제임스가 행동할 수 있는 시간이 많지 않다. 그리고 지금까지는 퀸 양 때문에 알아낸 것이 거의 없었다.

"가기 전에 이게 어떤지 말해줘."

조지는 책상 서랍을 뒤져서 꽃으로 장식된 연자주색 편지지 한 장을 꺼냈다.

제임스는 편지지를 받아서 훑어보았다.

"솔직한 의견을 원해?"

조지의 얼굴이 흐려졌다.

"그렇게 별로야? 안젤리카라는 이름에 운을 맞춰서 진짜 열심히 쓴 건데."

제임스는 형이 딱하게 느껴졌다.

"내가 형 대신 한 편 써줄게."

그리고 속으로 이렇게 덧붙였다.

'시는 시고, 형은 사기꾼 가족이랑 결혼할 수 없어.'

5월 11일 화요일

"어이!"

제임스는 첫 번째 고함에 반응하지 않았다. 아담스 현장 감독은 호들갑을 떠는 경향이 있다.

"이스튼 씨!"

그러나 이번에는 무시할 수 없었다. 제임스는 이마와 뒷목을 쓰다듬으며 이번에는 건설 현장에 또 어떤 재앙이 닥쳤는지 확인하기 위해 고개를 돌렸다.

템스 강 밑에 새 터널을 뚫는 이 일은 시작하는 날부터 골머리를 썩였다. 공사는 진작 끝났어야 했다. 그러나 눈이 멀 것만 같은 강의 악취는 좀처럼 수그러들 기미가 보이지 않았고, 그 탓에 가장 훌륭한 일꾼들이 악취로 인해 병이라도 걸리지 않을까 불안해하고 있었다.

제임스는 악취 자체가 질병을 일으킨다고 믿지는 않지만, 어제는 일꾼들이 너무 심하게 헛구역질을 하는 바람에 안전한 작업이 어려워 모두 집으로 돌려보냈다. 이런 날씨가 계속된다면, 공사를 밤에 진행해야 할 상황이었다. 아니면 가을까지 연기해야 할 것이다.

"과연 감독님이 나를 '어이'라고 부르지 않는 날이 오긴 할까요?"

아담스는 싱긋 웃으며 모자를 머리 뒤로 밀어 넘겼다.

"어떤 날은 '여기'라고 부른 것 같은데요."

"그런데 이 아이는 뭐죠?"

제임스는 아담스가 멱살을 쥐고 있는 말라깽이 소년을 가리켰다. 소년의 흙 묻은 장화가 공중에 대롱대롱 매달려 있었다.

"이 녀석은……."

"그러다 질식하겠어요. 내려주시죠."

아담스는 소년을 내려놓았지만, 손으로는 여전히 어깨를 단단히 쥐고 있었다.

"글쎄 이 녀석이 자꾸 얼쩡거리지 뭡니까. 쫓아낸 지 10분도 안 됐는데, 이 쥐새끼 같은 녀석이 어느새 다시 왔더군요. 이놈을 강물에 처박아버릴까요?"

소년은 스스로를 방어하기 위해 숨을 들이켰고, 곧 몸을 숙이며 발작적으로 기침을 했다. 그리고 잠시 뒤 눈에 눈물이 고인 채 몸을 똑바로 펴고는 제임스를 보았다.

"이스튼 씨께 전할 말이 있어요."

"아까부터 계속 이럽니다. 하지만 아무한테도 털어놓지 않는 겁니다. 이스튼 씨께 직접 말해야 한다나요."

아담스가 짜증스러운 목소리로 말했다.

제임스는 한숨을 쉬었다.

"그럼 말해보렴."

소년은 어느 정도 호흡을 회복한 것 같았다.

"그게요……."

소년은 머뭇거리며 의심스러운 눈으로 아담스를 보았다.

"첼시에 대한 일인데요."

첼시에서는 진행 중인 일이 없다. 제임스는 눈을 가늘게 뜨며 말했다.

"첼시?"

"집이요."

이런, 맙소사. 비번 경찰관들을 고용해서 소롤드의 집을 감시하게 한 일을 말하는군. 그들은 제임스가 일을 제대로 하라고 지불한 돈을 아이들에게 쥐꼬리만큼 떼어주고 그 일을 떠넘긴 것이었다. 진작 알았어야 했는데.

"어…… 그 일."

제임스는 아담스에게 고개를 끄덕인 뒤 소년에게 따라오라고 손짓했다. 현장 주변을 거닐며 제임스는 소년을 날카롭게 바라보았다.

"몇 살이니?"

"열 살이요."

그렇다면 일을 하기엔 충분한 나이군.

"어떻게 나를 찾았지?"

"사실 찾을 거라고 생각 못했어요. 펄리 경감님이 강 아래 터널에 가보라고 얘기했는데, 너무 취해 있어서 또 헛소리를 하나보다고 생각했죠."

소년은 코를 세게 비비며 말했다.

"직접 찾아오면 안 되는 줄 알지만 긴급 사태여서요. 제가 총책임자거든요."

펄리 때문에 언짢았지만 소년의 태도는 만족스러웠다.

"소식을 말해봐."

소년의 설명은 신속하고 명료했다. 소년이 감시를 맡은 젊은 숙녀는 9시 30분에 집을 떠나서 마차를 잡아탔다. 그리고 세관으로 가서 세관 정문을 지켜보며 앉아 있었다. 약 15분 후 소롤드가 나타나서 군중들 속으로 사라졌다. 그러나 그녀는 그를 쫓아가지 않고 마차를 보낸 뒤 건물로 들어갔다.

제임스는 얼굴을 찌푸렸다.

"넌 어떻게 그녀를 쫓아갔지?"

"마차 뒤에 매달려 갔어요."

마차 뒤에 매달린 지저분한 소년. 영국에선 흔히 볼 수 있는 광경이었다.

"좋아. 그게 몇 시였지?"

"한 15분 전…… 아니면 조금 더 지났을 거예요. 몇 분 동안 세관 정문을 지켜봤지만, 그 여자는 나오지 않았어요. 아주 가까이에서 봤는데, 마부에게 돈을 줘서 보냈으니 거기 오래 있을 것 같아요. 선생님이 알고 싶어 할 거라고 생각했어요."

제임스는 놀라움에 눈을 깜빡였다.

"잘 생각했구나. 그런데 너는……."

"퀴글리에요. 알프레드 퀴글리."

"좋아. 아침 임무를 아주 잘 해냈구나."

제임스는 소년에게 5실링짜리 은화를 건네고 발길을 돌렸다. 그러다 잠시 멈추고 소년을 돌아보았다.

"어이, 퀴글리."

"네?"

"내가 종일 붙어 있을 순 없으니 네가 계속 감시해."

"네, 선생님."

"그리고 앞으로는 내게 직접 보고하도록 해."

소년의 눈이 살짝 커졌다.

"펄리 경감님은 어쩌고요?"

"경감하고는 정리할 거야. 앞으로는 네가 맡아."

제임스의 타이밍, 아니 알프레드 퀴글리의 타이밍은 절묘했다. 제임스가 탄 마차가 세관 정문 앞에 도착하자마자 커다란 문에서 익숙한 형체가 나타났다. 베일을 칭칭 감은 데다 평소보다도 더 수수한 옷차림이었지만, 그는 그녀의 민첩한 몸놀림을 단번에 알아볼 수 있었다. 가벼운 발걸음으로 그녀는 세관 정문으로 나와 지나가는 마차를 향해 손을 흔들었다.

제임스는 조금 민망한 기분이 들어서 마부에게 소곤소곤 부탁했다.

"저 마차를 쫓아가줘요."

마부는 너털웃음을 터뜨렸다.

"허허, 어디서 많이 들어본 소리군요."

거리는 사람과 짐승, 온갖 쓰레기로 혼잡했고, 그 탓에 거리 하나를 지나는 데 꼬박 15분이 걸렸다. 그러나 마부는 그 혼란을 뚫고 그녀를 뒤쫓아 마침내 템스 강을 건너 서더크에 도착했다.

마차는 웨스트 인디아 부두 근처에 멈췄고, 제임스는 그녀가 얼굴을 내밀고 주변을 살핀 뒤 마차에서 내려 여정을 마무리하는 것을 지켜보았다. 그는 1, 2분 동안 마차에 숨어서 지켜보았다. 더러운 바닥에 치마가 닿는 것을 꺼리는지 여자의 발걸음이 느려졌다. 그녀는 품위를 손상시키지 않는 범위에서 단추가 달린 부츠 목 끝에 치맛단이 닿을 때까지 치마를 들어올렸다. 한낮이었지만 제법 짙은 안개가 거리를 감싸고 있었다. 그녀가 안개 속으로 사라질 즈음, 제임스는 조용히 마부에게 요금을 지불하고 눈을 가리도록 모자를 앞으로 눌러쓴 뒤 마차에서 내렸다. 서두를 필요는 없었다. 그는 그녀가 어디로 가는지 정확히 알고 있었다.

모퉁이를 돌면 템스 강 남쪽 기슭의 개간 습지 2,000제곱미터를 차지하고 있는 소롤드 상사의 창고 단지가 있었다. 그 납작한 사각형의 붉은 벽돌 건물에는 길쭉한 창문들이 나 있었다. 지은 지 20년밖에 되지 않았지만, 건물에는 이미 때가 잔뜩 끼어 있었다.

제임스는 약간 거리를 유지하며, 짙은 안개를 희석시키려는 듯 부질없이 타오르고 있는 가로등에 몸을 기댄 채 그녀를 지켜보았다. 창고 단지 정문에 가까워지자 그녀의 걸음은 더욱 느려졌다. 베일을 내린 상태였지만 그녀의 얼굴이 건물들을 향하고 있는 것을 알아볼 수 있었다.

대체 무엇을 찾는 거지?

그 지역은 소리치며 오가는 심부름꾼 소년들과 부랑아들, 성냥팔이 소녀들, 부두 노동자들, 뱃사람들과 모직 재킷을 입은 남자들, 그리고 일찍부터 나온 매춘부들로 제법 분주했다. 덕분에 미행하기는 쉬웠다. 그러나 그 지역은 두 발짝 뒤에서 쫓아가는 시종이 없이 숙녀가 다닐 만한 곳이 못 되었다. 게다가 베일까지 내리고 있어서, 그녀는 사람들의 이목을 끌었고 가끔 욕도 들었다. 만에 하나 걸음을 멈추기라도 하면, 해코지를 당할지도 몰랐고 제임스는 별 수 없이 그녀를 구하러 가야할 판이었다. 제임스는 그렇게 해야 할지 잠시 고민했다.

소롤드의 서재에서 만난 직후부터 제임스는 그녀에 대해 조사하기 시작했다. 이런 스파이 활동이 익숙하지는 않았지만 제임스에게는 연락책이 몇 있었다. 그가 알아낸 정보는 그녀가 한 여학교의 보조 교사였다는 것과 그전에 그 학교 학생이었다는 사실이 전부였다. 해당 여학교는 많은 고아들을 거두어왔고, 그녀도 그중 하나인 듯했다. 적어도 그녀의 가족이나 학비를 대준 사람은 발견되지 않았다. 추적은 거기에서 끝났다. 퀸 양은 학교 밖에 친구도 없었고, 정기적으로 방문하는 사람이나 연락하는 사람도 없었다.

오히려 그 정보들이 더 큰 혼란을 주었다. 지난밤 제임스는 늦게까지 잠을 이룰 수가 없어서 그녀의 삶에 대한 빈약한 정보를 살펴보았다. 메리 퀸. 여학교 교사, 고용된 말동무. 출생일 미상. 출생지 미상. 부모 미상. 어린 시절 미상. 어이없는 일이었다. 정보원에 따르면, 하다못해 교구에서 주워다 키운 고아였다 하더라도 이것보다는 정보가 많아야 했다. 그렇다면 그녀는 특별히 방치된 고아이거나 가명으로 살고 있다는 얘기였다. 그런데 두 가능성 중 어느 쪽도 와닿지 않았다.

제임스는 그녀가 창고를 수색하는 모습을 지켜보았다. 새침한 옷차림이나 우아한 몸놀림으로 보아, 범죄나 부도덕한 것에 연루된 인물 같지는 않았다. 물론 제임스는 겉모습이 종종 기만적이며, 온화한 외모 아래 잔인함과 사악함을 감출 수 있다는 사실을 알고 있었다. 하지만 그녀가 평범한 도둑이나 공갈 협박범, 또는 소롤드의 정부라고 믿기는 어려웠다. 지난밤 그는 또 다른 황당한 가능성들을 생각해보았다. 그녀가 소롤드의 사생아이거나, 소롤드가 가로챈 상속의 증거를 찾고 있는 것은 아닐까? 혹은 그레이나 다른 누군가에 의해 사무실을 수색하게 된 무고한 소녀일까? 아니면…….

메리는 길을 건너 소롤드 창고 단지로 천천히 걸어갔다. 그녀는 단지의 경계에 둘러쳐진 높은 철제 담장을 살피는 듯했다. 담장 맨 위에는 뾰족한 못들이 박혀 있었다. 그 순간 그녀가 무고한 사람일 확률이 낮아졌다. 물론 제임스는 자신의 행동 역시 의심스러워 보인다는 것을 알았다. 그러나 그의 동기는 분명했다.

제임스는 자신이 어떻게 행동해야 하는지 잘 알았다. 그것은 바로 메리의 행동이 자신의 일에 영향을 줄 때 빼고 그녀에 대해 잊어버리는 것이다. 그리고 자신이 무엇을 하지 말아야 하는지도 잘 알았다. 메리의 동기가 무엇인지 알아내려 밤잠을 설치거나 시간을 낭비하지 말아야 했다. 제임스는 그녀가 겪을 수 있는 위험에 대해 걱정하지 말아야 했다. 안젤리카의 집을 방문해서 말을 섞느라 시간을 허비하지 말아야 했다. 그리고 무엇보다 불과 100야드 앞에 서 있는 호리호리하고 우아한 여인의 모습에 매료되지 말아야 했다.

특히 마지막은 절대로 안 될 일이었다.

그리고 시간 낭비에 대해 말하자면……. 그는 회중시계를 꺼내 보았다. 제임스는 지금까지 이유를 알 수 없지만 메리가 어디에 왔는지 지켜보았고, 1시간 30분 뒤에는 고객을 만나야 했다. 제임스는 머리를 살짝 기울이고 조용한 거리의 모퉁이에서 멈췄다.

메리가 천천히 시야에서 멀어졌다.

"선생님?"

알프레드 퀴글리가 불쑥 나타났다.

"오늘 저녁에 사무실로 와서 나한테 보고해. 8시까지는 거기 있을 테니까."

제임스는 조용히 주소를 불러주었다.

퀴글리는 고개를 끄덕인 뒤 뛰어갔고, 소년의 모습은 곧 군중 속으로 사라졌다.

같은 날 저녁 7시. 제임스는 그레이트 조지 스트리트에 위치한 사무실에 마지막까지 남아 있었다. 이것이 평소 생활이었지만, 그날 저녁은 유달리 산만하고 비생산적이었다. 메리 퀸에 대해 생각하지 말자고 아홉 번째 결심했을 때, 문을 가볍게 스치는 소리가 났다. 그는 고개를 번쩍 들었다.

　"들어와요."

　알프레드 퀴글리가 소리 없이 방으로 들어왔다.

　"안녕하세요, 이스튼 씨."

　"안녕, 퀴글리?"

　소년의 보고는 간단명료했다. 퀸 양은 10분 정도 더 창고 주위를 살피다가 도심으로 가는 합승마차를 잡아탔다. 그리고 클라큰웰에서 내려 튼튼한 밧줄과 남자 옷 따위를 사고 현금을 지불했다. 그리고 또 본드 스트리트에서 내려 소롤드 계좌로 리본과 견사를 샀다. 그리고 나머지 시간은 집에서 보냈다.

　퀴글리의 보고를 듣던 제임스의 표정이 어두워졌다.

　"밧줄과 남자 옷으로 뭘 하려는 걸까?"

　"창고에 들어가려는 것 같아요. 보통 여자들은 매듭짓는 법도 모르지만요."

　"그렇겠지."

　제임스는 몇 분 동안 곰곰이 생각했다. 그 침묵은 퀴글리가 하품을 참는 소리로 인해 중단되었다.

"내가 널 잡아두고 있구나."

제임스가 말했다.

"집에 가서 자는 게 좋겠다."

"오늘 밤에도 감시를 계속할까요?"

호기로운 제안이었다. 소년의 눈은 졸음 때문에 거의 사시가 될 지경이었다.

"아니, 내가 갈 거야."

제임스는 멈춰섰다. 소년은 겨우 열 살이었다.

"집이 머니?"

"아니요. 여기서 가까운 처치 스트리트에 엄마랑 살아요."

"좋아. 내일 다시 얘기하자."

퀴글리가 사라지자, 제임스는 또다시 양심의 가책을 느꼈다.

"퀴글리!"

"네?"

"저녁은 먹었니?"

맙소사, 그는 보모가 되어가고 있었다.

주근깨 가득한 소년의 작은 얼굴에 환한 미소가 번졌다. 퀴글리가 처음으로 소년다운 표정을 지었다.

"장어 파이랑 죽을 먹었어요. 진짜 맛있었어요."

7

메리가 그날 두 번째로 소롤드 상사의 창고에 도착한 것은 새벽 12시 45분경이었다. 남의 집 문 앞에 쪼그리고 앉아 선잠을 청하던 몇몇 부랑아들을 제외하면, 거리는 조용하고 텅 비어 있었다.

이 지역은 어둠이 짙게 내려앉는 법이 없었다. 강물이 달빛과 가로등 불빛, 그리고 가정집에서 흘러나오는 불빛을 제법 많이 반사하기 때문이다. 그러나 가끔은 그 빛도 짙은 안개에 가려졌다. 오늘 밤 서더크는 물리적 실체가 느껴질 만큼 짙은 황색 안개에 잠겨 있었다. 메리가 시험 삼아 팔을 쫙 펴보니, 손가락이 마치 형체 없는 유령처럼 보였다.

마지막으로 남장을 한 것이 벌써 5년 전이다. 그동안 바지가 얼마나 편하고 실용적인지 거의 잊고 있었다. 모자까지 푹 눌러쓰니 마부도 메리의 행선지나 목적에 대해 궁금해 하지 않았다. 오히려 그녀가 마차 삯을 지불할 수 있을지를 걱정하는 듯했다. 메리는 일단 조사가 끝나면 재미 삼아 다시 남장을 해야겠다고 생각했다. 물론 무단 침입과 악취를 풍기는 강 따위는 사양이다.

지금은 증거를 찾는 데 집중해야 했다. 지금까지 꼭 일주일을 소롤드의 가족과 지냈지만 어떤 증거도 찾지 못했다. 6일 뒤면 사건이 종결되는데, 에이전시가 사건을 해결하는 데 도움이 될 뭔가를 발견해야 마땅하지 않은가? 메리는 하루 종일 그 문제와 씨름했다.

원래 메리의 임무는 그저 보고 듣는 것이었다. 엄밀히 말하면 그랬다. 그러나 앤과 펠리시티가 메리를 이 집에 심어놓은 데에는 그만한 이유가 있었을 것이다. 개인적인 호기심이나 주요원과 경쟁하고 싶은 욕심에서 이런 행동을 하는 것은 아니었다. 그녀는 오로지 에이전시의 이익을 염두에 두고 있었다. 그리고 그녀가 행동하지 않으면 아무런 도움도 되지 못할 것이다. 아무것도 모르고, 아무것도 듣지 못하고, 게다가 머리조차 쓰지 않는 요원을 어디에 써먹는단 말이지?

하루 종일 스스로의 양심에 대고 한 말이었다. 이제 우물쭈물하기에는 시간이 부족했다.

누군가 지켜보고 있는 것 같은 찜찜한 느낌을 털어내고 메리는 옆걸음으로 철제 울타리까지 가서 두 개의 봉 사이로 머리를 집어넣어보았다. 빡빡했지만 가능할 것 같았다. 빈집털이 시절 그녀의 모토는 '머리가 들어가면, 몸도 들어가게 되어 있다'였다. 그녀는 장비 가방을 울타리 사이로 떨어뜨린 뒤 잠시 기다렸다. 경비견이 있는지 살피기 위해서였다.

1분이 지났다. 아무 소리도 들리지 않았지만, 자신이 혼자 있는 게 아니라는 석연찮은 의심을 지울 수 없었다. 주변을 둘러보아도 물론 아무도 없었다. 바보같이 왜 이래. 메리는 이마의 땀을 훔치고, 울타리 사이로 몸을 비집고 들어가기 위해 끙끙거렸다.

"머리가 들어가면……."

하지만 그 당시에는 가슴이 밋밋했었다.

마당에 깔린 자갈은 반들반들했다. 그녀는 장비 가방을 찾은 뒤 목소리나 발소리가 들리는지 귀를 쫑긋 세우고 조심스럽게 길을 골라 걸었다. 본 건물에 도착했을 때, 그녀는 누군가 적재 구획 쪽에 있는 문을 잠그지 않은 걸 발견했다. 허 참! 소롤드는 보안을 더 강화할 필요가 있었다.

불안감이 사라진 메리는 오히려 즐기게 되었다. 예전 감각이 되살아나면서 강렬한 흥분이 혈관을 빠르게 달렸다. 정의감이나 그녀가 하는 일의 가치와는 무관했다. 다시 한 번 뭔가를 찾아 은밀하게 배회하고 있다는 상황이 주는 흥분이었다. 그녀는 지금껏 위험이 주는 순수하고 농축된 전율을 잊고 있었다.

메리는 내심 편안함을 느끼며 칠흑 같은 어둠 속으로 나아갔다. 아무것도 보이지 않으니 다른 감각들이 천천히 고개를 들기 시작했다. 고요함에는 깊은 울림이 있었다. 메아리 없이도 그녀는 방이 엄청나게 크다는 것을 단번에 알아차렸다. 방에서는 톱밥과 소금, 그리고 역청과 송진 냄새가 났다. 바닥에는 모래와 먼지투성이의 거친 널빤지들이 깔려 있었다.

어둠 속에서는 걷는 것보다 기는 편이 더 쉬웠다. 메리는 네 발로 기어 넓은 바닥을 가로질렀다. 나무 상자가 높이 쌓인 깔판들 사이로 천천히, 그리고 조심스럽게 이동했다. 방의 엄청난 크기가 감각을 교란시켰다. 마침내 건너편에 있는 문에 도달했을 때 문이 이상하게 작게 느껴졌던 것이다. 문은 잠겨 있었지만 자물쇠가 단순했다. 메리는 자기도 모르게 미소를 지었다. 걱정 없어.

쉽게 문을 딴 메리는 다시 귀를 쫑긋 세웠다. 계단에서 희미하게 질질 끄는 발소리가 들렸다. 잽싸게 문을 닫고 메리는 벽에 몸을 납작하게 붙였다. 열쇠 구멍에 귀를 대고 숨을 죽였다.

경비원이 터덜터덜 걷고 있었다.

발소리는 바로 문밖에서 멈추었다. 랜턴 빛이 열쇠 구멍을 통해 가느다란 노란 빛을 쏘았다. 한숨을 쉬는가 싶더니 조용해졌고 이어서 방귀 뀌는 소리가 들렸다. 그리고 발소리는 멀어졌다.

메리는 3분 정도 기다렸다가 천천히 문을 조금 열었다. 건물

지붕에 뚫어놓은 채광창에서 희미한 빛이 들어와 넓은 층계참을 비추었다. 달도 안개를 뚫고 모습을 드러냈다.

메리는 벽 가까이에 몸을 붙이고 조심스럽게 계단을 올랐다. 한 계단 한 계단 오를 때마다 체중을 다 싣기 전에 발을 살짝 올려 삐걱거리는지 시험해야 했기 때문에 무척 더뎠다. 마침내 꼭대기에 도착하자, 그녀는 작은 문들을 지나 복도 끝을 향해 살금살금 걸어갔다. 복도 끝에 있는 위압적인 마호가니 문이 메리가 찾는 곳이 분명했다. 황동으로 된 명패로 추측이 확실해졌다. H. 소롤드. 그녀는 미소를 머금고 손잡이를 부드럽게 돌렸다. 당연히 잠겨 있었다.

메리가 만능열쇠를 자물쇠에 찔러 넣을 때 희미하게 으르렁거리는 소리가 들렸다. 메리는 잠시 멈추고 복도를 살펴보았다. 아무것도 없었다. 그러나 소리는 점점 커졌고 정체를 알 수 없던 약한 울림은 점차 뚜렷한 동물의 소리가 되었다.

경비견이었다. 메리는 하마터면 열쇠를 망가뜨릴 뻔했다.

"쉬이."

그녀는 머뭇거리며 개를 조용히 시켜보려 했다.

으르렁거림은 점점 더 커졌다. 머지않아 그 짐승은 있는 힘껏 짖기 시작할 것이다.

"조용히 해."

메리는 자신이 할 수 있는 한 최대한 권위 있게 말했다.

"조용히 해줘야겠어."

으르렁거림은 조금 잦아들었다.

"자, 착하지."

메리는 손에 난 땀을 바지에 닦으며 계속 말했다.

"아주 좋아."

으르렁거림이 서서히 잦아들자, 그녀가 중얼거렸다.

개가 꾸준히 헐떡이는 소리밖에 들리지 않자 메리는 자물쇠에 꽂힌 열쇠를 돌리기 시작했다. 그러는 동안 내내 안에 있는 동물에게 조용하고 부드럽게 말을 걸었다. 특유의 딸깍 소리와 함께 자물쇠가 열렸다. 메리는 문을 조금 열고 개에게 낮은 목소리로 아무 말이나 중얼거렸다.

어둠 속에서 두 개의 눈이 반짝였다. 늑대의 눈이었다.

숨이 막힐 것 같았다.

"안녕."

메리는 쉰 목소리로 간신히 인사를 건넸다.

"지금까지 넌 아주 착하게 굴었어."

짐승의 눈이 섬뜩하게 빛났고 깜빡임조차 없었다.

"네 사무실에 좀 들어가고 싶은데."

메리는 목소리가 자신이 느끼는 것보다 작게 들리기를 바라며 소곤거렸다.

"아주 천천히 들어갈게, 괜찮지?"

그녀는 바닥에 낮게 쭈그리고 앉아 문지방을 넘기 위해 조금씩 움직였다.

실제로 개는 잠시 멈췄다. 개의 표정이 어떻게 해야 하나 고민하는 것처럼 보였다.

불현듯 어떤 기억이 메리의 뇌리를 번쩍 스쳤다. 조심스럽게 손가방을 뒤졌다. 손가락이 헝겊으로 감은 물건에 가까워지자 호기심에 코를 킁킁거리는 개의 소리가 들렸다. 그녀는 눈을 반짝이며 쳐다보는 개 앞에서 헝겊을 벗겼다. 차가운 양고기찜이었다. 혹시 이런 일이 일어날까 대비해, 그날 저녁 일찍 식품 저장고에서 한 덩이를 챙겨둔 것이었다. 하지만 소롤드의 사무실 안에서 경비견을 만나리라고는 예측하지 못했다.

개는 코를 한 번 킁킁대더니 그녀에게 돌진했다. 메리는 개의 뜨거운 숨결과 차가운 앞발을 느꼈다. 전리품을 획득한 개는 물러나서 탐욕스럽게 고깃덩이를 물어뜯었다.

메리는 미끄러지듯 안으로 들어가 문을 닫았다. 안도감에 다리가 풀렸다. 그녀의 등은 다시 땀으로 축축해졌다. 개가 본격적인 탐색을 위해 돌아와 노골적인 호기심을 보이며 엎드린 그녀를 향해 코를 킁킁거릴 때, 메리는 소리 내어 웃고 싶은 것을 간신히 참았다.

성냥을 꺼내 초에 불을 붙였다. 메리와 개는 호기심 어린 눈으로 서로를 탐색했다. 개는 커다란 검은색 잡종견이었다. 짧은 털에 펄럭이는 커다란 귀, 그리고 경계하는 듯한 표정은 절대 일반적인 경비견이 아니었다. 하지만 메리는 녀석의 꼴사나운 외양이 마음에 들었다.

"소롤드는 너처럼 사랑스러운 개를 이곳에 대체 왜 가둬둔 걸까?"

메리의 속삭임에 개는 마치 어깨를 으쓱하며 답하는 것처럼 보였다.

개와 메리는 서로를 알아가기 위해 몇 분을 보냈다. 내키지 않았지만 메리는 새로운 친구를 한쪽으로 밀쳐냈다. 소롤드의 벽난로 선반에 있는 시계는 새벽 1시 25분을 가리키고 있었다.

"네가 날 좀 봐주면 좋겠어."

그녀는 미안해하며 사무실 문을 잠갔다.

"오늘은 할 일이 아주 많거든."

소롤드의 사무실은 집에 있는 서재와 아주 흡사했다. 굴러다니는 종이는 없었고 커다란 서류철 캐비닛만 가득했다. 확신할 순 없지만 외설적인 그림은 없는 것 같았다. 절차는 간단했다. 파일을 훑어보며 꼬리표가 맞게 분류되었는지 확인한 뒤 원래대로 되돌려놓는 것이다. 서류가 깨끗한 글씨체로 작성되어 있어 작업이 빨랐다.

그러나 15분, 30분……시간이 흐를수록 메리의 실망이 더해졌다. 이번에도 첫 번째 서류철에서 범죄를 입증할 정보들을 찾을 수 있으리라고 기대하진 않았다. 그러나 이 서류철들은 깔끔하게 번호가 매겨지고 꼬리표가 달려 있었으며, 메리가 발견한 다른 문서들과 서로 관련되어 있었다. 밀매를 암시하는 산만하고 비공식적인 기록의 흔적은 없었다. 그렇다면 이번에도 역시 소득이 없단 말인가? 문서로 된 증거 따위는 애당초 없는 것일까? 그렇다면 무엇이 있단 말이지?

"멍멍아, 내가 지금 여기서 뭘 하고 있는 걸까?"

메리는 침울하게 말했다.

"여기서 정보를 다 추리려면 몇 주 동안 밤을 꼬박 새야겠어."

책상 위의 시계가 째깍거리며 그녀의 주의를 끌었다. 4시였다! 조금 있으면 체이니 워크 하인들이 일어날 시간이었다. 메리는 가구를 원래의 위치로 되돌려놓고 개에게 아쉬운 작별 인사를 건넸다. 개가 소란을 피울지도 모른다는 걱정은 문을 여는 순간 사라졌다. 개는 조용히 있어야 한다는 것을 이해하기라도 한 듯 다정하게 그녀의 손을 핥은 뒤 책상 밑으로 다시 기어들어가 조용히 엎드렸다.

메리는 뒷걸음질하다가 하마터면 계단에서 경비원과 마주칠 뻔했다. 다행히 잠에 취한 경비원은 3층 복도에서 그림자에 가려진 불룩한 형체를 알아차리지 못했다. 서류철을 찾지 못한 것만 제외하면 그날 밤 내내 이상하리 만큼 운이 좋았다. 그녀가 철제 울타리를 통과해 미끄러져 나갈 때 이번에도 가슴이 심하게 짓눌렸다. 밖은 아직 회색빛으로 어슴푸레했다. 제시간에 도착할 수 있겠군. 그녀는 흐뭇했다. 비록 원하던 것을 찾지 못했지만……

맙소사.

자기만족에 빠져 메리는 주거 침입의 기본 규칙을 잊어버리고 말았다. 경계심을 풀지 말고 딴생각을 하지 말 것.

"어이, 친구. 잘 만났소."

안개 속에서 느릿한 목소리가 들려왔다.

커다란 손이 메리의 팔을 꽉 잡았다. 메리는 가슴이 아플 만큼 날카롭게 숨을 들이쉬었다. 자신을 붙들고 있는 사람의 형체는 대강 분간할 수 있었다. 키가 크고 어깨가 넓은 남자였다.

공포로 마비된 순간이 지나고 갑자기 본능이 고개를 들었다.

메리는 남자의 발등을 꽉 밟고 팔꿈치를 무기로 이용하여 빠르고 강하게 몸을 비틀며 남자의 손아귀에서 빠져나왔다. 회색 안개 속에서 남자의 얼굴이 희미하게 드러나자, 그의 코에 강력한 펀치를 날려 다시 한 번 공격했다.

남자는 신음하며 욕설을 내뱉고 비틀대며 한 걸음 물러났다.

메리는 이때다 싶어 달아나기 시작했다. 가장 가까운 다리를 향해 전력질주할 때 바로 뒤에서 쿵쿵거리며 따라오는 발소리가 들렸다. 남자는 체격 면에서 상당히 유리했다. 다치지만 않았다면 그녀를 단번에 잡았을 것이다. 메리는 속도를 내기 위해 손가방을 떨어뜨렸다.

달아나는 동안 안개 줄기가 거미줄처럼 얼굴을 휩쓸었다. 그때 기억 속에서 뭔가가 떠올랐다. 자신을 공격한 남자가 어쩐지 익숙했다. 그렇다고 뒤돌아서 확인하고 싶지는 않았다.

그 목소리는? 그리고 그 머리 형태는?

뒤에서 뭔가가 그녀의 재킷을 세게 잡아챘다. 아마도 그의 손이리라. 메리는 걸음을 멈추지 않고 옷에서 어깨를 뺐다.

남자에게 잡히기 직전, 그녀는 어떤 오싹한 예감 같은 것을 느꼈다. 처음이자 마지막으로 잡혔을 때에도 그랬다. 순간적이고 끔찍한 예감이었다. 그리고 그때 일이 벌어졌다.

남자의 손이 그녀의 셔츠 뒷덜미를 잡고 그녀를 들어올렸다. 부욱 소리와 함께 겨드랑이에서 솔기가 뜯어지며, 그녀의 몸이 뒤로 날아가 단단하고 마른 몸에 쿵하고 부딪쳤다.

"이 바보!"

익숙한 목소리가 호통 쳤다.

"그만 버둥거려요. 해치지 않을 테니까."

팔꿈치로 가격하려는 순간 메리는 그만 몸이 얼어버렸다. 그녀는 안도해야 할지, 경악해야 할지 판단할 수 없었다.

"제가 알아맞혀 보죠."

메리가 힘없이 말했다.

"혹시 왈츠 좋아하세요?"

8

제임스는 이제껏 단 한 번도 여자의 목을 조르고 싶은 충동을 느껴본 적이 없었다. 그러나 지금 그 충동이 너무도 강렬한 나머지 행동으로 옮기지 않기 위해 메리의 싸구려 면 셔츠를 꽉 부여잡았다.

"당신과 나."

그는 그녀를 휘청거릴 만큼 강하게 돌려세우고 으르렁거리듯 말했다.

"얘기를 좀 해야겠소."

메리가 말했다.

"저녁 식사와 자선 복권 판매가 모두 끝난 다음에요."

거침없는 말투와는 달리 그녀의 눈은 공포로 커졌다. 좋아.

이 순간 제임스는 메리를 떨게 하고 싶었다. 그는 셔츠를 계속 단단히 잡고 있었다. 이걸 잡고 있으면 달아나지 못하겠지? 제임스는 그녀를 끌고 뒷걸음쳐서 재킷과 가방 등 메리가 떨어뜨린 소지품을 주웠다.

그들은 다시 창고 쪽으로 걸어갔다. 그 순간 안개 속에서 커다란 검은 마차가 눈에 들어왔다.

마차를 보자마자 메리의 몸이 굳었다.

"안 돼요."

"됩니다."

"난 당신과 함께 타지 않을 거예요."

"왜죠?"

메리는 제임스의 손아귀에서 몸부림쳤다.

"그건…… 적절하지 않아요."

그녀에게 코를 얻어맞아 유머 감각을 잃어버리지 않았다면 제임스는 아마 웃음을 터뜨렸을 것이다.

"한밤중에 남장을 하고 런던 거리를 활보하는 건 적절한 겁니까?"

메리는 할 말이 없었다. 이상한 일이었다.

제임스는 마차 문을 열고 빨랫감을 던져 넣듯 그녀를 밀어 넣더니 자신도 기어들어 가서 문을 닫았다.

메리는 즉시 반대편 문을 향해 움직였다.

그러나 제임스가 팔을 뻗어 그녀를 좌석에 앉히고는 양손으로 어깨를 꽉 잡았다.

"힘 빼지 말아요. 내가 허락할 때까지 못 나가니까."

그녀를 노려보며 그는 마차 천장을 두 번 두드렸다. 마차가 기우뚱하더니 움직이기 시작했다.

아까 달아나는 동안 메리의 머리칼은 흘러내렸다. 이렇게 보자 메리는 말도 안 되게 어려 보였다. 셔츠에는 단추가 없었다. 제임스가 붙잡았을 때 떨어져나간 모양이었다. 메리는 뺨이 새빨개져서 재빨리 셔츠 앞섶을 여몄고, 제임스 역시 얼굴을 붉히며 눈을 돌렸다.

"재킷 좀 주실래요?"

제임스는 재킷을 건네주었지만 사과할 여유는 없었다. 혀가 돌처럼 굳은 것 같았다. 대신 제임스는 부지런히 양쪽 창문의 커튼을 내렸다.

어색한 침묵이 뒤따랐다. 마침내 침묵을 깬 것은 메리였다.

"당신 코에서 피가 나요."

제임스는 눈을 깜빡이며 손을 대보았다.

"그렇군요."

그는 더듬더듬 손수건을 찾았다.

"부러…… 졌나요?"

메리의 질문에 제임스는 자기도 모르게 입꼬리가 올라갔다.

"그러길 바라는 것 같군요."

그녀는 웃음이 터졌지만 이내 억눌렀다.

"그럴 리가요."

그리고 급하게 덧붙였다.

"그럴 생각은 아니었어요. 힘껏 치려고 한 건 사실이지만 당신인 줄 몰랐어요."

메리의 목소리가 점점 기어들어 갔다.

"부러진 것 같나요?"

제임스는 손수건을 떼고 그녀에게 몸을 기울였다.

가느다란 손가락이 콧등을 훑고 지나갔다. 너무도 가벼운 손길이어서 제임스는 메리가 만지고 있다는 것을 느끼기조차 힘들었다.

"아마…… 최소 타박상 정도는 입은 것 같아요."

"코가 한쪽으로 삐뚤어지지만 않으면 상관없소."

메리는 손을 뒤로 빼며 자신 없는 듯 말했다.

"나중에 의사에게 가보세요."

제임스는 갑자기 싱긋 웃더니, 주춤했다.

"나도 당신에게 그렇게 말했었죠. 안 그래요?"

메리는 손사래를 쳤다.

"그건 다 나아가요."

제임스는 메리의 반짝이는 눈동자, 도도한 태도, 마차의 은밀함, 그 모든 것을 포함해 메리와 함께 있다는 것 자체를 즐기고 있단 사실을 깨닫고 깜짝 놀랐다. 이제 당면한 문제로 돌아갈 때였다.

"그래서 퀸 양, 헨리 소롤드의 개인사엔 뭐 때문에 관심을 갖는 겁니까?"

얼굴에서 따뜻함이 싹 가시며 메리는 등을 꼿꼿이 세웠다.

"당신이 상관할 문제가 아니잖아요."

"아니, 상관있소."

제임스가 주장했다.

"어쩌면 우리 가족이 조만간 소롤드가와 인연을 맺을 수도 있으니까. 그러니까 난 당신이 오늘 밤 왜 창고에 침입했는지, 그리고 당신이 뭘 찾았는지 알아야겠소."

"그래서 남몰래 주변을 얼쩡거리는 건가요? 미래의 사돈을 염탐하려고?"

제임스는 부끄러운 척하려고 했지만 실패했다.

"현대 사회의 안타까운 세태지요, 안 그래요?"

"비극이죠."

메리가 날카롭게 대답했다.

"당신이 몰래 한탄하고 다니는 걸 방해하지 않겠어요."

메리는 날카롭게 지붕을 두 번 치고 문을 향해 손을 뻗었다.

제임스는 뒤로 물러나 팔짱을 끼었다.

"나라면 달리는 마차에서 뛰어내리지 않을 거요, 퀸 양."

그의 말이 옳았다. 마차는 속도를 늦추지 않고 계속 달렸다. 메리는 그를 노려보았다.

"왜 멈추지 않죠?"

제임스는 옅은 미소를 띠며 말했다.

"잘 훈련된 마부니까요. 내 노크 소리를 알아듣죠."

메리는 한동안 제임스를 노려본 뒤 커튼을 들췄다.

"그래서 우린 어디로 가고 있는 거죠?"

마차 안쪽에 불이 켜져 있어서 보이는 것이라고는 창에 비친 메리 자신의 얼굴뿐이었다.

제임스는 어깨를 으쓱했다.

"글쎄요, 트위크님?"

실랑이를 하는 동안 그녀의 긴 머리가 풀어져 흘려내렸다. 실크처럼 곧게 뻗은 머리를 만지면 어떤 느낌일까? 그러나 제임스는 곧 그런 생각을 몰아냈다.

메리는 온몸이 뻣뻣하게 굳었다.

"이건 납치예요!"

"아니, 납치가 아니오. 편할 대로 생각하지 말아요, 퀸 양."

메리는 눈을 가늘게 떴다.

"그럼 당신이 원하는 게 뭐죠?"

"그저 짧은 대화를 원할 뿐이오. 얘기가 끝나면 체이니 워크로 돌려보내 줄 거요."

"정말로 내가 그 말을 믿을 거라고 생각해요?"

제임스가 입술을 삐죽거렸다.

"이봐요, 퀸 양. 내가 멜로드라마나 상투적인 이야기를 원했으면, 차라리 극장으로 갔을 거요. 난 당신을 납치하는 게 아니오. 그럴 만한 동기도 없고. 그리고 맞아요. 난 당신이 내 말을 믿을 거라고 생각해요. 우리 이야기를 좀 나눕시다. 정보도 공유하고. 어쩌면 서로 협력하는 게 도움이 될 겁니다. 최소한 서로 반목은 하지 않는 게 좋을 거 같은데."

제임스는 메리가 화를 낼 거라고 생각했다. 그러나 그녀는 팔짱을 끼고 냉정하게 그를 쳐다보았다.

"타당한 얘기 같군요. 당신 먼저 하세요."

"지난 몇 년 동안 몇몇 개인 투자자들이 소롤드의 무역 원정에서 큰 손해를 봤다는 걸 최근에 알게 됐소. 소롤드는 배들이 난파되었거나 바다에서 실종됐다고 주장했지만, 투자자들은 그의 주장과는 달리 배가 실종된 게 아니라고 믿게 되었소. 그들은 소롤드가 혼자 이익을 챙겼다고 여기고 있소."

메리가 미심쩍다는 듯한 표정을 지어 보이자, 제임스는 그녀의 질문을 예상하고 황급히 말을 이었다.

"일반적으로 이런 종류의 사건에 논란이 생기기는 힘든 게 사실이오. 선박들은 모두 등록되어 있고, 선박의 항로는 모두 기록되기 때문이오. 선박이 실종되거나 전복되면 그 사실이 공개적으로 알려지고 처리되지만, 비밀 루트를 통과하는 밀매품은 관세와 세금을 피할 수 있어서 투자자들이 높은 투자 수익을 기대할 수 있소. 같은 이유로 소롤드는 세부 사항을 모호하게 처리할 수 있는 거요. 소롤드가 선적물에 대해 거짓말을 하기가 쉬웠을 거란 얘기지."

제임스는 메리가 자신의 얘기를 열심히 듣고 있음을 깨닫고 만족스러웠다. 이 여자는 사람을 격하게 만들지만, 최소한 바보는 아니었다.

"물론 당신은 나의 위치를 잘 알고 있고, 아마도 매우 당황스러울 거요."

"당신이 꺼림칙하게 여기는 게 밀매 자체인가요, 아니면 단순히 배신행위인가요? 그도 아니면 도둑들 사이에도 명예가 필요하다, 뭐 이런 건가요?"

"비웃을 필요 없소. 난 둘 다 반대니까."

"그래서 당신이 조사하기로 했다?"

"그래요."

"왜 직접 나서는 거죠?"

"신중하기 위해서라면 설명되지 않소?"

"누구든 신중할 수 있죠."

제임스가 고개를 끄덕였다.

"이건 시간을 다투는 문제이기도 해요. 형이 소롤드 양에게 곧 청혼하려고 하는데 말리려면 증거가 필요하거든."

맞는 말이었다.

"그 화물은 뭐였죠?"

제임스는 잠시 머뭇거렸다.

"주로 아편이었소. 하지만 소롤드는 보석류에도 흥미가 있다고 들었소."

"그게 언제 일인가요?"

"소식통에 따르면 2년에서 7년 전쯤."

메리는 제임스가 던진 정보에 대해 생각했다.

"그렇다면 모든 기록이 사라졌을 가능성이 크군요. 애초에 그런 기록이 존재했다면 말이에요."

제임스는 피곤한 듯 손으로 얼굴을 문질렀다.

"알아요. 그래서 내가 당국에 가지 않는 거요."

"그렇다면 당신은 주로 중국 경로에 관심을 갖고 있겠군요."

"그게 확실하지가 않아요. 아편은 인도에서도 재배되고, 소롤드의 본거지가 인도에 있으니까."

메리는 믿을 수 없다는 듯 제임스를 빤히 쳐다보았다.

"그럼 당신은 그 선박들이 어디에서 출발했는지, 어떤 경로를 택했는지 전혀 모른다는 건가요?"

"난 지금 막 조사를 시작한 참이오."

제임스가 변명하듯 말했다.

"그래서 당신은 이 모든 걸 어떻게 알아내려는 거죠?"

메리는 회의적인 몸짓을 했다.

"나를 졸졸 따라다녀서요?"

제임스의 오른쪽 눈썹이 올라갔다.

"또 멜로드라마 타령이오?"

메리는 한숨을 쉬었다.

"왜 나의 정보가 당신에게 쓸모 있을 거라고 여기는지 도통 모르겠네요."

"솔직히 말하면 당신이 내 발목을 잡을까 더 걱정이오. 내가 설명했으니, 이제 당신 차례군요."

"별로 말할 것도 없어요. 마부에게 첼시로 가달라고 하는 게 좋겠어요. 하인들이 일어나기 전에 돌아가야 하니까요."

"설명을 들을 때까진 어림없소."

메리는 스스로 위압적이라고 생각하는 눈빛으로 제임스를 노려보았다.

그는 쾌활하게 어깨를 으쓱해 보이더니, 다시 창밖을 내다보았다.

"시골길을 장시간 드라이브하기 딱 좋은 날이로군."

"네네, 알았어요."

메리는 한숨을 쉬고는 마음을 가다듬으려는 듯 잠시 말을 멈추었다.

"난 당신이 소롤드의 내실 하녀였던 글래디스에 대해 알고 있다고 생각해요."

제임스는 동요하지 않고 무표정을 유지했다.

"그래요."

"글래디스는 해고된 후, 언니에게 아무 연락도 하지 않았어요. 글래디스답지 않은 행동이었죠. 글래디스의 언니가 바로 제 친구예요. 걱정하다 못해 내게 어떻게 된 건지 알아봐 달라고 부탁했죠."

제임스는 몇 초간 기다렸지만 메리의 말은 끝난 것 같았다. 그는 의심스러운 눈으로 그녀를 쳐다보았다.

"사라진 하녀라, 그 말이오?"

"그래요."

"그럼 당신은 내가 그 말을 믿을 거라고 생각하는 거요?"

"지금 멜로드라마에 빠져 있는 게 누군지 모르겠군요."

제임스는 인상을 찌푸렸다.

"그건 경찰이 할 일 같은데."

"당신의 경우처럼요?"

제임스는 또 인상을 찌푸렸지만 더 이상 추궁하지 않았다.

"그럼 오늘 밤 뭘 찾았소?"

메리는 한숨을 지었다.

"아무것도요."

제임스는 확실히 해두기 위해 메리의 손가방을 뒤져볼까 생각했지만, 그건 너무 무례한 행동일 것 같았다. 그가 그녀를 거칠게 다루었던 것에 비추어보면 이상한 생각이었다.

"뭘 찾으려 한 거요?"

"무엇이든요. 정말이에요. 편지, 지시문, 지불 기록. 글래디스에 관련된 정보나 창녀촌이건 감화원이건 글래디스가 가 있을 만한 장소에 대한 정보는 뭐든 찾으려 했어요."

"하지만 왜 소롤드가 그런 기록을 가지고 있다고 생각하는 거요? 하인들 문제는 소롤드 부인이 맡고 있는데."

"소롤드 부인은 서류 같은 건 하나도 갖고 있는 것 같지 않았어요. 종이에 펜을 대는 것조차 싫어하거든요. 그리고 당신은 정말 소롤드 같은 남자가 병약한 아내에게 자기가 유혹한 하녀의 뒤처리를 부탁했을 거라고 생각해요?"

"하지만 왜 소롤드가 기록을 보관하고 있겠소? 그 하녀를 그냥 거리로 쫓아낸 게 아니란 말이오?"

메리는 비웃는 듯했다.

"이렇게 반응하실 줄 알았어요. 그리고 사실 그럴 가능성이 있다는 것도 인정하고요. 하지만 글래디스는 임신 중이었어요. 소롤드는 몇 년 전에 아들을 잃은 데다 감상적인 기질이 있어요. 가능성이 크지는 않지만, 어쩌면 글래디스를 도우려 했거나 심지어 만남을 유지하려 했을지 모르죠. 아이를 공식적으로 인정할 수는 없었지만, 나 몰라라 할 수도 없었을지도요."

"알았소."

제임스는 한동안 침묵했다.

"그 사실이 당신 형의 마음에 영향을 줄까요?"

"아니. 형은 안젤리카에게 완전히 넋이 나갔소. 게다가 임신한 옛 정부의 이야기 따위는 법적 영향력이 없을 테니까."

제임스는 메리의 표정을 살폈다.

"물론 당신 친구 글래디스를 모욕하는 건 아니오."

"그러시겠죠."

메리의 목소리는 냉랭했다.

제임스는 어색한 듯 기침을 했다.

"어, 그럼 당신이 본 서류들이 혹시……."

"당신 문제와 관련이 있냐고요? 아편과 관련된 문서는 없고 모두 합법적인 문서였어요. 소롤드의 선박이 섬유나 스테인리스 같은 제품을 인도에 운반하고 차와 쌀 같은 물건들을 다시 실어왔다는 내용이 대부분이었죠. 가끔은 미국이나 서인도를 들르기도 하지만, 요즘은 횟수가 훨씬 줄었더군요."

"알았소."

"그래요?"

메리의 표정을 읽는 것은 불가능했다.

불빛에 따라 밤색으로도 보이고 푸르스름하게도 보이는 메리의 눈은 차분하고 도전적이었다.

제임스는 어떻게 반응해야 할지 알 수 없었다. 그녀의 뺨에 석탄가루인지 흙인지 모를 검은 얼룩이 묻어 있었는데, 그것조차 매력적으로 보였다.

"그런데 내가 소롤드의 정부라는 건 대체 무슨 말도 안 되는 얘기죠?"

제임스는 어두운 불빛이 자신의 붉어진 얼굴을 숨겨주길 바랐다.

"그냥 추측이었소."

"비난조로 들렸어요."

제임스는 목덜미가 화끈거렸다.

"사과하겠소."

그는 어렵사리 입을 뗐다.

메리의 눈이 잠시 즐거움으로 반짝였다.

"사과를 자주 하지는 않으시죠?"

제임스는 자기도 모르게 싱긋 웃었다.

"그래요. 당신은 특별한 동행이오."

"서로 존중한다면 절 첼시로 돌려보내 주셔야죠?"

제임스는 순순히 창문으로 머리를 빼고 마부에게 지시했다.

"몇 분이면 도착할 거요."

그가 시계를 보며 말했다.

"이곳은 배터시 근처고, 지금 막 5시가 지났소."

"고마워요."

이렇게 말한 메리는 다소 자조적으로 보였다.

"천만에요, 퀸 양."

제임스가 싱긋 웃었다.

"머지않아 다시 이런 자리를 갖게 될 거요."

메리는 미소를 억누를 수 없었다.

"어쩌면, 당신 코가 낫는 대로요."

그는 한 손가락으로 콧등을 훑었다.

"뭐, 괜찮을 것 같소. 그런데 그렇게 싸우는 법은 어디서 배웠소?"

"어떻게요?"

"남자처럼 말이오. 보통 아가씨들 같았으면 비명을 지르며 내 얼굴을 할퀴려 했을 텐데. 아니면 그냥 기절하거나."

"전 말괄량이였어요."

"오빠들이 많은 말괄량이?"

제임스는 덩치 큰 소년들에 둘러싸인 사나운 말라깽이 소녀를 상상할 수 있었다.

"뭐, 비슷해요. 그리고 당신은 아직 대답하지 않았어요. 오늘 밤 내가 창고에 간 걸 어떻게 알았죠?"

제임스는 의기양양해보였다.

"당신이 창고를 훑어보는 걸 봤소."

메리의 눈이 휘둥그레졌다.

"오늘 아침이요? 내가 거기 있는 건 또 어떻게 알았죠?"

"어, 그게…… 당신의 행방에 대한 정보를 들었소."

"누구에게요?"

"고용인에게."

"그럼 나를 감시했단 말인가요?"

"혹시 날 조롱하려는 생각이라면……."

메리는 잠시 생각해본 뒤 인정했다.

"내가 당신 입장이었어도 마찬가지였을 거예요."

바퀴 소리를 듣고 배터시 다리를 건너고 있음을 알 수 있었다. 조금 뒤면 체이니 워크에 도착할 것이다.

"이봐요. 내 생각엔 우리가 협력해야 할 것 같소."

제임스가 몸을 앞으로 빼며 말했다.

메리는 양미간을 조금 좁혔다.

"왜죠?"

"그러면 더 광범위하게 조사할 수 있을 테니까."

제임스는 초조한 듯 말했다.

"게다가 서로 방해할 위험도 덜할 테니. 소롤드를 긴장시키는 건 말할 필요도 없고 말이오."

"그렇지만 서로 전혀 다른 시기에 일어난 전혀 다른 사건을 조사하고 있잖아요."

"하지만 비슷한 종류의 증거를 위해서…… 만일 그런 게 존재한다면 말이오. 이봐요, 당신이 밤마다 소롤드의 서류철을 뒤지러 창고에 침입할 수는 없잖소. 기껏 한두 번하고 나면 경비원에게 발각될 게 뻔해요. 그런데 그때까지 구체적인 뭔가를 찾지 못한다면 어떻게 할 거요?"

"어떻게든 대책을 마련해야죠."

"바로 그거요. 그리고 대책을 세울 때에는 완벽한 동업자가 필요할 거요."

메리는 경계하는 눈으로 쳐다보았다.

"당신이 완벽한 동업자라는 말이군요."

"오늘 밤 나는 당신을 찾아냈소. 안 그래요?"

마차가 멈추자 제임스는 밖을 내다보았다.

"모퉁이만 돌면 돼요. 로렌스 스트리트요."

제임스가 말했다.

"이제 됐소?"

"완벽해요."

메리는 밖으로 나가려고 움직였지만 제임스의 긴 손가락이 문손잡이를 잡은 그녀의 손을 막았다.

"아무튼 생각해봐요."

그녀는 얼어붙었다. 그의 얼굴이 바로 몇 인치 거리에 있었다.

"어째서 나를 믿을 수 있다고 확신하는 거죠?"

메리는 제임스의 눈을 똑바로 쳐다보며 부드럽게 물었다.

제임스의 시선은 흔들림이 없었다.

"확신하지 않소. 단지 모험을 하려는 것뿐이지."

9

메리는 나갔을 때와 같은 방법으로 뒤쪽 창문을 통해 집으로 들어갔다. 아침 5시 30분이었고, 하인들은 이제 막 하루 일과를 시작하고 있었다. 아무도 메리가 없는 것을 눈치채지 못한 모양이었다.

아직 두어 시간 눈을 붙일 수 있었지만 너무 혼란스러워 잠이 오지 않았다. 간밤에 겪은 모험이 뇌리에서 떠나지 않아 그저 침대에서 초조하게 누워 있었다.

섬뜩한 안개. 동굴 같은 창고들과 특이한 모양으로 변하는 그림자. 매력적인 개. 무엇보다 그녀를 응시하던 제임스 이스튼의 검은 눈동자.

메리를 바라보는 그의 시선이 마음을 어지럽혔다. 마치 그녀가 풀어야 할 퍼즐이라도 되는 양 집요하게 바라보던 눈빛. 그리고 이상하게도 그와 함께 있는 것이 불편하지 않았다.

일반적으로 누군가, 특히 남자가 몇 초 이상 빤히 자신을 쳐다보면 메리는 달아나고 싶은 충동을 느꼈다. 하지만 제임스와 있으면 자신도 제임스를 노려보고 그와 똑같이 면밀하게 그를 관찰하고 싶어졌다. 그 충동은 메리를 흥분시키는 동시에 두렵게 만들었다. 그녀는 그에게 흥미를 느낄 처지가 아니었다. 어떻게 그럴 수 있겠는가.

그리고 글래디스에 대해 꾸며낸 이야기도 있었다. 메리는 그럴싸하고 현실적으로 들리도록 이야기를 한동안 다듬었다. 오늘 제임스와의 대화는 꾸며낸 이야기를 시험해볼 완벽한 기회였다. 그런데 그가 그 말을 곧이곧대로 들었을 때 살짝 실망한 건 왜일까?

마침내 선잠에 빠졌지만 그 순간 하녀가 커피를 가져와서 목욕물에 대해 떠드는 통에 잠이 깨고 말았다. 마치 전날 밤 내내 악몽에 시달린 것처럼 이불이 다리에 칭칭 감겨 있었다. 목욕을 하고 옷을 입은 뒤에도 다리가 고무처럼 뻣뻣했다. 피곤 때문에 눈이 뻑뻑했고 수면 부족으로 이따금씩 어질어질하기까지 했다.

두 여자와 함께하는 아침 시간은 지루하게 느껴질 만큼 한가했다. 침대에서 아침을 먹은 소롤드 부인과 안젤리카는 남자들이 나간 후에야 나타났다. 아침 내내 안젤리카는 대체로 조용하고 맥없이 앉아 있었다. 가끔 하품을 하며 소롤드 부인과 교대로 메리에게 지시를 내리거나 안락의자에 앉아 꾸벅꾸벅 졸았다. 그러나 점심때가 되자 분위기가 바뀌었다.

병자 특유의 고지식한 집착이 있는 소롤드 부인은 거의 매일같이 의사를 보러 나갔다. 중독이나 다름없었다. 왕진비를 지불할 여력이야 충분했지만, 그보다 외출 자체가 마음을 끄는 것 같았다. 따지고 보면 의사를 보러가는 부인의 일과가 평범한 여인들의 사교 방문과 다를 것도 없었다.

안젤리카는 어머니가 독점하는 마차를 이용하는 대신 피아노를 치거나 음악 레슨을 받았다. 안젤리카는 음악에 꽤 재능이 있어서 이따금 그대로 눌러앉아서 감상하고 싶은 유혹을 느끼기도 했다. 하지만 이 시간은 메리가 '가벼운 산책'을 하거나 '몇 가지 심부름'을 하면서 탐정 노릇을 할 수 있는 절호의 기회였다.

그런데 메리는 오늘따라 뼈가 텅 빈 것처럼 느껴지고 이상하게 서툴렀다. 계속 물건을 떨어뜨리거나 문틀에 부딪치곤 했다. 점심 식사 후, 최근 집안 살림에 일어난 변화나 약탈한 인도 공예품이나 보석류일지도 모르는 배달 품목에 대해 탐문해볼까 잠시 생각했다. 그러나 하인들은 여전히 메리를 서먹하게 대했다.

사실 샤프롱이라는 위치는 좀 애매했다. 엄밀히 말하면 그녀 역시 고용인이었지만, 메리는 소롤드 가족과 함께 저녁을 먹고 침실도 같은 층에 있었다. 메리는 하인들의 이름을 부르는 반면, 그들은 메리를 '퀸 양'이라고 존대했다. 메리가 그들과 허물없이 지내거나 아래층으로 내려가는 것은 극도로 이상한 일이 될 것이다. 매일 아침 메리를 깨우는 뚱한 표정의 어린 하녀마저 그녀를 경계하는 것처럼 보였다.

메리는 또 한 번 하품을 참았다. 지루한 책을 읽으면 곧장 잠에 빠질 것 같았다. 낮잠을 자고나면 정신이 좀 날 듯했다.

응접실과 연결된 작은 서재는 시원하고 어두웠다. 그녀는 무거운 눈꺼풀을 들고 책꽂이를 훑어보았다. 주로 안젤리카의 책들이었는데 그리 많지는 않았다. '교화' 문학이라는 이상한 작품과 중세풍의 소설, 감상적인 시집이 대부분이었다. 메리는 무작위로 『시문집』이라고 쓰인 책을 골라 그 방에서 가장 음침한 구석에 있는 안락의자에 자리 잡았다.

옆방에서 들리는 강렬한 피아노 선율을 제외하면 집 안은 조용했다. 졸리고 무감각한 상태로 30분 정도 지났을 때 갑자기 음악이 멈추었다. 특별할 것은 없었지만 이어지는 안젤리카의 날카로운 속삭임이 메리의 관심을 끌었다.

"마이클, 여기서 뭐하는 거죠?"

"물론 당신에게 말을 걸고 있죠."

"좀 진지해져요."

"난 진지해요. 소롤드 부인은 쉬고 있을 테고, 퀸 양은 어디 있죠?"

침묵이 흘렀다. 그리고 안젤리카가 코웃음을 쳤다.

"메리를 말하는 건가요?"

숙녀라면 발소리를 내거나 헛기침을 하는 등 자신의 존재를 알려야 마땅했다. 그러나 메리는 계속 가만히 앉아 있었다.

마이클의 목소리는 긴장으로 팽팽했다.

"내가 퀸 양과 너무 친밀하다고 돌려 말하는 건가요?"

"돌려 말할 필요가 있나요? 난 당신이 파티에서 그 여자랑 시시덕거리는 걸 봤어요. 그 여자를 구하러 헐레벌떡 뛰어가는 것도 봤죠. 다들 봤다고요!"

마이클은 한숨을 쉬었다.

"의도적으로 그랬어요. 퀸 양을 혼란스럽게 하려면 그게 최선이라고 생각했죠. 흥미를 보이는 것만큼 쉬운 방법도 없잖아요."

마이클의 달콤한 행동 뒤에는 냉혹한 진실이 숨어 있었다. 메리는 기분이 상해야 마땅한 일인지 생각했다. 사실 마음이 조금 상했지만, 호기심이 자존심보다 더 컸다. 그녀는 마이클이 과연 무엇 때문에 자신을 혼란스럽게 만들려 했는지가 더 궁금했다.

"혼란스럽게 하기 위해서라고요? 그래서 꼭 얼빠진 강아지처럼 굴었단 말인가요?"

안젤리카가 날카롭게 말했다.

"정말이지 우스꽝스러운 연기로군요!"

"그렇게 느꼈다면 유감이군요."

마이클의 목소리는 조용했지만 감정을 억제하느라 떨렸다.

"나만 그런 게 아니에요. 퀸 양도 당신이 바보라고 생각하죠. 그 여자는 관심을 끌기 위해 일부러 차를 쏟았어요. 그리고 성공했죠. 당신과 제임스 이스튼이 그녀를 구하러 미친 듯 달려가서 스스로를 구경거리로 만들었으니까요."

"그만해요."

마이클이 끼어들었다.

"누가 듣겠어요."

그러나 안젤리카는 계속했다. 그녀의 목소리는 한결 더 높아지고 떨리기 시작했다.

"퀸 양은 뭔가 꾸미고 있어요. 항상 아빠와 당신에게 눈을 깜빡거리며 내숭을 떨죠. 그리고 당신은 홀딱 넘어갔고요. 당신은 내가 너무 어리석어서 바로 눈앞에 있는 것도 똑바로 보지 못한다고 생각하지만, 정작 눈이 먼 건 당신이에요!"

"목소리 좀 낮춰요."

"내 몸에 손대지 말아요! 진짜예요. 내 말을 안 믿는군요. 하지만 곧 알게 될 거예요!"

긴 침묵이었다. 혹시 마이클이 안젤리카에게 폭력을 행사하고 있는 걸까? 아니다. 그렇다고 하기엔 너무 조용했다. 메리가 20까지 숫자를 세었을 때 그들은 다시 얘기를 시작했다.

"아직 내 질문에 대답하지 않았어요. 소롤드 부인과 퀸 양은 어디 있죠?"

"그게 왜 중요하죠?"

"당신과 할 얘기가 있어요. 은밀하게."

또 한 번 정적이 흘렀다. 그리고 안젤리카의 불확실한 목소리가 들렸다.

"엄마는 방에 계세요. 퀸 양이 어디 있는지는 신만이 아실 거예요. 아무튼 그 여자는 점심 식사 후에 산책을 나가요."

"신만이 알고 있는 그곳이 먼 곳이길 바랍니다."

"정말 알쏭달쏭하게 구는 군요, 마이클."

마이클은 한숨을 쉬었다.

"당신 아버지가 뭔가 꾸미고 있어요."

안젤리카는 소탈하게 웃으려 했다.

"아빠야 늘 뭔가를 꾸미죠! 솔직히 아빠가 새로운 계획을 꾸밀 때마다 1페니씩 생긴다면, 난 아마……."

"당신은 상속인이 되겠죠. 지금도 그렇지만."

마이클의 목소리에는 웃음기가 없었다.

"내 말 들어봐요. 당신 아버지는 여름 동안 당신을 브라이튼에 보내려고 하고 있어요."

안젤리카는 헐떡거렸다.

"뭐라고요?"

"물론 당신 아버지는 가지 않을 거예요. 당신과 어머니와 퀸 양을 위해 집을 빌려야겠다고 했어요."

"뭐라고요? 왜 그런 일을 하려는 거죠?"

또 한차례 무거운 침묵이 흘렀다.

마이클이 다시 입을 열었을 때, 그의 목소리는 우울하고 피곤하게 들렸다.

"극심한 더위 때문이라고 하더군요. 당신과 당신 어머니의 건강이 염려스럽다고."

"그건 말도 안 돼요. 엄마는 몇 년 동안 줄곧 몸이 좋지 않았어요. 올해만 유독 걱정할 이유는 없죠."

"사실 이유야 있어요. 아무리 여름이라도 올해는 날씨가 지나치게 더워요. 연감을 살펴보면 더 확실해지죠. 강에서 풍기는 끔찍한 악취가 질병을 일으킨다는 걸 모두 알아요. 최고의 의사들은 하나같이 오염된 공기의 위험성에 대해 경고하죠."

안젤리카는 한숨을 쉬었다.

"그렇지만 시기가……."

"알아요."

"아빠가 당신에게 이 얘기를 했나요?"

"브라이튼에 집을 구해보라고 하시더군요. 원래라면 지금 부동산 업자를 만나고 있어야 할 시간이에요."

또 지긋지긋한 침묵이 흘렀다. 메리는 그들의 표정과 태도를 볼 수 없어 안타까웠다.

"혹시 이게 그 일과 관계있다고 생각해요?"

"어떤지는 모르지만, 그게 가장 가능성 있죠."

"하지만 누가 의심하겠어요."

"여기서는 얘기하지 맙시다. 단둘이 만날 수 있을까요?"

"내일, 늘 만나던 대로."

마루 널이 삐걱거렸다.

그들의 목소리가 듣기 힘들 만큼 작아졌다. 응접실에서 가장
먼 쪽으로 옮겨간 것이 분명했다. 몇 분간 분간할 수 없는 소곤
거림만 들릴 뿐이었다. 그때 황급히 움직이는 소리가 들렸다.
이번에는 매우 빠른 동작이었다.

잠시 후 응접실 문이 딸깍하고 열리더니 소롤드 부인의 애처
로운 목소리가 들렸다.

"누구였니, 아가?"

"누구 말이에요?"

"목소리를 들은 것 같았는데."

"음…… 아마 제 목소리겠죠? 흥얼거리고 있었거든요."

"아니다. 그런 소리가 아니었어. 남자 목소리 같았는데."

안젤리카는 억지웃음을 지었다.

"보시다시피 저는 혼자있었어요, 엄마. 무슨 말씀인지 당최
모르겠네요."

소롤드 부인이 나지막이 투덜거렸다. 메리는 다소 음울한 표
정으로 서로를 응시하는 두 여인의 모습을 그려보았다. 마침내
소롤드 부인이 물러서는 것처럼 보였다.

"내가 잘못 들었나보구나."

"몸이 안 좋으신가 봐요."

소롤드 부인은 한숨을 쉬었다.

"퀸 양은 어디 있니?"

"산책 나갔겠죠."

안젤리카는 잠시 말을 멈추었다.

"엄마, 어디 아프세요? 좀 달라 보여요. 얼굴이 빨개졌어요!"

"그래?"

"너무 무리한 거 아니에요? 빨리 움직이거나 힘든 일은 절대로 하면 안돼요. 의사들이 그렇게 충고하잖아요."

"그래, 알았다."

"그런데 왜 외출복을 입으셨어요?"

"난 괜찮다."

그러나 안심시키려는 부인의 말은 설득력이 없었다.

"그 목소리 때문에 계단을 조금 급하게 내려온 것뿐이야."

"이런, 가엾은 엄마. 다시 위층으로 모셔다 드려요?"

"아니, 아니다. 난 나가봐야 해."

"점심 먹은 지 얼마 되지도 않았는데요?"

"오늘은 약속이 좀 일찍 잡혔어. 마차 좀 대기시켜주렴. 벌써 늦었구나. 그리고 내 모자가…… 모자가 있어야 하는데."

메리조차도 소롤드 부인이 누군가 때문에 서두를 여자가 아니라는 것쯤은 알고 있었다.

어머니와 딸은 함께 방에서 나갔다. 그 순간 안젤리카의 목소리는 어느 때보다 상냥했다. 그리고 잠시 후 응접실 문이 살며시 열리는 소리가 들렸다. 메리는 그 이유를 알 것 같았다.

10

마차가 소롤드의 창고에서 멀지 않은 좁은 골목으로 들어선 것은 자정을 조금 넘긴 시각이었다. 제임스는 창문을 내리고 귀를 기울였다. 런던의 밤은 조용할 날이 없었다. 헤이마켓 같은 번화가에서는 물론 흥청망청 술판이 이제 막 벌어지기 시작했고 거리는 사람들로 붐볐다. 그러나 이런 산업 지대들도 저마다 고유한 소리의 풍경을 가졌다. 자갈길 위에서 말발굽 울리는 소리, 강에 떠 있는 배에서 들리는 묘한 목소리, 찰싹거리는 잔물결 소리. 템스 강변 어디에선가 타오르는 모닥불과 강물에 반사된 둔탁한 울림.

제임스는 마차에서 내렸다. 마부인 바커는 제임스를 쳐다보며 눈 밑까지 내려오도록 모자를 비스듬히 눌러썼다. 바커는 이렇게 한밤중에 거리를 배회하는 것이 고상하지 못하다는 것을 알았지만, 마지못해 이틀 밤을 제임스와 동행했다.

제임스는 바커를 무시했다. 대신 발광하듯 짖어대는 개에게 관심이 쏠렸다. 소리로 보건대 큰 개가 틀림없었다. 창고 안에서 나는 걸까? 그는 반응할 태세를 갖추고 몇 발짝 가까이 다가갔다. 두 남자의 목소리가 개 짖는 소리에 얹혔다. 그러나 그들의 고함은 곧 자갈 밟는 소리에 가려져 제대로 알아들을 수 없게 되었다.

가볍고 능란한 발소리가 들린다 싶더니 곧 그녀의 모습이 나타났다. 전과 마찬가지로 시커먼 남자 옷에 조악한 모자를 귀까지 눌러쓰고 감탄할 만한 속도로 전력 질주했다. 한동안 그림자 속에서 그녀의 얼굴만 보였다. 극도로 걱정스러운 표정이었다.

"이쪽으로."

제임스가 골목에서 불쑥 튀어나오자, 그녀는 넘어질 듯 비틀거리다 간신히 균형을 잡았다. 그녀의 얼굴에 놀란 빛이 스쳤지만, 곧 알아보고 제임스를 향해 뛰었다.

그가 내미는 손을 무시하고, 그녀는 혼자 힘으로 마차에 쏜살같이 올라탔다. 제임스도 그녀를 따라 스프링처럼 튀어 들어갔다. 오늘 밤은 지붕을 두드릴 필요가 없었다. 제임스가 문을 채 닫기도 전에 마차가 출발했다. 그는 조금 즐거운 듯 투덜거리며 좌석에 쓰러지듯 주저앉았다. 이 여자는 최소한 지루하지 않았다.

여전히 제임스를 본체만체하며 메리는 마차 안의 촛불을 모두 눌러 끄고 창문에 얼굴을 들이댔다. 밤은 어두웠고 길은 좁고 울퉁불퉁했지만, 바커는 최대한 속력을 냈다. 마차는 가볍고 경쾌했으며 말은 기운이 넘쳤다.

제임스는 창밖을 내다보았다. 두 남자가 여전히 쫓아오고 있었고, 개는 거의 마차 바퀴까지 와 있었다. 그러나 바커가 속도를 내자 인간의 형체들은 곧 멀어지기 시작했다. 몇 분 뒤 날카로운 호각 소리가 개를 불러들였다. 메리는 한동안 긴장한 채로 창문을 바라보다가, 고개를 돌리고 그 자리에 대자로 널브러졌다. 밭은 숨을 몰아쉬는 그녀의 얼굴이 상기되었다.

제임스는 싱긋 웃었다. 그녀의 자세는 숙녀의 샤프롱이라기보다 뱃사람에 가까웠다.

말씨도 마찬가지였다. 그가 알아들을 수 있었던 첫 번째 말은 '망할 놈의 개'였다.

"애완용 강아지를 더 좋아하나 보군요."

"천만에요."

메리가 으르렁거리듯 말했다.

"어젯밤 저 망할 개랑 친해졌어요. 그래서 날 따라온 거예요. 나랑 놀고 싶으시요."

그녀는 그를 노려보고 있는 것일까? 촛불을 다시 켜야겠다는 생각이 들었다.

따뜻한 노란 불빛에 메리는 정신이 든 모양이었다. 그녀는 얼굴을 살짝 붉히고, 재빨리 숙녀답게 자세를 바로했다. 무릎을 모으고 두 손을 꼭 쥔 채 허벅지에 얹었다.

"고마워요."

메리는 힘없이 중얼거렸다.

"이렇게……."

제임스는 그 말을 무시했다.

"발각되었을 때 들어가는 중이었소, 아니면 빠져나오는 중이었소?"

"들어가는 중이요."

메리는 우물거렸다.

"담장을 막 지나쳤을 때였어요."

"마침 내가 골목에 있었으니 망정이지 당신은 억세게 운이 좋군요."

메리는 턱을 높이 들었다.

"혼자였어도 어떻게든 해결할 수 있었을 거예요."

"터무니없는 소리."

제임스가 퉁명스럽게 말했다.

"바로 붙잡혔을 거요."

강렬한 눈빛이 그녀를 꼼짝할 수 없도록 만들었다.

"도둑은 교수형감이오. 알죠?"

메리는 숨을 갑자기 멈추었다. 뺨이 짙은 분홍색으로 달아올랐다. 하지만 그녀가 할 수 있는 말이라고는 이것뿐이었다.

"당신은 내게 정보를 얻으려고 거기 있었을 뿐이에요."

"그리고 난 당신 목숨을 구한 걸로 만족해야 하고."

"그래요. 이제 나를 빚쟁이로 만들었으니, 속이 시원하시겠어요."

메리는 대놓고 제임스를 노려보았다.

"그건 그렇고, 지금 어디로 가고 있는 거죠?"

제임스는 곰곰이 생각하며 오랫동안 그녀를 쳐다보았다.

"상황에 따라 다르죠."

메리의 눈이 휘둥그레졌다.

"무슨 상황이요?"

"우리가 함께 일을 할 건지 아닌지."

메리는 신중하게 태도를 바꾸었다.

"아직 결정하지 못했어요."

"그럼 지금 결정해요."

"왜죠?"

왜냐고? 나를 약 올리려고 작정한 것일까?

"다시 생각해보니 그럴 필요 없겠소. 그냥 당신을 템스 강에 던져버리는 게 낫지."

메리가 방긋 웃자 제임스는 놀랐다. 비꼬는 것이 아니라 진짜로 재미있어서 웃는 표정이었기 때문이다.

"그렇게 하고 싶은 거군요, 안 그래요?"

"그런 충동을 느끼고 있소."

164

제임스는 인정했다.

"나는 여전히 우리가 함께 일하는 게 무슨 소용인지 잘 모르겠어요."

"지금까지 대체로 우리 둘 다 생산적이지 못했소."

제임스는 지적했다.

"이보다 더 나빠질 건 없다고 생각해요. 최소한 정보를 공유하면 이중으로 수고할 필요가 없을 거요."

"잘되면요."

"나도 당신에게 도움이 될 수 있소."

"허튼소리예요. 단지 날 감시하고 싶은 것뿐이겠죠."

"내가?"

"물론이죠. 당신은 다른 사람과 협력할 타입이 아니에요. 그럴듯한 얘기로 구워삶으려 하지 말고 그냥 속셈을 털어놓는 게 어때요?"

제임스가 싱긋 웃었다.

"잘 알았소. 난 당신을 신뢰하지 않고, 당신의 행동을 감시하고 싶어요. 당신도 같은 생각 아니오?"

메리는 좀 더 고민하는 척했지만 제임스는 살짝 풀어진 자세를 보고 이미 답을 알아챘다. 마침내 그녀는 마지못해 끄덕였다.

"알았어요. 하지만 이건 동등한 동업 관계예요. 당신이 가진 정보를 전부 공유해야 해요. 나도 그렇고요."

"물론이요."

메리의 눈이 가늘어졌다.

"만일 나를 속이거나 정보를 알려주지 않으면, 당신을 늑대 우리에 던져버릴 거예요."

"피장파장이오."

"그리고 내가 여자라고 무력할 거라 생각하지 마세요. 지레 짐작하고 보호하려 드는 건 싫어요."

"당연하죠."

그들의 시선은 한동안 고정되어 있었다. 시험하고 도전하고 확인하는 눈빛이었다. 그때 제임스가 갑자기 한 손을 내밀었다.

메리는 그저 눈만 깜빡였다.

제임스는 한쪽 눈썹을 치켜 올렸다.

"어때요? 계약이 성사되었다는 징표는 있어야 하잖소."

메리는 한쪽 입꼬리를 삐쭉거렸다.

"남자들은 계약을 이렇게 하나요?"

"뭐, 비슷하오."

메리는 잠시 망설이다가 머뭇머뭇 제임스에게 손을 내밀었다. 그녀의 손은 뜨겁고 건조했으며 너무도 연약해서 제임스는 아주 조심스럽게 손을 흔들었다. 그런데 다음 순간, 그녀가 손을 너무 세게 쥐는 바람에 그의 눈이 휘둥그레졌다.

연약한 여자는 무슨 얼어죽을. 제임스는 심술궂게 그녀의 손을 세게 맞잡았다.

"심술궂은 말괄량이."

메리는 미소 지으며 새침하게 손을 뺐다.

"당신에게 경고한 거예요."

제임스는 씩씩거리며 머리를 밖으로 빼고 바커에게 뭐라고 지시했다.

"당신 형은 당신이 계속 자기 마차를 타고 돌아다니는 걸 이상하게 여기지 않나요?"

제임스가 다시 자리에 앉았을 때 메리가 물었다.

제임스는 짜증이 났다.

"왜 이 마차가 형 거라고 생각하죠?"

"당신의 형이니까요. 지금 형 밑에서 일을 배우고 있는 중 아닌가요?"

"난 동등한 파트너요. 그리고 내 쪽이 형보다 기술적인 일을 더 많이 하죠."

메리는 놀란 것처럼 보였다.

"그럼 학교를 졸업하자마자 사업을 시작했겠군요."

제임스는 고개를 끄덕였다.

"형이 내 도움을 필요로 했소."

"당신 아버지는 어때요? 가업을 이어받은 건가요?"

"아버지는 돌아가셨소."

"미안해요."

메리가 조용히 사과했다.

"우리 부모님도 돌아가셨어요."

제임스는 못 들은 척했다.

"우리는 집도 함께 쓰고 있소. 당장은 그래요. 소롤드의 사업이 아무 문제 없다고 확인되면 내가 나가야겠죠. 신혼부부 사이에 끼어 살고 싶은 생각은 없으니까."

"소롤드 양은 형보다 당신을 더 좋아하는 것 같아요."

메리가 수줍게 말했다.

"사업에 문제가 없는 것으로 밝혀지면, 당신 형이 집을 나가야 할지도 모르죠."

제임스의 눈에 흥미로운 빛이 스쳤다.

"내가 사랑이나 결혼으로 인생을 망칠 남자로 보여요?"

"그런 태도라면 틀림없이 외롭고 실의에 빠진 홀아비로 늙어죽겠군요."

"이런, 나도 언젠가는 결혼할 거요."

제임스가 차분하게 말했다.

"하지만 좀 더 합당한 이유로 결혼을 하겠지."

"그게 뭔데요?"

제임스는 모호하게 손사래를 쳤다.

"돈. 사업 계약. 정치적 결합."

"그리고 그 대가로 당신의 아내가 얻는 건요?"

제임스는 왜 그런 이상한 질문을 하냐는 듯한 표정으로 대답했다.

"물론 남편이지."

"그게 다예요?"

"그것 말고 여자들이 원하는 게 뭐요? 꽃? 보석? 소네트 연작? 아이?"

제임스는 어깨를 으쓱했다.

"난 그 모든 걸 줄 수 있소."

메리는 미심쩍은 듯 그를 보았다.

"소네트 연작이라고요?"

"음, 제대로 된 소네트 연작은 시간이 좀 걸리지만, 시는 쉬워요. 안젤리카의 이름을 이용해서 사행시를 지었소. 물론 조지 형이 거기에 자기 이름을 서명했지만 사실은 내가 대신 쓴 거요."

제임스는 싱긋 웃었다.

"내 말을 안 믿는군. 그렇죠?"

"한마디도요."

"음, 당신 이름은 사실 너무 짧아요. 그래서 시간이 별로 안 걸리지. 숙녀가 알 필요 없는 사실이지만."

"그럼 어서 내 이름으로 이행시를 지어봐요."

"좋아요. 어디 보자……

매력과 미모로 무장한 검은 자물쇠를 지닌 당신

리본에 감긴 듯 당신의 강력한 주문에 걸려버린 나를 놓아주오."

메리의 입 밖으로 날카로운 비명과 신음의 중간쯤 속하는 소

169

리가 흘러나왔다.

제임스가 깜짝 놀라 물었다.

"왜 그래요?"

"마차를 세워요. 지금 당장 강으로 뛰어들겠어요."

"내 시가 그렇게 끔찍해요?"

"소름 끼쳐요."

메리는 진심으로 말했다.

제임스는 기분이 상한 듯 했지만 곧 표정이 누그러졌다.

"당신은 내가 만나본 여자들 중 가장 솔직해요."

"그래도 사과하지 않겠어요."

제임스의 입술에 미소의 흔적이 스쳤다.

"칭찬이오."

"아."

메리는 그에게 미소를 지었다. 이 순간에 가장 적절한 미소였다. 제임스의 뺨이 갑자기 따스해졌다가 곧바로 인상이 구겨졌다.

"그건 그렇고, 이제 다음 작전에 대해 상의해야 할 것 같소."

"물론이죠."

메리는 또다시 사무적이 되었다.

"오늘로 창고에 침입할 기회는 사라졌소. 이제 사람들이 더욱 철저하게 경비를 설 거요."

메리의 얼굴에 괴로운 표정이 떠올랐다.

"한동안은 그렇겠죠. 아마 내가, 아니 우리가 며칠 뒤에 다시 시도할 수 있을지도 몰라요."

"그럼 좋소. 우린 개인 서재와 사무실 일부를 수색했소. 소롤드가 서류를 다른 곳에 두었을 가능성은 많지 않아요."

"제3의 사무실이 있다면 모를까요? 은밀한 거래를 위한 전용 사무실이요."

제임스의 시선은 날카로웠다.

"그런 사무실에 대해 들은 얘기가 있소?"

"아니요."

메리가 말했다.

"좋아요. 내가 그쪽으로 조사해보겠소. 하지만 동시에 당신은 새로운 행동 방침이 필요해요."

"서두르는 게 좋겠어요. 소롤드는 가족을 최대한 빨리 바닷가로 보내려고 해요. 내 생각엔 조만간 뭔가 일을 꾸미려는 것 같아요. 그래서 가족을 안전한 곳으로 대피시키려는 거죠."

여기까지가 5월 17일 에이전시의 마감일에 대해 메리가 말할 수 있는 한계였다.

"더위를 구실로 말이오?"

"그래요. 하지만 소롤드와 마이클 그레이는 분명히 저택에 남을 거예요."

제임스는 메리를 쏘아보았다.

"그레이라. 물론 그럴 테지. 당신에게 그 얘기를 해준 게 그

171

남자요?"

"꼭 그렇지는 않아요. 내가 대화를 엿들었어요."

"그건 아니지만 그레이와 소롤드 사이의 대화 말이오?"

"그레이가 관련된 대화예요."

메리는 신중하게 말했다.

"그리고 그레이가 분명 소롤드를 대신해서 말하는 거였소?"

"네."

"알겠소."

제임스는 잠시 그 문제에 대해 생각한 뒤, 메리를 의심스러운 눈으로 쏘아보았다.

"당신은 그레이와 친밀한 것 같군요. 또 무슨 말을 했지?"

메리는 지금 뜨거워지고 있는 뺨이 겉으로 홍조를 드러내지 않기를 간절히 바랐다.

"난 마이클 그레이를 잘 알지 못해요. 그저 우연히 오늘 그가 하는 말을 엿들었고, 우리의 계약에 따라 그 정보를 공유하는 것뿐이에요."

메리는 정보의 나머지 부분도 공유하고 싶었지만, 제임스의 의심이 그런 마음을 싹 가시게 했다.

제임스는 비꼬듯이 눈썹을 치켜 올렸다.

"그럴 테죠."

"물론 당신은 내 말을 믿지 않겠죠."

제임스는 팔과 다리를 꼬고 몸을 뒤로 젖혔다.

"내 직감이 아니라고 하는데, 왜 당신을 믿어야 하지?"

"직감이라고요? 상상력이 지나친 거겠죠!"

"그자는 당신이 손에 화상을 입자마자 득달같이 달려와서 당신을 데려갔소. 그리고 내가 그자의 이름을 언급할 때마다 당신은 얼굴을 붉히죠. 지금도 얼굴이 붉어지는군. 게다가 당신은 그 남자와 서로 이름으로 부르는 사이고."

"그리고 당신은 정황 증거만으로 나를 거짓말쟁이로 몰아붙이는군요!"

"그럼 아니오?"

"내가 왜 당신과 협력이 가능할 거라고 생각했는지 모르겠네요."

메리가 투덜거렸다.

"내려주세요."

"당신은 여기가 어딘지도 모르잖소."

"상관없어요."

메리는 손잡이에 팔을 뻗었다.

제임스가 그녀의 손목을 잡았고, 그녀는 그의 손을 쳐냈다. 낮은 신음과 함께 제임스는 버둥대는 그녀를 다시 자리에 눌러 앉혔지만, 때마침 몸을 비틀지 않았다면 그녀의 무릎이 급소에 닿을 뻔했다.

"그만 버둥대요, 이 바보!"

갑자기 메리의 몸이 축 늘어졌다. 전신이 떨리고 뺨이 짙은 핑크색으로 물들었다.

"당신은 이제 연극이 습관이 됐군."

제임스가 메리의 이마에 손을 대자, 그녀는 발끈했다.

"뭐하는 거예요?"

제임스는 대답 대신 메리의 왼쪽 손목을 들었다. 화상 자국은 여전히 빨갛고 부어 있었다. 하지만 뭔가 새로운 상처가 있었다. 살갗을 파고든 네 줄의 초승달 모양은 기분 나쁘게 변색되고 부어올라 있었다.

"내가 추측해보죠. 지금 어지럽죠? 힘도 없고? 지나치게 흥분도 되고?"

모든 질문에 메리가 고개를 끄덕이자 제임스는 한숨을 내쉬었다.

"그게 다 열이 있어서 그래요."

제임스는 감염된 상처를 가리켰다.

"안젤리카 짓이로군요."

메리는 아무 말도 하지 않았다.

"형이 마차에 위스키 병을 비치해두는 게 다행이로군."

메리는 제임스를 노려보았다.

"술 마실 시간은 아닌 것 같은데요."

"당신은 고집불통 바보요."

제임스가 주머니를 뒤지며 다정하게 말했다.

"내가 의사에게 상처를 보여야 한다고 충고했을 텐데."

"그전까지는 잘 치유되고 있었어요."

제임스는 한쪽 눈썹을 치켜 올렸다.

"그전까지? 안젤리카가 당신을 할퀴기 전까지 말이오? 당신한테 앙심이라도 품은 모양이군. 물론 당신이 그럴 만한 짓을 했겠지만."

메리는 그가 좌석에 놓아둔 물건들을 쳐다보았다. 위스키병, 주머니칼, 손수건.

"어머, 안 돼요. 내 손을 째도록 놔둘 거라고 생각한다면 당신은 미친 거예요."

"바보처럼 굴지 말아요. 고름을 빼고 소독을 해야 해요."

"바보라고 부르지 마세요."

"그럼 상처가 썩어 들어가기 전에 어서 손이나 내놔요!"

메리는 한숨을 쉬고 손을 내밀었다.

"난 거짓말쟁이가 아니에요."

제임스는 반쯤 미소 지었다.

"당신은 재미있는 사람이오. 마음 단단히 먹어요."

그가 주머니칼을 열며 덧붙였다.

"꽤나 아플 테니까."

11

블라인드를 치는 것을 깜빡해 창문 사이로 들어온 첫 햇살이 눈꺼풀에 따뜻하게 내려앉자 메리의 눈이 번쩍 뜨였다. 그녀는 허둥지둥 반쯤 일어나 앉았다가, 다시 쓰러지듯 침대 머리에 몸을 기댔다. 어디까지가 꿈이지? 지난밤 창고에서 달아난 것, 어둠 속에서 나타난 제임스 이스튼, 이상한 대화, 그가 위스키와 주머니칼로 감염된 상처를 치료하고 소독해준 것! 제임스는 체이니 워크까지 데려다주고서는 그녀가 비틀거리며 집으로 들어가는 모습을 지켜보며 서 있었다.

침대에 들기 전 메리는 손에 붕대를 감고 열을 진정시키기 위해 버드나무 껍질 파우더를 발랐다. 하인들의 발소리를 들으며 일어나 앉았을 때, 그녀는 최근 며칠에 비해 기분이 나아졌

176

음을 느꼈다. 물론 푹 쉬었단 느낌은 아니었다. 뛰어다니느라 거의 이틀 밤을 지새운 것이다. 하지만 그런 것에 비해서는 몸도 별로 쑤시지 않았고 오히려 머리가 맑아진 느낌이었다.

침실 문이 사납게 열리며 주방 하녀가 나타나 찻잔과 차 받침을 사이드테이블에 쿵하고 내려놓았다.

"차예요."

그것은 딱딱거림에 가까웠다.

그럼에도 불구하고 메리는 감사의 미소를 보냈다. 그녀는 목이 말랐다.

"고마워, 카스."

하녀는 여전히 무뚝뚝한 얼굴이었다.

"퀸 양, 제인이 온수관에 문제가 있다고 했어요. 여기서 씻으실래요?"

"물론이야."

항상 문제 있는 온수관에 대한 통보는 이제 아침 일과나 다름없었다. 몸을 씻고 옷을 입은 뒤 메리는 제임스 이스튼과의 새롭고 복잡한 관계에 대해 생각했다. 지난밤 몸싸움을 벌인 이후부터 동트기 전 그녀가 창문으로 기어들어 오는 것을 그가 지켜보기까지, 어느 시점부터인가 어느새 서로 이름을 부르고 있었다. 생각만 해도 몸서리쳐지는 일이었다. 그는 적극적이고 똑똑한 데다 인정하고 싶지 않지만 친절할 수도 있음을 증명했다. 아카데미에서 좋은 시절을 보냈는데도 메리는 여전히 친절에 익숙하지 않았다. 그러나 메리는 한편으로 제임스가 오만하고 무례하며 의심 많은 남성 우월주의자라고 스스로에게 일깨웠다. 조지보다 그를 더 좋아하는 안젤리카가 딱하게 느껴졌다.

버드나무 껍질이 더 필요했던 터라 메리는 하녀장실로 가기 위해 하인 전용 계단을 밟았다. 모퉁이를 돌 때, 그녀는 하마터면 복도에서 어슬렁거리던 남자와 부딪힐 뻔했다. 키가 크고 지저분한 남자는 차림새로 보아 마구간에서 일하는 하인 같았다. 집 안에 절대로 들어와서는 안 될 인물이었다. 그녀는 그가 뭔가 변명을 늘어놓길 기다리며 눈을 깜빡였다.

그러나 그는 흐릿한 눈으로 그녀를 똑바로 쳐다보았다.

"혹시 새로 들어온 아가씨가 아니신가요?"

그의 입김에서 술 냄새가 풍겼다.

메리는 몸을 최대한 펴고 서서 그와 눈을 맞추었다.

"길을 잃은 모양이군요. 주방 문을 통해 마구간으로 돌아가는 게 좋겠어요."

그는 짐짓 불쾌한 듯 턱을 늘어뜨렸다.

"친절하게 대하면 어디가 덧난답디까?"

그가 살짝 비틀대며 중얼거렸다.

"아랫사람을 적으로 만들어봐야 좋을 게 없어요."

메리는 자기도 모르게 흥미를 느꼈다. 충고한 사람이야 어쨌건 따지고 보면 괜찮은 조언이었다.

"난 불친절하지 않아요."

메리가 지적했다.

"하지만 당신은 가족들이 보기 전에 집에서 나가야 해요."

그는 한 손을 아무렇게나 획획 내저었다.

"어린 게 건방지군."

그가 벽에 편하게 기대어 흘끔거렸다.

"아무도 이 브라운에게 이래라저래라 해선 안 되지. 특히 아가씨 당신은 말이야."

"무슨 뜻이죠?"

메리는 자신의 날카로운 목소리를 듣는 순간 후회했다. 지금 무슨 짓을 하고 있는 거지? 소롤드 부인의 마부와 주거니 받거니 실랑이를 하다니. 정체를 알고 나니 메리가 그를 알아보지 못한 이유를 알 만했다. 그는 지금 이 순간까지 집에 한 번도 들어온 적이 없었고, 그녀는 마차를 타고 나간 적이 없었던 것이다. 그녀는 몸을 꼿꼿이 펴며 지나치려 했지만 남자가 조금 비틀거리며 앞을 가로막았다.

그의 웃음이 짓궂었다.

"아까도 말했지만 건방지게 굴 필요는 없어요. 아가씨에게 유리한 게 뭔지 안다면 이 몸께 공손해질 거요."

그녀는 식기실로 이어지는 계단 쪽을 힐끔 쳐다보았다. 그러나 반가운 발소리는 들리지 않았다. 남자 하인들마저 오늘따라 전부 어디론가 사라진 것 같았다. 차라리 응접실로 달아나서 브라운을 만나지 않은 척할까?

불편한 기색이 역력한 그녀를 보며 마부가 웃었다.

"이제 알겠소? 공손해지는 데는 밑천이 들지 않소."

마음을 다스리며 메리는 계속 똑바로 서 있었다.

"난 지극히 공손하게 대하고 있어요."

그녀가 지적했다.

"당신이 나를 대하는 것보다 더요."

그는 싱긋 웃으며 고개를 저었다.

"대단한 아가씨군. 기개는 마음에 들어."

그는 겉보기보다 더 심하게 취한 것 같았다.

"그리고 참 엉뚱한 아가씨요."

다시 한 번 메리가 그를 돌아서 지나치려 했지만, 퀴퀴한 옷에 감싸인 긴 팔이 튀어나와 앞을 막았다. 그녀는 침을 삼켰다. 만일 소맷자락이라도 스쳤더라면 한 대 쳤을 것이다. 그러나 그 순간 남자를 자극하지 않는 것이 최선이었다.

"지나가게 해주세요."

메리는 마음을 차분히 가라앉힐 수 있길 빌며 낮은 목소리로 말했다.

"그자는 참 운이 좋아."

브라운이 벽에서 몸을 떼며 감탄하듯 말했다. 마치 술집 여자에게 말을 거는 듯한 태도였다.

"임도 보고 뽕도 딴 얘기를 해봐요."

"무슨 말씀인지 전혀 모르겠군요."

자동적으로 새침하고 딱딱하게 말이 튀어나왔지만, 몸이 살짝 뻣뻣해지는 것은 어쩔 수 없었다. 설마 그가······.

"내가 무슨 말을 하는지 잘 알 텐데."

브라운이 코웃음을 치며 의미심장하게 목소리를 깔았다.

"당신과 당신 애인 말이오. 오늘 동틀 무렵에 바지를 입고 창문으로 기어 들어가는 당신을 봤지. 바짝 긴장해서 지켜보던 남자도 있더군. 하지만 그자는 당신을 보는 데 여념이 없어서 내가 그 장면을 내내 지켜보고 있다는 걸 눈치채지 못했지."

브라운이 흡족한 듯 걸쭉하게 낄낄거렸다.

메리는 두려움 때문에 속이 메스꺼웠다. 그러나 한편으로는 야릇한 만족감으로 살갗이 따끔거렸다. 제임스가 내내 보고 있었다고?

"난 영국 여자를 좋아하지만, 당신도 나쁘지 않아."

브라운이 나지막하고 굵직한 목소리로 말했다. 마치 메리의 코르셋 속에 손을 집어넣은 것처럼 주제넘은 눈빛이었다.

"난 지금 그 신사에 대한 감탄이 끓어넘친다오. 어떻게 당신 같이 어린 아가씨가 자신을 내주도록 설득한 걸까? 그것도 공짜로 말이야."

그는 감탄의 휘파람을 나지막이 불었다.

"약아빠진 호색가란 말이지."

메리는 침을 삼켰다.

"말씀이 참 많으시네요, 브라운 씨."

마부는 입을 벌리고 몸을 흔들며 발작적으로 웃었다. 잠시 뒤 브라운은 더러운 옷소매로 눈을 훔치고 메리를 향해 히죽 웃었다.

"브라운 씨라고 했소, 아가씨?"

하지만 그는 내내 기분이 좋은 것처럼 보였다.

"난 많은 걸 알고 있지. 이 가족에 대해 해줄 수 있는 얘기도 있고."

그는 메리에게 상스럽게 윙크했다.

"그럴 테죠."

"이 집에서 몰래 외출하는 건 당신뿐이 아니야."

그는 장담한다는 듯 또 한 번 은밀하게 윙크했다.

"런던의 고상한 숙녀분들께서는 죄다 뒤로 호박씨를 까지. 그리고 이 집도 예외가 아니야."

메리는 다시 한번 그가 얼마나 취했는지 가늠해보려 했다. 어쩌면 그는 항상 반쯤 넋이 빠져 있을 수도 있다. 아니면 자신에게 유리하도록 취한 척하는 것일 수도 있다. 취기로 흐릿한 눈이었지만, 분명 총기가 번뜩였다.

"그 작은 머리로 무슨 생각을 하고 있지?"

그가 갑자기 물었다.

"아가씨 눈은 참 특별하게 생겼어."

메리는 얌전하게 시선을 낮췄다.

"브라운 씨가 의심하는 사실을 제 고용주에게 보고할 셈인지 생각했어요."

"이러다 브라운 씨라고 불리는 데 익숙해지겠군. 뭐, 설마 정말 그렇진 않겠지만."

브라운은 짓궂게 코웃음을 쳤다.

"아가씨는 정말 뻔뻔해. 보통 여자들이라면 제발 말하지 말아달라고 매달렸을 텐데. 아가씨는 조금도 무섭지 않나?"

메리는 동그랗고 순진한 눈으로 그의 시선에 맞섰다.

"전 잘못한 게 없어요."

그는 코웃음을 쳤지만 짜증스러워 보이지는 않았다.

"당신과 소롤드 부인 둘 다."

그는 메리의 놀란 모습에 고개를 끄덕이며 말을 이었다.

"그래, 정부 말이야. 지금 내 말에 솔깃한 거지? 안 그래?"

"언젠 안 그랬나요."

브라운이 다시 낄낄거렸다.

"뻔뻔한 멍청이."

메리는 숨을 죽였다. 그의 눈빛이 다소 편해졌다. 여전히 뻔뻔했지만 음란함은 좀 줄어들었다. 메리는 기대를 품었다.

"저를 속이려는 거군요, 브라운 씨."

메리가 나지막이 말했다.

"소롤드 부인이 부정한 짓을 저질렀을 리 없어요."

혹시 소롤드 양을 말하는 걸까?

"그렇다면 왜 부인이 오후만 되면 날마다 밖으로 기어 나가는지 말해봐."

"그야 치료를 받으러 가는 거죠."

"그건 아가씨 생각이지."

그가 코웃음을 쳤다.

"집으로 부르지 않고 굳이 돌팔이 의사를 찾아가는 건 좀 우습지 않나?"

"소롤드 부인은 여러 전문의를 찾아가니까요."

브라운은 묵살하는 듯한 소리를 냈다.

"이봐요, 아가씨. 난 핌리코에 의원을 차린 여성 전문의는 본 적이 없소. 부인은 치료를 받는 게 아니오."

그의 눈썹이 의미심장하게 올라갔다.

"적어도 전문적으로는."

메리의 입이 벌어졌다.

"그럼 소롤드 부인이 외도를 한다는 소리인가요?"

바보 같은 질문이었다. 당연히 다른 뜻일 리 없었다. 하지만 근래에 들어본 얘기 중 가장 있을 법하지 않은 일이었다. 집에서는 늘 한숨을 쉬고 낮잠을 자거나 굼뜨게 움직이는 부인이? 20년 동안 자기 남편을 소롤드 씨라고 부르는 여자가?

그러나 브라운의 말에 다른 꿍꿍이가 있을 것 같진 않았다. 하긴 소롤드 부인은 저녁 식사 때 접시 위의 고기를 자르는 것조차 힘겨워하면서 의사들을 만나는 데 왜 그토록 열심인 것일까? 부인은 다른 이유로는 거의 밖에 나가지 않았고 친구도 없었다. 재단사와 모자 상인은 집으로 불렀다. 그렇다면 의사들이 방문을 요구한 것일까? 그 역시 있을 법하지 않았다. 브라운의 말처럼 금지된 관계가 가장 설득력 있었다.

아니면 다른 이유가 있는 걸까?

그때 가볍게 쿵쿵거리는 소리에 두 사람 모두 화들짝 놀랐다. 카스가 빨개진 한 손에는 양동이를, 다른 손에는 걸레를 들고 복도 끝에 서 있었다. 평소의 뚱한 표정이 아니라 대단히 흥미롭다는 얼굴이었다.

메리는 속으로 투덜댔다. 마부와 친한 것이 쫓겨날 만한 죄는 아니지. 하지만 고용주에 대한 험담은……

브라운을 돌아보며 메리는 단호하게 말했다.

"난 믿지 않아요. 실례해요."

"멍청이."

브라운이 투덜댔다.

메리는 누구를 향해 한 말인지 확인하려고 굳이 돌아보지 않았다. 이번만큼은 그런 소리를 들어도 할 말이 없었다.

12

"산책 나가시게요? 소롤드 양?"

안젤리카는 화들짝 놀라 복도 카펫 위에 새끼 염소가죽 장갑을 떨어뜨렸다.

"퀸 양! 놀랐잖아요!"

유행에 맞지 않게 얼굴 대부분을 가리는 챙 넓은 보닛을 쓰고 있었지만, 메리는 눈에 띄게 붉어진 얼굴을 볼 수 있었다.

메리는 대답을 기다렸지만 아무 반응도 없었다.

"오늘 정말 덥네요."

메리가 말했다.

"산책하기 좋은 날씨는 아니죠."

메리의 말은 과장이 아니었다. 심지어 정원에서도 탁한 공기 때문에 숨이 막혔고, 높은 습도와 흐릿한 하늘은 곧 맹렬한 뇌우를 쏟아낼 것을 약속하는 듯했다.

"그렇게 나쁘지는 않은데요."

안젤리카가 빠른 속도로 말했다.

"잠시 나갔다 오려고요."

허튼소리였다. 마차를 탄다면 모를까 안젤리카는 결코 산책을 나가는 일이 없었다. 그리고 15분 전에 소롤드 부인이 벌써 마차를 타고 나갔다.

"함께 가도 될까요?"

메리가 물었다.

"소롤드 양의 열정에 스스로가 부끄러워지네요. 가끔 제가 소롤드 양에게 너무 소홀한 것 같다는 생각도 들고요."

안젤리카의 얼굴이 일그러졌다.

"아니에요! 음……, 퀸 양은 산책을 오래 하잖아요. 그런데 난 걸음도 늦고."

흥미로운 상황이었다.

"어머, 저도 천천히 걷는 걸 좋아해요."

메리는 안젤리카를 안심시켰다.

"감히 그런 제안을 한 저를 용서하면 좋겠어요. 하지만 혼자 산책하기로 이미 결정하신 건가요?"

안젤리카는 정신없이 이런저런 변명을 늘어놓기 시작했다.

메리는 몇 분 동안 쩔쩔매는 안젤리카를 지켜보다가 문득 그녀가 안됐다는 생각이 들었다.

"그렇게 불편해하실 줄은 몰랐어요."

메리는 태연하게 말했다.

"그럼 성가시게 하지 않을게요, 소롤드 양. 하지만 아무튼 전 혼자 산책을 다녀오겠어요. 혹시 심부름 시키실 일이 있나요?"

안젤리카 소롤드가 감사할 줄 아는 인간이었다면, 얼굴에 드러났을 것이다. 안젤리카는 밝아진 표정으로 이렇게 말했다.

"오늘은 없어요. 고마워요, 퀸 양."

안젤리카는 도망치듯 잽싸게 정문으로 갔다. 그리고는 한 손을 문고리에 얹고 메리를 돌아보았다.

"퀸 양?"

"네, 소롤드 양?"

"우리 둘 다 산책을 나갈 텐데, 혹시 엄마가 물어보면 같이 나갔다고 말하면 어떨까요?"

"손해될 건 없겠죠?"

안젤리카의 입가에 잠시 어색한 미소가 스쳤다. 메리는 안젤리카를 먼저 출발시키고, 2분 뒤에 살짝 밖으로 나갔다.

안젤리카의 말은 물론 거짓이었다. 안젤리카의 걸음이 빨라서 바로 뒤따라 나간 것이 다행이었다. 이미 그녀는 저 멀리 포장도로에 물감을 살짝 찍은 것처럼 보였고, 독특한 푸른색 옷으로만 간신히 알아볼 수 있었다.

그래도 상관없었다. 메리는 두 사람 간의 거리를 50야드까지 좁혔다. 이른 오후의 첼시 거리는 말과 마차, 배달부, 과일 장수, 꽃과 성냥을 파는 소녀, 부랑아, 개 등 온갖 생물들로 가득했다.

두 여자는 북동쪽으로 걸어서 슬론 광장에 이르렀다. 안젤리카는 값비싼 드레스와 비밀스러운 태도에도 불구하고 의외로 이목을 끌지 않았다. 메리로서는 감사한 일이었다. 만일 안젤리카가 곤경에 처한다면 지켜볼 수만은 없을 것이다. 슬론 광장 모퉁이에서 안젤리카는 갑자기 발걸음을 멈추었다. 뒤에 오던 남자와 부딪히는 것을 피하려다 하마터면 손수레의 물건들을 쏟을 뻔했다. 그는 안젤리카에게 그렇게 갑자기 멈춰서면 어떡하냐고 투덜댔다. 안젤리카는 그의 얘기가 들리지도 않는 듯, 열심히 두리번거리며 광장을 훑었다.

메리는 조심스럽게 뒤에 오던 여자들의 뒤쪽으로 갔다. 여자들은 청소부 여인과 큰 소리로 수다를 떨고 있었다. 오래 기다릴 필요는 없었다. 잠시 후에 날씬한 금발 신사가 안젤리카의 팔꿈치를 건드려서, 그녀를 화들짝 놀라게 했다. 메리의 입술에 작은 미소가 피어났다. 마이클 그레이였다. 그러나 잠시 뒤 그 미소는 사라졌다. 마이클이 손을 흔들어 2인승 마차를 잡은 뒤 안젤리카를 태운 것이다.

교통 체증 덕에 메리는 어렵지 않게 걸어서 그들을 미행할 수 있었다. 그러나 그들의 대화가 들리지 않아 안타까웠다. 마차가 마이클에겐 충분히 은밀한 장소일까? 아니면 따로 목적지가 있는 걸까? 그리고 도대체 무슨 얘기를 나누고 있는 거지? 이것이 소설이라면 그들은 비밀스럽고 절망적인 사랑에 빠진 연인들일 것이다. 물론 관습에 어긋나는 일이었다. 마이클은 가난했고, 안젤리카는 조지 이스튼과 약혼한 것이나 다름없었다. 그러나 한편으로 안젤리카가 자신의 샤프롱과 마이클이 시시덕거리는 것을 질투한 이유가 설명되었다. 어쩌면 그들은 소롤드 부부에게 자신들의 관계를 어떻게 알려야 할지 계획하는지도 몰랐다. 좀 진부하지만 충분히 가능한 시나리오였다.

그러나 두 번째 가능성이 문득 떠올랐다. 어쩌면 두 사람이 소롤드의 불법 사업에 연루되어 있을 수도 있지 않을까! 두 사람 중 주모자가 누구인지는 생각할 필요가 없었다. 이미 답은 나왔다.

마이클은 회계사무실에서 안젤리카에게 민감한 정보를 가져왔다. 그들은 이제 브라이튼에서의 휴가 때문에 계획을 수정해야 할 것이다. 그리고 의심을 피하기 위해 가족들 앞에서 냉담한 사회적 거리를 유지했다. 의외의 금전 거래에서 안젤리카만큼 유리한 사람이 있을까? 아무도 여자, 특히 아랫사람인 여자에게는 주의를 두지 않는다는 스크림쇼 법칙이 떠올랐다.

마이클은 소롤드의 오른팔로서 당연히 의심을 받을 만한 입장이었다. 병자든 바람난 교활한 여인이든 정체와 상관없이 소롤드 부인은 가족에게 철저히 무관심했다. 그러나 안젤리카는 완벽했다. 특별히 해야 할 것도 없고 남아도는 게 시간인 부잣

집 아가씨 아닌가. 그렇게 생각하면 상처 사건으로 명확해진 안젤리카의 악의는 철저하게 논리적이었다. 메리는 스스로를 질책했다. 에이전시의 일원으로서 해서는 안 되는 일이 바로 여성의 능력을 과소평가하는 것이었다.

오랜 밀담이었다. 마차는 구불거리는 길을 따라 퀸싱턴을 통과해 공원 몇 군데까지 돌았다. 그녀는 대담한 행동을 상상해 보았다. 어머, 소롤드 양! 그레이 씨! 로튼 로 거리에서 이렇게 두 분을 함께 만나다니 참 신기한 일이네요! 그러나 곧 생각을 접었다. 행동으로 옮기기 전에 정보가 좀 더 필요했다.

40여 분이 지나 드디어 마차가 멈추었다. 마이클이 뛰어내려 요금을 지불하고 뭔가 단단히 지시를 내렸다. 마차가 덜컹거리며 출발했다. 아마도 체이니 워크로 향하는 것이리라. 마이클은 동쪽으로 걸었다. 바지 주머니에 손을 찔러 넣은 것을 보니 결과가 꽤 만족스러운 모양이었다. 그를 미행할 만한 가치가 있을까? 혹시 회계사무실로 돌아가기 전에 다른 곳에 들른다면?

메리는 세인트 제임스 공원 근처까지 마이클을 쫓아갔다. 그곳에서 그는 갑자기 손목시계를 보더니 속도를 높여 남쪽으로 걸어갔다. 메리는 긴장을 풀었다. 안젤리카와의 만남이 생각했던 것보다 길어져 이제 소롤드의 사무실로 돌아갈 시간이 된 것 같았다. 한 목표물에 그토록 집요하게 관심을 집중하지 않아도 되는 것이 메리로서는 다행스러웠다. 그녀는 기분 좋게 한숨을 내쉰 뒤 주위를 둘러보았다. 끈끈한 수프처럼 달라붙던 첼시의 오염된 공기가 이곳에는 없었다. 좋은 징조였다.

성공적인 밀담이었던 게 분명했다. 산책 이후 안젤리카는 마치 구름 위를 걷는 것처럼 기분 좋게 온 집안을 돌아다녔고, 모차르트를 연주하며 꿈꾸듯 콧노래까지 흥얼거렸다. 부루퉁하고 짜증난 평소 모습과는 아주 딴판이었다.

저녁 식사를 마치자마자 소롤드가 목청을 가다듬었다.

"오늘 두 사람에게 할 얘기가 있다."

여자들은 푸딩 숟가락을 내려놓았고, 마이클은 와인을 한 모금 마셨다.

"요즘 도시는 정말 불쾌해."

소롤드가 말했다.

"더위와 오염된 공기가 가족들에게 해가 될까 걱정이야."

그리고는 부인을 향해 걱정스러운 시선을 던졌다.

"그래서 공기가 신선한 브라이튼에서 지내도록 조치를 해놨어. 토요일에 출발해 여름 동안은 거기 머물게 될 거야."

그의 선언을 맞이한 것은 완벽한 침묵이었다. 메리가 속눈썹 밑으로 훔쳐보니, 안젤리카는 짐짓 놀란 척하고 있었다. 그녀는 눈을 굴리며 한 손을 목에 댔다. 식탁 끝자리에 앉아 있던 소롤드 부인은 입술이 가늘어지며 일직선이 되었다. 남편을 보는 그녀의 눈은 원망이 가득했고 심지어 분노로 어두워지기까지 했다.

안젤리카는 목청을 가다듬었다.

"너무 갑작스럽네요, 아빠. 여름 내내 브라이튼에서 대체 뭘 하죠?"

소롤드가 눈을 깜빡였다.

"그야 휴가를 즐기는 거지. 이사할 집 주변이 아주 매력적이란다. 해변치고는 편리하고."

분위기가 서서히 가라앉기 시작했고 소롤드 역시 눈치챘다. 그는 안젤리카에게 살짝 눈살을 찌푸렸다.

"난 네가 좋아할 줄 알았다. 지난여름에는 브라이튼을 꽤 좋아했던 것 같았는데."

안젤리카는 마치 남은 인내심을 끌어모으는 양 숨을 깊이 들이쉬었다.

"그랬죠, 아빠. 하지만 그땐 겨우 2주였잖아요. 그리고 어쨌든 이건 너무 갑작스러워요. 정말로 모레 떠나게 된다면 음악 레슨이랑 사교 모임을 전부 다시 조정해야 해요."

낙담한 소롤드는 식탁 건너편의 아내를 쳐다보았고 부인의 표정에 입이 떡 벌어졌다.

"당신도 달갑지 않은 거요, 부인?"

소롤드 부인은 한숨을 쉬더니 자기 건강에 대해서 두서없는 장광설을 늘어놓기 시작했다.

메리는 시선을 안젤리카에게 고정시키고 의자에 몸을 기댔다. 안젤리카는 놀라지 않았다. 오히려 기대를 품고서 어머니를 보고 있었다. 런던에 머물 수 있게 도와달라고 어머니를 설득한 것일까? 어떻게 속셈을 드러내지 않고 이 늙은 여인을 조종한 거지?

문득 마부의 암시가 떠올랐다. 그날은 그에 대해 생각해볼 기회가 없었다. 만일 브라운의 말이 사실이라면, 소롤드 부인이 남고 싶어 하는 이유는 지극히 개인적인 것이리라. 어쩌면 안젤리카가 그 얘기를 꺼내지 않았을지도 모른다. 그렇다면 가족을 런던에서 떠나보내려는 소롤드의 노력과 긴장한 얼굴을 달리 해석할 수 있다. 혹시 아내의 수치스러운 사생활을 정리하려고? 브라이튼 계획이 갑자기 합리적이고 긴급하게 느껴졌다.

만일 정말로 소롤드 부인이 외도를 저지르고 있다면, 병자 노릇은 전부 속임수가 아닌가! 어떻게 가정생활에서는 매사에 그토록 무기력하면서, 부도덕한 열정과 기만에 에너지를 쏟을 수 있을까? 메리는 와인 잔을 꽉 쥐었다. 그녀가 상상했던 것보다 더 큰 기만이었다. 어떤 면에서는 소롤드의 부정한 사업보다도 더 대단했다. 만일 어떤 여자가 남편과 딸, 그리고 하인들에게 자신의 건강 상태나 능력, 성격까지 속일 수 있다면, 그녀는 정말 재능 있는 여인일 것이다.

메리는 이러다가 깨지기 쉬운 크리스털 잔의 다리가 부러지겠다는 생각이 들었다. 그녀는 간신히 소롤드 부인의 목소리에 정신을 집중했다.

"브라이튼에서는 절대로 애버니시 씨 같은 내과의를 찾을 수 없어요. 그건 정말 불가능해요. 뇌 전문의 베이스 올리버 씨도 마찬가지죠. 그분은 그 분야에서 유럽 최고죠. 그리고……"

소롤드 부인이 애처로운 목소리로 계속 의사들의 이름을 나열하고 있을 때, 메리는 마이클을 힐끗 보았다. 그는 곧 안젤리카에게서 시선을 거두었다.

마침내 소롤드는 인내심을 잃었다.

"알았소, 부인. 이해하오. 솔직히 나는 여전히 당신이 이 도시를 떠나 있기를 간절히 바라오. 템스 강에서 풍기는 끔찍한 악취가 참을 수 없는 정도에 이르렀소."

그는 잠시 말을 멈추었다.

"하지만 적절한 의학적 치료를 받지 못해서 건강이 그토록 위태로워지고 여기 남는 것보다 이사를 가는 위험이 더 크다고 생각한다면……"

소롤드 부인의 눈이 반짝였다. 순간적으로 강철이 빛난 것처럼 보였다. 그러나 입을 열자 분필처럼 부드러운 목소리가 흘러나왔다.

"그렇게 생각해요, 여보."

소롤드는 한숨을 쉬고 눈을 감았다. 잠시 후, 그는 긴장된 목소리로 입을 열었다.

"그렇다면 한 가지 결정이 남았구나. 난 어쨌든 브라이튼의 집을 빌릴 거다. 만일 공기가 더 끔찍해지면 갈 곳이 있어야 안심이 될 것 같거든. 하지만 네가 선택해라, 안젤리카. 엄마와 남고 싶니? 아니면 퀸 양과 브라이튼에 가는 게 좋겠니?"

그는 무기력하게 딸을 바라보았다. 마이클 역시 그녀에게 다시 눈길을 돌렸다. 메리와 소롤드 부인도 마찬가지였다.

안젤리카는 그 순간의 중요성을 분명하게 느끼고 있었다. 그녀는 자기의 결정권을 즐기며 그 순간이 몇 초 더 지속되도록 뜸을 들였다. 마침내 그녀는 소롤드에게 미소를 지었다.

"아빠, 아빠는 정말 친절하고 너그러우세요. 하지만 전 엄마와 여기 머물러야 한다고 생각해요. 만일 공기가 정말로 위험할 정도로 독해지면, 그땐 아빠와 그레이 씨도 함께 브라이튼으로 가야겠죠? 두 분은 위험 속에 남아 있는데 저희만 깨끗한 공기를 찾아 떠나는 건 옳지 않아요."

정말로 훌륭한 연기였다. 겸손하고 달콤하며 성실한, 그야말로 착한 딸이 보여야 할 태도 그대로였다. 내막을 몰랐다면 아마 처음으로 안젤리카를 좋게 생각했을 것이다. 하지만 지금 메리는 그녀의 연기에 감탄할 뿐이었다. 안젤리카는 마이클 쪽으로 단 한 번도 눈길을 주지 않았다.

13

5월 14일 금요일

사실을 알아차린 날 이후로 메리는 쉽게 잠을 이룰 수 없었다. 불안감 때문에 머리가 어지러웠고, 마이클 그레이와 안젤리카, 그리고 이상하리만치 소롤드와 관련해 나온 것이 없다는 사실 등 꼬리에 꼬리를 무는 생각을 끊어낼 수 없었다. 그러나 집중하려고만 하면 자꾸만 소롤드 부인의 '의사들'만 떠올랐다. 단순한 치정일까? 그녀의 정부도 그럴까? 불현듯 어떤 생각이 번쩍하며 지친 마음에 스쳤다. 어쩌면 그들 모두 그 일에 연루된 게 아닐까? 남편, 아내, 애인? 지나친 억측일까? 관련된 사람들의 성품을 생각할 때, 터무니없는 얘길까? 어쩌면…….

기습한 잠이 생각의 사슬을 끊어버렸다. 의식이 들었을 때엔 벌써 아침이었다. 녹슨 경첩이 삐걱거리며 아침을 알렸다.

"차예요."

카스가 평소보다는 덜 요란하게 침대 옆 테이블에 찻잔을 내려놓았다.

메리는 한쪽 팔꿈치로 침대를 짚고 일어났다. 그리고 하녀를 슬쩍 보았다.

"고마워."

평소와 달리 목욕에 대한 질문 대신 침묵이 흘렀다. 잠시 뒤 카스가 물었다.

"그게 사실인가요?"

메리는 일어나 앉아 눈을 비볐다.

"뭐가 말이야?"

"브라운 씨가 말한 거요."

맙소사.

"소롤드 부인에 대한 얘기? 나도 모르지."

메리는 차를 한 모금 홀짝이고 카스를 보았다.

"넌 나를 믿니?"

카스가 어깨를 으쓱했다.

"모르겠어요."

"그런데 왜 그걸 물어보지?"

카스는 또다시 어깨를 으쓱했다. 그것으로 대화가 끝났어야 했다. 그러나 카스는 눈을 아래로 깔고 손가락을 만지작거리기 시작했다. 살갗이 벗어지고 터서 여기저기 딱지가 앉아 있었다.

"아프니?"

세 번째로 으쓱였다.

"어쩔 수 없어요. 다 빨래 때문이에요."

메리는 잠시 그녀를 눈여겨보았다.

"세면대 위에 있는 단지 좀 꺼내줄래? 파란 유리로 된 거."

카스는 기계적으로 움직였다.

"여기 앉아."

메리는 침대 옆 의자를 두드렸다.

"소매 좀 올려봐."

소맷부리가 지저분하고 너덜너덜했으며, 몸에서는 양고기 누린내와 머릿내가 풍겼다. 아직 어린아이일까? 가까이에서 살펴보니 처음으로 카스의 눈에서 나이와 피로가 느껴졌다. 적어도 열두 살은 되었을 것이다. 어쩌면 열 살짜리의 몸을 가진 열네 살 소녀일지 모른다.

메리의 손이 닿자 카스는 뻣뻣하게 굳었다. 그러나 잠시 후 조금 편안해졌다.

"뭔지 몰라도 냄새가 좋아요."

카스가 속삭였다.

메리는 고개를 끄덕이고 눈을 마주치지 않기 위해 조심했다.

"처음엔 좀 아프지만 도움이 될 거야."

메리는 몇 분 동안 갈고리처럼 생긴 손을 필요 이상으로 길게 마사지했다. 덕분에 분위기가 한결 누그러졌고, 카스는 서

둘러 일어나려고 하지 않았다.

"퀸 양은 숙녀인가요?"

메리는 깜짝 놀라 카스를 쳐다보았다. 이 소녀는 총명한 눈을 가지고 있었다.

"그게 무슨 뜻이니?"

카스는 답답하다는 듯 눈살을 찌푸렸다.

"그냥 숙녀냐고요."

"음…… 그게 말이지, 난 돈이 없어서 일을 하고 있어."

메리는 조심스럽게 말했다.

"하지만 숙녀 교육은 받았지. 프랑스어와 지리, 역사 같은 것 말이야."

"그럼 아버지가 지체 높은 분이세요?"

메리는 괴로운 표정을 지었다.

"아니, 그렇지 않아. 그런데 왜 그런 걸 묻는 거지?"

"퀸 양은 숙녀처럼 보이지만 숙녀처럼 행동하지 않거든요."

"그게 무슨 뜻이야?"

"나에게 말도 걸고, 고맙다고도 하잖아요. 하지만 소롤드 양은 내 손에 대해 묻는 일 따윈 없죠."

메리는 마지막으로 손을 토닥였다.

"소롤드 양이 널 본 적이나 있는지 의심스럽구나."

카스는 머리를 가로저었다.

"없어요."

메리는 기다렸지만, 소녀는 움직이지 않았다.

마침내 카스가 물었다.

"저도 숙녀가 될 수 있을까요? 퀸 양처럼 말이에요."

카스는 자신의 말뜻을 분명히 했다.

"진짜 숙녀 말고요."

메리는 웃음을 감췄다.

"숙녀처럼 되고 싶니?"

카스는 어깨를 으쓱했다.

"프랑스어나 역사 따위에는 관심 없어요."

"그래도 조리실에서 일하는 것보다는 쉬워 보이지?"

"네."

"그럴지도 모르지."

지저분하고 헝클어진 머리와 경계하는 두 눈을 본 메리는 갑작스러운 동요를 느꼈다. 자신도 한때는 이렇게 보였으리라.

"늦겠다."

메리는 연고 단지 뚜껑을 닫았다.

"오늘 밤 자기 전에 나한테 와. 한 번 더 손을 마사지해줄게."

체이니 워크에서의 아침 식사는 조용했다. 소롤드는 「타임즈」 한 부를 크게 펼쳐 들고 있어서 얼굴도 보이지 않았고, 마이클은 회사와 관련된 기사를 찾으려 다른 신문들을 뒤적거렸다. 아카데미에서의 아침은 소박한 포리지였지만 긴 나무 식탁에 둘러앉아 활기찬 소녀들과 왁자지껄 떠들며 유대감을 확인하는 시간이었다. 이곳에서 은제 뚜껑이 덮인 따뜻한 음식들의 놀라운 향연과 조용한 분위기의 호사를 누리다가 시끄럽고 소박한 생활로 돌아갈 수 있을지 의문이었다. 메리가 장미 젤리를 떠서 토스트 위에 얹었을 때, 하인 하나가 그날의 첫 우편물을 들고 와 그녀의 팔꿈치 옆에 놓았다.

메리는 눈을 깜빡였다.

"고마워요."

메리가 체이니 워크에 온 이후 처음 받는 편지였다. 그녀는 날카롭게 휘갈겨 쓴 앤의 글씨체를 알아보았다. 등줄기를 따라 따끔따끔한 전율이 느껴졌다. 메리는 서둘러 편지를 뜯었다. 낱장으로 된 편지를 펼치는 손이 살짝 떨렸다.

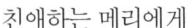

친애하는 메리에게

날씨가 믿을 수 없게 덥구나. 이 계절에 이 더위라니 사건 아니니?

덕분에 우리는 수업을 이틀 동안 쉬었다. 그래서 말인데 3일뒤에 우리는 학생들과 시골로 잠깐 이사를 하려고

한다. 아직 학기가 끝나지 않았지만, 그곳에서라면 학생들에게 독한 공기가 미치지 않을까 해서.

항상 모험을 좋아하고 용감하던 너. 하지만 주인댁에 얘기해보는 게 어떻겠니? 싫다고 하지말고, 한번 생각해보렴. 그분들도 이 무덥고 탁한 공기가 건강에 얼마나 위험한지 이해하실 거야. 그냥 무심코 방치했다간 건강에 생각지 못한 심각한 문제를 일으킬 수도 있어. 잘 있어라.

진심을 담아서, 앤

과장된 표현에 띄어쓰기도 엉망이고, 앤의 예리한 지성에 어울리지 않는 형편없는 편지였다. 그러나 편지는 체이니 워크에 도착한 이래로 가장 많은 정보를 주었다. 합의된 암호는 어이없을 정도로 단순했다. 띄어쓰기 열 번마다 메시지가 있는 것이었다. 앤과 펠리시티는 이 문제에 대해 격렬하게 논쟁을 벌였다. 앤은 이보다 어려운 암호를 쓰자고 주장했지만, 펠리시티는 빨리 해독할 수 있는 암호를 선호했다. 펠리시티는 메리가 복잡한 암호와 씨름할 시간이 없을 것이고 평범한 관찰자들에게 정보를 노출시키지 않는 것이 암호의 목적이라고 설득한 끝에 주장을 관철시켰다. 아침으로 토스트를 씹어 삼키며, 메리는 가짜 소식에서 앤의 진짜 경고를 걸러냈다.

'사건이 3일 뒤에 끝난다. 모험하지 마라. 위험한 문제야.'

3일이란 수사가 일정대로 진행되고 있음을 뜻했다. 긴 시간 동안 찾아낸 것이 별로 없는 상황에다가 메리에게도 시간이 얼마 남지 않았다. 메리는 한숨을 쉬었다.

"나쁜 소식이 아니었으면 좋겠습니다."

메리는 눈을 들어 마이클의 호기심어린 시선과 마주쳤다.

"나쁜 소식은 아니지만, 공교롭게도 어젯밤 대화와 관련된 얘기네요. 전 고용주 트렐리븐 선생님께서 제자들과 여름 동안 런던을 떠날 계획이라고 편지를 보내셨어요. 더위 때문에 학생들이 건강을 해칠까 염려하고 계세요."

마이클은 미간에 주름을 잡았다.

"그래요? 그 학교는 한참 북쪽에 있지 않나요?"

"네, 세인트 존스 우드에 있어요. 하지만 트렐리븐 선생님이 학생들을 위하는 마음이 워낙 지극하셔서요. 정말 학생들을 잘 챙겨주시죠."

메리는 자신이 뱉은 말에 담긴 노골적인 함의를 깨달았지만 되돌리기에는 너무 늦었다.

"마치…… 소롤드 씨께서 식솔들을 챙기시는 것처럼요."

마이클은 고용주에게는 거의 눈길도 주지 않고 말했다.

"물론이죠. 예전 교장 선생님과 가까운가 보군요. 사소한 일로도 편지를 쓰시는 걸 보니."

"네."

메리가 경계하며 말했다.

"저는 그분께 신세를 많이 졌어요. 교육도 시켜주시고, 첫 번째 일자리도 알아봐주셨죠. 그분이 없었다면 지금과는 다른 인생을 살고 있었을 거예요."

마이클의 다음 말은 소롤드가 신문을 접는 소리에 의해 중단되었다. 식사가 끝났다는 신호였다. 소롤드는 일어서며 부드럽게 말했다.

"아주 흥미로워요, 메리. 나중에 과거 얘기를 좀 더 해줘요."

메리는 그저 웃었다. 소롤드는 의무적인 '노닥거림'을 끝냈다. 식사를 마치고 메리는 암호를 이용하여 짧은 편지를 썼다.

친애하는 트렐리븐 선생님

친절하고 유익한 편지 감사합니다. 시골집이라니 참 멋진 생각입니다. 작년에 브라이튼 해변에서 보낸 휴가는 정말로 잊지 못할 추억으로 남아있어요. 해변의 집. 게다가 계획 없이 보내는 휴가는 더욱 즐거운 법이죠. 제가 얻은 추억처럼 학생들도 값진 추억을 얻을거예요.

이곳은 정말 더워요. 하지만 소롤드 가족은 정말로 제게 잘해주세요. 식솔들에게 이렇게 관대하게 대하는 가족은 없을 겁니다. 그 덕분에 저는 지독한 더위와 악취에도 불구하고 이곳 첼시에서 잘 지내고 있습니다. 이곳을 떠나면 이곳도 제게 좋은 추억으로 남을 거예요. 이만 편지를 줄여야겠네요. 시간 나는 대로 소식 전해주세요.

진심을 담아서, 메리 퀸

소롤드와 마이클이 확실히 나간 것을 확인한 뒤, 오전 9시 30분쯤 그녀는 활기찬 걸음으로 집에서 나와 모퉁이의 우편함에 편지를 안전하게 집어넣었다. 아침나절이라 비교적 선선했고 강의 악취도 아직은 참을 만했다. 그럼에도 불구하고 그녀는 북쪽에서 불어와서 썩은 강물 냄새를 멀리 실어 가주는 산들바람이 반가웠다. 오클리 스트리트 모퉁이에서 작은 소년이 팔꿈치를 꽉 잡았다.

"아야!"

반사적으로 그녀는 뒤로 돌아 소년의 멱살을 잡았다. 우연인 처 부딪치는 것은 닳고 닳은 소매치기의 수법이었다. 그녀도 어렸을 때 좀 더 고도의 기술을 익히기 전까지 자주 썼다.

"정말 죄송합니다, 아가씨."

소년은 사과하며 잽싸게 모자를 벗었다. 소년의 차림이 깔끔하고 의외로 깨끗하다는 것을 알아차린 것은 바로 그때였다. 그렇다면 사무실 사환인가?

"아니, 괜찮아."

"이걸 떨어뜨리신 것 같아서요."

소년은 땅으로 몸을 숙여 밀봉된 편지를 건네주었다.

메리가 자기 것이 아니라고 대답하려는 순간, 겉봉에 적힌 이름을 발견했다.

'M. Q. 양'

"그래, 고마워."

"천만에요. 그럼 안녕히 계세요."

소년은 다시 한 번 모자를 벗어 인사하고 가버렸다.

메리는 주위를 살피고 번잡한 거리 한가운데에서 봉투를 뜯었다.

"내 사무실로 오시오. J. E."

주소는 아래쪽에 인쇄되어 있었다. 메리는 한참 간결한 명령에 대해 곰곰이 생각했다. 사실 다른 뾰족한 수도 없었다. 3일. 3일. 3일. 이 단어가 계속 맴돌았다.

그레이트 조지 스트리트에 도착해 합승마차에서 내렸을 때, 제일 먼저 메리의 눈에 띈 것은 영국에서 가장 유명한 기술자 이점바드 브루넬의 황동 문패였다. 그러나 브루넬의 사무실과는 달리 이스튼 엔지니어링 사무실은 소박했다. 대리석도 마호가니도 사용하지 않은 공용 사무실에서 다들 책상과 제도용 탁자에서 고개를 숙인 채 열심히 일하고 있었다. 높은 접수 데스크 뒤에서 마른 몸의 안경잡이 남자가 의심의 눈초리로 침입자를 쳐다보았다. 잠시 뒤 남자가 꼭 다물고 있던 입술을 벌려 무미건조한 인사를 내뱉었다.

"어쩐 일로 오셨습니까?"

"제임스 이스튼 씨를 뵈러 왔는데요."

"성함이?"

"이걸 전해주세요."

메리는 구깃구깃한 봉투를 내보였다.

코를 찡그린 남자는 잠시 망설이다 두 손가락 끝으로 봉투를 잡았다.

"기다리십시오."

30초 뒤에 돌아온 남자는 내키지 않는 듯 뻣뻣하게 말했다.

"이쪽으로 오시죠."

직원들의 호기심 어린 눈초리를 뒤로 하고, 메리는 그를 따라 사무실 끝까지 걸어가서 묵직한 나무 문을 통해 어떤 방으로 들어갔다. 제임스의 사무실은 먼저 사무실만큼 소박했다. 어수선한 책상에 제임스가 와이셔츠 바람으로 앉아 있었다. 서류 뭉치들 하며, 둘둘 말아놓은 도면들, 뭔가를 휘갈겨 쓴 10여 장의 쪽지들이 어지럽게 흩어져 있었다. 빈 커피 잔이 한쪽 구석에서 끄덕거리고 있고, 먹다 만 머핀이 받침 접시에 기대어져 있었다.

메리가 들어가자 제임스는 고개를 들었지만, 굳이 일어나는 수고는 하지 않았다.

"아무도 들여보내지 말아요, 콤비."

제임스가 나이 든 직원에게 지시했다.

"특히 형은."

직원은 뭐라고 중얼거리며 문을 꽉 닫았다. 잠시 뒤 제임스가 펜을 내려놓았다.

"베일을 올리지 그래요. 난 얼굴을 보며 얘기하는 쪽이 더 좋은데."

대신 메리는 모자를 벗어 책상 한 귀퉁이에 내려놓았다.

"오늘은 기분이 좋은 모양이군요."

제임스는 모자를 보며 눈살을 찌푸렸다.

"거의 10시인데, 왜 그렇게 오래 걸린 거요?"

"소롤드와 그레이가 나가기 전까진 집에서 나올 수 없어요."

그녀는 장갑을 벗기 시작했다.

투덜거리던 제임스가 못마땅한 듯 찡그리며 그녀를 쳐다보았다.

"꼭 유령처럼 보이는군. 한숨도 못 잤소?"

"걱정은 고맙지만, 잘 만큼 잤어요."

"음. 그럼 그 옷 때문이겠군. 그걸 무슨 색이라고 부르죠?"

"겨자색이요. 3, 4년 전에 무척 유행했던 색이에요."

"그걸 입으니까 신경질적으로 보여요."

"고맙군요."

위험할 만큼 부드러운 목소리가 마침내 제임스의 언짢은 기분을 녹여버렸다.

"그런데 오늘 왜 그래요? 왜 그렇게 예의 바른 거요?"

메리는 과장되게 눈을 깜빡였다.

"저는 늘 예의를 지켰어요, 이스튼 씨. 예의에 어긋난 행동으로 자신이 매우 중요한 사람이라는 걸 표현한 쪽은 항상 당신이었죠."

"터무니없는 소리. 그런데 왜 앉지 않는 거요?"

"앉으라고 하지 않았잖아요."

제임스는 대단히 짜증스러운 눈빛으로 책상에서 나와, 메리 앞에 있는 의자를 잡았다.

"친애하는 퀸 양, 자리에 앉으실까요?"

비꼬는 빛이 역력했지만 그녀는 기꺼이 받아들였다.

제임스는 다시 의자로 돌아가 다리를 꼬았다.

"지난번에 얘기한 뒤로 뭔가 알아낸 게 있소?"

메리는 어제 저녁 식탁에서 있었던 일을 짧게 얘기했다.

"브라이튼 계획이 무산되었어요. 가만히 있어야 할까요?"

제임스는 고개를 끄덕였다.

"사무 변호사를 고용해 지난 20년 동안 소롤드가 연루된 모든 소송들을 조사하고 있는데, 지금까지는 건진 게 아무것도 없소.”

메리는 입술을 깨물었다. 그녀는 무위로 끝난 보험과 세금 포탈 혐의에 대해 얘기해야 했다. 그러나 에이전시를 언급하지 않고 그런 정보를 설명할 수 있을까?

“민법 박사 회관(교회법과 로마법을 다루는 변호사들이 런던에서 자율적으로 운영했던 교육 기관. 주로 유언, 결혼, 이혼 등의 사항을 처리했다—옮긴이)에서 그의 유언장도 조사했소.”

“그럴 테죠. 돈이 없으면 사랑도 할 수 없을 테니까.”

메리가 비아냥거렸지만 제임스는 그에 대해 조금도 언짢아하지 않았다.

“유언장은 지극히 평범하고 이성적이었소. 모든 유산을 아내 앞으로 해놓았죠. 만일 그녀가 살아 있다면 말이오. 부인이 사망했을 경우 종신 유산 소유권이 소롤드 양에게 돌아가고, 그녀의 상속인에게 모든 유산이 돌아가게 되어 있소.”

“유산 사냥꾼들을 막으려는 전통적인 방법이군요.”

“바로 그거요.”

“오랜 친구나 사업 파트너, 아니면 자선 단체 기부 같은 것도 없었나요?”

“특별한 건 없소. 여기저기 몇 천 파운드 정도? 참, 선교원과 나이 든 선원들을 위한 보호소, 정확히는 ‘인도 선원의 집’이 있었소.”

메리는 눈썹을 치켜올렸다.

"아시아 선원을 돌보면서 자국 선원은 나 몰라라 한다는 말인가요?"

"아마 영국 선원들은 보수를 더 잘 받을 거요. 최소한 그들은 이곳에 가족과 공동체가 있으니까. 이곳에서 오도 가도 못하게 된 아시아 선원들이야말로 꼭 도움이 필요하죠."

메리는 고개를 끄덕였다. 포플러에서 보낸 어린 시절, 인도 선원들을 많이 알았다. 영국 여자와 결혼해 런던에 정착한 선원들 역시 대체로 가난했다.

"인도 선원들이 불법 선적과 연관이 있을 수 있소."

제임스는 신중하게 말했다.

캐고 싶지 않은 주제였다.

"저임금으로 일하는 늙은 선원들이 밀매에 책임이 있다는 말인가요? 그럴 것 같지 않은데요."

메리가 비아냥거렸다.

"나이 든 선원들은 아니겠지. 하지만 그 기관에 젊은 선원들이 있을 거요. 최근에 인도에서 온 선원들 말이오."

메리는 미심쩍어 했다.

"그런데 왜 외국인 선원들에게 밀매품을 맡겼을까요?"

"만일 발각될 경우, 소롤드는 자신은 모르는 일이라며 모든 혐의를 부인할 수 있소. 사람들은 범죄의 책임이 외국인에게 있다고 믿고 싶어 하잖소. 동양인과 아편을 연관 짓는 고정 관념도 유용할 테고."

이 문제에 대한 논쟁 끝에 결국 메리는 수긍할 수밖에 없었다. 그녀는 천천히 고개를 끄덕였다.

"당신이 한번 살펴보는 것도 나쁘지 않겠네요. 난 다른 할 일을 생각해볼게요."

제임스가 놀라 말했다.

"함께 가지 않겠소?"

메리는 가슴이 철렁해서 그를 응시했다.

"왜요? 그럴 필요 없을 것 같은데요."

"내게 계획이 있어요. 가는 길에 설명하겠소."

14

제임스와 메리는 강을 가로질러 '개들의 섬'으로 바로 가는 대신 북쪽으로 우회했다. 제임스는 홀본의 지저분한 골목에서 멈추더니, 마차에서 내려 어느 지저분한 애꾸눈 여자와 수군수군 얘기를 나눈 뒤 더러운 옷을 한 아름 안고 돌아왔다.

메리는 코를 움켜쥐었다.

"휴! 도대체 이게 다 뭐죠?"

"여자 옷이오."

"안 돼요! 난 그 옷 입을 수 없어요. 옷에서 일주일 묵은 걸레 냄새가 난단 말이에요."

"그래봐야 사람 냄새요."

"이 역겨운 옷이 조사에 무슨 도움이 되죠?"

"우리 중 한 명은 관리인의 주의를 딴 데로 돌려야 하고, 다른 한 명은 뒤쪽으로 몰래 숨어 들어가야 해요."

메리는 한숨을 쉬었다.

"그러니까 당신은 앞문으로 가고 내가 부엌으로 몰래 들어가겠군요. 내가 숙녀 노릇을 하고 당신이 냄새나는 하인 노릇을 하면 왜 안 되죠?"

"숙녀는 시종 없이 정문을 통과할 수 없잖소."

메리는 제임스를 노려보았지만, 그 말에 반박할 수 없었다.

"좋아요. 눈 감아요."

메리는 마차 커튼을 치며 명령했다.

"전에 볼 건 다 본 것 같은데."

"보긴 뭘 봤다고 그래요!"

제임스는 싱긋 웃었지만 순순히 눈을 감았다.

"한밤중에 남장하고 뛰어다니는 여자치고는 새침하군요."

좁은 마차 안에서 옷을 갈아입는 것은 생각보다 훨씬 어려웠다. 대부분 감각에 의존해야 하는 데다, 고상하고 치렁치렁한 드레스도 거추장스러웠다. 몇 분간 씨름한 끝에 메리는 간신히 겨자색 옷을 벗어 제임스에게 던졌다.

"이것 좀 들고 계세요."

"참 오래도 걸리는군."

제임스가 비아냥거렸다.

"아직 봐도 된다고 말하지 않았어요!"

"아직도 안 입었소?"

멍청한 질문이었다. 메리는 얇은 슈미즈와 속바지 위에 코르셋만 걸친 상태였다. 그 상태로 마차에서 내리면 한바탕 소동이 벌어질 것이었다.

"안 돼요!"

메리는 두 팔로 가슴을 가렸다.

"다시 눈 감아요."

몇 분 동안 더 바스락거린 뒤 메리가 말했다.

"됐어요."

제임스가 눈을 떴을 때, 메리는 낡아빠진 모자 끈을 묶고 있었다.

"당신한테는 그 색이 어울리는군요."

"신경질적으로 보이지 않나요?"

메리는 속으로 떨렸지만 자기도 싱긋 웃어 보였다.

그들은 모퉁이를 돌아 멈춰 섰다.

"30분 뒤에 여기서 만납시다."

'빈곤한 아시아 선원들을 위한 대영 제국 침례교 동부 런던 보호소'는 라임하우스 동인도 병원 근처에 있었다. 때 묻은 붉은 벽돌 연립 주택 두 채로 이루어진 보호소는 임시로 급하게 만든 티가 났다. 그리고 정문에 걸린 변색된 커다란 황동 문패로 겨우 식별할 수 있었다. 문패 옆에는 역시 비슷한 상태로 방치된 초인종이 있었다. 서글픈 건물 정면을 바라보며, 메리는 갑자기 자신이 경비원을 산만하게 하는 역할을 맡지 않은 것에 안도했다. 이곳에서 눈에 띄고 싶은 마음은 추호도 없었다.

메리는 집 뒤쪽으로 난 골목을 조심스럽게 걸었다. 골목에는 천 조각이며 침구, 재와 같이 흔한 쓰레기들이 가득했고 썩는 냄새가 진동했다. 보호소 뒷문은 그 골목에 위치한 다른 집들보다 나을 것도, 못할 것도 없었다. 페인트가 울퉁불퉁 들떠서 군데군데 벗겨져 있었고, 그 옆의 창문에는 판자를 덧대었다. 그러나 문지방은 최근에 비질을 한 듯했고, 쓰레기통이 한쪽에서 있었다. 황폐함과 깔끔함이 묘하게 뒤섞여 있었다.

메리는 한동안 문밖에서 귀를 쫑긋 세웠다. 집 안 깊숙한 어디에선가 사람들이 움직이는 소리가 들려왔다. 종 울리는 소리, 발자국 소리, 삐걱거리며 문 열리는 소리. 그러나 가깝게 들리는 소리는 없었다. 문손잡이가 쉽게 돌아갔을 때 그녀는 놀라지 않았다.

예상한 대로 그녀가 들어선 곳은 어두컴컴한 설거지간이었다. 벽은 아무것도 칠하지 않은 벽돌로 되어 있었고, 바닥 역시 그냥 돌이었다. 메리는 한 번 더 귀를 쫑긋 세웠다. 남자들이 낮게 웅얼거리는 소리와 두 사람 정도 움직이는 기척이 들렸다. 그때 문 닫히는 소리가 말소리를 덮었다. 그러나 집 뒤쪽에서는 아무런 인기척도 없었다.

만일 자신이라면 어디에 비밀문서나 물건을 숨길 것인가? 아마도 가장 높고 외딴 곳일 것이다. 천장은 너무 축축하고 해충이 우글거릴 게 뻔했다. 문서가 관리인 서재에 있다면……. 일단 그 문제는 나중에 걱정하기로 했다. 부엌을 빠져나와 복도로 들어서자, 메리는 조심스럽게 주위를 둘러보았다. 집 안은 조용하고 어둠침침했고, 바깥 날씨를 생각하면 의외로 서늘했다. 구석구석에 곰팡이가 피었고 적갈색 얼룩이 벽지를 대신하고 있었다. 달콤하고 축축한 냄새 밑으로, 날카로우면서도 따뜻한 냄새가 풍겼다. 아시아 음식, 약품, 옷감 같은 극동 지역의 냄새들이 응축되어 특유의 냄새를 만들었다. 갑자기 옛날에 살던 집과 포플러가 떠올랐다.

계단에는 카펫이 깔려 있지 않았다. 메리는 한편으로는 소리를 내지 않기 위해, 다른 한편으로는 후들거리는 다리를 제어하기 위해 조심스럽게 걸었다. 2층 복도에는 문이 셋 있었다. 그리고 계단 꼭대기의 벽면에 뚫린 통로로 이웃한 건물의 복도와 연결되어 있었다. 짐작하건대 옆 건물은 이 건물과 거울처럼 대칭을 이룰 것이다.

나이 든 선원들은 다 어디 있는 거지? 밤이 될 때까지 밖에 나가 있는 건가? 메리는 입술을 깨물었다. 만일 침실에 들어가기라도 하면 한 방 가득한 죄 없는 늙은 남자들을 놀라게 할지도 몰랐다. 또 어쩌면 밀매한 물품의 상자를 발견하거나 금 무더기를 세고 있는 소롤드 본인을 보게 될 수도 있었다.

호들갑을 떨기 전에 우선 행동을 해야 했다. 가장 가깝다는 이유로 뒤쪽 침실을 택했다. 얇은 나무 문을 통해 아무 소리도 들리지 않았고, 문손잡이를 돌렸을 때 경첩이 살짝 삐걱거렸을 뿐이었다. 작은 창문으로 약간의 희미한 햇빛이 스며들어서 2열로 다닥다닥 붙어 있는 작은 간이침대들을 볼 수 있었다. 침대들은 좁고 낮았고, 침대마다 밀짚으로 만든 울퉁불퉁한 매트리스 위에 깔끔하게 개킨 낡은 담요가 한 장씩 놓여 있었다. 방 안에서는 수지 양초, 양잿물 비누와 여러 가지가 부패한 냄새가 났다.

메리는 살짝 몸서리치며 문을 닫고 다음 방으로 들어갔다. 건물 측면에 있는 방에는 창문이 없었다. 촛불의 도움으로 그녀는 방 안의 풍경이 기본적으로 같다는 것을 확인했다. 다만 이곳은 침대가 더 많아서, 침대끼리 서로 닿을 정도로 간격이 좁았다. 어쩌면 이 방은 첫 번째 방보다 덜 깨끗할 것 같았다. 홀아비 냄새가 더 강했지만, 아편 냄새에 가려졌다.

마지막 세 번째 방에서도 마찬가지로 비참함만 확인했을 때, 메리는 스스로를 의심하기 시작했다. 내가 대체 무슨 짓을 하고 있는 거지? 가난에 찌들긴 했어도 부끄러울 것 없는 어른들의 사생활을 침해하다니. 낡고 작은 자선 시설 안에 그녀와 제임스가 상상했던 것들이 있을 만한 공간은 없었다. 그리고 만일 그런 것이 있었다면 거주자들이 먼저 궁금해하지 않았을까? 그녀는 이쪽 건물에서 20여 개의 침대를 세었다. 다른 절반도 마찬가지라고 가정하면, 보호소에는 총 35명에서 45명이 함께 지내고 있을 것이다. 그들이 하나같이 무력하고 휘청거리는 늙은 바보일 리 없다. 훔친 물건이나 문서 따위는 이 집에 아예 없거나, 방이 아닌 다른 곳에 보관되어 있을 것이다. 어쩌면 지하 저장실이나 관리인 사무실일 수도 있다.

메리가 내려가기로 마음먹은 순간, 계단에서 발소리가 들렸다. 물론 올라오는 소리였다. 맙소사.

"아가씨는 누구지? 여기서 뭘 하는 거야?"

질책하는 듯한 나이 든 남자의 목소리였다.

메리는 어리석은 푸념을 내뱉었다.

"어머! 실례합니다. 이곳을 관리하는 분을 찾고 있었어요."

얼핏 보니 적어도 60대는 된 것 같지만 아직 기력이 좋아 보이는 마른 체형의 중국 남자였다.

"혹시 알려주실 수 있을까요, 선생님?"

메리는 정중하게 고개를 푹 숙였다.

그의 목소리에는 언짢은 기색이 역력했다.

"어떻게 들어왔지?"

"부엌문으로요. 저는 일자리를 찾고 있어요."

"관리인 사무실은 1층에 있어."

그는 의심을 품은 딱딱한 목소리로 말했다.

메리는 런던 토박이 말투로 주절주절 변명을 쏟아냈다.

"나쁜 의도는 없었어요, 선생님. 전 그저 일을 찾고 있었어요. 아시죠? 이 근처에는 여자를 위한 일자리가 많지 않아요."

메리는 헛된 희망을 품은 듯한 표정을 애써 지으며 눈을 들었다.

"혹시 관리인이신가요? 성함이……?"

남자는 입술을 굳게 다물었다.

"첸이야."

메리는 마치 그에게 달려들 듯한 시늉을 했고, 예상했던 대로 날렵한 손이 그녀를 제지했다.

"선생님, 저희에게 일자리를 주세요. 정말 열심히 일할게요. 불쌍한 제 동생 때문에 여태 일을 못하고 있었어요. 그리고……."

"내려가, 아가씨."

메리는 움찔했다. 그리고 또 한 번 보인 무뚝뚝한 몸짓에 따라 앞장서서 계단을 내려갔다. 그들은 정면 현관 바로 옆에 있는 방으로 들어갔다. 그 방은 보호소의 나머지 공간만큼이나 빈약하고 칙칙했지만, 최소한 꾸미려 한 흔적은 있었다. 벽에는 음산한 양치류 무늬의 벽지가 덮여 있었는데, 습기로 인해 벗겨지고 있었다. 햇빛을 충분히 받아들일 수 있도록 열려 있는 벨벳 커튼은 녹색 벽지, 그리고 너덜너덜한 카펫과 대조적이었다. 그러나 이 방에서 가장 눈길을 끄는 것은 황달 걸린 사람처럼 누런 눈과 비현실적으로 붉은 뺨을 가진 뚱뚱한 상인의 번쩍번쩍한 초상화였다. 두껍게 금박을 입힌 액자에는 명판이 있었다. '움 버퍼톤(1801~1852). 하느님의 선하고 충실한 종, 하느님 마음에 합당한 자.' 못마땅한 듯 입술을 삐죽이며 초상화를 훑어보던 메리가 눈을 돌렸을 때 관리인의 날카로운 시선과 마주쳤다.

첸이 금방이라도 부서질 듯한 낡은 나무 의자를 가리켰고 메리는 거기 앉았다.

그는 그냥 선 채로 말했다.

"일자리를 찾는다고 했나?"

"네, 선생님."

"무슨 일을 찾는데?"

"아무 일이나요."

메리는 두 손으로 스커트를 꼭 쥐었다.

"잡일을 하는 하녀요. 바느질이든 뭐든 가사는 뭐든 할 수 있어요."

그의 시선이 그녀의 무릎으로 내려갔다.

"그렇겠군."

이어지는 긴 정적 속에서 메리는 감히 눈을 들 엄두가 나지 않았다. 그녀는 곁눈으로 열심히 단서가 될 만한 것을 살폈지만, 첸은 아무 기척도 내지 않았다. 그녀는 20까지 센 뒤 다시 40까지 세고, 또 60까지 셌다. 옆방에 있는 시계가 어느덧 30분이 지났음을 알렸다.

마침내 첸이 다시 입을 열어 날카롭고 분명히 말했다.

"난 아가씨를 믿지 않아."

메리는 본능적으로 변명을 하려고 숨을 들이쉬었지만, 첸이 살며시 고개를 젓자 다시 입을 다물었다.

"아가씨는 일자리를 찾고 있는 게 아니야."

그는 한결 누그러진 목소리로 말을 이었다.

"아가씨는 손이 너무 고와. 하녀의 손이 아니지. 일이 아니라 다른 걸 찾고 있어."

메리는 속이 뒤집히는 것 같았다. 도대체 어떻게 된 걸까? 왜 이 궁지에서 빠져나갈 만한 핑계가 떠오르지 않지? 지금 이곳에 밀매한 물건이 숨겨져 있다고 인정한 것일까? 어떻게 여기를 빠져나가서 에이전시에 알리지? 그녀가 돌아가지 않으면 제임스는 분명 이상한 낌새를 챌 것이다. 생각의 소용돌이 속에, 관리인의 다음 말은 그녀를 완전히 경악시켰다.

질문의 요지는 간단했다.

"아가씨는 어느 나라 사람이야?"

영어가 아닌 만다린어였다.

빨갛게 뺨이 달아오른 메리는 한동안 그를 응시했다.

그녀가 당황하자 관리인은 살며시 미소를 짓더니 이번에는 광둥어로 물었다.

"자기 나라 말도 못하는 건가?"

그는 어깨를 으쓱하고는 다시 영어로 돌아갔다.

"아가씨 아버지 이름이 뭐지?"

메리는 침을 꿀꺽 삼켰다. 오늘 이곳에 올 때 두려워했던 건 바로 이 때문이었다. 애써 생각하지 않으려 했던 사실이었다.

그렇게 첸은 메리의 비밀을 벗겨버렸다.

15

"두려워할 것 없어. 아메이(阿妹)."

첸이 그런 호칭을 쓴 것이 놀랍고도 정답게 느껴졌다. 메리는 어린 시절 이래로 '여동생'이라고 불려본 적이 없었다.

"많은 젊은이들이 가족을 찾으러 이곳에 오지."

메리는 갑자기 기운이 빠져 숨을 깊이 들이쉬었다. 손바닥과 겨드랑이가 땀으로 축축해졌다. 날씨 때문이 아니었다.

"거짓말을 해서 죄송해요, 아꺼(阿哥)."

특별한 노력 없이 다시 '오빠'라는 존칭이 튀어나왔다. 버렸다고 생각했던 자신의 일부가 아직까지 살아 있었다.

"왜 거짓말을 했지?"

"두려웠어요."

그것은 사실이었다.

"위층에 올라가면 안 된다는 걸 알았거든요."

그 또한 사실이었다. 침입을 들킨 것과 첸이 자신의 정체를 알아차렸다는 사실이 부끄러웠지만, 진실이 훨씬 더 편하게 느껴졌다.

"그럼 아가씨는 뭔가를 찾고 있군. 정보 같은 걸."

메리는 조심스럽게 고개를 끄덕였다.

그는 잠시 아무 말 없이 메리의 얼굴을 찬찬히 뜯어보았다.

"혼혈아로군."

메리는 목구멍에서 뜨거운 것이 치밀어 오르는 것을 막을 수 없었다. 피가 확 솟구쳐 뺨이 화끈거렸다.

"어머니가 아일랜드 분이에요."

"그리고 아버지는 중국인 선원이겠지."

질문 아닌 확신이었다. 메리의 가슴에서 뒤늦은 공포가 샘솟아 순식간에 뱃속으로 퍼졌고 갑자기 다리가 후들거렸다. 커다랗고 빠른 맥박 소리가 귓속에서 쿵쿵 울리며 다른 소리를 막았다. 그녀는 몇 년 동안 부모님 생각을 하지 않았다. 부모님의 정체성뿐 아니라 자기 자신의 정체성도 마찬가지였다.

첸은 여전히 신중한 표정으로 메리를 지켜보고 있었다. 그녀의 대답을 기다리는 것이었다. 달아나기에는 너무 늦은 걸까? 그는 늙었고, 그녀는 빨랐다. 하지만 또다시 도망친다면 그녀는 겁쟁이가 될 것이다.

메리는 턱을 들었다.

"네."

안도감과 뒤섞인 수치심, 그리고 묘한 반항심과 굴욕감이 메리를 덮쳤다. 부모님이 돌아가신 뒤 처음으로 감추고 있던 비밀을 털어놓고 본모습을 인정한 것은 어떤 면에서 스스로를 해방시키는 일이었다. 앤과 펠리시티조차도 이 사실을 몰랐다. 그러나 고백은 두렵고 심지어 굴욕적이기까지 했다.

"아버지가 돌아가셨나?"

그 생각을 하면 아직도 가슴이 아팠다.

"바다에서 돌아가셨어요."

첸은 작고 우아한 제스처를 취했다.

"말해봐."

메리는 몇 년 동안 아버지를 생각하는 것을 스스로 금지했다. 첸의 예리한 눈을 들여다보고 있는 지금, 그녀는 어떻게 얘기를 시작해야 할지 알 수 없었다.

"좋은 아버지였나?"

그의 부드러운 질문에 그녀가 끄덕였다.

"아주 어릴 때 돌아가셨나?"

"여덟 살 때요. 어쩌면 일곱 살일 수도 있고요."

"그럼 아버지에 대해서 기억하겠군."

메리는 눈을 감았다. 아버지의 얼굴이 기억 속에 떠올랐다. 수줍은 미소를 띤 잘생긴 얼굴이었다.

"자상한 분이었어요."

메리가 말했다.

"우리는 강가로 산책을 나가곤 했는데, 아버지는 광둥에서 보낸 어린 시절에 대해 이야기해줬어요."

메리는 미소 지었다.

"포플러 사람들은 아버지를 '공(公)'이라고 불렀는데, 아버지가 앨버트 공과 약간 비슷하게 생겼기 때문이었어요."

첸은 눈을 깜빡이고는 몸을 살짝 앞으로 기울였다.

"아버지의 중국 이름을 아나?"

메리는 미간에 주름을 잡았다.

"아무도 아빠를 중국 이름으로 부르지 않았어요. 성은 랭……, 랭이 확실해요. 하지만 이름은 잘 모르겠어요."

첸의 호흡이 빨라졌다.

"천천히 생각해봐."

그가 단호하게 말했다.

메리는 눈을 깜빡였다.

"하지만 아버지에 대해 아무것도 모르시잖아요. 아닌가요?"

"그건 아가씨 아버지가 누구인가에 달려있지."

"하지만 아버지는 돌아가셨어요! 배가 난파되어서요. 회사에서 나온 사람이 아버지 임금이라면서 돈을 줬어요."

손이 떨렸고 얼굴은 화끈거렸다. 메리는 그날을 기억했다. 그러나 지금 첸의 표정에는 뭔가가 있었다.

"선생님이 아실 리 없어요! 어떻게 아시겠어요?"

"진정해."

첸이 엄격한 목소리로 말했다.

"난 아가씨가 이름도 기억하지 못하는 사람에 대해서는 아무것도 말할 수 없어."

여러 가지 음절들이 머릿속에서 헤엄쳤다. 그녀는 몇 개의 산발적 단어나 문구 말고는 만다린어나 광둥어를 배운 적이 없었다. 중국 문자를 쓰는 법을 배울 만한 인내심도 없었다. 메리는 아버지의 이름을 잊어버린 자신에 대한 분노로 갑자기 가슴을 찌르는 듯한 아픔을 느꼈다. 그녀는 아버지의 살아 있는 마지막 피붙이였고, 아버지를 기억해야 할 마지막 한 사람이었다. 그런데 지금 아버지의 이름조차 기억할 수 없다니! 그녀는 눈을 감고 집중했다. 많은 어려운 단어들이 어지럽게 얽힌 가운데, 그녀가 갑자기 말했다.

"량진하이."

첸은 메리를 침착하게 지켜보았다.

"확실한가? 량진하이?"

"네."

그 이름이 맞았다. '황금 바다'라는 뜻이었다.

첸의 눈이 묘한 흥분으로 반짝였다.

"그럼 아가씨가 그 친구의 외동딸 메리로군."

메리는 그를 뚫어지게 쳐다볼 뿐이었다. 자신이 중국인이라는 것을 들킨 것도 충분히 충격이었다. 메리가 누구인지 안다고 주장하는 이 남자만 아니라면 틀림없이 속임수일 것이다. 마침내 그녀는 간신히 말할 수 있었다.

"불가능한 일이에요."

첸은 기분이 상한 것 같지 않았다.

"어째서?"

"어떻게 선생님이, 우리 아빠는, 오래전에……."

메리는 조리 있는 문장을 만들 수 없었다. 그녀의 머릿속은 의심, 희망, 두려움, 혼란, 이 모든 감정들로 뒤죽박죽이었다.

"불가능해요."

메리는 다시 한 번 말했다.

첸은 살며시 미소 지었다.

"아가씨는 아주 어릴 때 라임하우스를 떠났지. 그때부터 백인 여성으로 통한 모양이군."

어떻게 이렇게 많은 것을 알고 있는 걸까? 메리는 안간힘을 쓰며 일어섰지만 무릎이 떨렸다. 몸을 지탱하기 위해 의자를 부여잡아야 했다.

첸은 뒤로 물러나며 손을 들었다.

"난 아가씨를 여기 잡아둘 생각이 없어, 랭 양. 하지만 설명도 듣지 않고 도망치는 것이 현명할까?"

메리가 눈을 감았다면 방이 빙글빙글 돌기 시작했을 것이다. 그녀는 첸에게 시선을 고정했다. 그런데 이상하게도 그의 표정에서 앤 트렐리븐이 떠올랐다. 다 상황 때문이리라. 메리는 다시 열두 살짜리 꼬마가 된 것 같았다. 분노하고 어찌할 바를 모르겠고, 새롭고 두려운 무언가에 직면한 기분이었다. 그녀는 의자를 더욱 세게 움켜쥐고 쉰 목소리로 말했다.

"듣고 있어요."

"아가씨가 어렸을 때 포플러를 떠난 게 분명하군. 우리 중국 사회에 대해 알고 있는 게 별로 없는 걸 보면. 이곳에 정착해서 백인 여자와 결혼한 중국 선원이 20여 명쯤 있지."

이치에 닿는 얘기였다.

"아가씨는 우리 사회에 속해 있지 않아. 영어밖에 할 줄 모르고 혼혈이라는 걸 알아보자 깜짝 놀라고 당황하기까지 했어."

메리는 스스로를 변호하고 싶었지만, 첸의 말은 사실이었다.

"저는 중국인 아버지를 둔 게 부끄럽지 않아요."

그럼에도 불구하고 그녀는 신중하게 말했다.

"하지만 대부분의 영국인들은 편협해요. 외국인, 특히 유색 인종은 열등하다고 생각하죠. 정신적으로 문제가 있거나 도덕 심이 희박하다고 생각하고요."

"물론 그래. 우리 모두 여기서 그런 편견에 맞서고 있어."

"하지만 지금 제 삶은 백인 사회에 속해 있어요. 제가 혼혈인 게 알려지면 생각이 바뀔 거예요. 그럼 육체노동이나 급료가 적은 허드렛일 말고는 일자리도 찾을 수 없게 되죠. 친구들도 절 따돌릴 거고, 다들 경멸하며 사람 취급도 하지 않을 거예요.

저는 그걸 감당할 수 없어요."

"하지만 그게 이 나라 아시아인들과 유색 인종 대부분의 운명이야. 아가씨는 외모에서 인종이 분명하게 드러나지 않기 때문에 다를 뿐이고. 다른 중국 아가씨에 비해, 축복과 저주 모두 두 배로 안게 된 거지. 원하기만 하면 자신의 뿌리를 부정할 수 있는 호사를 누릴 수 있으니까."

메리는 첸을 이해시키기 위해 두 손을 앞으로 쭉 뻗으며 열성적으로 자신을 변호했다.

"하지만 난 그 어느 쪽에도 완전히 속하지 못해요! 중국인이 볼 때 난 반만 중국인이고, 백인들 눈에는 피가 오염된 거죠. 난 가족도 없어요. 나와 같은 사람이 없어요. 난 어디에도 속해 있지 않아요!"

그는 한동안 그녀를 바라보았다.

"요지는 알겠어. 언젠가 다르게 생각하게 되길 바라지만."

메리는 어리둥절해서 그를 쳐다보았다.

"하지만 어떻게……."

그는 이 질문을 무시했다.

"그래서 직장을 얻기 위해 포플러와 라임하우스와의 인연을 끊고 백인 행세를 하기 시작했군."

메리는 천천히 고개를 끄덕였다.

"다들 아가씨가 영국인이라고 믿던가?"

첸은 다소 미심쩍은 목소리로 물었다.

"영국인이라고는 생각하지 않죠. 어머니가 아일랜드 사람이라고 말하면 흡족해하지만요. 어떤 사람은 프랑스나 스페인 피가 섞여 있거나, 다른 대륙의 혼혈이라고 생각해요."

메리의 입매가 일그러졌다.

"유럽 사람들도 많은 분야에서 의심받지만, 진실이 어떻든 사회적 지위가 높은 편이죠."

'진실'이라는 단어가 허공에 무겁고 부담스럽게 걸렸다. 어렸을 때 누군가—어머니였던가? 그녀에게 '진리가 너희를 자유케 하리라'라고 가르쳤다. 그것은 그저 순진한 사람들, 또는 특혜 받은 사람들을 위한 말이었다.

첸은 조용히 목청을 가다듬었다.

"얘기가 옆길로 빠진 것 같군. 난 아가씨 아버지를 기억해. 유난히 키가 크고 잘생긴 친구였으니까. 비록 개인적으로 아는 사이는 아니더라도 다들 그를 알았지."

메리는 당면한 질문에 집중하려 애썼다. 어떻게 첸이 자신을 아는 걸까. 어쨌든 그의 설명은 논리적이었다.

"난 아가씨 아버지를 몇 번 만났고, 아가씨도 한번 본 적이 있지. 날 기억하지 못하겠지만. 그때 아가씨는 서너 살쯤 된 꼬마였어."

첸이 살짝 미소 지었다.

"아가씨는 그 아이가 분명해, 메리 랭."

메리는 그 말을 천천히 흡수했다. 그녀의 마음은 마치 평소

속도보다 몇 배는 느리게 움직이는 것처럼 나른했다. 모든 것이 이치에 닿았다. 어쩌면 너무 완벽한 게 아닐까?

문득 어떤 생각이 번개처럼 메리의 뇌리를 스쳤다.

"정말 그렇다면."

메리는 높고 날카로운 목소리로 말했다.

"선생님이 외국인 선원 사회를 그토록 아끼신다면, 왜 아버지가 돌아가신 후에 우리를 돕지 않으신 거죠? 어째서 우리 엄마를 고통받고 굶주리게……."

이제는 분노로 몸이 부들부들 떨렸다.

첸의 표정은 엄숙했다.

"비극이었어."

"물론 그렇죠! 하지만 꼭 그렇게 될 필요는 없었잖아요."

그는 한숨을 쉬고 손가락으로 콧등을 꼭 쥐었다.

"아가씨가 옳아."

그는 한동안 말을 멈추었다가 다시 말을 이었다.

"아가씨 아버지가 죽었다는 소식을 듣고, 인근 교회에서 어떤 부인이 아가씨 어머니를 보러 갔어. 그 부인은 허드렛일 하는 하녀를 구하고 있었고, 아가씨를 사가겠다고 제안했지."

"아가씨 어머니는 불같이 화를 냈어. 일언지하에 거절하고 당장 떠나달라고 했지. 그 부인은 기분이 몹시 상해서, 자기 딴에는 무척 후하다고 생각한 제안을 받아들이지 않으면 누구에게도 도움을 받을 수 없게 만들겠다고 작정했지."

첸은 모든 것에 대한 답을 알고 있는 것처럼 보였다. 그렇지만……

"선생님은요?"

메리는 고집스럽게 물었다.

"선생님은 다 알면서도 도우려 하지 않았던 건가요?"

첸은 부끄러운 듯 보였다.

"난 두려웠어. 그 부인의 교회가 보호소를 후원하고 있었는데, 아가씨를 도우면 기부를 끊을까 염려스러웠지."

그는 진심으로 부끄러워하는 것처럼 보였다. 첸의 말이 메리에게 여과되어 전달될 때, 그녀는 자신이 첸을 믿고 있음을 깨달았다. 메리는 다시 천천히 자리에 앉았다. 나무 의자를 어찌나 꽉 부여잡고 있었는지 손이 아팠다.

"그러니까 선생님은 우리 아버지를 아시는군요."

그는 일어나서 긴 서류함으로 걸어갔다.

"몇 년 전부터 나는 항해 중에 사라진 사람들에 관한 '실종외국인 선원' 서류철을 보관하고 있지. 항해 자체가 이미 위험한 일이지만, 특히 외국인 선원들의 경우는 유독 소문만 무성하지 의심스러운 실종이 많아. 아가씨도 이해하겠지만, 부두엔 소문이 많이 퍼져. 실종된 외국인 선원들에게는 공통점이 있어. 난 아가씨 아버지도 거기에 속한다고 믿지만 어떤 면에서 다르기도 해."

첸이 계속 말을 이었다.

"1848년 항해를 떠나기 전, 아가씨 아버지가 나를 찾아왔어. 그 친구는 어쩌면 돌아오지 못할지도 모른다는 걸 예감했지만 아내를 걱정시키고 싶지 않았던 것 같아. 나에게 이 엽궐련 상자를 맡기고는, 자신이 돌아오지 않으면 적당한 때 아가씨에게 전해달라고 했어."

쳉은 엄숙해 보였다.

"나는 너무 두려워서 아가씨 가족을 돕지 못했고, 이걸 전해주기도 전에 아가씨가 사라져버렸지. 이 일에 대해 스스로를 용서할 수 없었어. 하지만 다행히도 아가씨가 여기 왔군."

그가 덧붙였다.

"아버지는 아가씨를 무척 사랑했어, 랭 양. 이건 그가 남긴 유산이야."

많은 질문들이 맴돌았지만, 메리는 엽궐련 상자에서 눈을 뗄 수 없었다. 짓궂은 장난 아닐까? 아니면 만지려고 손을 뻗는 순간 상자가 사라지거나 산산조각 나버리는 건 아닐까? 두려운 생각에 메리는 그저 뚫어지게 보고만 있었다.

그때 초인종 소리가 작게 울렸다.

"난 나가봐야 하니, 여기서 찬찬히 살펴보도록 해."

쳉이 부드럽게 말했다. 메리는 대답을 할 수 없었다. 메리가 눈을 들었을 때, 쳉은 떠나고 없었다.

엽궐련 상자는 두꺼운 실로 둘둘 감겨 있었다. 끈을 풀고 있을 때, 메리는 갑자기 아버지가 여러 가지 매듭짓는 법을 가르처주었던 것이 떠올랐다. 고리매듭, 8자 매듭, 옭매듭. 뚜껑을 열 때 손이 떨린 나머지 하마터면 상자 뚜껑이 마분지 경첩에서 뜯어질 뻔했다. 제일 위에는 어린아이 같은 글씨로 조심스럽게 '메리에게'라고 쓴 봉투가 있었다. 메리는 봉투에서 대판 양지 반 장과 씨앗처럼 울퉁불퉁한 뭔가를 담아 사탕처럼 꼬아 놓은 종이를 꺼냈다.

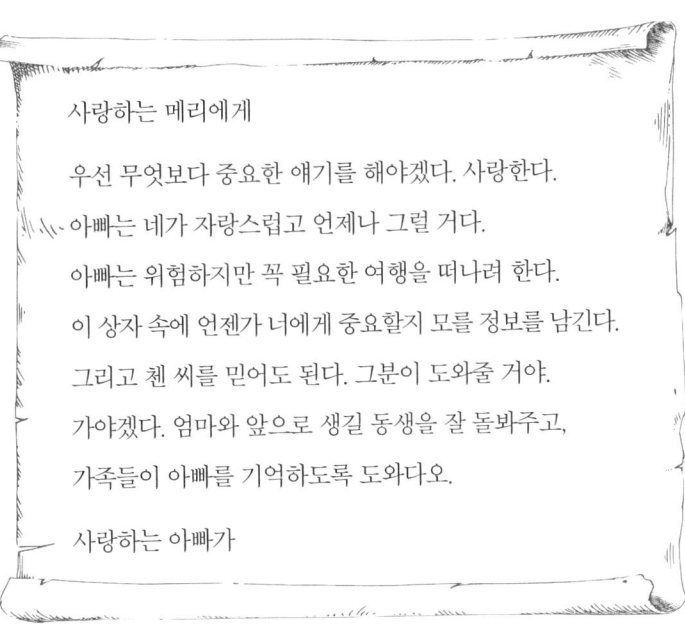

사랑하는 메리에게

우선 무엇보다 중요한 얘기를 해야겠다. 사랑한다.
아빠는 네가 자랑스럽고 언제나 그럴 거다.
아빠는 위험하지만 꼭 필요한 여행을 떠나려 한다.
이 상자 속에 언젠가 너에게 중요할지 모를 정보를 남긴다.
그리고 첸 씨를 믿어도 된다. 그분이 도와줄 거야.
가야겠다. 엄마와 앞으로 생길 동생을 잘 돌봐주고,
가족들이 아빠를 기억하도록 도와다오.

사랑하는 아빠가

무척 짧은 편지였다. 메리는 그것을 몇 번이나 다시 읽었다. 읽을 때마다 아버지가 좀 더 많은 말을 썼기를 간절히 바랐다. 아버지에 대해, 그녀에 대해, 그 무엇에 대해서라도 좋았다. 눈물방울이 떨어져 아버지의 서명이 번질 때까지 메리는 자신이 울고 있다는 사실조차 깨닫지 못했다.

그것을 보자 더욱 눈물이 북받쳤다. 메리는 떨리는 손가락으로 쭈글쭈글한 종이 매듭을 풀었다. 안에는 그녀가 까맣게 잊고 있던 물건이 있었다. 비취를 깎아 만든 엄지손톱 크기의 작은 펜던트였다. 배 종류의 과일처럼 보이는 모양이었고, 줄은 오랫동안 쓰지 않아 변색되어 있었다. 그녀는 강력한 소유욕으로 기억해냈다. 펜던트는 오래전부터 메리의 것이었다. 그녀가 휴일마다 착용했던 중국 유산의 한 조각. 하지만 이게 왜 여기 있는 것일까? 왜 아버지는 어쩌면 그녀가 찾지 못할지도 모르는 장소에 소중하게 따로 챙겨둔 것일까?

조용히 문을 두드리는 소리에 메리는 화들짝 놀라 허둥지둥 눈물을 닦았다.

"네?"

첸이 들어왔다.

"랭 양, 방해해서 미안한데 내가 사무실에서 사업상 방문객을 맞아야 하거든. 응접실로 자리를 옮겨주겠어? 거기서 원하는 만큼 시간을 가져도 돼."

'시간'이라는 말에 갑자기 모든 상황이 떠올랐다.

"이만 가봐야 해요!"

메리는 숨이 막혔다. 대체 얼마나 오랫동안 이곳에 머무른 것일까?

"정말이야, 랭 양. 갈 것까진 없어."

메리는 미소를 지으려 애썼다.

"제 사정 때문이에요. 가야 해요."

그녀는 엽궐련 상자를 내려다보았다. 그 안에는 엄마 이름이 적힌 또 하나의 봉투와 돌돌 말아 실로 묶어놓은 종이가 들어 있었다.

"첸 씨."

메리가 말했다.

"상자를 맡겨두고 가도 될까요? 당장은 가져갈 수 없어요."

"물론이지. 이 녀석은 아가씨를 10년이나 기다렸어. 조금 더 기다릴 수 있을 거야."

메리는 상자를 다시 포장하고, 잠시 주저하다가 펜던트를 꺼내서 목에 걸고는 칼라 밑으로 숨겼다.

"고맙습니다."

그녀는 쉰 목소리로 말했다.

"곧 다시 올게요."

첸은 살짝 고개를 숙였다.

"그때까지 잘 지내, 랭 양."

16

제임스는 마차 안에 숨어서 눈을 가늘게 뜨고 인도 선원 보호소 앞의 광경을 꼼꼼히 살폈다. 그는 바보 같을 만큼 오래도록 관리인에게 이것저것 묻다가 마차로 돌아왔다. 그러고 나서 30분째 그녀를 기다리고 있었는데 시간은 그보다 더 길게 느껴졌다.

방황하던 그의 시선이 맞은편 좌석에 얌전히 세워진 메리의 수첩에 멈추었다. 한번 열어볼까? 어떻게 말해도 분명 부당하고, 비신사적이고, 타인의 불리한 소선을 이용하는 짓이었다. 하지만 제임스는 바로 그 짓을 했다. 1펜스짜리 우표 두 장과 합승마차를 타기 위한 동전들, 깨끗한 손수건 같이 평범한 물건 외에도, 어제 날짜의 소인이 찍힌 편지가 한 장 들어 있었다.

제임스는 그것을 빨리 훑어보았다.

'친애하는 메리, 날씨가 믿을 수 없게 덥구나. 이 계절에 이 더위라니 사건 아니니? 덕분에 우리는 수업을 이틀 동안 쉬었다……'

어이없는 편지군. 호들갑스러운 아주머니가 돈 써가며 한 일에 메리는 어떻게 반응할까?

수첩을 원래의 위치로 되돌려 놓을 때, 뭔가가 그를 멈칫하게 했다. 정확히 알 수는 없었지만 뭔가 꺼림칙했다. 제임스는 편지를 다시 읽었다. 무슨 교장이라는 사람이 이렇게 수준 낮은 편지를 쓴 걸까? 대체 이 여자는 누구지? 그는 앤인지 뭔지 하는 사람이 정말 교사인지 확인해 봐야겠다고 생각했다. 그는 편지를 들어 창으로 들어오는 햇빛에 비추어 보았다. 그러는 내내 스스로를 조롱했다. 보이지 않는 잉크나 암호 편지 따위는 아이들의 모험 소설에나 나오는 얘기지 실제로 있음직한 일은 아니었다. 그러나 메리와 관련된 것들은 죄다 약간씩 모험처럼 보였다.

레몬 비누의 희미한 흔적이 마차에 남아 있었다. 그 냄새는 어둠침침한 마차 안에서 속옷만 입은 채 반짝이는 어깨와 팔을 드러내고 있는 메리의 모습을 떠오르게 했다. 어린 소년처럼 입을 떡 벌릴 의도는 없었다. 하지만 그는 입 벌리고 쳐다본 자신을 질책하지 않았다.

커다란 적갈색 말의 등장이 제임스의 생각을 방해했다. 말은 인도 선원 보호소 앞에 섰다. 말 위에 타고 있는 잘생긴 금발 신사는 낯익은 인물이었다. 제임스는 눈살을 찌푸린 뒤 밖을 살피며 창문에서 멀찌감치 물러났다. 아니나 다를까. 옅은 갈색 머리의 푸줏간 소년이 한쪽 팔에 바구니를 달랑거리며 나타났다. 소년은 거리에 멈춰 서서 눈을 가늘게 뜨고 주문서를 들여다보며 품목들을 혼자 중얼거렸다. 제임스는 어린 공범을 보고 미소 지었다. 알프레드 퀴글리는 분명 연극에 천부적인 소질이 있었다.

말을 탔던 남자가 건물 안으로 들어가자, 제임스는 시계를 확인했다. 메리는 거의 1시간 동안 보호소 안에 있었다. 이제 예기치 않은 손님인 마이클 그레이까지 나타났으니, 앞으로 한 시간은 더 필요할 것이 분명했다. 흥, 아주 잘됐군. 그는 판단을 보류하고 생산적으로 행동하기로 했다. 오늘 해야 할 다른 일들에 대해 생각하자. 궁금증에 대한 답을 찾을 방법을 생각해야지. 그는 긴 다리를 쭉 뻗었다가 다시 접었다. 그리고 자신이 이를 갈고 있음을 깨달았다.

뒤이어 정문에서 메리의 모습이 나타났다. 그녀는 넋 나간 사람처럼 움직였고 평소에 긴장을 놓지 않던 표정은 아주 심란해 보였다. 바커가 미처 발판을 내려주기도 전에 제임스는 그녀의 팔을 잡고 마차 안으로 그녀를 들어 올렸다.

메리는 쿵 소리와 함께 엉덩방아를 찧다시피 했다. 그 바람에 치마에서 먼지가 풀풀 일어났지만, 그녀는 항의하지 않았다.

"기다리기가 지겨웠나 봐요."

메리가 말했다.

"조금."

상황에 비해 제임스의 목소리는 놀랍도록 차분했다.

"미안해요."

메리답지 않은 온순한 목소리였지만, 그의 눈을 쳐다보려 하지 않았다.

제임스는 턱 근육을 실룩거리며 기다렸다.

"그래서요?"

마침내 그가 물었다.

"아, 제가 뭘 알아냈는지 듣고 싶으시군요."

메리의 눈이 빨갰다. 먼지 때문일까.

"그렇소."

제임스는 잠시 창밖을 내다보더니 정신을 집중하려 했다.

"눈을 감아주세요."

메리가 말했다.

"옷을 갈아입으면서 말할게요."

제임스는 눈을 꽉 감고 조바심을 내며 건물과 선원들의 방에 대한 짧은 설명에 귀 기울였다.

"그게 전부요? 그런데 왜 그렇게 오래 걸린 거요?"

"그게…… 관리인한테 들켰어요. 난 일자리를 찾는 척했죠. 옷을 갈아입고 가길 잘했어요."

메리는 단추를 다 잠그고 펜던트가 눈에 보이지 않도록 안으로 집어넣었다.

"내 생각에……."

메리는 앤의 편지가 옆 좌석에 놓여 있는 것을 알아차리고 멈칫했다. 그녀는 천천히 편지를 집어 들고 당황한 얼굴로 제임스를 쳐다보았다.

"이게 어떻게? 비열해요! 남의 소지품을 뒤지고 사적인 편지를 읽다니! 어떻게 감히!"

메리의 눈이 가늘어지며 분노로 번뜩였다. 그녀의 몸은 팽팽하게 긴장되어 튕겨 나갈 것 같았다.

제임스는 양심의 가책을 느꼈지만, 곧 정당한 분노에 묻혀버렸다.

"당신이 나를 비난한 입장이 아닐 텐데?"

그가 받아쳤다.

"밀회에다가 보호소에서 그렇게 오래 있었던 이유는 어쩔거요?"

"미쳤어요? 밀회라니, 무슨 말이에요?"

메리의 얼굴이 빨갛게 달아올랐다. 그녀는 변명하는 것처럼 보였고, 심지어 죄책감을 느끼는 것 같았다.

"난 바보가 아니오!"

제임스는 포효하듯 언성을 높였다.

"안에서 뭔가를 꾸민 게 분명해. 그게 아니면 어떻게 일자리를 구하는 척하며 그렇게 오래 머물렀단 말이오?"

"난 약속대로 했어요! 생각해봐요. 당신 계획이었잖아요."

"당신 손에 놀아날 뻔한 거 아니겠소? 천만다행으로 그자가 보호소에 나타난 걸 봤으니 망정이지. 내가 먼저 이곳에 오자고 하게 만든 건 정말 영리했소. 하지만 딱하게도 내가 관리인의 주의를 딴 데로 돌린 뒤 곧바로 돌아가도록 조치할 만큼은 신중하지 못했소. 그래서 그를 보고 말았고."

"누굴 봤다고요?"

이제 메리는 진심으로 당황한 것처럼 보였다.

"대체 무슨 헛소릴 하고 있는 거죠?"

제임스는 입술을 삐죽거렸다.

"또 부인하는 거요? 당신이 이보다는 똑똑하다고 생각했는데, 퀸 양."

"억울해서 비명이라도 지르고 싶군요. 이스튼 씨, 마지막으로 말하지만 난 당신이 무슨 말을 하는지 모르겠어요. 당신이 인도 선원 보호소를 훑어보자고 제안했죠. 계획을 짠 것도, 이 냄새나는 누더기를 사온 것도 당신이고요. 난 당신 계획에 따른 것뿐이에요. 그런데 이제 와서 날더러 당신이 상상한 누군가를 만났다고 비난하는군요."

"마이클 그레이가 내 상상의 산물이란 말이오? 당신의 전 고용주에게 그렇게 말해보시지."

"마이클 그레이?"

메리는 이제 정말로 화가 났다.

"보호소에요? 순 헛소리!"

"내 생각엔 당신들 모두, 그 빌어먹을 가족 전체가 내가 아직 알아내지 못한 이유로 이 일에 연루되어 있는 것 같소."

"당신은 그 남자한테 너무 집착하고 있어요. 아니. 사실 내가 그레이와 결탁하고 있다는 데 집착하고 있죠."

이런! 제임스는 너무나도 간절하게 그녀를 잡아 마구 흔들어 대고 싶었다. 신사라는 것이 이런 순간에는 확실히 불리했다.

"그러니까 인도 선원 보호소에서 그레이를 만나지 않았단 거요?"

"물론이에요, 멍청이 같으니라고!"

메리가 성내며 말했다.

"내가 어떻게 그레이를 만날 수 있죠? 거기 있지도 않은 사람을!"

"멍청이?"

제임스는 자제력이 무너지는 것을 느꼈다.

"이 교활한, 어린……!"

"마차를 세워요! 내리겠어요."

"얼마든지!"

제임스는 지붕을 힘껏 두들기며 날카롭게 말했다. 그들이 지금 어디에 있는지 따위는 상관없었다. 설사 템스 강이라고 해도 그는 기꺼이 메리를 떨어뜨릴 기세였다.

마차가 속도를 늦추자 메리는 문을 벌컥 열었다. 그들은 실제로 강가를 달리고 있었다. 강은 한낮의 햇볕을 받아 번들번들한 타르처럼 어른거렸다. 썩은 내가 마차 안으로 들어와 심하게 구역질이 났다.

"문 닫아요!"

말을 할 수 있게 되자 제임스가 목멘 소리로 겨우 내뱉었다.

메리는 얼굴이 파래졌지만, 마차에서 내릴 준비를 했다. 그는 그녀의 팔꿈치를 잡아 다시 안으로 끌어당겼다.

"그냥 있어요."

메리는 속이 느글거려 언쟁할 여력이 없는 것처럼 보였고, 마차가 서쪽으로 속력을 내자 잽싸게 문을 쾅 닫았다. 제임스는 밖에 있는 바커가 과연 어떤 기분일지 상상할 수 있었다. 긴 침묵이 흘렀다. 두 사람 모두 손수건으로 코를 덮고 메스꺼움과 싸워야 했다.

몇 분이 지난 뒤, 메리가 시험 삼아 숨을 들이쉬었다.

"이제 참을 만해요."

"다행이군요."

그러나 손수건을 떼자 또 한차례 진한 악취가 덮쳤다. 그는 다시 손수건으로 코를 막고, 정상적으로 숨을 쉬려 애썼다.

메리는 인상을 찌푸렸다.

"토할 것 같아요?"

"아니오."

침에서 지독한 짠맛이 났다.

"얼굴이 백지장 같아요."

"난 괜찮소."

제임스는 인상을 찌푸렸다. 그는 아직까지도 연약한 노처녀이모처럼 굴고 있는데, 메리는 어떻게 벌써 멀쩡해진 걸까? 그녀 앞에서 구토를 하는 것만큼은 절대로 보여주고 싶지 않았다.

잠시 뒤, 메리가 조심스럽게 손수건을 내밀었다. 제임스는 망설이며 받아 들었다. 인정하고 싶지 않지만 그녀의 사랑스러운 레몬 향은 큰 도움이 되었다.

"어때요?"

그가 겹겹이 접힌 리넨을 통해 웅얼거렸다.

"뭐가요?"

"체이니 워크에서 사는 거 말이오. 소롤드 가족들도 그렇고."

메리는 잠시 생각한 뒤 말했다.

"소롤드 양은 좋아하지 않아요. 소롤드 씨는 템스 강이 자신을 부자로 만들어줬다고 말하고, 그래서 그곳을 고수하죠. 그리고 소롤드 부인은 악취를 별로 신경 쓰지 않는 것 같아요."

"신문에서는 이걸 대악취라고 부르고 있소. 알고 있소?"

"템스 강이 향기로웠던 적은 없었죠."

"하지만 이렇게 심한 적은 없었소."

제임스가 반박했다.

"뱃사공들도 조업을 중단했을 정도니까."

사실이었다. 늘어서 있던 작은 나룻배들이 어디에서도 보이지 않았다.

"악취의 원인에 대해 사람들이 얘기하는 게 사실인가요?"

"인간들이 내놓는 쓰레기, 죽은 동물, 썩은 식물, 제혁소에서 나온 쓰레기, 화학 물질. 뭐가 원인인지는 신만이 아실 거요."

제임스는 터널 공사를 시작하면서 그보다 더한 것도 보았다.

"하지만 템스 강엔 예전부터 그런 것들이 가득했잖아요."

"점점 더 악화되고 있소."

그가 말을 계속했다.

"사람들은 더 많은 쓰레기를 만들어내고 있어요. 이제 죽은 고양이뿐 아니라 다른 쓰레기에다가 런던에 있는 모든 화장실 물이 곧바로 템스 강으로 흘러들어 가죠."

메리는 몸서리를 쳤다.

"그러니까 무더위가 악취를 일으킨 게 아니군요. 그저 원래 있던 악취를 좀 더 심하게 만든 것뿐이에요."

제임스는 고개를 끄덕였다.

"해결책을 빨리 찾아야 해요. 런던은 급격히 성장하고 있소."

"하지만 어떻게 강을 정화하죠? 그리고 그 쓰레기들은 모두 어디로 가고요?"

"가장 단순한 해결책은 쓰레기를 다른 곳에 버리는 거요. 지하 파이프를 설치해서 멀리 보내고 공장들이 더 이상 강에 쓰레기를 버리지 못하게 하는 거지."

"지하 파이프요? 그럼 당신 사무실에서 공사를 맡겠군요."

제임스는 조심스럽게 손수건을 내렸다.

"브루넬이 할 수도 있고. 그 일을 하고 싶어 하는 다른 엔지니어들이 십여 명은 될 거요."

메리는 잠시 그를 쳐다보았다.

"엔지니어치고 당신은 좀 어리지 않나요?"

왜 사람들은 항상 그렇게 말하는 걸까? 다들 제임스가 그런 일을 하기에 너무 어리거나, 나이에 비해 지나치게 성숙하다고 생각했다.

"난 열다섯에 견습 생활을 시작해서 지금 열아홉 살이오."

나이에 대해 얘기하다니……. 제임스는 우울한 기분으로 인상을 찌푸렸다.

"당신도 젊은 아가씨의 샤프롱이 되기에는 너무 어리잖소?"

"전 스무 살이에요."

메리는 갑자기 화제를 바꾸었다.

"여긴 어디죠? 지금은 내려도 안전할 것 같은데."

그는 한 손을 뻗어 그녀를 저지했다. 논쟁을 중단했다가 다시 시작하는 건 유치하지만, 그는 꼭 알아야 했다.

"메리, 그는 분명 거기 있었소."

"그레이가요? 언제요?"

"당신이 안에 있을 때 그레이가 말을 타고 나타났소. 그리고 앞문으로 들어갔지. 그리고 당신은 10여 분 정도 더 머물렀고."

메리는 눈살을 찌푸렸다.

"말을 타고 왔다고요? 밖에 묶여 있던 적갈색 말인가요?"

"맞아요."

"하지만 왜 그런 말을 하지 않았어요?"

"또다시 싸우자는 건 아니겠지?"

제임스는 싱긋 웃었다.

그때 메리의 얼굴에 함박웃음이 퍼져 그녀를 다른 사람처럼 보이게 했다.

"주먹다짐까지 가지는 않았잖아요."

"내 코가 감사할 노릇이로군."

"상처가 빨리 낫고 있군요."

"그래요. 손은 어떻소?"

"많이 나아졌어요. 고마워요."

마차가 멈춰 섰다. 바커는 시끄럽게 문을 벌컥 열고 발판을 내렸다.

"로렌스 스트리트입니다, 퀸 양."

메리는 잠시 망설이다가 말했다.

"뭔가 알아내면 계속 알려드릴게요."

"나도 마찬가지요."

매일 저녁 식사를 마치고 나면, 여자들은 응접실로 가고 소롤드와 그레이는 식당에서 스틸튼 치즈를 안주 삼아 포트와인을 마셨다. 보통은 안젤리카가 피아노를 연주했고, 소롤드 부인은 안락의자에서 졸곤 했다. 그러나 그날 저녁 안젤리카는 좀처럼 가만히 있지 못했다. 그녀는 바스락거리며 악보를 뒤적거리다가 옆으로 던져놓고 창가에 풀이 죽은 채 앉아 있었다. 그날 온종일 그 상태였다.

"바느질 바구니를 가져와야겠어요."

마침내 메리가 말했다.

"혹시 필요한 거 있나요?"

안젤리카는 고개도 돌리지 않았다.

메리는 조용히 응접실 문을 닫고 나왔다. 복도는 조용했다. 하인들은 자기네 식당에서 저녁 식사를 하고 있을 시간이었다. 아래층 식당 문이 열려 있었다. 평소에는 그렇지 않았지만, 후덥지근한 날씨를 고려할 때 나쁜 생각은 아니었다. 낮고 격렬한 목소리와 함께 누런 가스등 불빛이 복도로 흘러나왔다.

"모든 점을 고려할 때, 브라이튼 계획을 다시 한 번 생각해보셔야 할 것 같습니다."

"내가 이미 말하지 않았나. 그건 불가능해."

메리는 한 손을 난간에 얹은 채 멈춰 섰다. 이건 기대 이상의 행운이었다.

"가족분들이 런던에 머물고 싶어 하는 건 압니다. 하지만 상황이 이러니까⋯⋯."

"가족들이 말하는 걸 자네도 들었지, 그레이? 아내는 아주 확실하게 뜻을 밝혔어. 그건 좋아하고 말고의 문제가 아니라 치료상 필수적인 문제야."

"소롤드 부인이 도시를 떠나는 것이 유리하다는 의학적 소견이 있습니다. 부인께서 브라이튼 의사들의 치료를 받을 수는 없을까요?"

침묵이 흘렀다.

"잘 알지도 못하면서 이 문제에 끼어들지 말게나."

"사장님, 저는⋯⋯."

"됐네."

소롤드의 목소리에 갑작스러운 분노가 어렸다.

"난 내 결정을 자네에게 알렸고 번복할 수 없네."

그레이의 목소리가 굳었다.

"오늘 조지 빌라에 갔었습니다."

또 한 번의 침묵.

"뭐라고?"

"라임하우스의 조지 빌라요. '빈곤한 아시아 선원들을 위한 대영 제국 침례교 동부 런던 보호소'가 있는 곳 말입니다."

"대체 거길 왜 갔지? 자네 소관이 아니잖아."

마이클은 목소리에 힘을 주어 얘기했다.

"저는 지난 분기 회계에서 몇 가지 이상한 점들을 추적하고 있었습니다."

그는 일부러 말을 멈추었지만, 소롤드는 아무런 말도 하지 않았다.

"궁금한 것은 왜 회사가 그곳에 돈을 대고 있는지······."

복도에서 들리는 하인들의 발소리에 두 남자 모두 입을 다물었다. 그리고 소롤드가 냉랭하게 말했다.

"말했듯이 그건 자네 직권 밖의 일이야, 그레이. 일을 계속하고 싶다면 자네 일이나 신경 써야 할 걸세."

침묵.

"내 말 알겠나?"

"네, 사장님."

메리는 더 기다렸지만, 대화가 끝난 게 분명했다. 그렇다 해도 행운이었다. 그녀는 서둘러 자기 방으로 올라가 열쇠로 문을 열었다. 더듬더듬 양초를 찾고 있는데 갑자기 귀에 거슬리는 목소리가 들렸다.

"제 주머니에 골풀 양초가 있어요."

메리는 터져 나오려는 비명을 간신히 눌렀다. 다시 말을 할 수 있게 되었을 때에는 충격으로 엄한 목소리가 흘러나왔다.

"카산드라 데이! 대체 내 침실에서 뭘 하고 있었지?"

그녀는 성냥갑을 손에 쥐었다. 성냥에 불이 붙으면서 카스가 세면대 옆에 무릎을 턱 밑까지 끌어당겨 쪼그리고 있는 것이 보였다. 불을 밝히자 눈을 깜빡이고 실눈을 뜨는 것으로 보아 한참 동안 어둠 속에 있었던 것 같았다. 잠시 뒤 메리는 두 번째 양초에 불을 붙였다.

"자, 어떻게 된 일이지?"

메리가 단호하게 물었다.

"화내지 마세요, 퀸 양. 중요한 일이에요."

"뭐가 중요한데?"

카스는 엉거주춤 서서 앞치마 밑으로 손을 쥐어짜고 있었다.

"오늘 제가 들은 거요. 퀸 양 말고 누구에게 얘기해야 할지 몰랐어요."

"부엌에서 찾지 않을까?"

"설거지는 끝냈어요. 그리고 주방장님이 앞치마를 수선하라고 시간을 주셨어요."

카스가 입고 있는 앞치마 꼴을 보니, 시간이 꽤 필요할 것 같았다. 메리는 고개를 끄덕였다.

"그럼, 좋아. 앉아. 얘기를 들으면서 손을 치료해줄게."

희미한 불빛 속에서도, 메리는 카스가 만족감에 얼굴이 붉어진 것을 볼 수 있었다. 카스는 행여 자신의 치마가 깨끗한 침구에 닿을세라 조심스럽게 의자에 앉았다.

"이제 말해봐."

메리는 작은 연고병을 열었다.

"뭐가 걱정이니?"

카스는 어깨를 펴고 심호흡을 했다.

"오늘 아침 일찍 식기실에서 접시를 닦고 있었어요."

메리는 눈살을 찌푸렸다.

"그건 남자 하인이 할 일이잖아."

설거지간을 벗어나 있는 것도 그 자체로 규율을 크게 어긴 것이었다. 무겁고 쉽게 변색되고 아주 값비싼 은제품을 다루는 것은 말할 것도 없었다. 만일 발각되었다면 카스는 그 자리에서 해고되었을 것이다.

"네, 퀸 양. 그런데 주방장님이 윌리엄에게 반했어요. 그래서 윌리엄에게 따뜻한 아침을 지어주는 동안 그 일을 하고 있으라고 하셔서요."

"음, 좋아. 은 식기를 광내고 있었단 말이지. 그때가 몇 시였는데?"

"시작한 지 얼마 안 돼서 시계가 일곱 번 울렸고, 일이 막 끝나가는 참에 그레이 씨가 조찬실로 내려왔어요. 문이 조금 열려 있었지만, 그레이 씨가 나를 보고 거기서 뭘 하냐고 물을까봐 문 뒤에 숨었어요."

메리가 까진 살갗에 연고를 펴 바르자, 카스는 눈을 빠르게 깜빡였지만 움찔대지는 않았다.

"식탁에 신문이 놓여 있었는데, 그레이 씨는 읽지도 않고 방안을 왔다 갔다 하기 시작했어요. 그러거나 말거나 전 별로 신경 쓰지 않았어요. 그저 빨리 광내기를 끝내고 설거지간으로 돌아가고 싶다는 생각뿐이었죠. 그런데 그때 그레이 씨가 큰 소리로 말하는 게 들렸어요. '도대체 무슨 장난을 친 거예요?' 그래서 관심이 가기 시작했죠. 그레이 씨가 소롤드 양에게 말하고 있었어요. 소롤드 양은 조용히 하라고 대답했고요."

메리의 눈썹이 올라갔다.

"소롤드 씨도 거기 있었니?"

"아니요. 아직 8시도 채 되지 않은 시간이었어요. 그분은 보통 8시 15분에 내려오세요."

"계속 말해줄래?"

"점심시간 전에 소롤드 양을 본 적이 한 번도 없어서 무척 놀랐어요. 혹시 잘못 본 게 아닌가 싶었지만, 문 옆에 경첩 부분으로 방 안을 조금 들여다볼 수 있었어요. 분명 소롤드 양이었어요. 아직 잠옷을 입고 있었고 머리도 풀어헤쳤어요. 소롤드 양은 아주 예뻐요. 그렇죠?"

메리는 고개를 끄덕였다.

"그래."

"아무튼 소롤드 양과 그레이 씨가 뭔가 얘기하기 시작했어요. 그레이 씨는 소롤드 양을 '앤지'라고 불렀고 소롤드 양은 그레이 씨를 '마이클'이라고 불렀어요. 가족들끼리 나누는 일상적인 대화가 아니었어요. 사적이기보다 사업에 가까운 분위기였고요."

메리는 눈살을 찌푸렸다.

"무슨 얘긴지 들을 수는 없었어요. 두 사람은 방 안에서 가장 먼 창문 근처에 있었고, 머리를 맞대고 속닥거렸거든요. 하지만 한참 소곤대더니 그레이 씨가 말했어요. '내가 이 문제를 최대한 빨리 정리하죠.' 그런 뒤, 두 사람은 조금 더 속삭였어요."

메리는 카스의 손을 마지막으로 가볍게 문지르고 병 뚜껑을 닫았다. 마이클과 안젤리카의 관계를 확인하게 된 것은 기뻤지만, 왜 카스가 이런 얘기를 자신에게 하는지 알 수 없었다. 그러나 소녀의 다음 말이 그녀의 관심을 사로잡았다.

"그때 소롤드 양이 물었어요. '퀸 양은 어쩌죠?' 그레이 씨는 뭐라고 대답해야 할지 모르는 것 같았어요. 하지만 결국 이렇게 말했죠. '퀸 양은 별로 위협이 안 될 겁니다. 알잖아요.' 두 사람은 1, 2분 정도 아무 말도 없었어요. 그러다 그레이 씨가 말했어요. '그럼 조지와 제임스 이스튼은 어떻게 하죠?' 소롤드 양은 코웃음을 치며 말했어요. '당분간 그냥 내버려둬요.'"

메리는 본능적으로 문 쪽을 흘끗 보았다. 당연히 바깥 복도에서는 아무 기척도 없었다.

"그래서 어떻게 됐지?"

카스는 유감스럽다는 듯 고개를 흔들었다.

"아무 일도요. 바로 직후 복도에서 소리가 들렸고, 소롤드 양이 방에서 나갔어요. 소롤드 양의 슬리퍼 소리가 들렸지만, 어디로 갔는지는 모르겠어요. 그리고 몇 분 뒤 소롤드 씨가 내려왔고, 퀸 양도 내려왔죠."

메리는 잠시 새로운 정보를 음미하다가, 갑자기 다른 생각이
떠올랐다.

"그럼 아침 식사를 하는 내내 식기실 문 뒤에 갇혀 있었다는
거니? 내가 내려온 뒤에도?"

카스는 개구쟁이처럼 보였다.

"전 괜찮았어요. 나름 달콤한 휴식이었는걸요."

아래층에서 괘종시계가 10시를 알렸고, 그 소리가 닫힌 문
을 통해 조그맣게 들렸다.

"이제 자러가야 할 시간이야."

카스는 고분고분하게 일어났다.

"네, 퀸 양."

"나한테 말해줘서 고마워."

카스는 힘차게 고개를 저었다.

"말해야 했어요."

그들은 그 정도에서 이야기를 마무리했다.

&

그날 밤 침대에 누워 낮에 있었던 사건들을 떠올리며, 메리
는 엽궐련 상자의 내용물에 대해 추측해보지 않을 수 없었다.
틀림없이 아버지가 간 곳에 대한 설명과 지도가 들어 있을 것

이다. 아버지가 왜 안전을 걱정했는지, 그를 위험에 빠뜨린 책임이 누구에게 있는지도 설명해줄 것이다. 또 어쩌면 메리 자신에 대한 설명이 될지도 모른다. 그것을 알게 되면 어떻게 해야 할까? 아버지에 대한 진실을 어떻게 처리하고, 지금의 삶으로 어떻게 받아들일 것인가? 메리는 알 수 없었다. 그러나 곧 그녀는 그토록 갈구했던 해답을 얻게 될 것이다.

메리는 손가락으로 펜던트의 비취 장식을 감아쥔 채 잠이 들었다. 아버지의 편지를 읽어보고 싶은 마음이 굴뚝같았고, 앞을 가로막고 있는 사건이 너무도 원망스러웠다. 그러나 그녀에게는 수행해야 할 임무가 있었다. 그리고 첸의 지적처럼 그녀는 이미 10년을 기다렸다. 이틀이야. 메리는 스스로에게 말했다. 이제 이틀 남았어.

17

5월 15일 토요일

전날의 혼란에도 불구하고 메리는 숙면을 취했다. 그리고는 아침을 먹기 전에 제임스에게 마이클과 소롤드의 대화를 전하고 그날 오후에 만날 것을 제안하는 짧은 편지를 보냈다. 우편함에서 돌아오는 길에 메리는 혼자서 외출 채비를 하고 현관홀에 서 있는 마이클을 발견했다. 걱정이 있는 것처럼 보이던 그는 메리를 보자마자 얼굴이 창백해지더니만 요란한 소리와 함께 지팡이를 떨어뜨렸다.

"안녕하세요, 그레이 씨. 날이 좋네요."

물론 사실은 그렇지 않았다. 날씨는 흐리고 습했으며, 강의 악취 때문에 벌써부터 공기가 탁했다.

"그래요, 멋지군요!"

마이클은 반사적으로 대답하며 지팡이를 줍기 위해 허리를 숙였다.

메리는 세련된 동작으로 장갑을 벗고 모자에서 핀을 빼며 거울에 비친 그를 보았다.

"오늘은 뭘 하실 계획이에요, 그레이 씨?"

메리가 제법 큰 소리로 말했다.

"흥미로운 사건이라도 있나요?"

마이클은 눈살을 찌푸리면서 마치 조용히 시키려는 듯 몸을 움직였다.

"아, 아니요. 평소와 마찬가지죠."

"평소와 마찬가지라고요?"

"네."

마이클의 목소리가 쉬어 있었다.

메리는 수줍은 듯 웃었다.

"정말 겸손하시네요, 그레이 씨."

마이클은 초조한 눈으로 위층을 흘끗 올려다보았다.

"유감스럽게도 무슨 말씀인지 잘 모르겠네요, 퀸 양."

충동적으로, 메리는 모든 끼를 동원하여 제자리에서 빙그르 돌았다. 그녀는 빠른 보폭으로 다섯 발자국 앞으로 나아가, 물 운한 비서와 얼굴을 맞댔다.

"소롤드 양과의 밀회 말이에요."

마이클은 눈에 보일 정도로 비틀거렸다.

"저는, 무슨 터무니없는 말씀을 하시는……."

메리의 조용한 목소리가 마이클의 흥분된 목소리를 갈랐다.

"이틀 전 공원에서요. 그리고 어제 아침 조찬실이요."

침묵이 흘렀다. 마이클의 목젖이 빠르게 움직였다. 메리는 지팡이를 하도 세게 움켜쥐어 하얘진 마이클의 손마디를 유심히 보았다.

"정말로 저를 봉으로 생각하신 건가요, 그레이 씨?"

마이클의 눈이 커지며 어쩔 줄을 몰랐다.

"가난하고 절망적인 샤프롱과의 연애질이라. 정말 구태의연한 수작이군요. 그 샤프롱은 당신 손에서 얌전히 놀아나느라 아무것도 눈치채지 못하죠."

메리가 눈을 가늘게 떴다.

"아닌가요, 그레이 씨?"

마이클의 얼굴이 홍당무처럼 빨개졌다.

"퀸 양……."

"입 다무세요!"

마이클은 고분고분 그 말을 따랐다.

"그리고 물론 어제 당신이 인도 선원 보호소에 갔던 것과 밀회가 일정 부분 관계가 있겠죠."

다시 한 번 마이클이 크게 동요했다. 그는 긍정도 부정도 하지 않고, 그저 눈을 크게 뜨고 메리를 응시했다.

메리는 기다렸다. 그녀는 대답과 정보, 그리고 뭔가가 필요했다. 그 계획은 무엇이었을까? 괘종시계가 꾸준히 째깍대는 소리만 들릴 뿐 침묵이 이어졌다.

그리고 마침내 마이클이 웅얼거렸다.

"모든 사실을 소롤드 씨에게 즉시 알릴 테죠."

메리는 한동안 마이클의 시선을 붙잡고 있었다. 그녀는 허풍에 능했다. 항상 그랬다. 그러나 지금 단호하게 행동하기에는 여전히 정보가 부족했다. 어쩌면 섣불리 자기 패를 먼저 보인 것이 실수였는지 모른다.

"안녕하세요, 퀸 양! 자, 출발하지! 시간이 없어."

계단에서 낮고 긴장된 목소리가 들렸다. 평소 소롤드의 친근하고 허풍스러운 목소리와는 너무도 달라서 모습을 드러낼 때까지 목소리의 주인공이 누구인지 알 수 없을 정도였다.

메리는 정중하게 고개 숙여 인사했다.

"안녕하세요."

소롤드의 공허한 시선이 그녀를 훑었다.

"그래요, 퀸 양. 그럼."

소롤드는 현관문을 열었다.

"서두르지, 그레이."

당황한 시선을 여전히 메리에게 고정시킨 채, 마이클은 발을 떼어 소롤드의 뒤를 따랐다. 좋아. 안절부절못하게 놔두자. 그녀는 최대한 달콤한 미소를 지은 채 두 남자에게 좋은 하루를 보내라고 인사한 뒤 조찬실로 향했다.

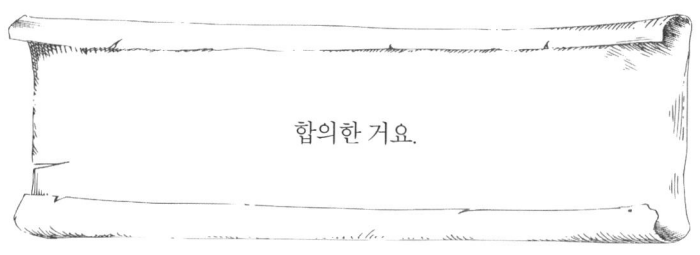

제임스는 메리가 기대했던 것보다 훨씬 더 효율적이었다. 그녀가 삶은 달걀과 뜨거운 롤빵을 먹고 코코아 한 잔을 홀짝이고 있는데, 하인 한 명이 작고 하얀 사각형의 뭔가가 놓인 철제 쟁반을 들고 다가왔다.

"퀸 양. 심부름꾼이 전갈을 가져왔습니다."

편지(그것에 그런 고상한 이름을 붙일 수 있다면)는 강한 필체로 딱 제임스답게 작성되었다.

합의한 거요.

메리는 의심스러운 마음에 혹여 하나라도 빠진 글자가 있을까 쪽지를 뒤집어 보았다.

"심부름꾼이 대답을 기다리고 있을 것 같진 않군요."

메리가 건조하게 말했다.

윌리엄인지 존인지 머리에 분을 바르고 있으면 분간하기 힘든 두 사람 중 한 명이 무표정한 얼굴로 대답했다.

"네, 퀸 양."

메리는 안젤리카가 들어오는 순간 쪽지를 주머니에 쑤셔 넣었다. 메리를 본 안젤리카는 갑자기 멈칫했다.

"어머나."

아직 9시밖에 안 되었는데도, 안젤리카는 예쁘지만 평범한 외출복 차림에 머리도 단정하게 올린 상태였다. 평소에 느지막이 일어나 꼼꼼하게 단장하던 것과 워낙 대조적이어서인지, 얼굴이 붉어진 안젤리카는 뭔가 이유를 설명해야 할 필요를 느끼는 듯했다.

"음, 산책을 나가기 전에 커피 한 잔 마시려고요."

안젤리카가 서툴게 말을 꺼냈다.

메리는 고개를 끄덕였다.

"산책하기 나쁘지 않은 날씨에요."

안젤리카는 평범한 대답에 안도했다.

"그래요? 어제보다 좋으면 좋겠는데."

안젤리카는 건성으로 음식이 차려진 선반에서 달걀, 베이컨, 강낭콩, 토마토, 뜨거운 롤빵, 그리고 머핀 등을 덜어 접시를 채웠다. 그녀는 메리에게서 최대한 멀리 떨어져 앉으면서, 깜짝 놀란 듯 눈을 껌뻑이며 접시 속 내용물을 쳐다보았다.

메리는 미소를 감추었다.

"커피라도 한 잔 따라드릴까요?"

안젤리카는 후회하는 듯했다.

"그럴 필요 없어요."

그러나 메리는 자리에서 일어났다. 잔을 내려놓을 때, 그녀는 안젤리카가 입술을 깨물고 있다는 것을 알아차렸다.

"오늘 무슨 계획이라도 있으세요?"

안젤리카는 짙은 분홍빛으로 얼굴을 붉히며 포크를 떨어뜨렸다. 곧 눈물을 쏟을 것만 같았다.

"무슨 뜻이죠?"

딸꾹질과 함께 시작된 질문은 침을 꿀꺽 삼키며 끝났다.

안젤리카가 그토록 당황하는 모습을 보자 황홀하기까지 했다. 도대체 무슨 일이 있었던 거지? 아니면 앞으로 큰일이 벌어지려나? 메리는 어쩐지 악당이 된 기분이었다. 원래는 끈질기게 추궁할 생각이었지만 마음을 바꿔 다른 질문을 했다.

"손님을 초대한다거나, 아니면 제가 도울 일이 없느냐고요."

안젤리카는 거의 감사에 가까운 시선을 메리에게 던졌다.

"아니, 됐어요."

"그러시면 제가 먼저 자리를 떠도 될까요?"

"물론이죠. 오늘 저와 함께 있을 필요는 없어요."

메리는 자리에서 일어났다. 조찬실을 나가려면 먼저 안젤리카를 지나쳐야 했다. 안젤리카에게 가까워졌을 때, 안젤리카가 엉거주춤 손을 내밀었다.

"하지만 바라는 게 한 가지 있어요."

"네?"

"난 우리가 더 좋은 친구가 되면 좋겠어요."

메리는 안젤리카가 내민 손을 쳐다보았다. 메리의 다친 손을 공격했던 바로 그 손이었다. 마이클의 거짓 관심처럼 메리를 교란시키려는 수작이 틀림없었다. 그러나 안젤리카가 소심하게 손을 빼기 시작했을 때, 메리는 그녀의 손을 잡고 흔들었다.

"저도 그랬으면 좋겠어요."

30분 뒤, 딸깍하고 현관문이 열리더니 곧바로 쿵 닫혔다. 안젤리카가 긴장했다는 증거였다. 메리는 모자와 장갑을 착용하는 데 1분도 걸리지 않았다. 사실 너무 빠른 감이 있었다. 문을 열었을 때 겨우 5, 6미터 정도 앞에서 안젤리카가 마치 죄지은 사람처럼 불안하게 뒤를 돌아본 것이다.

안젤리카는 이틀 전과 똑같은 경로로 슬론 광장 모퉁이에 도착했다. 마이클은 이미 기다리고 있었다. 몇 마디 나눈 뒤, 마이클은 대기하고 있던 마차에 안젤리카가 오르는 것을 도와주었다. 그리고 마차들의 더딘 행렬에 합류했다. 메리도 그렇게 했다.

놀랍게도 안젤리카와 마이클은 북동쪽으로 향했다. 그들은 벨그레이비어의 넓은 도로와 중앙에 정원이 있는 도시의 광장들을 따라 그린파크를 통과하여 혼잡하고 자극적인 소호로 향했다. 이어서 토트넘 코트 로드를 따라 북쪽으로 올라가 블룸

즈버리를 유유히 통과한 뒤, 질퍽질퍽한 펜톤빌로 달렸다. 붉은 벽돌 건물들이 밀집된 홀로웨이에 가까워지자, 메리는 장거리 운임을 지불할 만한 돈이 지갑에 있는지 걱정스러워지기 시작했다. 혹시 안젤리카와 마이클이 미행을 눈치채고 자신을 골탕 먹이는 중이 아닐까 하는 불안한 마음도 슬그머니 고개를 들었다. 마차가 세븐 시스터즈 로드 바로 옆에 있는 나지막한 성공회 교회 앞에 멈추자 메리는 진심으로 놀랐다.

마이클이 심각한 표정으로 내렸다. 뒤따라 내린 안젤리카는 그보다 더 불편해 보였다. 베일을 내리고 있었지만, 뻣뻣하게 굳은 어깨와 팔짱 낀 팔은 거리 풍경에 대한 안젤리카의 감상을 말해주었다. 마이클은 요금을 지불한 후 안젤리카와 잠시 뭔가를 상의했다. 그는 인내심을 잃어가는 것처럼 보였고, 안젤리카가 고개를 끄덕여 문제를 정리했다. 밖을 잽싸게 훑어본 뒤, 메리는 마차 안에 머물렀다. 마이클이 안젤리카에게 팔을 내주고 안으로 인도했다.

몇 분 뒤, 메리는 이제 따라가도 안전하리라고 판단했다. 거리는 물냉이 파는 소녀, 넝마주이들과 떠돌이 상인들로 북적였다. 그리고 길을 따라 풍각쟁이가 거닐고 있는 덕분에 집집마다 아이들은 신이 나서 1층 창문으로 위태롭게 몸을 빼고 구경했다.

건물 안이 어두워서 베일을 올려도 어둠에 적응할 때까지 시간이 걸렸다. 교회는 보기보다 깊었다. 두 번째 문을 통과해 예배당으로 들어갔을 때, 멀리서 검정색 성직자복을 입은 중년 남자가 기도서를 넘기고 있는 것이 보였다.

팔꿈치 근처에서 나는 작은 소리에 메리는 돌아서서 아래를 보았다. 키가 평균치에 약간 못 미치는 그녀는 자신보다 한참 작은 나이 지긋한 미망인이 오른쪽에 서 있는 것을 발견했다. 미망인은 검은 상복 차림이었고, 캄캄한 실내에서 그녀의 얼굴은 밀랍처럼 창백하고 푸르스름했다.

"좌석에 앉으시겠어요?"

가늘고 쉰 목소리였다.

아하! 좌석 안내인이로군.

"고맙지만, 전 그냥 촛불을 켜고 잠시 조용한 시간을 보내려고요."

늙은 여인은 풀 죽은 얼굴로 빠르게 뒤로 돌았다.

"잠깐만요!"

메리는 지갑을 뒤져 동전 몇 개를 꺼냈다.

"이거 가져가세요."

좌석 안내는 미망인들이 누릴 수 있는 몇 가지 혜택 중 하나였고, 이를테면 공식적으로 인정되는 구걸 행위였다. 그런 사실을 잊다니 얼마나 부주의한가.

여인이 메리의 손을 덥석 쥐고 말했다.

"아이고, 고맙습니다."

인사라기보다 헐떡임에 가까웠다.

메리는 여인의 손아귀에 몇 초간 붙들려 있었다.

"뭘요."

그녀는 상냥하게 말하며 손을 풀었다.

"그럼 예식에 참석하러 온 게 아니군요?"

어떤 종류의 예식을 말하는 거지?

"네, 아니에요."

"아하. 내 그럴 줄 알았지. 그렇게 살금살금 들어온 걸 보면 가족들이 따라올 리가 없지."

생기 넘치는 눈이 메리를 위아래로 훑었다.

"게다가 아가씨는 전혀 가족처럼 보이지 않으니까요. 피부색이 어두운데, 혹시 스코틀랜드 사람인가요?"

메리는 여인의 말을 다시 확인해야 했다.

"방금 들어온 한 쌍을 말하는 건가요?"

"물론이죠! 미남 미녀 한 쌍이 찾아왔답니다."

여인은 눈을 가늘게 뜨고 메리의 눈을 쳐다보았다.

"혹시 스코틀랜드인 아니에요? 소호에는 이탈리아인들도 많이 산다고 우리 조카딸이 말하긴 하더만, 아가씨는 말투가 영국인 같은데."

"어머니가 아일랜드 분이세요."

메리는 반사적으로 대답했다. 그렇다면 마이클과 안젤리카가 소롤드의 계획에 연루되었다는 의혹은 물 건너갔군.

여인은 환성을 질렀다.

"아일랜드! 왜 진작 몰랐을까. 검은 아일랜드인. 사람들이 그렇게 말하잖아요? 그래서 아가씨가 그런 외모를 갖게 되었구먼. 팔팔하다고 해야 하나? 아무튼 그 사람들은 곧 올 거예요. 신부님이 거의 다 준비가 됐으니까."

그런데 여인이 갑자기 걱정스러운 표정을 지었다.

"하지만 내가 증인이 되도록 놔두시겠죠? 설마 증인 자리를 빼앗는다거나……."

"물론. 아주머니가 증인이 되셔야죠. 저는 조용한 곳으로 물러서 있을게요."

여인의 눈이 부드러워졌다.

"댁은 참 좋은 사람이군요."

여인이 다급하게 속삭였다.

예배당 반대쪽 끝에서 사제가 목청을 가다듬고 있었다. 그의 목소리가 조용한 예배당에 청명하게 울려 퍼졌다.

"준비됐습니까, 젊은이들?"

"네, 신부님."

마이클의 목소리에 메리는 반사적으로 얼굴을 돌렸다. 마이클과 안젤리카가 뻣뻣하고 딱딱하게 사제 앞에 서 있었다. 여자의 얼굴에는 베일이 드리워져 있었지만, 형체로 보아 틀림없었다.

메리는 기둥 그림자 속으로 걸어 들어갔다. 조용히 서 있으면, 사제에게 들킬 염려는 없을 것 같았다. 그는 사시에다 근시까지 있는 것 같았다.

"증인이 있나요?"

마이클이 초조하게 주변을 둘러보았다. 메리는 숨을 죽였다. 그러나 그의 시선은 메리를 지나쳐 천천히 통로로 걸어 나오는 좌석 안내인의 움츠러든 형체로 향했다.

"한 명 있군요. 성함이……."

"브리지 부인입니다."

좌석 안내인이 기대에 찬 목소리로 말했다.

"마사 브리지요. 무슨 일이든 시켜주세요."

"좋아요. 하지만 의전 담당 직원은 어디 있지요?"

"포츠 씨는 오늘 쉬는 날입니다."

사제가 말했다.

"지난번에 포츠 씨는 토요일에 격주로 쉰다고 틀림없이 말씀드렸는데요."

마이클의 얼굴이 어두워졌다.

"깜빡했군요. 하지만 교회지기는요?"

"가엾은 마샬 씨는 오늘 나오지 못했습니다."

브리지 부인이 말했다.

"어젯밤 무덤을 파다가 허리를 심하게 삐는 바람에 지금 집에 누워 있지요."

"다른 증인은 없습니까?"

마이클의 언성이 높아졌다.

"다른 좌석 안내인이나 청소부도요?"

브리지 부인은 발끈했다.

"우리는 작은 교구예요, 선생님"

사제는 천천히 눈을 깜빡였다.

"증인을 데려오지 않았습니까?"

"아니요. 아니, 제 말은…… 예, 그렇습니다."

마이클은 한 손으로 머리를 긁었다.

"나가서 사람들을 구해 와야 할 것 같습니다. 지나가는 사람 아무나 괜찮지 않을까요, 신부님?"

안젤리카의 손이 마이클의 팔을 꽉 쥐었다.

"마이클, 제발!"

순간 사제가 그녀에게 책망 어린 눈길을 보냈다.

"우린 지금 이러지도 저러지도 못해요. 그렇다고 무턱대고 아무한테나 부탁하고 다닐 순 없어요."

"선택의 여지가 없어요, 안젤리카."

마이클의 목소리에 날이 섰다.

"미안해요. 내가 큰 실수를 했어요. 하지만 이제 와서 마음을 바꿀 수는 없잖아요. 그럴 수 있어요?"

마지막 말이 의미심장했다.

안젤리카가 한숨지었다.

"촌극이군요."

무거운 침묵이 흘렀다. 마이클과 안젤리카는 마치 얼어붙은 것처럼 서로를 응시했다. 브리지 부인은 팁을 놓치게 되어 시무룩했고 사제는 시종일관 언짢아 보였다. 기둥 뒤에서 메리는 갈등에 휩싸였다. 아마 제임스는 형 때문에 이 결혼을 환영할 것이다. 하지만 모든 것은 그들이 아직 얻지 못한 정보에 달려 있었다. 내가 나서도 될까? 어차피 이 둘이 결혼하기로 작정했다면, 결국 어떤 식으로든 결혼을 할 것이다. 어쩌면 바로 지금 이 결단력 있는 행동이 필요한 순간일지도 몰랐다.

메리는 기둥 뒤에서 걸어 나갔다.

"안녕하세요, 소롤드 양. 그리고 그레이 씨."

18

메리의 등장이 일으킨 파장은 안젤리카의 말처럼 한 편의 촌
극이었다. 네 개의 얼굴이 통로로 성큼성큼 내려오는 메리를
향했다. 마치 아마추어 연극처럼 네 명이 동시에 말했다.

안젤리카: (도전적으로) "당신이 어떻게 이럴 수 있죠?"

사제: (혼란스러운 듯) "아가씨는 이 젊은이들과 아는 사이
같군요."

마이클: (핏기 없는 얼굴로) "맙소사, 메리!"

브리지 부인: (당황하며) "하지만 당신은 아까 내게 말하기
를……."

"예식을 중단시켜서 죄송합니다, 신부님. 하지만 제가 소롤드 양과 그레이 씨하고 잠시 얘기를 나눌 수 있을까요?"

사제가 고개를 끄덕이자마자, 메리가 덧붙였다.

"셋이서만요."

사제는 옆구리를 찔린 사람처럼 눈을 깜빡였다.

"무, 물론이죠. 제의실을 이용하시겠습니까?"

"감사합니다만, 됐습니다."

메리는 밝게 말했다.

"여기가 괜찮을 것 같네요."

사제와 브리지 부인이 겨우 몇 미터 멀어졌을 때 안젤리카가 폭발했다.

"몰래 염탐하다니, 이 가증스러운 것!"

마이클이 움찔하며 입을 벌리고 신부를 쳐다보았다. 그의 얼굴은 충격으로 굳어졌다.

안젤리카는 공격하기 좋도록 베일을 뒤로 젖혔다. 눈이 가늘게 찢어지고 얼굴은 분노로 일그러졌다.

"절대로 방해 못 할 거야. 당신이 다 망쳐놓는 걸 가만히 보고만 있지는 않을 테니까!"

당황한 마이클이 안젤리카의 팔을 꽉 잡았다.

"메리, 물론 안 좋아 보이는 건 알아요. 어른들의 말씀에서 한참 벗어났죠. 하지만 제발…… 안젤리카를 위해 이럴 수밖에 없었던 내 진심을 알아줄 수 없을까요?"

"주제넘은 거짓말쟁이!"

안젤리카가 으르렁거렸다. 스프링처럼 팽팽하게 긴장된 몸을 마이클이 간신히 제지했다.

"특별 결혼허가증이 없어도, 신부님은 당신 말을 믿지 않을 걸!"

"가짜 특별 결혼허가증 말인가요?"

메리가 물었다.

"당신은 겨우 열여덟 살이에요. 스물한 살이 될 때까지는 부모님의 허락 없이 결혼할 수 없죠."

안젤리카가 눈을 부릅뜨자, 흥미롭게도 아버지와 닮은 점이 눈에 띄게 드러났다.

"내 인생을 망치고 싶어 안달 났지? 당신은 질투하는 거야! 너까짓게 아무리 마이클을 탐내도 결코 가질 순 없을걸!"

메리는 마이클을 쳐다보았다. 그는 민망해하는 모습을 보이지 않으려고 애썼지만 매 순간 실패했다.

"그렇지 않아요. 당신이 마이클과 어떤 사이든 상관없어요."

안젤리카가 얼굴을 일그러뜨리더니 갑자기 흐느끼기 시작했다. 무슨 말인지 정확히 알아들을 수 없었지만, 그녀가 극도로 화가 나 있고 또 두려워하고 있는 것은 분명했다. 마이클이 달래보려 했지만 오히려 눈물을 부추길 뿐이었다.

메리는 한숨을 쉬고 교회 시계를 보았다. 3분 뒤, 그녀는 쾌활한 목소리로 말했다.

"이제 그만하면 됐어요. 그만 징징대요, 소롤드 양!"

안젤리카는 깜짝 놀라서 메리를 쳐다보았지만, 눈물은 점차 멎었다.

마이클은 고통스럽고 긴 한숨을 들이쉬었다.

"퀸 양, 아니 메리. 믿어줘요. 난 안젤리카를 사랑하고 안젤리카가 잘되기만을 원해요. 결코 재산을 노리는 게 아니에요. 난 안젤리카의 가문과 사회적 위치에 대해 아무것도 모를 때부터 그녀를 좋아했어요."

철저히 상투적이고 뻔한 얘기였다. 두 사람은 안젤리카가 교양 학교를 다닐 때 서레이에서 처음 만났고, 런던으로 돌아간 후에는 오랫동안 은밀하게 서신을 교환했다. 마이클은 그녀 가까이에 머무르기 위해 소롤드의 피고용인이 되려고 필사적으로 애썼다. 그리고 안젤리카에게 조지 이스튼과 결혼하라는 압력이 가해지자, 마침내 야반도주하기로 결심한 것이다.

마이클의 진술은 길고 감정적이었다. 교회 시계가 정오를 알리자, 메리는 서둘러 말을 가로막았다.

"당신의 진심을 믿어요, 마이클."

그는 애처로울 만큼 고마워하는 것처럼 보였다. 메리는 안젤리카를 보았다.

"난 현실주의자예요. 이 얘기를 당신 부모님께 고하면, 오히려 당신 결심만 확고해지겠죠."

메리는 자신이 옳은 일을 하는 것이기를 바랐다.

"오늘 꼭 결혼하고 싶다면, 내가 두 번째 증인이 되겠어요."

두 쌍의 눈이 놀라움으로 휘둥그레졌다. 그리고 두 개의 아래턱이 내려가며 입이 벌어졌다. 마이클은 충동적으로 메리의 손을 부여잡으며 입을 열었다.

"사랑스러운 메리, 정말 고마워요."

예식은 법이 허용하는 한 최대한 짧게 진행되었다. 사제는 등록부에 서명하는 것을 감독하고는, 기도서를 대충 읽고 무뚝뚝하게 고개를 끄덕인 뒤 쏜살같이 제의실로 가버렸다. 브리지 부인은 공손하게 팁을 받고나서 있지도 않은 먼지를 손수건으로 털며 얼쩡거리다가, 안젤리카가 노려보자 황급히 예배당 밖으로 나갔다.

새롭게 맺어진 부부는 뿌듯함으로 상기된 얼굴로 메리를 바라보았다.

"메리, 더없는 친절에 진심으로 감사합니다."

마이클의 목소리가 감격으로 떨렸다.

"당신 자리가 위태로워지는 것을 감수하면서까지 도와줬으니, 뭐라 감사해야 할지 모르겠어요."

메리는 미소 지었다.

"소롤드 양이 결혼했으니 어차피 오래 있을 자리는 아니죠."

안젤리카가 어색한 미소를 지었다.

"다른 일자리를 찾는 걸 우리가 도울 수 있을 거예요."

마이클이 팔꿈치로 찌르자, 안젤리카는 민망한 듯 덧붙였다.

"퀸 양, 전에 했던 말과 행동에 대해 사과해야 할 것 같아요."

안젤리카는 소심하고 조심스럽게 붕대 감긴 손을 가리켰다.

"용서해주면 좋겠어요."

메리가 기대한 것 이상이었다.

"내가 갑자기 나타나서 깜짝 놀랐죠?"

안도의 웃음과 함께, 잠시 담소를 나누었다. 12시 30분을 알리는 괘종시계 소리에 메리는 본론으로 들어갔다.

"앞으로의 계획은 어떻게 되죠?"

"당분간 비밀로 할 생각이에요."

안젤리카가 천천히 말했다.

"하지만 엄마가 조지 이스튼과의 문제를 본격적으로 압박하면 그때는 말해야겠죠. 하지만 우릴 도와줬으니, 아무한테도 말하지 않겠죠?"

메리가 그러마고 약속했다.

"제 직장 문제도 있고요."

마이클이 덧붙였다.

"나는 벌써 다른 곳을 알아보고 있어요. 꼭 이 결혼 때문만은 아니고요."

그는 안젤리카를 보며 서둘러 덧붙였다.

"최근 몇 주 동안 소롤드 상사가 걱정스러웠어요. 어차피 회사에 남는 게 꺼려졌을 겁니다. 하지만 결정적으로 떠나기로 결심하게 된 건……."

마이클은 자랑스럽게 안젤리카의 손을 꼭 잡았다.

"역시 결혼 때문이죠."

메리는 귀가 번쩍했다.

"소롤드 씨의 성공에 대한 걱정 말인가요? 그건 아니겠죠."

마이클은 괴로워 보였다.

"그게…… 교역이라는 건 결코 확실한 법이 없죠."

아, 안 돼! 그렇게 쉽게 빠져나가게 할 순 없지.

"하지만 소롤드 상사는 안정된 회사잖아요. 교역이 활발하지 않더라도, 다른 회사들이 먼저 피해를 입을 텐데요."

메리는 안젤리카에게 고개를 돌렸다.

"며칠 전 저녁 식탁에서 아버님이 그렇게 말씀하셨잖아요?"

안젤리카가 힘차게 고개를 끄덕였다.

"그래요. 항상 그렇게 말씀하시죠."

마이클은 고통스러워 보였다.

"안젤리카, 다른 문제들에 대해서도 얘기했잖아요."

"다른 문제들이라뇨?"

메리는 천진난만하게 눈을 크게 떴다.

갓 결혼한 부부는 얼굴이 붉어졌지만, 메리는 마이클에게 시선을 고정했다.

마이클이 주저하며 말했다.

"몇 주 전에, 회계상 큰 불일치를 발견했어요. 처음엔 사무적인 착오라고 확신했지만, 소롤드 씨에게 알렸을 때 신경 쓰지 말라고 하시더군요. 직접 처리하겠다면서요. 물론 일반적인 행동이 아니었죠. 나는 비서로서 그런 착오를 바로잡는 일을 맡아왔어요. 하지만 그 문제를 그냥 내버려뒀죠. 그런데 2주 전인지 아니면 지난주인지, 우연히 분기별 회계 장부를 보게 되었는데 여전히 시정되지 않았다는 걸 알게 되었죠."

마이클이 잠시 말을 멈추자, 메리는 자세를 편안하게 하려 의도적으로 애썼다.

"당연히 그 문제를 다시 언급했죠. 바쁜 분이라 가끔 사소한 일은 깜빡하기 쉬우니까요. 하지만 아주 퉁명스럽게 말씀하시더군요. 모든 게 정상이니……."

마이클은 안젤리카를 보았다.

"내 일이나 신경 쓰라고요."

그는 또다시 말을 멈추더니 갑자기 생각난 듯 말했다.

"당신에게 전부 말해서 부담을 주다니, 미안합니다."

마이클이 급하게 말했다.

"회사 일에 관심 있을 리 없는데 말이에요."

"하지만 난 당신과 안젤리카에게 관심이 있어요."

메리가 부드럽게 말했다. 그녀가 정말 원하는 것은 마이클 그레이를 부추겨서 정보를 얻어내는 것이었다.

"그러니까…… 요는 뭔가 잘못되었다는 겁니다. 다양한 사람들에게 엉뚱하게 나가는 돈이 있어요. 비정상적인 돈이죠."

"아버지는 아주 인심이 좋으세요."

안젤리카가 변호하듯 말했다.

"여러 사람들을 도와주죠."

"그건 그래요, 내 사랑."

마이클이 움찔했다.

"가장 많은 액수가 늙은 선원들을 위한 보호소에 보내졌죠."

안젤리카가 고집스럽게 말했다.

"그건 그냥 자선 활동일 거예요."

"그래요."

마이클이 말했다.

"하지만 회계상의 혼돈 때문에 당황스러웠죠."

"그런데 소롤드 씨는 문제없다고 여기더란 말이죠?"

메리는 태연하게 말하려고 애썼다.

마이클은 초조해하며 안절부절못했다.

"문제될 게 없다는 정도가 아니라, 자기 뜻이라고 생각하는 것 같았어요."

"그건 아주 심각한 혐의군요."

마이클이 한숨을 쉬었다.

"압니다. 난 그분을 비판할 입장이 아니에요. 내가 할 수 있는 최선이 뭔지는 명백하고요."

메리는 소리치고 싶었다.

"그렇죠. 그럼 당국에 가시겠죠? 따지고 보면 당신은 잘못에 대한 증거를 가지고 있잖아요."

마이클은 단호하게 미소 지었다.

"그래야 마땅하지만 내겐 부양해야 할 아내가 있어요."

'아내'라는 말을 언급하면서 마이클은 안젤리카를 보았다.

"그리고 앞으로 꾸릴 가정도요. 문제를 캐고 다니며 고용주를 고발하는 비서를 누가 고용하겠어요? 우리 업계에서는 충성심을 다른 어떤 자질보다 중시하죠."

초조해진 메리는 다른 제안을 했다.

"제3자에게 그 정보를 전달할 수도 있잖아요? 익명으로요."

마이클은 생각에 잠긴 듯했다.

"그것도 한 가지 방법이겠지만, 그래도 앤지의 가족이 곤경에 빠지는 건 마찬가지겠죠."

안젤리카는 불안해 보였다.

"당신 말뜻은 알아요, 퀸 양. 하지만 입장이 정말 난처해요. 나로서는 마이클이 아버지를 걱정하는 말을 듣는 것조차 배신처럼 느껴져요. 그리고 엄마도 생각해야 해요. 건강이 그렇게 불안정한 상태잖아요."

과연 그럴까? 메리는 그 문제에 대해 질문하고 싶은 유혹을 느꼈다. 안젤리카가 앞뒤가 맞지 않는 어머니의 행동을 이상하게 여긴 적이 한 번도 없을까? 아니면 단순히 안젤리카는 철저하게 자신만의 세계에 몰두하여 남들이 뭘 하든 상관하지 않는 어머니의 은혜에 보답하고 있는 것일까? 그러나 지금은 그런 얘기를 나눌 만한 시간도 장소도 아니었다.

"하지만 가만히 있는 건 옳지 않아요!"

메리가 고집을 부렸다.

마이클은 고통스럽게 고개를 끄덕였다.

"맞아요. 난……."

그는 뭔가 생각하며 말끝을 흐렸다.

"이건 절대 비밀이에요, 이해하죠?"

메리는 너무 안달하는 것처럼 보이지 않으려고 애쓰며 고개를 끄덕였다.

"회계 장부와 관련 문서를 몇 부 베껴놨어요. 공인 문서나 공식 문서가 아닌 것들이죠."

"그래요?"

메리가 재촉했다.

"물론 비공식적일 테죠. 그런데 완전한 문서이긴 한가요?"

마이클이 끄덕였다.

"안전한 곳에 보관해뒀어요."

"설마 창고에 감춰둔 건 아니겠죠?"

메리는 최대한 순진무구한 목소리로 물었다.

마이클은 깜짝 놀란 듯했다.

"창고요? 맙소사! 물론 아니죠."

"그럼 집인가요?"

"……."

마이클은 교묘하게 대답을 회피했다.

"그냥, 잘 숨겨뒀다고만 해두죠."

마이클이 안젤리카에게 다정한 눈길을 보냈다.

"그렇지, 안젤리카?"

"그래요. 난 처음엔 반대했죠."

안젤리카가 덧붙였다.

"하지만 생각하면 생각할수록 중요한 문제 같더군요. 언젠가 마이클이 아빠를 설득하겠죠. 문제를 바로잡도록 말이에요."

잘 숨겨두었다고? 둘이서? 생각해보니 문득 떠오르는 곳이 있었다.

"그럼 설득하기 위해 필요한 서류를 전부 갖고 있나요?"

마이클이 고개를 끄덕였다.

"당국을 수사에 착수하게 할 만한 충분한 증거가 있어요."

"만약의 경우에 말이에요."

안젤리카가 단호하게 덧붙였다.

19

소롤드 부인은 아직 침실에 있고 소롤드는 오랫동안 사무실에 나가 있어서, 메리의 귀가를 알아차린 것은 하인들뿐이었다. 아마 메리가 안젤리카와 함께 나갔다가 뭔가 가지러 돌아왔다고 생각했을 것이다. 사실 어떤 면에선 그랬다.

메리는 곧장 응접실로 가서 피아노 옆에 있는 악보 상자로 향했다. 악보들의 일부는 인쇄되어 묶여 있었지만, 어떤 것들은 안젤리카가 수고스럽게 필사해서 핀이나 클립으로 묶어놓았다. 음악에 대한 안젤리카의 열정은 대단했다. 젊은 아가씨들이 모으는 악보는 대부분 예쁜 선율에 간단한 시로 된 가사를 붙인 것들이 전부였다. 반면 안젤리카는 멘델스존, 쇼팽, 그리고 특히 슈만 같은 음악가들의 어려운 레퍼토리를 선호했다.

악보를 뒤지면서 메리는 만약 자신이 안젤리카처럼 결혼이 정해져 있는 예쁘고 버릇없는 아가씨라면 어떨까 하는 생각이 들었다. 안젤리카에게 더 바라는 것이 있을까? 클라라 슈만처럼 음악가가 되는 것? 메리는 안젤리카가 늘 뚱하고 걸핏하면 발끈하는 것이 어쩌면 불행의 다른 모습일 수 있다는 생각을 떨쳐버릴 수 없었다.

악보 상자 바닥에서 메리는 슈만의 피아노 협주곡을 찾았다. 그것은 'A. T.의 열여덟 번째 생일을 축하하며, M. G.로부터'라는 글귀와 함께 보기 좋은 밤색 가죽으로 묶여 있었다. 가장 좋아하는 사람으로부터 받은 가장 좋아하는 음악가의 악보라. 요동치는 맥박이 메리에게 '바로 이거야!'라고 소리쳤다. 아니나 다를까. 과연 안에는 깔끔한 필적의 글씨가 빽빽하게 들어찬 십여 장의 종이들이 접혀 있었다. 그녀는 페이지를 꼼꼼하게 훑어보았다. 대차대조표, 지불 기록, 운송 보험에 대한 기록, 그리고 무엇보다 중요한 소롤드와 로이드 보험사 직원 간의 서신들. 그렇다. 정보는 충분했다.

응접실 시계가 1시 30분을 알렸을 때, 메리는 제임스의 사무실에 가기로 한 약속을 기억했다. 서류를 베낄 시간이 없었지만, 통째로 들고 나가면 마이클과 안젤리카가 놀랄 것이다. 타협책으로 메리는 일부만 가져가기로 했다. 서너 장만 빼내면 쉽게 알아차리지 못할 것이었다. 그녀는 서류를 수첩에 끼워넣으며, 돌돌 만 아버지의 종이 뭉치를 생각했다. 이제 며칠 뒤면 모든 게 끝난다. 그러면 보호소로 가서 진상을 좀 더 알아볼 수 있을 것이다. 그때까지는 아버지에 대한 생각을 아예 하지 않는 편이 나았다.

메리가 그레이트 조지 스트리트에 나타났을 때, 제임스는 입구에서 기다리고 있었다. 인사도 없이 메리의 팔을 잡아끌더니 서둘러 개인 사무실로 들어가서 문을 꼭 닫았다.

"무슨 일 있어요?"

메리는 제임스의 그런 행동이 재미있게 느껴졌다.

"형이 당신을 알아볼까 봐 그래요."

"난 하인일 뿐인 걸요."

메리가 말했다.

"내가 눈을 똑바로 쳐다보고 이름을 말한다 해도 알아보지 못할 걸요."

제임스가 싱긋 웃었다.

"아뇨, 기억해요. 지난 일요일에 크림 전쟁 얘기를 한 다음부터 소롤드 양 근처에 얼씬도 못하게 해야겠다고 생각하죠."

"아하."

그렇다면 오늘 아침의 사건은 조지의 평가를 더욱더 확고하게 만들 게 뻔했다.

"그게 전부요? '아하'?"

"당신은 어떻게 생각하죠?"

그 질문이 제임스의 얼굴에서 미소를 지웠다. 그는 한동안 속을 알 수 없는 눈으로 메리를 쳐다봤다.

"골칫거리."

제임스가 천천히 말했다.

"하지만 아주 흥미롭죠."

꼼꼼히 뜯어보는 그의 눈길에 메리는 얼굴이 달아올랐다. 어떻게 대답해야 할지 몰라서 의자에 앉아 장갑을 벗었다.

제임스가 헛기침을 한 뒤 말했다.

"조사는 어떻게 되고 있소?"

"소롤드 회사의 재무적 문제에 관한 서류를 좀 발견했어요."

그녀는 '빌려 온' 서류를 꺼냈다.

"이건 그냥 견본이에요. 회계상 속임수가 있다는 걸 보여주기에 충분한 자료예요. 최소한 조사가 더 필요하다는 건 확실해지겠죠."

제임스는 서류를 보기 위해 몸을 앞으로 기울였다.

"좀 더 말해봐요."

"지난 5년간 소롤드의 보험 청구액을 계산한 런던 로이드 보험사의 내부 기록이에요. 따로따로 보면 청구 내용은 평범한 데다 온당해 보이기까지 해요. 하지만 전체적으로 평균보다 약간 자주, 그리고 오랜 기간에 걸쳐서 지속적인 청구가 있었죠."

"그러니까 소롤드가 운이 없었거나 사기로 보험금을 청구했거나, 둘 중 하나로군요."

"바로 그거예요."

메리는 두 번째 페이지를 흔들어보였다.

"로이드는 내부 조사를 시작한 것처럼 보여요. 물론 아무 증거도 없이 고소할 배짱은 없지만, 아무튼 소롤드를 의심해 자체적으로 조사하고 있어요. 그리고 여기가 재미있는 부분이에요. 조지프 메이즈라는 사람이 조사를 맡았는데, 2주 뒤에 소롤드가 J. R. 메이즈라는 사람에게 수표를 써주기 시작해요. 여기, 여기, 여기요."

제임스는 나지막이 휘파람을 불었다.

"횟수에 비해 액수가 꽤 크군요."

"조지프 메이즈가 로이드에서 얼마나 벌까요? 1년에 2백 파운드 정도?"

"아마 훨씬 적을 거요. 그러니까 소롤드는 조지프 봉급의 두 배가 넘는 돈을 지불하고 있는 셈이지."

메리는 고개를 끄덕였다.

"하지만 그래도 여전히 이익이에요. 조지프 메이즈에게 뒷돈을 주는 쪽이 보험 청구가 기각되는 것보다 싸게 먹히거든요."

"소롤드의 배가 정말로 그렇게 자주 침몰한다고 생각해요? 그 배에 어떤 일이 일어나는 걸까요?"

"어쩌면 소롤드가 침몰에 대해 거짓말을 해서 이중으로 이익을 챙기는 것일 수도 있죠."

제임스는 인상을 찌푸렸다.

"그게 가장 단순한 답일 거요."

"그런데요?"

그는 시간을 들여 질문을 생각해 냈다.

"그런데 그가 정말로 배를 침몰시키고 있다면 어떻게 될까요? 물론 고의가 아니라 탐욕이나 부주의 혹은 효율성을 증가시킨답시고 과적을 해서 말이오."

제임스가 말하는 동안, 오랫동안 잊고 있었던 기억이 뇌리를 번쩍 스쳤다. 포플러 집 문 앞에 서 있던 정장 차림의 남자. 폭풍우에 배가 전복되는 바람에 아버지가 죽었다고 설명하던 남자. 남자의 제안을 거절하던 어머니. 두 사람 모두 메리가 대화를 이해하지 못할 거라고 생각했다.

갑자기 얼굴이 확 달아올랐고 눈물을 참느라 눈이 따끔거렸다. 메리는 제임스 앞에서 절대로 울지 않으리라 다짐했다.

"메리? 무슨 일이오?"

제임스의 목소리가 이례적으로 친절했지만 오히려 상황을 악화시킬 뿐이었다.

"아무것도 아니에요. 그냥 좀 더워서요."

"그렇긴 하죠."

제임스의 손이 메리의 손을 감쌌다.

"정말 더워서 그래요?"

메리는 헛기침을 하고 잡힌 손을 빼냈다.

"물론이에요. 어디까지 얘기했죠?"

제임스는 한참 동안 그녀를 바라보았는데, 메리가 노려보자 어깨를 으쓱했다.

"뭐, 좋아요. 내가 과적 때문에 배가 침몰했을 수도 있다고 했소."

그는 잠시 멈추고 그녀의 얼굴을 살폈다.

"정말 괜찮은 거요?"

"……네."

집중해야지!

"만일 선박이 과적 상태였다면, 안 그래도 물속 깊이 잠겨 있었을 테니 아주 가벼운 폭풍에도 쉽게 침몰했을 거예요. 그런 배를 선원들 사이에서는 '떠다니는 관'이라고 부르죠."

태연하게 말하기가 힘들었다.

"언젠가 소롤드가 급료가 싼 외국인 선원을 선호한다고 말했소. 그런데 외국인 선원을 쓰는 또 다른 이점은 배가 침몰해도 영국에서 그들에 대해 물어볼 사람들이 많지 않다는 거요."

메리의 얼굴이 굳어졌다.

"그래서 인도 선원 보호소에 기부를 하는군요."

"일종의 면죄부로 말이오?"

"그런 것처럼 보여요."

한동안 엄숙한 정적이 흘렀다. 그런데 하필이면 그때 메리의 배에서 꼬르륵 소리가 났다.

메리는 기침으로 감춰보려 했지만 워낙 요란해서 실패했다.

제임스는 탁상시계를 보았다.

"꽤 늦었군요. 점심을 대접하고 싶소. 장부는 나중에 보죠."

"아니요, 그럴 수 없어요. 사실, 난 배고프지······."

배신하듯 또 한차례 울린 꼬르륵 소리에 메리는 잠자코 입을 다물었다.

제임스는 약 올리듯 씩 웃었다.

"물론 그렇겠죠. 숙녀들은 사교 모임이 아니면 절대 먹지 않으니까 말이오. 게다가 마시거나 자지도 않고, 불쾌하고 세속적이고 인간적인 일은 절대 하지 않죠. 나도 그쯤은 알고 있소."

메리는 웃지 않을 수 없었다.

"어서요. 나도 아직 점심을 먹지 않았는데 함께 가겠소?"

"식당에 들어가서 샌드위치와 맥주를 먹을 수는 없어요."

"불편하기 짝이 없군요. 그럼 여자들은 배고픔을 어떻게 해결하죠?"

"집에 가죠."

메리가 신랄하게 말했다.

"집이 멀다면?"

"물론 기운이 없어서 기절하죠. 그걸 몰랐다니 놀랍네요."

295

20

메리와 제임스는 근처 식당에서 사 온 샌드위치와 에일 맥주를 순식간에 먹어치웠다. 많은 말이 오가진 않았지만 편안한 침묵이었다. 그런 뒤 제임스는 조지가 아코디언으로 연주하는 감상적인 발라드를 뒤로 하고 몰래 사무실을 빠져나와 마차를 잡았다.

제임스의 손을 잡고 마차에 오르며 메리는 웃음이 나오려는 것을 참았다.

"당신이 도와준 건 처음이에요."

"당신이 돕도록 허락한 것도 처음이오."

제임스가 옆자리에 앉으며 투덜거렸다.

직접 노출되지 않았는데도 칙칙하고 누런 햇빛은 실눈을 뜨게 만들기 충분했다. 강렬한 햇빛 속에서 런던은 오히려 더욱 우중충했다. 미완성 시계탑이 있는 웨스트민스터 궁전 같은 새 건물조차도 왠지 처량하고 낡아 보였다. 마차가 팔리아먼트 스트리트에서 천천히 왼쪽으로 돌 준비를 할 때, 메리가 갑자기 움찔했다.

"이게 뭐지?"

그녀는 눈에 띄지 않으려는 듯 몸을 뒤로 뺐다.

"보세요."

제임스는 익숙한 도시의 광경에서 특별한 점을 발견하지 못했다. 씻지 않아 꼬질꼬질한 사람들과 힘들게 일하는 동물들, 시끄럽게 짖어대는 개들과 수백 평방피트의 공간에 자욱한 먼지구름. 그는 메리가 있는 쪽으로 몸을 기울였다.

"뭘 보라는 거요?"

"길 건너편에서 옆을 지나가는 마차요. 소롤드네 마차예요."

"별로 놀랄 일은 아닌 것 같군요."

메리는 답답한 듯 고개를 흔들었다.

"그게 아니에요. 소롤드는 마차를 타는 법이 없어요. 주로 나룻배를 타고 다니죠. 지금 타고 있을 거예요."

"소롤드는 냄새나는 강을 좋아하나보군요."

메리는 그 말을 무시했다.

"마차 안에 있는 사람은 소롤드 부인이 분명해요."

"그분은 몸이 약하지 않소?"

"약하죠."

소롤드의 마차가 그들을 지나쳐 남쪽을 향해 움직였다.

"이런 젠장!"

메리가 제임스에게 고개를 돌렸다.

"빨리요. 저 마차를 따라가야 해요!"

"우리가 쫓는 건 소롤드 아니었소?"

"제발요, 제임스. 당신과 함께 있으니 마부가 내 얘기는 듣지 않을 거예요."

마이클은 체념한 표정으로 마부에게 알쏭달쏭한 지시를 내렸고, 마차는 즉시 천천히 유턴했다. 그러다가 하마터면 꽃 파는 소녀를 칠 뻔해서, 소녀를 몹시 화나게 했다. 마차가 밀뱅크를 향하는 빽빽하고 더딘 행렬에 합류할 때까지 소녀는 여전히 뒤에 대고 욕설을 퍼부었다. 그들은 소롤드의 마차에서 겨우 다섯 대나 여섯 대 뒤에 있었다.

"우리가 왜 건강 염려증이 있는 부인을 미행하고 있는 건지 말해주지 않겠소?"

"소롤드 부인이 웨스트민스터 다리를 건넌다는 게 이상하지 않으세요? 부인은 거기 가야 할 이유가 전혀 없어요."

"비슷한 말과 마차일 수도 있잖소."

제임스가 이성적으로 말했다.

"마부를 봤어요. 분명 브라운이었어요."

"난 아직도 당신이 말하려는 요지를 모르겠소."

"부인은 바람을 쐰다거나 의사를 만난다는 이유로 거의 매일 오후 외출을 해요. 만일 당신이 바람을 쐬고 싶다면 램버스까지 마차를 몰고 가겠어요?"

"아니요. 하지만 의사에게 가는 걸지도 모르잖소."

"할리 가에서 멀리 떨어진 곳이잖아요."

"의사가 어쩌면 뱀 기름 같은 민간요법을 쓰는 사람인지도 모르죠. 요새 그런 게 유행하니까. 그런 사람들은 특이한 지역에 병원을 차리죠."

"그게 말이에요. 브라운이 뭔가 이상하다고 생각해요. 부인이 거의 매일 핌리코에 있는 개인 주택에 간다는 거예요."

"그의 말을 믿는 거요?"

"그 사람이 왜 거짓말을 하겠어요?"

"뒷공론을 좋아하기 때문일 수도 있죠. 당신이 그런 얘기를 들으면 좋아할 거라고 생각했을 수도 있고. 하여간 그 사람에게 언제 물어봤소?"

"언젠가 부엌 계단에서 아주 작심하고 말해주더군요."

제임스는 갑자기 짜증이 밀려오는 것을 느꼈다.

"당신 관심을 끌려고 아무 말이나 한 것처럼 들리는군."

"이런, 제발. 브라운은 아무한테나 말하고 싶어 죽을 지경이었어요. 그때 마침 내가 지나갔던 거고요."

"음. 또 무슨 말을 했소?"

"소롤드 부인이 부정을 저지르고 있다고 했어요."

메리는 브라운이 자신과 제임스가 연인이라고 추측했던 것이 떠올라 얼굴이 달아올랐다. 하지만 곧 얼굴까지 붉힌 스스로에게 화가 났다.

"말도 안 돼."

"그러니까, 음……."

메리는 원래 주제로 그의 관심을 돌리려고 애썼다.

"물론 헛소리일 수도 있죠. 하지만 부인이 일주일에 몇 번씩 핌리코에서 뭘 하는지가 의문으로 남아요. 핌리코에는 숙녀가 할 만한 일이 아무것도 없어요. 쇼핑을 하거나 친구를 만날 만한 곳이 아니에요."

"자선 활동은 어떻소?"

"소롤드 부인이요?"

제임스가 어깨를 으쓱했다.

"희박하긴 하지만 가능성이 아예 없는 건 아니오."

"부인이 선교 활동에 참여한다거나 민간요법 의사를 만난다는 것도 절대 있을 수 없는 일은 아니죠. 하지만 난 확인하고 싶어요. 혹시 부인이 어떤 식으로든 소롤드 사건과 관련이 있는지 말이에요."

"그건 자선 활동보다도 더 가능성이 낮은 일이오."

"알아요."

메리도 인정했다.

"하지만 내 눈으로 직접 확인할 때까지는 마음이 편치 않을 거예요."

복스홀 브릿지의 교차점에 한 양조업자의 짐마차가 엎어져 있었다. 누더기를 걸친 사람들과 거리의 아이들, 아기를 업은 소녀들이 흘러나오는 맥주를 앞다투어 낚아채려는 동안, 사방에서 온 사륜마차와 이륜마차, 짐마차며 짐수레가 삐걱거리며 정지했다. 어떤 덩치 큰 인부는 아예 맥주통의 새는 구멍에 입을 갖다 대서 동료들로부터 환호를 받았다. 짐마차의 운전자는 길을 비킬 생각은 하지 않고, 다가오는 사람들을 막기 위해 채찍을 휘두르고 원색적인 위협을 연발하면서 멀쩡한 맥주통을 지키고 있었다.

"기가 막혀."

메리는 한숨을 내쉬었다.

"소롤드 부인을 포기하자고 설득해봐야 소용없겠죠?"

제임스가 투덜거렸다.

"절대로 안 돼요. 게다가 마차를 돌릴 수도 없어요."

그는 목을 길게 빼고 둘러보며 불평을 했다. 1분도 안 되어, 수백 야드에 걸쳐 교통이 마비되었다.

"내릴까요? 걸어서 미행하는 게 더 쉬울 수도 있어요."

제임스는 누추한 갈색 자루처럼 보이는 드레스를 보았다.

"그럼 먼지를 뒤집어쓸 텐데, 집에 어떻게 설명할 거요?"

그들은 그냥 눌러앉았다. 얼마간 시간이 흐른 뒤, 한 마부가 마지못해 몇몇 남자들을 모아서 깨진 맥주통과 엎질러진 맥주의 잔해를 치우는 것을 도왔다. 하지만 이런 노력에도 불구하고, 길이 치워지기까지 거의 40여 분이 걸렸다. 뒤집힌 마차의 운전자는 아무 도움도 되지 않았다. 그는 내내 격분하여 횡설수설 망가진 마차 바퀴축에 대해 한탄하느라 여념이 없었다. 마침내 좁은 길이 치워졌지만 이후로도 원활해질 때까지 몇 분이 더 걸렸다.

기회를 엿보던 소롤드 부인의 마차는 포장도로 가장자리의 좁은 틈새를 비집고 들어가다가 하마터면 물냉이 바구니에 줄로 연결된 채 아장아장 걷고 있던 꾀죄죄한 아기와 충돌할 뻔했고, 물냉이를 팔던 여인이 분개해서 아기를 구하는 동안 또 한차례 일시적인 정체가 일어났다. 몇 분 동안 메리는 소롤드 부인을 놓쳤다고 생각했다. 그러나 교차점이 완전히 치워졌을 때, 그녀는 익숙한 마차가 어떤 샛길 모퉁이를 돌아 사라지는 것을 보았다. 그들의 마부는 급히 우회전해 말들을 재촉하며 속도를 높였다.

소롤드의 마차는 좌회전하여 덴비 거리로 들어갔다. 이곳은 연립 주택이 즐비한 좁은 거리였다. 거리는 텅 비어 있었다. 밖에서 노는 아이들도, 집집마다 방문하며 물건을 파는 상인들도 없었다. 늘 북적대고 시끄러운 도시에서 이렇게 텅 빈 거리를 보게 되니 어쩐지 오싹했다. 마치 주민들이 모두 대피하여 구역 전체가 싹 비워진 것처럼 보였다.

소롤드 부인의 마차는 길 중간쯤에서 멈추었고, 브라운이 마부석에서 내리기도 전에 문이 쏜살같이 열렸다. 브라운이 더듬더듬 계단을 내려갔지만, 마차에 탄 부인은 단호한 동작으로 자신을 내려주려는 브라운을 저지했다. 부인의 몸집은 튼실하고 익숙했다. 그녀는 넓은 크리놀린과 여러 겹의 스커트, 챙 넓은 모자 등 점잖은 복장을 완벽하게 갖춰 입고 있었다. 그녀는 메리가 한 번도 본 적 없는 당당하고 안정된 걸음으로 마차에서 내렸다. 도로변에서 정문까지는 불과 몇 발짝이었지만, 꼿꼿한 자세와 활기찬 걸음을 알아보기엔 충분했다. 그녀는 열쇠로 문을 열고 안으로 들어갔다.

제임스와 메리는 믿을 수 없다는 듯한 시선을 교환했다.

"혹시……."

"설마……."

그 집을 향해 다시 한 번 시선을 던졌을 때, 마침 브라운이 마차를 운전하여 뒷골목으로 들어서는 것이 눈에 들어왔다. 소롤드 부인은 한동안 그곳에 머물 것으로 보였다.

"다른 숙녀가 소롤드 부인의 마부를 부릴 수는 없을까요?"

"똑같은 모습의 다른 숙녀 말인가요?"

메리는 고개를 저었다.

"있을 수 없어요."

"참 매력적인 가족이군."

제임스가 느릿느릿 말했다.

"아버지는 부패했고, 어머니는 몰래 런던을 어슬렁거리

고…… 안젤리카에 대한 건 뭔가 없소?"

메리는 침묵했다. 물론 안젤리카의 비밀도 알고 있지만 말하지 않기로 약속했다. 사실 말하고 싶지 않았다. 만일 제임스가 최근의 상황을 알게 되면 함께 일할 이유가 없어질 것이다. 그녀는 오만함에도 불구하고 그와 함께 있는 것을 즐기게 되었다.

제임스는 그녀의 표정을 열심히 살폈다.

"그 얼굴은 있다는 뜻이오?"

"나중에요."

메리는 마차에서 내려서 제임스가 비용을 지불하는 동안 초조하게 기다렸다.

"좋아요."

마차가 떠나자 제임스가 말했다.

"우리가 여기서 어떤 식으로 소롤드 부인의 사건에 대해 좀 더 알아볼 수 있겠소?"

"동네 사람들에게 물어보면 되요."

"초인종을 누르고, '실례하지만 저 부인은 누구죠? 그리고 여기서 뭘 하는 거죠?' 이렇게 묻자는 거요?"

메리는 눈을 굴렸다.

"초인종을 누르고 더위 때문에 기절할 것 같다고 설명한 뒤 잠시 안으로 들어가도 되겠냐고 묻는 거예요."

그녀는 제임스의 팔을 잡고 연극처럼 그에게 기댔다.

"그럼 난 얼간이처럼 그냥 서 있고?"

"당신은 동생의 건강을 걱정하는 오빠 역할을 맡아요."

제임스는 고개를 저었다.

"나한테 더 좋은 생각이 있소. 당신이 뒷골목을 살피는 동안 그 일을 내가 하죠. 당신은 창문 안을 들여다볼 수 있는지 확인해봐요."

"하지만 여자들은 당신한테 편하게 얘기하지 못할 걸요."

제임스가 싱긋 웃었다.

"난 정문으로 가지 않을 거고 예쁜 가정부를 홀려서 전부 얘기하게 할 거요."

"자기 매력에 꽤 자신 있는 모양이네요."

그는 짐짓 겸손해 보이려 했지만 실패했다.

"안젤리카에게는 통했잖소. 게다가 안젤리카에게는 그런 시도를 한 적도 없는데 말이오."

뒷골목 탐험은 간단했다. 소롤드 부인이 들어간 집의 뒤쪽은 깔끔해서 아무것도 없었고, 창문은 밖에서 들여다보지 못하도록 단단히 가려져 있었다. 안달하는 탐정을 위한 실마리 하나 없었다. 10여 분간 골목을 오르락내리락 하다가, 덴비 거리 모퉁이로 돌아와 제임스를 기다렸다. 그는 한참 동안 돌아오지 않았다. 시계는 없었지만 어림잡아 최소 30분은 지난 것 같았다. 문득 제임스가 고의든 아니든 인도 선원 보호소 밖에서 기다렸던 것에 복수하고 있다는 생각이 들었다. 메리 말고 거리에 있는 사람은 한가로이 축구공을 차고 있는 열 살쯤 되어 보이는 소년뿐이었다.

"아주 흡족하신가 봐요."

마침내 제임스가 나타났을 때, 그녀가 말했다.

그는 싱긋 웃었다.

"자넷이라는 가정부는 아주 매력적인 아가씨더군요. 차를 대접하면서 아침부터 한밤중까지 자기 생활에 대해 시시콜콜 얘기했소. 나를 보더니 지금 읽고 있는 어떤 소설 주인공이 떠오른 모양이에요. 하지만 내가 훨씬 잘생겼다고 하더군."

"그 주인공은 겸손함의 미덕은 갖추지 못한 모양이네요."

제임스는 메리의 팔을 잡았다.

"샘이 나는 모양이군. 차에다가 잼과 크림을 곁들인 맛있는 스콘도 먹었소."

"이게 당신의 매력이라는 건가요?"

"그럼, 난 내 매력을 낭비하지 않소."

그가 웃었다.

"예를 들어 옷장 속에서 만난 여자, 주먹으로 코를 치는 여자, 그리고……."

메리는 웃지 않을 수 없었다.

"네, 네. 알았어요. 이제 뭘 알아냈는지 말해봐요."

제임스는 갑자기 진지해졌다.

"소롤드 부인은 소르페라는 이름으로 빌린 집에 매일 오후 들르고 있소. 그녀에게는 일주일에 두세 번씩 방문하는 사무엘이라는 남자 친구가 있소."

"집 안에 들어가 본 사람이 있나요? 소르페가 하녀를 두고 있대요?"

"아니. 그들이 어떻게 집을 깨끗하게 유지하는지가 이 마을에서는 미스터리라더군."

"그럼, 특이한 배달물은 없대요? 소롤드의 화물과 관련 있을 만한 뭔가는요?"

그는 고개를 저었다.

"그런 건 없다고 했소. 이 두 사람은 워낙 사람들 눈에 띄지 않아서, 자넷은 사무엘이 어디서 오는지도 모르오. 그래서 무척 궁금해하고 있었소."

메리는 그의 말을 새겨들었다.

"확실히 불륜처럼 들리는군요."

제임스는 고개를 끄덕였다.

"자넷은 그렇게 생각하고 있소. 이 얘기는 동네 가정부들 사이에서 만나기만 하면 쑥덕거리는 화제 같았소."

그들은 중앙에 정원이 있는 작은 공원까지 조금 더 걸어갔다. 축구공을 가지고 놀던 소년이 갑자기 그들 쪽으로 공을 찼다.

"선생님!"

소년이 소리쳤다.

제임스가 거의 반사적으로 흙 묻은 공을 잡았다.

"잠시만 시간을 주겠소?"

그는 메리에게 먼저 가라는 몸짓을 하고, 소년을 20발짝 정도 끌고 갔다. 언뜻 보면 그가 소년을 야단치는 것처럼 보였지만, 소년이 뭔가 말하기 시작하자 그가 열심히 듣기 시작했다. 메리는 별다른 관심 없이 이 상황을 지켜보다가, 제임스의 몸짓이 갑작스럽게 변한 것을 눈치챘다. 그는 굳은 얼굴로 그녀를 쳐다본 뒤 다시 소년에게 무슨 말을 했다. 대화는 기껏해야 2, 3분 걸렸지만, 대화를 마친 뒤 제임스는 소년에게 돈으로 보이는 무언가를 건넨 뒤 돌아왔다.

"누구죠?"

메리가 물었다.

"당신이 질문을 하다니 우습군."

제임스는 메리의 팔을 꽉 잡고 성큼성큼 걸었고, 덕분에 그녀는 종종걸음으로 쫓아갈 수밖에 없었다.

"무슨 일이에요?"

그가 갑자기 멈추었다.

"도대체 언제 말할 셈이었소?"

메리는 꼼짝없이 잡혔음을 알게 된 순간 다시 한 번 공포를 느꼈다.

"무슨 말이에요?"

메리는 조심스럽게 말했다.

메리의 팔을 잡은 손에 힘이 들어갔다.

"오늘 아침, 당신은 안젤리카 소롤드와 마이클 그레이의 결혼식에 증인으로 섰소. 왜 말하지 않았소?"

"난, 약속했어요."

"약속했다고?"

경멸이 가득한 목소리였다.

"마이클과 안젤리카에게 아무한테도 말하지 않겠다고 약속했어요."

"그런 약속을 하지 말았어야지. 당신은 이미 나와 함께 일하기로 동의했고, 그럼 그런 약속을 하지 말아야 하지 않소?"

제임스는 메리를 한동안 노려보다가 갑자기 팔을 놓아주었다. 너무 갑작스러워 메리는 비틀거리며 뒤쪽으로 밀려났다.

"당신은 약속을 어겼소!"

메리는 기분이 상해서 스스로를 변호했다.

"당신은 날 미행했어요. 날 믿지 못한 거 아닌가요? 지금 이렇게 분개하지만 정작 염탐하고 다닌 건 당신이라구요!"

"난 당신에게 변명할 필요가 없소."

제임스가 투덜거렸다.

"그 아이는 당신이 아니라 그레이를 미행한 거였소."

메리의 얼굴이 창백해졌다. 타당한 분노가 증발하면서 차가운 메스꺼움으로 바뀌었다.

"그리고 오늘 아침 교회에서 본 걸 보고했을 뿐이오. 당신이 결혼식에 증인으로 섰던 것 말이오."

제임스는 한참 동안이나 메리를 노려보았다.

"당신, 몇 살이라고 했소?"

"스, 스무 살이요."

그의 눈이 가늘어졌다.

"거짓말."

메리는 더 이상 거짓말을 할 수 없었다.

"사실은 열일곱 살이에요."

그녀가 기어들어가는 목소리로 인정했다.

"그럼 그 결혼은 합법적이지도 않군."

"그래요."

메리가 속삭이듯 대답했다.

"이 모든 코미디가 전부 당신 생각이오? 그렇다면 목표물이 누구요? 안젤리카? 마이클 그레이? 조지? 아니면 나? 무슨 이유인지 몰라도 당신의 계획은 우리 모두를 속이는 것일지도 모르겠군."

메리는 말할 수 없었다.

제임스는 썩은 음식을 씹은 것 같은 얼굴이었다.

"다른 사람은 모르기를 신께 기도하겠소."

그녀는 이제 동요했다.

"모를 거예요."

제임스는 다시 메리를 노려보더니 고개를 젓고 자리를 떴다. 메리는 멀어지는 제임스의 모습을 응시했다. 그가 돌아오지 않을 것이 분명해지자, 그녀는 서둘러 그를 쫓아갔다.

"잠깐만요. 어딜 가는 거예요?"

그는 홱 돌아서 그녀를 쳐다보며 딱딱하게 말했다.

"당신과 소위 동맹을 맺자고 한 걸 후회합니다. 이만 나한테서 떨어지시죠."

메리는 그저 멍청하게 입을 벌리고 쳐다보았다.

"방금 뭐라고 하셨죠?"

"잘 있어요, 퀸 양. 행운을 빌겠소."

제임스는 발길을 돌려 성큼성큼 멀어져갔다.

21

5월 16일 일요일

역시나 악취가 풍기는 무더운 날이었다. 커튼 가장자리에서 햇빛이 눈부시게 빛났다. 메리는 한쪽 눈썹을 치켜떴다. 왜 기분이 이렇게……? 그녀가 질문을 완성하기도 전에 어제의 사건들이 떠올랐다. 밀물처럼 밀려왔다 썰물처럼 빠지는 것이 아니라, 곤봉이 되어 그녀의 뇌리를 후려쳤다. 언쟁과 이별. 그것이 최선이었지만, 메리는 아직 인정할 수 없었다. 너무 뻔뻔한 걸까? 제임스는 오만하고 불같았지만, 정직하지 않고 어리석은 그녀의 행동이 더 나빴다.

어제 집으로 돌아온 메리는, 여자들이 상습적으로 호소하는 두통을 핑계 삼아 저녁 식사와 가족 모임을 피했다. 카스가 식사를 몰래 가져다주었다. 미지근한 차와 벽돌처럼 굳은 버터

312

바른 빵 세 쪽, 약간 맛이 간 마데이라 케이크 한 조각. 자기혐오에 휩싸인 와중에도 메리는 자신에게 위안을 주려는 소녀에게 애써 미소 지으며 음식을 다 먹겠노라고 안심시켰다. 그러나 오늘 아침, 식사를 거른 탓에 공복감이 느껴졌다.

아프다고 하고 일어나지 말까? 그녀는 코를 찡그렸다. 입 밖으로 내지 않는다 해도 그런 질문은 참 창피스러웠다. 그리고 어이없게도 그녀가 잠시 망각한 사실이 있었다. 그녀는 임무를 완수해야 했다. 첫 번째 임무였다. 임무가 끝나면 마침내 인도 선원 보호소로 갈 수 있는 것이다. 그런데 지금 여기서 자신을 경멸한 남자 때문에 꾀병이나 부리고 있다니.

그런 생각에 자극을 받아 일어나 앉았을 때, 층계참에 있는 시계가 9시를 알렸다. 9시! 그런데 카스는 어디 있지? 차도 없고, 목욕물도 없고, 평소 일어나는 시간을 2시간이나 넘겼다. 이제 하녀 없인 방에서 꼼짝도 못하는 양갓집 규수가 되어버리기라도 한 걸까? 메리는 세수를 하고 재빨리 옷을 입은 뒤 조찬실로 내려갔다. 조찬실은 비어 있었다. 커피와 달걀, 베이컨, 토마토와 토스트를 먹으려고 앉았을 때, 집 뒤쪽에서 작지만 뚜렷한 쨍그랑 소리와 날카로운 호통이 들렸다.

속으로 한숨을 쉬며 메리는 복도로 향했다. 소리의 진원지를 파악하기는 쉬웠다. 하인용 계단 제일 꼭대기였지만 주방장의 목소리는 눈살을 찌푸리게 하기 충분했다. 메리는 망설였다. 그녀에게는 아무런 권한도 없었다. 그러나 그 동안에도 살과 살이 날카롭게 부딪히는 소리가 들리자 그녀는 결심했다.

문제는 식품 저장실에서 일어났다. 모퉁이를 돌자 판석 위에 흩뿌려진 유리 파편들이 보였다. 그리고 파편이 가득한 바닥에 잔뜩 움츠린 채 두 팔로 머리를 감싸고 엎드려 있는 카스의 모습이 보였다.

"좋은 아침이에요, 주방장님."

메리가 차갑게 말했다.

40대 초반의 건장한 여자가 헐떡이며 그녀를 노려보았다.

"소롤드 양이 소음 때문에 무척 신경 쓰고 있어요."

메리는 즉석에서 둘러댔다.

"그래서 무슨 일인지 살펴보고 도울 일이 있으면 도우라고 보냈어요."

주방장은 앞치마로 이마를 닦았다.

"저 게으른 도둑년 때문이에요."

그녀가 내뱉듯 말했다.

"램프들을 훔치다 걸렸죠."

석유램프의 잔해가 술 취한 사람처럼 널브러져 있었다.

"그렇군요."

메리의 시선이 램프에서 미동도 않고 있는 카스를 지나 주방장에게로 이동했다.

"애는 물론 해고될 거예요. 하지만 이런 코찔찔이 쥐새끼에겐 먼저 따끔한 맛을 보여줘야죠."

주방장은 팔뚝 위까지 소매를 걷어붙인 채 여전히 격분하고
있었다.

두 여자는 잠시 서로의 의견을 저울질하며 응시했다. 카스를
해고하는 것은 물론이고 때리는 것조차 주방장의 권한이었다.
팽팽한 침묵 속에서 카스의 웅크린 몸이 격렬하게 떨렸다.

"주방장님은 바쁘시니 내가 밖으로 데리고 나가죠."

메리가 소녀를 향해 냉정하고 중립적인 목소리로 말했다.

"일어나, 카스."

주방장의 눈이 가늘어졌다.

"그럼 이건 다 누가 치우고요?"

"램프를 닦고 손질하는 일은 윌리엄 소관이잖아요."

메리는 카스를 몸 뒤로 숨겼다.

"내가 윌리엄에게 알려줄게요."

미동도 않던 주방장이 처음으로 자세를 바꾸었다. 또 한 번
의 긴장된 침묵이 이어진 뒤, 주방장은 못마땅한 듯 앞치마를
틀어쥐었다.

"어서 얘를 내 눈앞에서 치워버리세요."

그녀가 딱딱거렸다.

긴장이 풀리며 축축해진 손으로 메리는 카스를 밀었다.

"네 물건 챙겨."

그들은 아무 말 없이 부엌을 통과해 설거지간 끝에 있는 카
스의 방으로 향했다. 바닥에 더러운 거적때기를 깐 통풍도 안

되고 천장도 낮은 좁은 공간이었다. 판석으로 된 벽은 더러운 발판에나 있을 법한 쥐똥과 곰팡이로 끈적끈적했고, 공기에는 퀴퀴한 오줌 냄새가 배어 있었다. 카스는 익숙한 동작으로 허리를 굽히고 다리를 질질 끌며 걸어가 밀가루 포대로 만든 침대 시트 밑에서 누덕누덕한 잠옷을 꺼냈다. 그리고 팽팽한 공처럼 돌돌 말아 똑같이 낡은 나이트캡에 쑤셔 넣었다. 그리고 두 개의 대들보 사이에 임시로 만든 빨랫줄에서 여기저기 기운 페티코트와 조잡한 검은 스타킹 한 켤레를 걸었다. 그리고 마지막으로 벽과 바닥 사이의 틈새로 손을 넣어 더듬거리다가 작은 수첩을 꺼냈다. 겉장은 쥐가 쏠았지만, 치마 속 주머니에 숨기는 것을 보니 카스가 가장 아끼는 물건인 듯했다.

"준비됐어요."

그녀는 웅얼거렸다. 머리카락을 잡아 뜯긴 자리에 작은 상처가 났고 피가 흘렀다.

메리는 한동안 그녀를 쳐다보았다.

"위층으로 올라가자."

카스는 소지품을 옆구리에 끼고 얌전히 그녀를 따라 하인들의 계단으로 올라갔다. 메리가 모퉁이를 돌아 2층으로 올라가기 시작했을 때, 카스는 잠시 망설였다. 침실로 들어와서 메리는 문을 꼭 닫고 말했다.

"자, 난 네가 뭔가 할 말이 있을 거라고 믿는다."

카스는 머리를 반쯤 들었지만, 메리가 표정을 미처 포착하기도 전에 다시 고개를 숙였다.

"전, 전 이해가 안 가요."

메리는 가까이 다가가 두 손가락으로 소녀의 턱을 들어올렸다. 카스가 한 대 맞을까봐 움찔했을 때, 메리는 놀라지 않았다. 그러나 소녀의 뺨에서 반짝이는 눈물을 보고는 깜짝 놀랐다.

"넌 램프를 훔치지 않았어. 너만큼 나도 잘 알아."

카스의 얼굴이 놀라움으로 일그러졌지만, 부정도 긍정도 하지 않았다.

"넌 네 입장을 밝히지 않았어."

카스는 옷소매로 얼굴을 북북 문질렀다. 그리고 간신히 들을 수 있는 목소리로 마침내 입을 열었다.

"그래봐야 무슨 소용이죠?"

"주방장에 관한 한 아무 소용없겠지."

메리가 깨끗한 손수건을 건네며 인정했다.

"하지만 진실은 중요한 거야. 넌 내가 너를 도둑이라고 생각하면 좋겠니? 멍청한 도둑이라고 생각하길 원해?"

카스가 반쯤은 울고 반쯤은 웃으며 말했다.

"아뇨."

"좋아. 그럼 무슨 일이 있었는지 말해줄래?"

카스는 천천히 말했다.

"오늘 아침 주방장님이 램프를 닦으라고 시켰어요. 윌리엄이 어젯밤 술을 너무 많이 마셔서 오늘 일어나지 못했거든요. 그런데 마지막 두 개를 들고 식당으로 올라가다가 램프를 떨어뜨려서 깨뜨렸어요."

카스는 초조하게 손수건을 비틀었다.

"그게 전부예요."

"그러니까 윌리엄을 감싸려고 널 도둑으로 몰았단 거니?"

카스가 끄덕였다.

"그래. 주방장은 조수를 고용할 권한이 있고, 나에겐 네 자리를 돌려줄 방법이 없어. 하지만 설사 그게 가능하더라도 그러고 싶지 않구나."

카스는 상처 입은 것처럼 보였다.

"어째서요?"

"카스, 난 널 돕고 싶어."

메리가 부드럽게 설명했다.

"하지만 이렇게 위험한 일자리에 머물게 하고 싶진 않구나."

카스의 턱이 고집스럽게 단단해졌다.

"어떤 일이라도 없는 것보단 나아요. 그리고 난 추천장도 없는 걸요. 그게 없으면 일자리를 구할 수 없어요."

카스의 눈가에 눈물이 다시 차올랐고, 그녀는 눈을 훔쳤다.

"내 손수건을 쓰렴, 카스. 어서."

손수건에는 설명할 수 없는 힘이 있었다. 어쩌면 단순히 너무 고와서 더럽힐 수 없는 것일 수도 있다. 어쨌든 카스는 눈물을 멈추었다.

"죄송해요, 아가씨."

카스가 웅얼거렸다.

"그러지말고 들어봐, 카스. 정말 주방 하녀가 되고 싶니?"

그녀는 어깨를 으쓱했다.

"아마 그렇게 되겠죠."

메리는 초조하게 손사래를 쳤다.

"하지만 우리가 숙녀에 대해 얘기했던 거 기억해? 진짜 숙녀 말고 나 같은 숙녀 말이야."

"네."

"아직 숙녀가 되고 싶니?"

카스는 얼굴이 붉어졌다.

"그저 꿈이죠."

메리는 소녀의 가느다란 손을 꼭 쥐었다.

"꿈이 아니라고 말한다면 어떡할래, 카스? 만일 학교에 가서 네 또래들을 만날 수 있다고 한다면?"

카스는 거부라기보다는 당황스러움에 눈살을 찌푸렸다.

"공부도 일이야."

메리가 경고했다.

"모든 게 즐겁지만은 않을 거야. 하지만 넌 해낼 수 있어."

카스는 정신을 차리려는 듯 고개를 흔들었다.

"아가씨, 전 부엌데기일 뿐이에요. 아가씨는 무척 친절하시지만, 전 못해요. 아가씨 말이 무슨 뜻인지도 이해 못하는 걸요."

메리는 한숨이 나오려는 것을 억눌렀다.

"갑작스럽다는 건 알아. 내 말은 널 도와줄 사람을 알고 있다는 거야. 여자 기숙 학교 선생님인데 너 같은 애들한테 관심……."

메리는 갑자기 말을 멈추었다. 카스가 돌처럼 굳어진 얼굴로 고개를 저으며 슬금슬금 문 쪽으로 향한 것이었다.

"왜 그래, 카스?"

카스는 계속 고개를 저었다.

"아가씨는 아주 친절하지만, 제발요. 전 가야 해요."

"너한테 편지를 써줄게. 추천장하고 비슷한데 일자리가 아니라 입학하기 위한 거야. 이걸 학교로 가져가면 돼."

카스는 눈을 깜빡이더니 재빨리 고개를 한 번 끄덕였다. 그러나 그것은 그녀가 기대하던 열정적인 수락이 아니었다. 그러나 메리는 즉시 자리에 앉아 필기대를 들어 무릎 위에 올려놓았다. 그리고 펜과 잉크, 종이를 찾아 써 내려갔다.

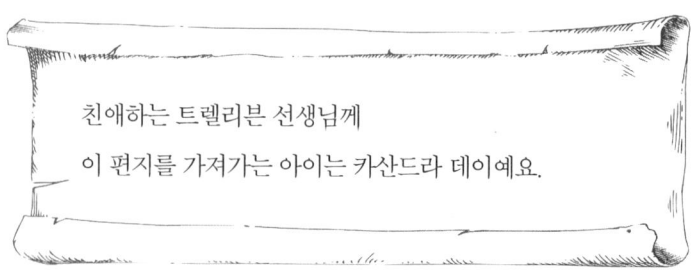

친애하는 트렐리븐 선생님께
이 편지를 가져가는 아이는 카산드라 데이예요.

딸깍 소리에 메리는 고개를 들었다. 그녀가 문가에 도달했을 즈음, 카스는 옷 보따리를 옆구리에 우겨 넣고 계단을 절반 정도 뛰어내려간 상태였다. 처음에는 충동적으로 쫓아가려 했다. 하지만 그래봐야 무슨 소용이란 말인가? 설사 카스를 붙잡아서 앤 선생님께 직접 데려간다 해도, 아카데미는 감옥이 아니다. 내키지 않는 학생은 언제라도 나갈 수 있다. 그녀는 멀어져가는 카스의 발소리를 들으며 걱정스러운 마음에 얼굴을 문질렀다. 손가락이 약간 미끈거렸다. 카스의 손을 잡았기 때문이리라. 그녀는 손을 닦고 다시 조찬실로 내려갔다.

집안에 이래저래 사건이 많은 날이었다. 1시간 뒤 안젤리카의 침실 앞을 지나던 메리는 숨죽여 우는 소리를 우연히 듣고 말았다. 그녀는 망설였다. 안젤리카는 그때까지 자신의 관심을 달가워한 적이 없었고, 이제는 달라졌을 거라고 장담할 수 없었다. 하지만 어제 이후, 메리는 일종의 책임감을 느꼈다.

그녀는 차 쟁반을 챙겨 침실 문을 두드렸다. 인내심이 필요했지만, 몇 분 뒤 "들어와요" 하는 낮은 목소리가 들렸다.

침실은 어두웠고, 잠의 흔적과 짙은 향수로 인해 공기가 매우 탁했다.

"차를 좀 가져왔어요."

메리가 이불 속에 있는 불룩한 형체에 대고 말했다.

안젤리카는 베개에 얼굴을 파묻고 계속 울었다.

메리는 진심으로 놀랐다. 따지고보면 오늘은 안젤리카의 인생에서 가장 행복한 날이어야 하지 않는가?

"안젤리카, 어디 아파요?"

긴 침묵.

"아, 아니에요."

"마이클하고 다퉜어요?"

퉁퉁 붓고 울긋불긋해져서 약간 흉측한 얼굴이 나타났다.

"아뇨. 어제는 아름다웠어요. 마이클도 멋졌고, 모든 것이 아름다웠죠."

안젤리카는 또 한 번 눈물을 왈칵 쏟았다.

메리는 어떻게 반응해야 할지 알 수 없었다.

"그러니까 어제는 아름다웠는데, 오늘은 아니란 말이에요?"

안젤리카는 마치 긍정하듯 가냘픈 울음소리를 냈다.

"당신은 뭐가 문젠지 모르잖아요?"

안젤리카는 고개를 저으며 소리쳤다. 그리고 몇 분 후, 울다지쳐 딸꾹질까지 하며 더듬더듬 말했다.

"내가 이 모양이에요. 가끔씩."

메리는 파티 다음 날이 떠올랐다. 의기양양해야 마땅한 안젤리카는 오히려 더없이 비참해 보였다.

"좀 일어나 앉을래요? 그럼 숨 쉬기가 좀 편할 거예요."

메리는 유리잔에 물을 따랐다.

안젤리카는 힘겹게 일어나 앉아 코를 풀었다.

"나를 경멸하죠?"

안젤리카가 마침내 말했다.

"당신과 비교하면 풍족한 삶이지만, 난 아무것도 아닌 일에 울음이나 터뜨리는 한심한 여자니까요."

"경멸하지 않아요."

반사적으로 대답이 튀어나왔지만 곧 진심임을 깨달았다. 안젤리카는 이기적이고 거만했다. 그러나 엄청난 부와 특권에도 불구하고, 결정적인 부분에 있어서 카스만큼이나 무력했다.

안젤리카는 한숨을 쉬며 자기 손을 내려다보았다. 왼쪽 약지에 수수한 금반지가 끼워져 있었다. 너무 가늘어서 그림자나 다름없었다. 그녀의 얼굴에 다시 먹구름이 끼었다.

"결혼을 후회하는 건 아니죠?"

메리가 물었다.

"어제 당신은 자기 감정에 대해 확신하는 것처럼 보였어요."

마치 울음을 터뜨리려는 듯 안젤리카의 얼굴이 다시 일그러졌지만 간신히 자제할 수 있었다. 몇 분 뒤 그녀가 말했다.

"마이클과 결혼하면 행복해질 거라고 생각했어요. 몇 시간 동안은 행복했죠. 그런데 어제 집에 몰래 들어와서 평소처럼 저녁을 먹었어요. 마치 아무 일도 없었던 것처럼요."

안젤리카는 무기력한 몸짓을 했다.

"모든 게 그대로예요. 나는 여기 있고 그 사람은 여전히 비서죠. 난 결혼을 하면 뭔가 달라질 거라고 생각했어요."

"당신이 결혼한 걸 부모님이 알게 되면 달라질 거예요. 어쩌면 당신과 마이클이 얘기를 꺼내야겠죠."

안젤리카는 차를 마셨다.

"매일 밤 누워서 그런 생각을 해요. 하지만 이건 그 이상이에요. 결혼을 하면 전혀 다른 기분이 될 줄 알았는데 오히려 문제가 더 복잡해졌어요. 마치 덫에 걸린 기분이에요. 결혼 때문이 아니라 다른 모든 것들 때문에요. 뭐라고 잘 설명할 수 없네요."

메리는 잠시 안젤리카를 쳐다보다가 말을 이었다.

"당신이 날 좋아하지 않는 걸 알고 있지만 내 의견을 말해볼까요?"

"당신을 좋아하지 않는 게 아니라, 좋아하지 않기로 작정했던 거예요."

안젤리카는 반쯤 미소를 지었다.

"당신에게 중요하지 않겠지만, 난 당신이 흥미로운 사람이라고 생각해요."

흥미롭다! 그 말을 들으니 제임스가 자신에 대해 평가하며 보여주었던 경멸이 아프게 떠올랐다. 메리는 숨을 깊이 들이쉬고 안젤리카의 상황에 집중했다.

"내 생각엔……."

메리는 신중하게 말했다.

"어떤 여자들은 인생에서 결혼과 아이를 가장 중요하게 생각하지만, 다른 것을 꿈꾸는 여자들도 있는 것 같아요. 당신의 불행은 그런 종류의 결핍이 아닐까 해요."

안젤리카의 이마에 주름이 잡혔다.

"난 결혼을 위해 사육되었어요."

"당신은 재능 있는 피아니스트예요, 안젤리카. 가족과 친구들을 위해 연주하는 것 이상을 생각해본 적 있어요?"

그녀의 얼굴이 분홍빛으로 살짝 물들었다.

"음악 선생님들이 항상 그렇게 말했지만, 난 생각해본 적이 없어요. 그런 생각을 하도록 허락을 받은 적이 없었죠. 게다가 이제 난 결혼까지 한 걸요."

안젤리카의 어깨가 축 늘어졌다.

"너무 늦었어요."

"그럴까요? 하지만 많은 배우와 오페라 가수들이 결혼 후에도 활동을 계속하고 있잖아요. 음악가이면서 아내가 될 수는 없을까요?"

"난 못해요."

안젤리카는 정말로 아연실색한 것 같았다.

"마이클이 불쌍해요."

"마이클은 합리적이니까 당신이 행복하기를 바라겠죠. 아마도 재능 있는 아내를 둔 걸 자랑스러워할 거예요."

안젤리카가 고개를 저었지만, 동그란 눈에 동요가 어렸다.

"안 될 말이에요. 그건 그냥······."

"난 당신에게 이래라저래라 하려는 게 아니에요."

메리가 재빨리 말했다.

"그냥 어쩌면 당신의 불행이 선택의 기회가 부족했기 때문일 수도 있다고 말하는 것뿐이에요."

그녀는 안젤리카의 반응을 가늠할 수 없었다.

"진실은 당신만 알겠지만, 이 말을 꼭 하고 싶었어요."

그리고 그것은 사실이었다. 이야기를 나누는 30분 동안, 어느 순간부터 그녀는 고용된 샤프롱에서 안젤리카를 걱정하는 친구로 바뀌어 있었다. 카스의 불행과 마찬가지로 안젤리카의 불행에서 메리는 자신의 과거를 보았다.

"한번 생각해봐요."

메리는 결론지었다.

"더 필요한 거 있어요?"

안젤리카는 이미 생각에 빠져 있었다.

"음······ 아니요. 하지만 메리."

메리는 문지방에서 멈추었다.

"네?"

"다시 한번 고마워요."

22

그날 아침 아무도 메리가 함께 있어주기를 원하지 않았다. 때문에 메리는 재빨리 산책을 나가고 싶다고 둘러대고 세인트 존스 우드로 향하는 합승마차를 잡았다. 에이전시의 비밀을 지켜낸 것 말고는 모든 것을 엉망으로 망쳐놓았으니 얼마나 아이러니한 일인가. 아카시아 로드에서 스크림쇼 여성 아카데미라고 쓰인 황동 명판을 보자, 거의 참을 수 없을 만큼 위안을 느꼈다. 그녀는 최악의 경우에 대비하여 마음을 단단히 먹었다. 그리고 연철로 된 대문의 빗장을 풀고 안으로 슬쩍 들어갔다. 지금 메리는 조언이 절실했다. 설사 그 조언이 가차 없이 엄격하더라도 어쩔 수 없었다.

앤의 사무실은 1층에 있었다. 크기나 장식 면에서 놀랍도록 검소한 사무실이었다. 이곳에는 널찍한 마호가니 책상도, 은은한 빛을 내는 유화도, 크리스털 디캔터도 없었다. 방은 주인처럼 꾸밈없이 잘 정돈되어 있었고, 그나마 여기저기 놓인 화분들 덕분에 한결 온화한 느낌을 주었다. 방문은 살짝 열려 있었다. 메리의 가벼운 노크에 앤은 즉시 눈을 들었다. 그녀는 메리를 보고 눈을 살짝 깜빡였을 뿐이지만, 그 작은 움직임조차 그녀에게는 상당한 감정 표현이었다.

"안녕, 메리."

메리는 자신이 눈물을 참느라 눈을 깜빡이고 있는 것을 느끼고 당황스러웠다. 처음에는 인도 선원 보호소에서, 그리고 제임스의 앞에서, 그리고 지금 또다시. 벌써 세 번째였다.

"불쑥 찾아와서 죄송해요. 달리 어떻게 해야 할지 알 수가 없었어요. 제가 다 망쳐놨어요. 내일이 마지막인 것도 알지만······."

앤은 문을 닫고 격하게 메리를 포옹했다. 마른 체구치고 앤은 힘이 무척 셌다.

"괜찮아. 나중에 얘기해도 돼."

메리는 자신이 왜 울고 있는지 알 수 없었다. 훈련받는 요원으로서 저지른 비참한 실패 때문에? 앤을 실망시켜서? 카스에게 도움의 손길을 뻗지 못해서? 아니면 그렇게 쉽게 울어버린 안젤리카 때문에? 일단 눈물샘이 터지고 나니 좀처럼 멎지 않았다. 마침내 눈물이 잦아들고 딸꾹질이 시작되자, 앤은 손수건과 브랜디 한 잔을 건넸다.

"마시거라."

메리는 받아 들고 마셨다. 그녀는 얼굴을 닦고 코를 푼 뒤 애써 민망한 미소를 지었다.

"죄송해요."

"울었다고 사과할 필요는 없어. 네가 그동안 무슨 일을 해왔는지 말해주겠니?"

메리는 논리적이고 효율적으로 그동안의 일을 하나도 빼놓지 않고 얘기했다. 물론 사적인 대화는 예외였다. 앤에게 아버지에 대해 말하고 싶은 충동을 느꼈지만 새삼스럽고 민망했다. 그리고 과연 그것이 안전할지도 의문이었다. 무의식적으로 그녀는 옷 속에 감춰진 비취 펜던트를 만졌다.

사실을 알면 앤과 펠리시티가 자신을 경멸할까? 스스로를 공정하고 근대적이라고 자부하면서도 속으로는 차별을 일삼는 영국인들처럼 그녀를 두려워하고 혐오하지는 않을까? 어린 시절 메리는 온갖 모욕적인 말들을 들었다. 정말 추악한 말이었지만, 지금 문제는 그보다 더 심각했다. 앤이나 펠리시티에게 그런 소리를 듣는다면 견딜 수 없을 것 같았다.

물론 머리는 앤과 펠리시티가 자신을 모욕할 리 없다고 말했지만, 메리는 계속해서 진실을 외면했다. 만일 진실을 듣고 나서 앤과 펠리시티가 그녀를 혐오하지 않는다 해도 그들이 아는 한 그녀는 더 이상 '메리 퀸'이 될 수 없을 것이다. 메리는 늘

혼혈아였고, 중국 여자였으며 다른 존재였다. 사실이 알려지면 그녀는 그야말로 이것도 저것도 아닌 정체불명의 존재가 될 것이다. 어디에도 소속되지 못하고, 누구와도 어울리지 못할 것이다.

메리가 이야기를 끝마쳤을 때, 앤은 아무 말이 없었다. 메리는 안달하지 않으려 애썼다. 앤이 어떤 비판을 하더라도 받아들일 참이었다. 그리고 자신이 시행착오를 통해 배울 수 있다는 것을 보여주리라.

앤의 조용한 목소리가 그녀의 생각을 중단시켰다.

"그런데 오늘 왜 온 거지?"

미처 대답을 생각하지 못했다. 잠시 쩔쩔매다가 그녀는 정신을 집중하고 말했다.

"선생님의 조언이 필요합니다."

"무엇에 대해서?"

간결하거나 만족할 만한 대답은 있을 수 없었다.

"뭘 해야 할지 모르겠습니다. 인도에서 들어오는 화물에 대한 정보는 듣지도 못했고, 실수를 많이 저지른 데다 어떤 건 심각합니다. 제가 무모했어요. 약속을 어겼고요."

메리는 이야기를 멈추었다.

"모두 사실이야. 게다가 넌 맡은 임무의 범위를 벗어났지. 주요원은 네가 창고를 수색하려 한 데 가장 실망했어. 침입하다 발각될 뻔하는 바람에 주 요원의 임무를 필요 이상으로 어렵게 만들었지."

메리는 얼굴이 화끈거렸다. 거기까진 생각조차 못했다.

또 한 번 침묵이 지나간 뒤, 앤의 냉정한 목소리가 그녀의 귀에 닿았다.

"이 임무를 포기하고 싶니?"

메리는 얼굴이 새빨갛게 달아올랐다.

"그게 가장 현명한 행동이겠죠."

메리는 천천히 말했다.

"그런데?"

"전 선생님께 믿음을 드리지 못했어요."

메리는 부들부들 떨면서 말했다.

"저는 고집불통에 오만했고, 동료들에게 위험만 안겼습니다. 시작부터 최악이었죠."

"그런데?"

앤은 진심으로 궁금한 듯한 목소리였다.

"하지만 계속하고 싶습니다."

메리는 긴 한숨을 들이쉬고 앤의 눈을 간절히 보았다.

"저는 선생님의 믿음이 헛되지 않았음을 증명하고 싶어요."

앤은 미간을 좁히며 살짝 인상을 찌푸렸다.

"넌 내가 아니라 에이전시를 위해 일해야 해, 메리."

메리는 격렬하게 고개를 저었다.

"이건 그 이상입니다, 트렐리븐 선생님. 저는 제 일을 하고 싶고, 제 책임을 다하고 싶습니다. 이 임무를 제대로 끝내고 싶어요. 그리고 상황을 바로잡을 기회를 갖고 싶고요."

앤은 속을 알 수 없는 표정이었다. 메리는 숨을 죽였다. 책상에 놓인 작은 탁상시계가 열두 번 낭랑하게 종을 울리며 시간을 알렸다. 첼시로 돌아가려면 곧 떠나야 했다.

앤도 시계를 흘긋 보았다.

"임무를 계속해도 좋아, 메리."

앤은 민첩한 제스처로 메리의 감사 인사를 저지했다.

"자, 지금까지 크게 네 가지 정도 얘기한 것 같구나. 중요한 순서대로 얘기하마. 네가 언급한 필사본 문서는 유용할 수 있겠지만 우린 다른 자료들이 있어. 마이클과 안젤리카만 놓아둔 장소를 안다면, 문서가 사라지진 않을 것 같구나. 필요하면 런던 경시청이 그레이에게서 문서를 넘겨받을 수 있을 거야. 지금까지 다른 서류를 찾을 수 없었다면 앞으로도 찾을 것 같지 않구나."

앤은 엄격한 눈빛으로 그녀를 쳐다보았다.

메리는 고개를 끄덕였다. 뺨과 귀가 온통 빨개졌다.

"소롤드 부인의 행동에 대해서는 네가 계속 감시하는 게 좋겠다. 따로 감시를 붙이겠지만, 오늘은 네가 그녀의 움직임을 추적하도록 해. 그리고 또 한 가지 제임스 이스튼과 다시 접촉할 거니?"

대답하려고 했지만, 입에서는 그저 입김만 나올 뿐이었다.

마침내 메리가 침울한 목소리로 대답했다.

"아니요."

앤이 눈썹을 치켜올리자, 메리는 설명을 좀 더 덧붙였다.

"그 사람 형이 안젤리카에게 구애하고 있었는데, 안젤리카가 결혼했으니 이제 이 일과 상관없어진 거죠."

앤은 질문을 하려다가 마음을 바꾼 것 같았다. 대신 그녀는 신중하게 말했다.

"이 사건에서는 에이전시에 대한 충성심이 우선이야. 그를 다시 만나야 한다면 그 점을 명심해라."

메리는 이상한 거북함을 느끼며 고개를 끄덕였다. 앤이 이 문제에 대해 말하려는 게 이것뿐이란 말인가? 그녀는 질문거리를 생각해보았다. 하지만 뭘 물어야 하지?

"마지막으로, 카산드라 데이의 문제에 대해 넌 책임이 없다, 메리. 그 아이에겐 도움을 거부할 자유가 있어."

"하지만 그 애가 뭘 그렇게 두려워하는 건지 모르겠어요. 학교 얘기를 꺼내기 전까진 어느 정도 저를 신뢰했거든요."

앤이 한숨을 쉬었다.

"어떤 아이들은 단순히 학교라는 개념 자체를 싫어하지. 감금되는 것처럼 느껴져서 싫은 거야."

"부엌데기 생활이 더 낫단 말인가요?"

메리는 목소리에서 좌절감을 감출 수 없었다.

"그 애는 그렇게 생각하는 게 분명해."

앤은 말을 멈췄다가 다시 몸을 앞으로 숙였다.

"다시 소롤드 사건으로 돌아가자. 우리 요원이 지난밤에 조사를 마치고 창고에서 관련 문건을 빼왔다. 화물은 내일 하선할 예정이지. 우리는 그때 런던 경시청이 물증을 확보하기를 기다리고 있다."

"그때까지 나머지 가족들을 감시하면 되나요?"

"그래. 본격적인 체포와 수사가 진행되면서 비밀 결혼이 밝혀질 테고, 그럼 넌 자연스럽게 떠날 수 있을 거야."

메리는 고개를 끄덕이고 일어섰다.

"트렐리븐 선생님……."

앤은 고개를 저었다.

"감사와 사과라면 사양이야."

메리는 다른 적절한 말을 찾기 위해 머리를 짜냈다.

"남은 기간 동안 행운을 빌어주실래요?"

메리의 목소리가 살짝 떨렸다.

모처럼 앤의 입가에 미소가 번져 한결 부드럽게 보였다.

"침착하게만 행동하면 행운 따윈 필요 없을 거야."

23

한가로운 일요일 오후를 보내려던 제임스의 계획은 처음부터 어긋났다. 그 여자와 런던 거리를 헤매고 다니느라 미뤄뒀던 일들을 처리하기 위해, 토요일 밤 늦도록 사무실에 틀어박혀 있었다.

그는 좀 더 현명하게 굴었어야 했다. 옷장에 숨어든 사람을 만나면 골치 아파진다는 것을 알아야 했다. 특히 본인은 숙녀라고 주장하지만 모든 면에서 반대로 행동하는 말괄량이라면 문제는 두 배, 아니 세 배로 커진다. 그 닳고 닳은 여자는 노련한 사기꾼이었다. 그와 조지가 소롤드 가족에게서 벗어난 건 정말 행운이었다. 물론 형은 그렇게 생각하지 않겠지만.

제임스가 책을 읽으며 간신히 마음을 가라앉혔을 때, 하녀장이 알프레드 퀴글리가 보낸 쪽지를 가져왔다. 소년의 잘못은 아니었다. 퀴글리는 '사건'이 끝났다는 사실을 몰랐다. 하지만 지난 2주 동안 얼마나 많은 시간과 에너지를 허비했는지 다시 한번 상기시켜 달갑지 않았다. 제임스는 주머니에 쪽지를 구겨 넣고 퀴글리에 대해 생각했다.

퀴글리가 할 만한 다른 일을 찾아야 할 것 같았다. 퀴글리처럼 똑똑한 아이를 단순한 심부름에 낭비하고 있지만, 나이 때문에 어차피 그 정도가 유일한 돈벌이일 것이다. 소년은 홀어머니를 부양해야 했다. 이스튼 엔지니어링에서 퀴글리를 견습생 비슷하게 고용할 수 있을까? 아니면 괜찮은 학교를 알아봐야 했다. 재능을 제대로 활용하려면 교육을 좀 더 받아야 했다. 아무튼 망할 놈의 소롤드 가족 때문에 제임스는 퀴글리까지 책임져야 할 판이었다.

그렇게 속으로 혼잣말을 하고 있으니 잡생각 없이 편안한 휴식 따위는 물 건너간 것이나 다름없었다. 서재 문이 열리는 소리를 들었을 때는 차라리 반가웠다.

"무슨 일이죠, 레몬 부인?"

"실례합니다, 이스튼 씨. 경찰이 찾아와서 형님이나 이스튼 씨 뵙기를 청하네요."

"뭣 때문에 그런답니까?"

"저에게는 설명하려고 하지 않습니다. 그냥 긴급 상황이라고만 하더군요."

일요일에 찾아오다니.

제임스가 일어섰다.

"좋습니다. 어디에 있죠?"

콘스타블 토마스 허긴스는 조찬실에 걸린 액자 테두리를 손가락으로 한가로이 훑었다. 제임스가 들어오자 미간이 넓고 눈빛이 왠지 불안해 보이는 젊은이가 뭔가 켕기는 듯 빙그르 돌았다.

"이스튼 씨?"

"그렇습니다."

제임스는 의자에 앉으며 상대방에게도 앉기를 권했다.

"일요일에 쉬시는데 죄송합니다."

허긴스는 엉거주춤 모자를 손에 쥔 채 계속 서 있었다.

"유감스럽게도 불쾌한 소식이 있습니다."

"저와 관련된 건가요?"

"그렇게 보입니다."

제임스는 돌처럼 굳은 얼굴로 그저 기다릴 뿐이었다.

"이스튼 씨의 건축 현장에서 시체가 발견되었습니다."

시체라니! 제임스는 갑자기 어떤 확신이 떠올랐다. 좁은 크리놀린 때문에 몸매가 드러난, 축 늘어진 호리호리한 형체가 뇌리를 스쳤다. 그리고 풍성한 검은 머리카락도 눈에 들어왔다.

"어떻게요? 어디서요?"

그의 목소리는 거칠었으며, 지나치게 컸다.

콘스타블 허긴스는 이마에서 땀을 닦았다.

"강 바로 옆에서요."

제임스로서는 지금 앉아 있다는 것이 무척 다행스러웠다. 잠시 후, 그가 물었다.

"제가 뭘 도와드리면 되겠습니까?"

허긴스는 안심한 듯 고개를 끄덕였다.

"사고 같습니다. 죽은 남자가 발을 헛디뎌서 구덩이로 떨어진 게 뻔합니다만, 우리는…….."

현기증의 안개를 헤치고 제임스는 결정적 단어를 잡아냈다.

"남자요? 죽은 사람이 남자인가요?"

허긴스가 고개를 끄덕였다.

"아시다시피 부랑아와 걸인들은 건설 현장을 아주 좋아하죠. 그런 자들은 건설 현장에 보물이라도 매장된 것처럼 굽니다."

그럼 여자는 아니군. 제임스는 숨을 길게 내쉬었다.

"그래서 현장에 함께 가주십사 부탁드리려고 왔습니다."

"물론이죠."

제임스가 일어섰다.

"제가 시체를 알아볼 수 있을지 의문스럽지만 말입니다. 콘스타블 씨. 부랑아라고 말씀하셨습니까?"

처음의 충격이 지나가자 그는 섣부른 결론을 내린 것이 짜증스러웠다. 혹시 메리가 시체로 발견된다 해도 그 장소가 자신의 건설 현장은 아닐 것이다. 제임스는 이제 그녀에 대한 생각을 머리에서 몰아낼 참이었다.

"그렇습니다. 일요일에 어울리는 유쾌한 주제는 아닙니다만, 피해자가 부랑아라 해도 시체는 시체니까요. 어쩌면 장비 같은 것을 만지작거리고 있었겠지요."

그들은 대기 중이던 이륜마차를 타고 장차 철도가 놓일 터널을 뚫고 있는 공사 현장으로 갔다. 비교적 냄새가 심하지 않은 날이어서, 제임스로서는 다행스러웠다. 선선한 날씨가 유지된다면 내일쯤이면 인부들이 효율적으로 작업할 수 있을 것이다.

마차에서 내리자 한 무리의 사람들이 모여 있는 것이 보였다. 사건 현장을 지키고 있던 몹시 지친 표정의 경찰관이 자신을 데이비스 경사라고 소개했다. 나머지 사람들은 시체의 옷을 벗겨 가기 위해 혈안이 된 거리 청소부와 부랑아, 넝마주이 들이었다.

제임스는 터널 입구 저쪽 끝에서 조그만 덩어리 같은 것을 보았다.

"저 사람이 어떻게 저기로 갔는지 아십니까?"

"떨어졌겠죠."

제임스는 날카롭게 경사를 노려보았지만, 빈정대는 것 같지는 않았다.

"다른 경사를 부르긴 한 거요?"

데이비스 경사는 부루퉁해 보였다.

"뭣 때문에요? 예수님이라 해도 들어 올리지 못할 텐데요."

구경꾼 사이에서 히죽거리는 소리가 들렸다.

"여기 있는 사람들을 쫓아내요."

제임스는 딱딱거렸다. 그는 재킷을 벗고 버둥거리며 구덩이 속으로 들어갔다. 구덩이는 터널 입구에서 아래로 경사져서, 게처럼 네 발로 미끄러지다시피 하며 내려가야 했다. 바닥에 닿자 그는 일어서서 철퍼덕거리며 진창을 걸었다. 구중중한 강의 악취가 너무 진해서, 마치 냄새나는 액체가 한 방울씩 폐 속으로 흘러들어가는 것 같았다.

시체의 발은 작았고, 거지치고는 드물게 신발을 신고 있었다. 얼굴은 진흙에 처박혀 있었고, 팔은 아무렇게나 뻗어 있었다. 시체에 가까워질수록 제임스의 발걸음이 빨라졌다. 그는 거칠게 시체를 뒤집었다. 시체는 키가 작고 호리호리해서 얼핏 보기에도 성인 남자의 몸이 아니었다. 소년이었다. 어째서 상황이 이렇게 꼬이는 거지?

제임스는 이성을 잃고 진흙 묻은 목에서 맥을 찾으려 했지만, 모두 부질없는 짓이었다. 소년의 몸은 이미 차갑게 식어 있었다. 제임스는 시체 옆에 웅크리고 앉았다. 터널 입구로 눈을 돌리니, 허긴스와 데이비스가 군중들을 통제하려는 것이 보였다. 그러나 두 사람 모두 권위 있어 보이지 않았다.

제임스는 손수건으로 시체의 얼굴에서 진흙을 닦아냈다. 알아볼 것 같지는 않지만 그래도 최소한의 시도는 해봐야 했다. 주근깨 몇 개를 발견하자 뱃속이 살짝 요동쳤다. 흐릿한 눈은 제임스 바로 뒤쪽의 어느 지점을 응시하고 있는 것처럼 보였다. 속눈썹에는 진흙이 덕지덕지 붙어 있었다.

손수건이 흠뻑 젖었지만, 그걸로 충분했다. 눈앞의 소년을 내려다보는 제임스의 입술이 굳었다. 얼굴은 일그러지고 진흙 범벅인 데다 입술도 시퍼랬지만 분명 그 아이였다.

부랑아도 거지도 아니었다.

아무 아이가 아니었다.

알프레드 퀴글리였다.

갑자기 뱃속이 울렁거렸다. 제임스는 고개를 옆으로 돌리고 점심에 먹은 것을 진흙 위에 게워냈다. 속이 완전히 빌 때까지 구토를 멈출 수 없었다. 강렬한 충격이 그를 흔들어놓은 것이다. 얼마나 시간이 흘렀을까. 콘스타블 허긴스가 그의 어깨를 두드렸다. 허긴스는 당황해서 주근깨 얼굴이 빨갛게 물들었다.

"죄송합니다. 이렇게 괴로워하실 줄 알았더라면……."

제임스는 허긴스가 내민 손수건을 집어 들었다. 얼굴이 온통 눈물과 땀으로 범벅이 되었다. 이제 귀에서 들리던 윙윙 소리가 가라앉으면서, 구경꾼들이 안전한 거리에서 야유하는 소리가 들렸다.

"감사합니다."

간신히 입을 열 수 있게 되자 제임스가 말했다.

허긴스는 얼굴을 붉히며 눈을 돌렸다.

"천천히 하세요."

제임스는 정신을 추슬렀다.

"이 소년을 압니다. 날 위해 일하던 아이예요."

허긴스의 입이 조그만 원처럼 동그랗게 벌어졌다. 제임스는 서둘러서 물었다.

"이게 사고라고 생각합니까?"

허긴스는 속절없이 두리번거렸다.

"남자아이를 죽여야 할 이유가 없어서요. 제 말은, 여자아이라면 다를 수 있단 겁니다. 특히 여자애들은…… 아시죠? 하지만 남자아이를? 게다가 옷을 입은 채? 사고가 아니라면 달리설명할 방도가 없습니다."

제임스가 인상을 찌푸리자 허긴스는 서둘러 덧붙였다.

"물론 경찰서에 가서 다시 확인해보겠지만, 요즘 손이 모자라서 걱정입니다. 이게 제가 처음 맡은 살인 사건입니다."

허긴스의 얼굴이 다시 붉어졌다.

제임스는 천천히 고개를 끄덕였다.

"소년의 이름은 퀴글립니다. 홀어머니와 함께 살았죠. 제가주소를 드리겠습니다."

허긴스가 고개를 끄덕였다. 안도하는 빛이 역력했다.

"빠를수록 좋습니다."

그는 경사를 돌아보며 지시했다.

"지금 시체를 옮기겠나? 빠를수록 좋아."

허긴스가 말했다. 그리고 제임스 쪽을 보며 덧붙였다.

"등을 돌리는 순간, 운명은 이빨을 드러내죠."

알프레드 퀴글리는 이제 시체가 되어버렸다. 제임스는 몸을 숙여 부릅뜬 소년의 눈을 감겨주었다.

허긴스는 이의를 제기하지 않았다.

"좋은 생각입니다. 아이 엄마에게도 좋겠지요."

좋다. 아무렴. 자식을 앞세운 과부가 되었으니 좋다마다. 그는 더러워진 손으로 지갑을 뒤져서, 깜짝 놀란 허긴스에게 쥐어주었다.

"아이의 어머니에게 주세요."

제임스가 중얼거리듯 말했다.

"장례비에 보태라고."

피 묻은 돈.

제임스는 연극 같은 장면을 지켜보았다. 소년의 시체를 어깨에 들쳐 멘 부루퉁한 경사와 그 뒤를 따르는 소심하지만 인간적인 콘스타블 허긴스. 토사물이 고인 곳에는 벌써 파리가 들끓었다. 그는 알프레드 퀴글리가 코를 박고 죽어 있던 땅을 마지막으로 내려다보았다. 그런 뒤 몸을 돌려 허긴스를 따라 구덩이를 빠져나왔다.

살인자. 살인자. 살인자. 제임스는 자신이 얼마나 오랫동안 건설 현장에 서 있었는지 알 수 없었다. 흐르는 강물을 응시하며 머릿속을 관통하는 통렬한 비난을 곱씹었다. 알프레드 퀴글리의 죽음은 제임스의 탓이었고 변명의 여지가 없었다. 그런데 그는 퀴글리 부인에게 직접 소식을 전하는 대신, 허긴스에게 주소를 떠넘겨버렸다. 특별히 현장에 있을 이유는 없었지만, 달리 무엇을 해야 할지 떠오르지 않았다. 그에겐 안락한 집으로 돌아가서 편히 쉴 자격이 없었다.

제임스의 시선은 후덥지근한 강둑에 있는 사람들에게로 향했다. 대부분은 실망한 거리 청소부들이었다. 그런데 예외가 있었다. 그는 강둑을 유유히 지나치고 있는 익숙한 형체를 알아보았다. 도대체 저 여자는 여기서 뭘 하고 있는 걸까? 갑자기 분노가 솟구친 제임스는 다시는 생각하지 않겠다던 다짐을 떠올리기도 전에 그녀를 향해 파헤쳐진 진흙 위를 달려갔다.

"도대체 여기서 뭘 하는 거요?"

목소리가 들릴 만한 거리에 닿자, 고함치듯 물었다.

메리는 뒤로 돌아 주위를 두리번거렸다. 그녀는 제임스를 보고 깜짝 놀란 듯했다.

"안녕하세요."

그는 강둑을 기어올라 더러워진 바지에 손바닥을 문지르고 그녀를 노려보았다.

"안전하게 집에나 있을 것이지 할 일이 그렇게나 없소?"

"내 말 들어봐요."

메리는 조용히 말하며 가까이 다가오다가 그의 옷에 덕지덕지 붙은 진흙의 악취에 코를 찡그렸다.

"새로운 상황이 발생했어요."

제임스는 새로운 상황에 대해서 얘기하고 싶지 않았다. 제임스가 원하는 것은 메리에게 눈물을 쏙 뽑을 만큼 고함을 친 다음 그녀를 어디든 안전한 곳으로 보내버리는 것뿐이었다. 그가 입을 열었지만, 메리가 벌써 이야기를 시작한 뒤였다.

"소롤드가 체포되었어요. 경찰이 창고 근처에서 선박을 급습했어요."

그녀는 왜 일정이 월요일에서 일요일로 당겨진 것인지는 알지 못했다.

제임스는 갑자기 정신이 번쩍 들며 얼어붙었다.

"계속해요."

"점심시간에 런던 경시청에서 경찰 둘이 나와서 소롤드를 데려갔어요. 창고는 수색 중이고, 서류도 압수되었죠. 전혀 예기치 못한 일이었어요. 소롤드도 전혀 감을 잡지 못했는지 경찰들이 창고 침입 건으로 탐문을 나온 줄 알더군요."

"혐의가 뭐요?"

"장물 밀수요."

낮은 어조로 그녀는 인도 공예품 문제를 요약했다. 그는 인상을 쓰고 땅을 보며 열심히 들었다. 그리고 마침내 물었다.

"그레이는 어디 있소?"

"집에요. 경찰이 내일 경시청에 출두하라고 명령했어요."

"소롤드 부인은?"

"조금 전까지 부인의 마차를 미행하던 중이었는데, 변호사를 찾더군요. 아마 소롤드의 보석과 변호 때문이겠죠. 당신이 부르는 바람에 놓치긴 했지만, 부인은 집으로 가는 길이었어요."

제임스는 조용히 메리를 눈여겨보았다. 메리는 이 모든 모험을 은근히 즐기는 것 같았고, 얼굴에 화색까지 돌았다.

"부인이 당신을 못 본 게 확실해요?"

"조심했어요."

"그러길 바랍니다. 당신을 위해서."

메리는 제임스의 말에 인상을 찌푸렸다.

"무슨 뜻이죠?"

진흙이 덮이고 입술이 파래진 알프레드 퀴글리의 죽은 얼굴이 눈앞을 잠시 스쳐갔다. 그는 메리가 똑같은 운명을 맞지 않도록 보호해야 했다.

"설명할 수 없소."

제임스가 긴장된 목소리로 말했다.

"하지만 내 말 들어요, 메리. 우린 이제 이 일과 아무 관계없소. 경찰이 소롤드 사건을 철저히 수사할 거요. 이제 당신이 할 일은 없어요. 새 일자리를 구하고, 여기에 대해서는 더 생각하지 말아요."

"하지만……."

"개인적으로는 회의적이지만, 소롤드가 임신시켰다는 하녀에 대한 단서가 있다면 그 역시 경찰이 찾을 거요. 당신이 할 수 있는 최선은 이 사건에서 빠지는 거요."

"그게 당신 결정인가요?"

이상하게도 메리는 분개하지 않았다. 그녀의 푸른 눈은 오늘 따라 유독 흥분으로 반짝였다.

제임스는 목소리를 냉정하게 유지하려 애썼다.

"그래요."

"그럼 좋아요. 당신 계획은 뭐죠?"

제임스는 고개를 저었다.

"내 말을 듣지 않았군요. 계획 따윈 없소. 당신은 최대한 빨리 소롤드에게서 멀어져야 해요. 그 망할 놈의 가족 모두에게서 말이오. 소롤드가 보석으로 석방되기 전에, 바로 오늘."

제임스의 말뜻을 파악하게 됨에 따라, 메리의 얼굴에서 밝고 열정적인 표정이 점차 사라졌다. 그리고 메리는 눈을 감았다.

그녀는 한동안 그 상태로 있었다. 그는 메리의 얼굴을 자세히 볼 수 있는 기회가 생긴 것이 반가웠다. 이 모습을 오래도록 간직하고, 이 얼굴의 윤곽을 기억해두고 싶었다. 그러나 그 순간은 오래 지속되지 않았다.

"내가 이해할 수 있게 설명해줘요. 지금 그만두라고 말한 건가요? 달아나서 조신한 여자처럼 내 일에나 신경 쓰라고요?"

제임스는 체중을 다른 다리로 옮겨 실었다.

"그런 뜻은 아니었소."

메리가 눈을 뜨고 있으면, 제임스는 항상 수세에 몰렸다.

"당신은 오만한 욕심쟁이에요! 파트너가 되기로 합의해놓고, 결정도 혼자 내리고 나한테 이래라저래라 하죠. 우린 '동등한' 파트너가 되기로 하지 않았나요? 악수까지 했고요."

"알아요. 설명할 수 있다면 설명하고 싶소."

"하지만 그럴 수 없겠죠. 아니면 그러기 싫거나 그럴 만한 이유가 없겠죠. 그러니까 당신 말을 곧이곧대로 믿어야 한다는 건가요?"

"그래요. 하지만 아주 중요한 일이 아니라면 그렇게 말하지 않을 거요. 그걸 모르겠소?"

메리는 제임스의 눈을 응시했다.

"말해봐요."

그가 입을 열려고 하는데, 그녀가 먼저 말했다.

"나를 위해 얘기할 수 없단 소리는 하지 말아요."

제임스는 입술을 닫았다. 이번만큼은 무슨 말을 해야 할지 알 수 없었다. 무슨 말을 할 수 있을까? 소롤드는 어떤 일도 서슴지 않는다고? 무고한 아이 한 명을 벌써 죽였고, 이제 당신의 목숨까지 앗아갈까 두렵다고? 그러기엔 상황이 억지스럽고 메리가 너무 무모했다. 메리라면 정의감에 불타서 복수하겠다고 불구덩이 속으로 뛰어들 것이다. 그는 끙끙거렸다. 이럴 수도 저럴 수도 없었다.

"난 서두르지 말자고 했지만, 당신은 항상 시급한 문제라고 주장했소."

제임스는 메리의 시선에 갇혀버린 느낌이었다. 마치 표본 상자 속의 곤충처럼 핀으로 고정된 것 같았다. 몇 초가 흘렀고, 1분, 그리고 2분이 흘렀다.

메리의 눈이 가늘어졌다.

"말 안 할 건가요? 그럼 이 질문에는 답할 수 있겠죠? 당신은 나를 위한 최선이 뭔지를 결정했죠. 대체 당신은 나한테 뭐죠?"

그것은 단순했다. 그렇지 않은가? 그들은 원래 협력자였고, 확실한 공모자였으며, 그리고 '친구'였다. 그러나 이제 그 모든 표현이 제임스의 감정과 비교하면 너무 약했다. 오늘 그가 경험한 어떤 것보다 더 두려운 일이었다.

"제임스……."

그의 심장이 너무 빠르게 뛰었다. 그는 목구멍에서 그것을 느낄 수 있었다.

"너무 위험해요. 내가 할 수 있는 말은 이것뿐이오. 당신은 내 말대로 해야 해요."

제임스의 목소리는 지나치게 컸다.

메리는 화가 나서 얼굴이 빨개졌다.

"내가 연약한 여자이기 때문인가요?"

"아니오. 당신은 이런 일에 익숙하지 않고 너무 무모해요. 당신이 누군가를 돕기 위해 할 수 있는 일은 없소."

그는 최대한 냉정하고 객관적으로 말하려고 애썼다.

메리는 상처를 입은 것처럼 눈이 커졌다.

"메리?"

제임스는 악당 역을 맡고 싶지 않았다.

"그런 눈으로 보지 말아요."

메리는 움직이지도 대답하지도 않았다.

"당신은 괜찮을 거요, 메리. 다른 일자리도 찾게 될 거고. 당신이 다니던 학교에서 아직 편지와 추천장을 받을 수 있죠? 소롤드 가족과 함께 지낸 기간은 겨우……."

"가야겠어요."

"아무튼 내가 데려다줄게요."

메리는 몸을 꼿꼿이 펴고 그의 눈을 보았다. 제임스는 이제 그녀의 눈에서 비탄이 아닌 분노를 보았다.

"이스튼 씨, 당신이 지적한 것처럼 우리는 이제 이 사건과 아무 관련도 없어요. 이런 대화를 계속해야 할 이유도, 당신이 나를 걱정할 이유도 없죠."

메리는 말하려는 제임스를 저지했다.

"그동안 고마웠어요. 당신 사업이 번창하길 빌어요."

"그러니까……."

그는 그녀의 얼굴을 조심스럽게 살폈다.

"이제 영영 이별인가요?"

메리는 턱을 높이 치켜들었다.

"기쁘지 않은가요? 전 기쁜데요."

24

　멜로드라마보다 더 멜로드라마 같은 장면을 연출하고 체이니 워크로 돌아왔을 때, 응접실에서 벌어진 또 하나의 극적인 장면이 메리를 기다리고 있었다. 의자 등받이에 기댄 채 병약한 몸을 간신히 지탱하고 있는 비극적인 소롤드 부인. 눈물범벅이 된 창백한 얼굴로 마이클의 손을 부여잡고 있는 안젤리카. 죄스러워 보이지만 단호한 얼굴로 서 있는 마이클. 방으로 들어가자 시선이 메리에게 쏠렸다. 그것을 제외하면, 그들은 여전히 얼음처럼 굳어 있었다.

　소롤드 부인의 시선이 다시 죄지은 부부에게 돌아갔다.

　"퀸 양, 내 딸이 결혼했다고 하면 놀랄 건가요?"

　"아닙니다."

"누구와 결혼했는지 알면요?"

"아닙니다."

소롤드 부인은 메리를 향해 고개를 돌렸다. 그녀의 얼굴은 분노로 벌겋게 물들었고, 마맛자국이 평소보다 더 두드러졌다.

"그렇다면 당신이 이 딱한 계획을 도왔다는 뜻이군요."

"그렇습니다."

마이클의 입에서 항변이 튀어나오려는 순간 소롤드 부인은 단호하게 그를 막았다.

"이 집에서 누가 또 이 사기극에 가담했죠?"

"저 말고는 없습니다."

무겁고 회의적인 침묵이 뒤따랐다.

"알았어요."

소롤드 부인은 침착하게 말했다.

"퀸 양, 당신은 물론 해고예요."

짧은 침묵이 흘렀다. 그동안 부인은 새 사위를 주시했다.

"당신은 쇠고랑을 차게 될 거고요."

안젤리카는 숨을 헐떡였지만, 마이클은 꿈쩍도 하지 않았다.

소롤드 부인의 시선이 애처롭게 떨고 있는 딸에게 향했다.

"나의 딸, 내 유일한 자식, 너에게는……."

그녀가 미소를 지었다.

"한 푼도 없을 줄 알아라. 지금 걸친 옷가지만 빼곤 아무것도 말이야."

안젤리카의 입이 떡 벌어졌다. 본래 창백한 얼굴에 그나마 남아 있던 핏기마저 싹 가셔서 입술까지 분필처럼 하얘졌다.

소롤드 부인은 만족스러운 얼굴로 자신이 내뱉은 말의 파장을 지켜보았다.

"윌리엄이 집 밖으로 안내해줄 게다. 벨을 울려요, 퀸 양."

"엄마!"

안젤리카가 애원했다.

"제발……."

소롤드 부인의 시선이 날카로운 칼날처럼 안젤리카에게 박혔다.

"차라리 야반도주하는 편이 나았겠구나."

소롤드 부인은 고소한 듯 활기차게 말했다.

"그럼 보석이라도 좀 챙길 수 있었을 텐데."

마이클이 오싹한 얼굴로 부인을 노려보았다.

"외동딸을 내쫓는 건 그럴 수 있다 치죠. 하지만 그런 상황을 즐기는 건 전혀 다른 문젭니다. 제정신인 겁니까?"

소롤드 부인이 메리에게 시선을 던졌다.

"벨을 울리라고 했잖아요."

메리는 그녀의 앞에서 손을 모아 깍지를 끼었다.

"못합니다."

"감히? 당신은 내 하인이에요, 퀸 양!"

"2분 전에 해고하셨잖아요."

한편 마이클은 한 손으로 안젤리카를 감쌌다.

"나한테 기대요. 내가 돌봐줄게요."

마이클은 장모에게 음울한 시선을 던졌다.

"벨을 울릴 필요는 없습니다, 부인. 나와 그레이 부인은 스스로 나갈 테니까요."

안젤리카는 곧 기절할 것처럼 보였다.

소롤드 부인은 화려하게 조각된 의자 등받이를 손마디가 하애지도록 꽉 쥐었다.

"나가!"

소롤드 부인이 내뱉었다.

"이 배은망덕한 철면피! 당장 내 집에서 나가!"

메리는 모녀 사이에 섰다.

"소롤드 부인. 그레이 부인을 지금 당장 쫓아내는 것보다 1시간 후에 나가게 하는 게 나을 것 같습니다."

"뭣 때문에 말인가요?"

그녀는 번득이는 눈으로 메리를 지나쳐 축 늘어진 딸을 노려보았다.

"난 몇 년 전에 아들과 후계자를 동시에 잃었고, 남편은 바보짓을 하고 다니고, 이제 이 매춘부는 정상적으로 결혼을 할 수 없죠. 내가 더 잃을 게 뭐가 있죠?"

"따님이 제 발로 나간다면 사람들의 입방아에 오를 일이 줄어들 겁니다."

소롤드 부인은 갑자기 흥미로운 듯 메리를 눈여겨보았다. 그러더니 이마에 손을 올렸다.

"혼란스러워 기운이 빠지는군요. 난 침실로 가서 쉴 테니까, 무슨 일이 있어도 방해하지 말아요. 그리고 내가 나올 때까지 전부 여기서 나가세요."

소롤드 부인이 절뚝거리며 응접실에서 나가자, 메리는 테이블로 갔다. 그녀는 두 개의 잔에 브랜디를 듬뿍 따라서 그레이 부부에게 건넸다.

"마셔요."

긴 침묵 속에서 마이클은 한두 모금씩 술을 삼켰고, 안젤리카는 기계적으로 홀짝였다. 시계 종소리가 잠깐 끼어든 것을 제외하면 완벽한 정적이 한참 이어졌다.

누군가 입을 열기까지 꼬박 10분이 지났다. 침묵을 깬 것은 안젤리카였다.

"오늘 아침 난 독립적으로 살게 해달라고 기도했어요. 그 기도가 보답을 받은 것 같네요."

안젤리카의 목소리는 건조하고 모호했다.

메리는 그녀에게서 히스테리의 기미가 있는지 살폈지만 보이지 않았다.

마이클은 앉아서 안젤리카의 손을 잡았다.

"이제 날 의지하면 돼요."

안젤리카는 마이클을 향해 고개를 돌렸다.

"그래요?"

"물론이죠! 우리는 이제 부부예요!"

안젤리카는 메리를 보았다.

"정말 그런가요?"

메리는 깜짝 놀랐다.

"내가 결혼식 증인을 섰잖아요."

"알아요. 당신이 등록부에 서명했죠."

안젤리카가 브랜디 잔을 비웠다.

"하지만 당신은 스무 살 치곤 너무 어려 보여요, 메리."

메리는 두 뺨과 목구멍이 뜨거워졌다.

"그래요?"

갑자기 목에서 쉰 목소리가 났다.

"사실 그보다 어리지 않나요? 그것도 상당히?"

마이클이 괴로운 얼굴로 두 여자를 응시했다.

"말도 안 되는 소리에요!"

이 순간 응접실에서 가장 침착한 사람은 안젤리카였다.

"당신 나이를 짐작해보죠. 열여섯? 많이 봐줘야 열일곱?"

메리는 고개를 숙였다.

"속인 건 미안해요. 하지만 도움이 되고 싶었어요."

마이클이 뭔가 말하려 했지만, 안젤리카의 차가운 목소리가 그의 다급한 말을 잘랐다.

"물론 잘못이죠."

안젤리카가 말했다.

"하지만 차라리 잘됐어요. 결혼 무효의 근거가 될 테니까요."

메리와 마이클 모두 고개를 휙 돌려 그녀를 보았다.

"앤지? 무슨 얘기를 하는 거요?"

"안젤리카, 괜찮아요?"

안젤리카는 한 손을 들었다. 자기 어머니를 연상케 하는 제스처였다.

"난 아주 멀쩡해요."

안젤리카는 깊은 한숨을 쉬었다.

"메리, 오늘 아침 당신과 대화한 다음 한참 동안 내가 정말로 원하는 게 뭔지 생각했어요. 무척 어려웠죠. 옷이나 보석, 세상에서 가장 로맨틱한 프러포즈. 그런 것들에 대해서는 뭘 원하는지 잘 알지만, 인생에 대해서는 생각해본 적이 없어요. 내가 천박하고 어리석다고 생각하겠죠, 메리."

마이클이 말했다.

"모든 여자들이 그래요, 앤지."

안젤리카는 슬픈 미소를 지었다.

"그렇겠죠. 하지만 오늘 아침, 마침내 찾아냈어요. 그리고 내가 원하는 삶에 대해 생각이 바뀌었죠."

메리는 상황이 아주 미묘해졌음을 문득 깨달았다.

"내가 있을 자리가 아니네요. 둘이 얘기하는 게 좋겠어요."

메리가 일어나자, 마이클이 팔을 뻗어 저지했다.

"당신도 여기 있어요. 따지고 보면 당신이 초래한 일이잖소."

마이클은 자신의 아내이길 거부하는 여자를 쳐다보았다.

"안젤리카, 이게 다 무슨 얘기요?"

안젤리카는 마이클을 침착하게 쳐다보았다.

"엄마가 나를 버렸고, 우리 결혼은 무효예요. 난 내가 정말로 원하는 걸 할 수 있는 자유를 얻은 거죠."

메리는 뭔가에 홀린 듯한 눈으로 안젤리카를 쳐다보았다. 지금 눈앞에 있는 안젤리카는 전과는 전혀 다른 사람이었다. 동그랗고 파란 눈도 똑같고 부드러운 금발도 똑같았지만, 그녀에게는 평소와 전혀 다른 예리함이 있었다. 정확히 초점이 맞춰진 듯한 느낌이었다.

"오래전부터 헤르 슈와르츠 선생님께서 해외에서 음악 공부를 더 해볼 것을 권하셨죠. 그분은 비엔나에 인맥이 있어요. 오늘 아침 선생님께 너무 늦지 않았다면 레슨을 다시 시작할 수 있을지 여쭤봤어요."

"당신이 원하는 게 피아노 레슨을 더 받는 거라면……."

안젤리카의 손이 다시 한 번 마이클의 말을 막았다.

"레슨은 시작일 뿐이에요. 선생님께선 나에게 가능성이 있다고 생각해요. 훌륭한 피아니스트가 될 수 있다고 기대하시죠."

안젤리카는 말을 멈추고 숨을 들이쉬었다.

"물론 생각만 해도 겁나요. 그동안 해외에 나가고 싶다고 생각한 적은 한 번도 없었어요. 그런데 이제 외국에서 음악 레슨을 하면서 생계를 꾸려야겠죠! 하지만 선생님이 일자리를 주선해줄 수 있다면, 그렇게 하고 싶어요."

망연자실한 가운데 침묵이 흘렀다.

마이클이 마침내 입을 열었다. 부드러운 목소리에 마치 아픈 동물이나 떼쓰는 아이를 구슬리는 듯한 말투였다.

"안젤리카, 내 사랑. 한번도 이런 얘기를 한 적이 없잖아요. 음악 레슨을 더 받고 싶다면, 설사 비엔나에서 받고 싶다고 해도 그게 결혼 무효와 무슨 상관이오?"

안젤리카는 눈을 깜빡였다.

"당신은 가고 싶지 않잖아요."

"당신을 위해서라면 당연히 가야지요. 보호자 없이 혼자, 거기다 외국에서 사는 것은 고사하고, 당신 혼자서는 여행도 할 수 없어요. 온갖 사기꾼과 신사인 척하는 파렴치한들에게 쉬운 표적이 될 거요. 당신에게는 남편이 있어야 해요, 내 사랑."

"생활은 어떡하고요? 엄마가 연을 끊겠다고 한 말, 당신도 들었죠? 음악 레슨은 돈이 안 돼요. 난 두 사람을 먹여 살릴 수는 없어요. 세 사람은 말할 것도 없고요."

마이클의 얼굴이 붉어졌다.

"물론 당신은 일할 필요 없어요."

그가 경직된 목소리로 말했다.

"내가 당신을 부양할 테니까."

안젤리카가 고개를 저었다.

"다시 원점이군요. 마이클, 난 이미 결정했어요."

아주 긴 침묵이 흘렀다.

마이클이 다시 입을 열었을 때엔 목소리가 제법 사나웠다.

"어제 당신은 나와 결혼했고, 나를 사랑한다고 고백했고, 내 아내가 될 것을 맹세했소. 그런데 오늘은 나와는 아무것도 함께 하고 싶지 않다고 말하며, 나를 떨쳐내기 위해 해외로 도망치고 싶다고 하고 있소. 대체 무슨 일인지 알아야겠소!"

마이클이 분노로 일그러진 얼굴을 메리에게 돌렸다.

"빌어먹을! 도대체 앤지에게 무슨 말을 한 거요?"

안젤리카가 일어섰다.

"당신은 화낼 권리가 있어요, 마이클. 하지만 메리에게는 소리치지 말아요. 이건 순전히 내 결정이에요."

갑자기 마이클의 목소리, 얼굴, 자세 모든 것이 구겨졌다.

"왜, 무엇 때문입니까?"

안젤리카는 다시 자리에 앉아 마이클이 앉을 때까지 기다렸다. 잠시 후 그녀는 느리게 말을 이었다.

"마이클, 당신은 좋은 사람이지만, 당신과 결혼한 가장 큰 이유는 부모님께 거역하기 위해서였어요. 부모님은 내가 돈 많고 영향력 있는 사업가와 결혼하길 원하셨죠. 그래서 난 내가 아는 가장 가난한 남자와 결혼한 거예요."

마이클이 움찔했지만, 그녀는 눈치채지 못한 척 말을 이었다. 어쩌면 정말 눈치채지 못한 것일까?

"난 내 인생이 송두리째 변한 상황에서도 결혼을 유지할 만큼 당신을 사랑하지 않아요. 난 항상 끔찍히도 이기적이었죠. 당신은 내가 그걸 모른다고 생각할지 모르지만, 나도 알아요. 그리고 앞으로도 계속 그럴 거예요. 독신으로 비엔나에서 음악 공부를 계속할 거고, 방해하려는 사람은 전부 무시하며 살 거예요."

안젤리카는 손가락에서 결혼반지를 빼서 마이클에게 돌려주려고 팔을 뻗었다.

"이런 말을 해봐야 소용없겠지만 미안해요, 마이클."

마이클의 시선이 한동안 카펫에 고정되어 있었다. 메리는 차마 숨소리도 낼 수 없었다.

안젤리카는 계속 손을 내밀고 그가 반지를 가져가기를 기다렸다.

한동안 시간이 흐른 뒤, 마이클이 침착함을 되찾았다.

"당신은 잘 해낼 겁니다."

"정말, 정말 미안해요, 마이클."

안젤리카가 웅얼거렸다.

"아까도 말했잖아요."

"당신은 나보다 더 좋은 여자를 만날 거예요. 당신의 가치를 알아보는 여자 말이에요."

안젤리카가 애써 밝은 척 말했다. 하지만 해서는 안 될 말이었다.

"아니요, 못할 겁니다. 난 감옥에 갈 테니까요."

"경찰 수사로 혐의가 풀릴 거예요."

메리가 말했다.

"어제 당신이 말했던 걸 경찰에게 말한다면…… 경찰에게 당신이 베낀 문서들을 보여줄 수도 있고."

마이클은 어깨를 으쓱하며 일어섰다.

"경찰이 내 말을 들어줄지 의심스럽네요. 그럼 먼저 실례하겠습니다."

그는 어깨를 축 늘어뜨리고 방에서 나갔다. 평소의 점잖고 우아한 모습과는 딴판이었다.

안젤리카는 눈을 크게 뜨고 메리를 보았다.

"내가 잘한 것 같아요?"

"어떤 부분이요? 결혼을 취소한 거요?"

"전부요."

안젤리카가 엄지와 검지 사이에서 결혼반지를 굴렸다.

"원하는 걸 얻기 직전에는 모든 게 두려워요."

"그런가요?"

"모든 걸 되돌려야 하나 계속 생각하고 있어요. 물론 정말로 그러고 싶진 않지만요."

메리가 갑자기 싱긋 웃었다.

"하지만 혹시 마음이 바뀐다면 조지 이스튼도 있잖아요."

25

무감각.

손과 입술에서 느껴지는 이상하고 차가운 감촉을 표현하기에 적절한 단어였다. 그러나 애석하게도 그의 감정에는 적용되지 않았다. 제임스는 방금 주머니에서 꺼낸 구겨진 종이를 뚫어져라 쳐다보았다. 깔끔하게 세 번 접은 종이에는 삐뚤삐뚤한 글씨로 'J. 이스튼 귀하'라고 공들여 쓴 주소가 있었다. 알프레드 퀴글리의 편지였다. 제임스는 여분의 손수건을 찾을 때까지 편지에 대해 까맣게 잊고 있었다.

물론 이제 와서 아무 소용없었다. 소년을 정식으로 고용하거나 적절한 교육을 받을 수 있게 도와주려던 계획도, 오늘 아침 그토록 분개했던 것도 모두 의미없는 일이 되었다. 그러나 소

년의 죽음에 혹시 이 쪽지가 연관된 건 아닐까? 쪽지는 손가락
사이에서 떨리는 것처럼 보였다. 사실은 산들바람 때문이거나
제임스 자신이 긴장한 탓일 가능성이 컸지만, 그 떨림은 마치
쪽지가 살아 있는 듯한 느낌을 주었다. 제임스는 한숨을 쉬며
쪽지를 펼쳤다.

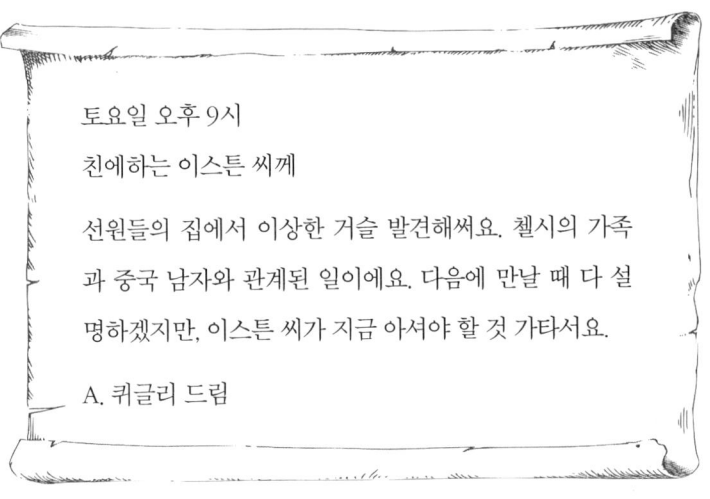

토요일 오후 9시

친애하는 이스튼 씨께

선원들의 집에서 이상한 거슬 발견해써요. 첼시의 가족
과 중국 남자와 관계된 일이에요. 다음에 만날 때 다 설
명하겠지만, 이스튼 씨가 지금 아셔야 할 것 가타서요.

A. 퀴글리 드림

제임스는 강물의 악취와는 무관한 메슥거림을 느꼈다. 지난
밤 알프레드 퀴글리는 멀쩡하게 살아서 다음 계획을 짜고 있었
다. 그리고 오늘 오후, 싸늘한 시체가 되었다. 토머스 홉스의 말
처럼 인생은 지겹고 잔인하며 짧았고, 특히 가난한 사람에게는
더욱 가혹했다. 그러나 우연의 일치라고 하기에는 너무 이상했

다. 퀴글리는 소롤드와 인도 선원 보호소에 대해 뭔가 알아내 제임스에게 보고했다. 그리고 퀴글리는 제임스의 건설 현장에서 죽은 채 발견되었다. 단지 방해가 되었기 때문이 아니라, 뭔가 중요한 것을 발견했기 때문에 죽은 것이다. 이 종잇조각은 소년이 발견한 것과 살해당할 수밖에 없었던 이유를 이어준다.

제임스는 건설 현장에서 몇 블록을 달려서야 겨우 마차를 발견했다. 하지만 처음 두 대는 그의 행색을 보고 승차를 거부했다. 라임하우스까지는 겨우 3마일 정도 거리였고, 마부는 팁을 주겠다는 약속에 고무되어 속도를 냈다.

"여기서 멈춰요."

제임스가 조지 빌라 입구에서 말했다.

"기다리지 않을 겁니다."

마부가 퉁명스럽게 말했다.

"난 이 동네에서는 누구든 절대 기다리지 않아요. 설사 그 사람이 영국 왕세자라 해도 말입니다."

현명한 남자군. 제임스는 생각했다. 그리고 주머니에서 크고 작은 동전을 몽땅 털어주었다.

인도 선원 보호소 건물의 정면은 마치 막다른 면처럼 보였다. 제임스는 종을 세게 잡아당기고 기다렸다. 아무 대답도 없었다. 그는 다시 종을 울렸다. 역시 아무 반응이 없었다. 그러나 세차게 두드리자 문이 안으로 밀리며 빠끔 열렸다.

"첸 씨?"

제임스는 조심스럽게 현관으로 들어서며 관리인을 불렀다. 그 집 특유의 짙은 냄새가 풍겼다. 지난번 방문으로 익숙해진 냄새였다. 향, 나프탈렌, 한약재, 익숙하지 않은 향신료, 그리고 그 밑에 깔린 영국적인 축축한 썩은 내와 곰팡내. 제임스의 목소리가 현관의 공기를 휘저었다.

"계십니까?"

다시 한 번 불렀지만 돌아온 대답은 정적뿐이었다.

지난번에 불렀을 때는 즉시 답이 돌아왔었다. 일요일이라 외출한 것일까?

"누구 있습니까?"

이번에는 아주 큰 소리로 불렀다. 이곳에도 하인이 있을 것이었다. 목소리의 메아리가 잦아들었을 때, 제임스는 처음으로 불안감 때문에 소름이 돋았다. 처음엔 알프레드 퀴글리, 다음에는 소롤드의 체포. 또 무슨 일이 일어난 거지? 이곳 사람들이 모두 제거된 것일까? 이 힘없는 노인들이 모두 연루되었을 리는 없겠지? 하지만 첸은 그럴 수도 있다. 이곳을 작전 본부로 이용하다가 도망쳤을 수도 있고 상당히 그럴싸한 얘기였다. 노인들을 쫓아내고 하인들에게 휴가를 준 뒤 사라지는 것이다.

빌어먹을! 제임스에게 가난한 외국인 선원들에 대해 말도 안 되는 얘기를 주입하는 동안에도 첸은 소롤드와 일하고 있었던 것이다. 위장에 안성맞춤이었다. 누가 상냥한 얼굴을 한 중국인 노인을 의심하겠는가?

관리자 사무실 문이 빠끔 열려 있었다. 문을 활짝 열어젖혔을 때, 제임스조차도 깜짝 놀라고 말았다. 방이 완전히 뒤집어져 있었다. 카펫 위로 많은 문서들이 어질러져 있었고, 문서의 대부분은 장화발로 밟히고 찢겨 있었다. 서랍과 서류함은 내용물을 바닥에 토해놓은 채 열려 있고, 선반은 죄다 쓰러져 있었다. 섬뜩한 유화가 밟혀서 찢어진 것이나 금도금한 액자가 부서진 것은 유감스럽지 않았다. 하지만 커튼마저 끌어내려져 있고, 커튼을 매달았던 황동 가로대의 한쪽 끝이 바닥까지 내려와 있었다. 단순한 강도가 아니었다. 이곳에는 어떤 광기 같은 것이 어려 있었다.

제임스는 첸을 만났던 때를 떠올리며 생각을 바꾸었다. 첸이 자기 사무실을 털 이유가 없었다. 필요한 것은 무엇이건 찾을 수 있는 사람이다. 무엇 때문에 사무실을 이 지경으로 만들겠는가? 혹시 강도의 소행으로 보이게 하려고? 아니면 전혀 다른 사람의 짓일까? 그는 머리를 굴리며, 카펫에서 색이 유난히 짙고 축축한 부분을 살펴보았다. 다행스럽게도 피가 아니라 커피였다. 쏟아진 커피는 차가웠다. 난동이 일어난 지 적어도 10분은 지났음을 말해줄 뿐이었다. 그리고 다른 부분은 석유였다. 산산조각 난 채 카펫에 박혀 있는 램프 덮개가 그것을 확인해주었다.

찰칵하는 섬칫한 소리에 제임스는 눈을 들었다. 그리고 얼어붙었다.

"그래, 여기 있어."

문가에서 한 형체가 말했다.

"꼼짝 마."

제임스는 소리를 낸 물건에서 시선을 뗄 수 없었다. 최신 기종의 날렵한 자동 연발 권총이었다. 직접 눈으로 본 건 처음이지만, 부싯돌식 구식 권총보다 더 정확하다는 것은 누구나 아는 사실이었다.

"이제 천천히 일어나."

제임스는 고개를 끄덕였다. 마침내 총을 든 사람에게 초점이 맞춰졌다. 여자였다. 너무나도 충격적이었다. 그녀는 키가 크고 튼실한 체격에 시선은 차갑고 노골적이었다. 그리고 매우 익숙한 인물이었다.

"어서."

그녀는 그를 향해 총을 까닥거렸다.

"이제 그만 까불어야지, 제임스 군."

갑작스러운 깨달음이 머리를 뚫고 지나갔다.

"소롤드 부인?"

그녀는 잔인하게 미소 지었다.

"그래."

제임스는 그녀를 멍하니 바라보았다. 평소와 다름없는 머리 모양과 옷차림이었지만, 움직이고 말하는 방식, 그리고 그를 쳐다보는 고압적인 눈빛까지 모든 것이 딴판이었다. 핌리코에서 보았던 그날도 모든 모습을 보여준 것이 아니었다.

"당신이 이걸 다……."

소롤드 부인이 미소 지었다.

"똑똑한 꼬마인 줄은 알았지만. 이제 돌아서 손 들어."

수많은 질문들이 머릿속으로 세차게 몰려들었지만 채 입을 열기도 전에 그녀가 날카롭게 말했다.

"어서!"

바닥에 널려 있는 잡동사니들이 주는 한 가지 이점은 소롤드 부인이 다가오는 것을 감지하기 쉽게 해준다는 것이었다. 잡동사니를 피해가며 움직이려면 시간이 걸리기 때문이다.

"이제 움직이지 마."

뭔가가 제임스의 등뼈를 쿡 찔렀다. 총구겠지. 그녀는 한 손으로 그의 주머니를 뒤지고 허리띠와 조끼를 검사했다. 그리고 가슴 주머니에서 지갑을 빼내 옆으로 던졌다. 시험 삼아 머리를 아주 살짝 돌리자 곧 총구가 등 뒤를 더 깊이 파고들었다.

"허튼수작 마, 젊은 친구."

잠시 멈칫했던 손이 다시 그의 부츠를 수색했다. 뒷발로 그녀를 걷어차고 싶은 충동이 강하게 들었다. 팽팽하게 긴장된 다리 근육은 힘껏 차고 싶어 근질근질했다. 하지만 사람 다리가 권총보다 빠를 수는 없었다.

"칼도 없나?"

소롤드 부인이 조롱하는 목소리로 말했다.

"물론 총을 지니고 다닐 것 같진 않지만 설마 무방비로 지갑만 달랑 가지고 라임하우스에 왔다고?"

제임스의 귀에 침이 몇 방울 튀었다.

"난 사업가입니다. 당연히 무장은 안 해요."

"음, 나도 사업가야. 그런데 나라면 절대 이렇게 멍청하게 굴지 않을 거야."

소롤드 부인이 비아냥거렸다.

"앞으로 명심해두죠."

그녀가 킥킥거렸다.

"지금 그러는 게 좋을 거야."

소롤드 부인의 목소리는 더욱 힘차고 고압적이 되었다.

"천천히 문으로 걸어가. 얌전히 말이지. 그리고 계단을 올라가. 난 네 뒤통수에 총을 겨누고 쫓아갈 거야."

"손을 올린 채로요? 아니면 내릴까요?"

제임스의 목소리는 아주 정중했다.

"아주 훌륭한 매너야."

그녀가 비웃었다.

"안젤리카가 좋아할 만도 해."

팔에 힘을 풀었다가 부인이 총으로 쿡 찌르자 다시 바싹 들어 올렸다.

"손을 머리 위에 올려."

제임스는 방을 나와 곰팡내 나는 복도를 지나 계단으로 걸어갔다. 모퉁이를 돌며 그가 물었다.

"제가 이리로 올 걸 어떻게 아셨죠?"

"넌 아주 예측하기 쉽거든."

제임스는 기분이 상했다.

"무슨 소립니까?"

"쪽지를 읽자마자 달려왔잖아."

퀴글리의 쪽지 말인가?

"어떻게 안 겁니까?"

소롤드 부인은 웃으면서 소리쳤다.

"아직도 감을 못 잡았나?"

너무도 명백한 사실에 뱃속이 뒤틀렸다.

"당신이 썼군요."

"왼손으로 썼어. 하층민 같은 철자법이 화룡점정이었지, 안 그래?"

"그래서 시간 차가 있었던 거군요. 쪽지는 토요일 밤에 쓴 것으로 되어 있는데 오늘에야 받았어요. 언제든 퀴글리를 죽일 수 있었지만, 오늘 오후까지는 이곳에 오지 않도록 해야 했겠죠."

"그리고 지금 여기 와 있지."

2층에 도착했을 때, 제임스는 오른쪽으로 가야 할지 왼쪽으로 가야 할지 몰라 걸음을 멈추었다. 집이 아니라 무덤이나 지하 동굴처럼 느껴졌다. 머리에 총이 겨누어진 상태여서 공연히 이상한 기분이 든 것인지도 모른다. 어쨌든 인도 선원 보호소

거주자들은 어디서도 보이지 않았다. 제임스는 그 이유가 거주자 모두 닫힌 문 저편에 죽어 있기 때문인지 궁금해졌다.

"원하는 게 뭡니까?"

"맙소사, 정말 느려터졌군. 계속 가기나 해."

그는 계단을 계속 올라 3층까지 갔다.

"좋습니다. 대체 소롤드 씨가 원하는 게 뭡니까?"

소롤드 부인이 크게 키득거렸다.

"세상에! 남편이 무슨 상관이지?"

"남편이 당신 파트너가 아니란 겁니까?"

"이 나라에서 아내는 파트너가 아니라 소유물이야."

"그래서 당신은 남편의 사업 파트너가 아니라는 얘기군요."

또 한 번 가설을 무너뜨리고 새로 시작해야 했다.

그녀가 코웃음을 쳤다.

"너무 느리군."

"사업 파트너가 누구죠?"

"좀 더 빨리 걸어."

제임스는 잠시 기다렸다가 이번에는 약간 다른 전술을 사용해봤다.

"날 죽일 셈입니까?"

"어떻게 생각하지?"

그녀의 목소리에서 경멸이 잔뜩 묻어났다.

3층 복도에 이르자 총이 그의 어깻죽지 사이를 찔렀다.

"오른쪽으로 가."

그들은 작은 방으로 들어갔다. 작은 침대와 책상, 의자, 세면대가 있는 소박한 방이었다. 방 안에는 두 개의 물체가 더 있었다. 하나는 바닥 중앙에 서 있는 물담뱃대였다. 그리고 다른 하나는 손발이 묶인 채 물담뱃대 옆에 구겨져 있는 첸이었다.

제임스는 첸을 향했던 시선을 소롤드 부인에게로 옮겼다.

"죽었나요?"

그녀는 어깨를 으쓱했다.

"아마. 머리를 가볍게 쳤을 뿐이지만, 보다시피 늙은이니까."

제임스는 무릎을 꿇고 첸의 목을 만져보았다. 몸은 따뜻했지만 심장 박동을 느낄 수 없었다. 아니면 제임스 자신의 맥박이 너무 커서 다른 것은 감지하지 못하는 것일까? 그는 그녀를 노려보았다. 의구심은 어느덧 분노로 바뀌었다.

"왜 이 사람입니까? 첸 씨가 당신에게 뭘 어쨌는데요?"

깊은 마맛자국이 창백한 피부에 고통스러워 보이는 무늬를 만들었다.

"저자도 너처럼 궁금한 게 많더군. 그래서 조용히 시켰지."

"그래서 이게 그 대단한 계획입니까? 아편을 흡입하다 죽은 것처럼 보이게 하려고요? 아무도 안 믿을 겁니다!"

"이봐. 뭔가 잘못 생각하고 있어. 아편 과용으로 죽으려면 시간이 너무 오래 걸려. 충분히 흡입했는지 확인하기 위해 밤새도록 지키고 있을 수는 없잖아."

제임스는 천천히 일어나서 부인의 선명한 파란 눈을 들여다보았다. 안젤리카의 눈과 똑같았다. 처음으로 자신이 이 낡은 집에서 죽게 될 것이라는 확신이 들었다. 그것도 이 방에서.

소롤드 부인은 핸드백에서 긴 밧줄을 꺼내더니 제임스에게 던졌다.

"직접 발목을 묶어."

대마를 조악하게 엮은 밧줄로 강인한 뱃사람들이 사용하는 것이었다.

"거절한다면?"

소롤드 부인은 한숨을 쉬었다.

"시끄럽게 투덜대는 돼지 같은 놈! 네가 선택해. 좀 더 편안한 시나리오를 써볼까? 넌 스스로 발목을 묶는 거야. 그럼 내가 방에 자그마하고 유쾌한 불을 붙여서, 몽땅 태워버릴 거야. 하지만 그동안 넌 아무 느낌도 없지."

제임스는 한쪽 눈썹을 치켜올리고 마치 사업상의 제안을 고려하듯 부인의 말을 생각했다.

"두 번째 선택은요?"

"죽지 않을 만큼 쏘는 거야. 아마 사타구니를 쏘겠지. 넌 천천히 고통스럽게 죽어. 그런 뒤 어차피 난 집을 홀랑 태울 거야. 아무도 눈치채지 못하게 말이야."

"총을 쏘면 소리가 나겠죠. 그리고 난 겁쟁이라 비명을 지를 수도 있고요."

소롤드 부인은 능글맞게 웃었다.

"어쩌면. 하지만 이곳엔 그 소리를 들을 사람이 없을 걸."

제임스는 잠시 생각해본 뒤, 순순히 앉아서 발목을 묶기 시작했다. 그는 일부러 천천히 움직이며 물었다.

"소롤드 씨가 당신이 하는 일에 대해 압니까?"

소롤드 부인은 어깨를 으쓱했다.

"관심 있는 만큼만 안다고 해두지."

"거의 모른다는 뜻입니까?"

"바로 그거야."

"소롤드 씨는 이곳에 대해 알아요."

"지금 말이야?"

"유언장에 여기 이름을 올렸죠."

제임스가 말했다.

"내가 발견한 사실이에요."

부인의 얼굴이 흉측하게 변했다.

"어렴풋이 짐작은 했지만."

"이곳에 상당한 유산을 남겼고, 정기적으로 기부도 하죠."

제임스는 그녀의 모습을 유심히 지켜보았다.

"돈으로 속죄하려는 겁니까? 왜 그런 일을 하는 거죠?"

짜증스러운 듯 부인의 표정이 일그러졌다.

"그이는 항상 마음이 너무 약해. 배짱이라곤 없지."

제임스는 밧줄로 마지막 고리를 만들어 매듭을 지었다.

"됐어요."

"그렇게 느슨하게 묶은 매듭으로? 바보 취급하지 마, 애송이 주제에."

제임스는 어깨를 으쓱했다.

"시도할 가치는 있다고 생각했죠."

"남편에게라면 통했겠지."

소롤드 부인이 코웃음을 쳤다.

"어서 다시 묶어!"

"당신 남편은 배에 탈 외국인 선원들을 고용했어요. 어쩌면 그게 아니었을지도 모르지만, 아무튼 당신 남편은 그렇다고 주장했고 로이드 보험사에서 보상을 받았죠."

제임스는 다리를 묶으며 골똘히 생각했다.

"하지만 배는 늘 침몰했죠. 그것 때문에 죄책감을 느껴서 이 보호소에 돈을 기부하게 된 겁니다."

단편적인 사실들은 눈앞에 있는데 그걸 어떻게 짜 맞춰야 할지 알 수 없었다.

"계획이 도중에 어그러졌지만 해결할 방법이 없었고요."

철저하게 따로인 부부.

보험 사기.

침몰한 선박들.

속죄를 위한 기부.

아수라장이 된 사무실.

적어도 하나 이상 빠진 것이 있었다.

소롤드 부인은 제임스가 퍼즐을 풀려고 애쓰는 모습을 지켜 보며, 경멸어린 미소를 지었다.

"정말 불쌍하고 어리석은 녀석이군."

소롤드 부인이 부드러운 목소리로 말했다.

"내 남편만큼이나 멍청해."

경멸과 오만을 보며 어떤 생각이 퍼뜩 떠올랐다.

"남편을 쓰러뜨리려는 계획이었군요! 남편 소유의 배를 파 괴하고 있는 겁니까?"

"여전히 굼뜨고 미흡하긴 하지만, 겨우 머리가 돌아가기 시 작했군."

그녀는 손에 든 권총을 흔들었다.

"계속 묶어."

그녀는 오만하고 무례하며 단호했다. 소롤드 부인은 스스로 가 제일 현명하다고 생각했고 제임스를 모욕하는 것을 즐겼다. 제임스는 자신과 소롤드 부인이 닮았다는 사실을 깨닫고 충격 을 받았다. 충격에서 갑자기 무모한 용기가 솟아났다. 그의 첫 번째 관심은 이제 생존이나 부인보다 앞서는 것이 아니었다. 하지만 뭐라고 설명할 수가 없었고 그것은 질서와 과정에 대한 감각을 뒤흔들어 놓았다.

지극히 고의적으로, 제임스는 매듭 묶는 것을 멈췄다. 그리 고 더없이 해맑은 표정으로 소롤드 부인을 올려다보며 말했다.

"제 불쌍한 머리가 매듭을 묶으면서 생각까지 하는 걸 힘들어하는군요. 날 고통 없이 죽여주지 않겠습니까? 그냥 당신 앞에서 고통 없이 죽게 해줘요."

소롤드 부인이 코웃음 쳤다.

"이건 드루리 레인 극장의 코미디가 아니야."

"물론 아니죠. 코미디는 해피엔딩이니까요."

"그런데?"

"이건 당신 드라마예요. 당신이 극작가 겸 배우죠."

"아첨한다고 목숨을 부지할 수 있을까?"

"목숨에는 관심 없습니다."

소롤드 부인이 팬터마임을 하듯 과장된 몸짓으로 놀라움을 표현했다.

"애송이가 기개 한번 대단하군."

"난 이야기에 관심이 있습니다. 연극이라고 해두죠. 당신은 남편의 배를 침몰시키고 있어요. 하지만 인도에서 훔친 공예품과는 아무 상관없는 일이죠. 맞습니까?

권총을 내려놓진 않았지만, 입가에 작은 미소를 띠고 그를 지켜보았다.

"잠자코 있어. 어쨌거나 널 죽일 테니까."

"난 처음에는 당신을 이해했습니다. 믿어주세요."

"그런데?"

제임스는 자신의 발목을 다 묶고 말했다.

"난 엔지니어입니다. 상황이 어떻게 된 건지 자세히 알고 싶습니다. 죽이기 전에 최소한 당신 계획에 대해 말해주지 않겠어요? 선원들은 말할 것도 없고 세 남자를 죽일 만한 일이면 조금은 자랑해도 괜찮지 않나요?"

"어찌나 멍청한지 계산도 할 줄 모르는군."

"그럼 둘입니까?"

"중국인은 사람이 아니야."

"좋아요 그럼. 소년 한 명, 외국인 한 명, 그리고 영국인 한 명. 어쨌든 이 정도면 손을 많이 더럽혔죠."

마침내 소롤드 부인이 더 이상 참지 못하고 능글맞게 웃었다.

"묘하게 설득력이 있군."

긴장이 갑자기 빠르게 풀렸다. 땀 한 방울이 제임스의 이마로 떨어지며 눈을 따갑게 했다.

"그럼 말씀하세요."

"짧게 얘기하지. 내 남편은 자신이 귀중한 공예품을 밀매한다고 착각하는 바보야. 게다가 엉터리 보험 청구로 당국의 의심을 샀어. 밀매 사업뿐 아니라 우리 생계 자체를 위험에 빠뜨린 거지."

그녀가 '우리'라는 단어를 사용한 것이 흥미로웠다.

"그건 저도 압니다."

"당연히 로이드에서 어떤 좀팽이가 조사를 맡으면서 남편에게 돈을 뜯어내기 시작했어."

그녀의 입술이 혐오로 일그러졌다.

"멍청함을 무마하려 엄청난 돈을 퍼준 거야!"

"그래서 당신이 개입한 겁니까?"

"사업이 망하는 건 시간 문제였어. 협박 때문이든, 결국 런던 경시청이 진상을 알아내든 말이야. 난 남편 계획이 당연한 결과를 맞게 만들었어. 해적단을 꾸려 소롤드 상사의 배를 약탈하게 했지. 완벽했어. 자본과 운영 비용도 적은 데다 파트너와 이윤을 나눈 뒤에는 그 돈이 전부 내 것이었지."

"남편과 나누지 않습니까?"

부인이 웃었다.

"왜 그래야 하지? 그래야 할 이유를 한 가지만 대봐."

제임스는 눈을 깜빡였다. 훌륭한 질문이었다. 그가 철저히 간과했던 질문이기도 했다. 소롤드 부인이 오로지 자신만을 생각한다면 가족을 위해 일할 리 없었다.

부인이 멍한 미소를 지으며 그를 보고 있었다.

"난 그럴 생각이 없었어."

그는 계속 몰아붙이려 했다.

"어떻게 외국인 선원들의 입을 막았죠?"

그녀가 어깨를 으쓱했다.

"해적들은 피에 굶주린 인간들이야. 쓸 만한 생존자가 있으면 극동 지역에 노예로 팔아버렸겠지."

제임스는 고개를 끄덕였다. 하지만 머리가 빙글빙글 돌 지경이었다. 어마어마한 정보라 아직 처리하기 힘들었다. 그러나 부인이 계속 얘기하도록 유도해야 했다. 적어도 메리가 위험에 처했는지는 알아내야 했다.

"잡담은 이걸로 충분해. 이제 뒷짐을 져."

다시 활기차고 사무적인 목소리로 돌아와서 그녀가 말했다.

"핌리코의 집이……."

그가 서둘러 말했다.

"본부인가요?"

소롤드 부인은 그저 웃으며 단단한 대마 밧줄을 하나 더 휘둘렀다.

"당신 동료, 사무엘 씨. 그 사람이 해적단을 운영합니까?"

"이제 너랑 얘기하는 데 질렸어. 연극은 끝났다고."

부끄럽지만 제임스는 공포에 질려 버둥거리며 묶인 다리로 부인을 걷어차기 시작했다. 그러나 그녀는 제임스의 갈비뼈를 두어 번 걷어차 제압한 뒤 등을 무릎으로 세게 짓눌렀다. 밧줄로 손목을 묶는 속도가 매우 빨랐고, 밧줄은 고통스러울 만큼 단단히 손목을 감았다.

"마지막으로 한 가지만 더."

그녀가 작업이 잘 되었는지 확인하는 동안, 그가 씨근거리며 말했다.

"내 동료들이 나를 찾을까 두렵지 않습니까?"

그녀는 그저 웃었다.

"그럴 가능성은 희박하지. 넌 그럴 가치가 없으니까."

"왜죠? 당신은 내가 동료도 없다고 생각하는 겁니까?"

"누가 너랑 협력하고 싶어 하겠어?"

제임스는 안도했고, 그와 동시에 몸이 축 늘어졌다. 제임스가 마지막으로 본 것은 그의 얼굴을 향해 다가오는 음흉한 미소였다. 그리고는 암흑이 내려앉았다.

26

메리가 트렁크를 싸고 있을 때 창문에 자갈 몇 개가 부딪혔다. 숨이 멎을 것 같았지만 바보 같은 반응이었다. 제임스는 그녀를 어떻게 생각하는지 분명하게 밝혔다. 그녀는 어떻게 반응해야 할지 몰라 망설였다. 몇 초 뒤, 또 한 번 작은 돌멩이가 창문을 두드렸다. 그녀는 창문을 활짝 열고 자기도 모르게 흥분해서 보도를 내려다보았다. 그러나 거기 있는 것은 키가 훤칠한 젊은 남자가 아니라 뼈만 앙상한 아이였다. 덥수룩한 머리카락이 안개처럼 얼굴의 대부분을 가리고 있었다. 뭔가 착오가 있는 게 분명했다. 그러나 메리와 눈이 마주치자 아이는 남몰래 신호를 보냈다. 잠시 뒤 메리는 고개를 끄덕이고 하인들의 출입문을 가리켰다.

마지막으로 침실을 돌아보니 모든 것이 잘 정돈되어 있었다. 트렁크는 깔끔하게 끈으로 묶어서 꼬리표를 붙여두었다. 하인 중 한 명이 그것을 옮겨주게 되어 있었다. 마지막으로 소롤드 저택의 계단을 내려갈 때, 그날 온종일 불길한 일들이 유령처럼 따라다닌다는 느낌이 들었다. 소롤드의 격렬한 혐의 부인, 제임스의 분노, 안젤리카의 눈물과 뒤이은 마이클의 상심, 소롤드 부인이 보인 회심의 미소. 메리는 어서 에이전시의 평온함 속으로 돌아가고 싶어 참을 수 없었다.

부엌에 있는 주방장을 무시하고 문을 열었을 때, 그녀는 깜짝 놀라 눈을 깜빡였다.

"카스?"

그들의 시선이 잠시 얽혔지만, 카스는 곧 시선을 땅으로 떨어뜨렸다. 많은 질문들이 그녀의 뇌리를 채웠다. 왜 여기 있는 거니? 어디 아프니? 마음을 바꾼 거니? 무슨 일이야? 그러나 그녀는 모든 질문들을 담아두고, 딱 한마디를 던졌다.

"안녕."

"아가씨."

카스의 목소리는 간신히 들릴락 말락 했다.

메리는 기다렸지만, 어떤 말도 나오지 않았다.

"여기서 얘기할 순 없어."

그녀가 조용히 말했다.

"마구간 뒤에서 만나자."

메리는 다시 기다렸다.

"알았지?"

조용히 꾸벅 숙인 머리는 카스가 이해했음을 말해주었다. 그러나 메리는 뒷걸음질 쳐서 집을 통과하다가 갑자기 자신의 실수를 깨달았다. 카스가 건물을 돌아 마구간으로 갈 것 같지 않았다. 그곳은 브라운 말고도 남자 하인들이 담배를 피우거나 잡담하러 어슬렁거리는 곳이었고, 어쩌면 카스가 그녀에게 얘기하겠다는 생각을 고쳐먹고 달아날지도 모르는 일이었다. 젠장. 카스를 도울 수 있는 두 번째 기회가 생겼는데 실수로 또 놓쳐버린 것이다. 그런 생각에 그녀는 황급히 부엌을 통과해 뒷문으로 나갔다. 뜰을 통과할 때, 그녀는 마차가 차고에 없는 것을 단번에 알아차렸다. 그러나 그 순간에는 별로 중요하지 않았다.

그래도 오늘 행운이 조금 따랐던 것일까. 남자 하인들의 흔적은 없었고, 메리는 마구간의 어두운 구석에서 자신을 기다리고 있던 카스 데이를 발견했다. 메리는 겁먹은 동물에게 접근하듯 카스를 향해 천천히 다가갔다. 그리고 카스가 먼저 입을 열기를 기다렸다.

"달아나서 죄송해요."

마침내 그녀가 쉰 목소리로 말했다.

"내가 무서웠니?"

카스의 눈이 초조한 듯 한쪽 방향으로 휙 움직였다.

"아가씨가 아니에요. 제 말은…… 그게, 아가씨는 잘못한 게 없어요. 그냥 제가 멍청했던 거죠."

고뇌의 침묵이 흐른 뒤, 카스가 불쑥 말했다.

"다른 하녀들이 백인 노예를 팔아 넘기는 여자들에 대해 얘기해줬어요. 그런 그림이 있는 책을 읽고, 그런 일을 하는 여자들이 얼마나 고상하게 보이는지에 대해서도 말했고요. 하녀들 사이엔 그런 얘기가 퍼져 있어요. 그리고 지난번에 아가씨가, 그러니까 저를⋯⋯."

메리의 눈이 커졌다.

"내가 널 납치할 거라고 생각한 거니?"

카스의 얼굴이 홍당무처럼 빨개졌다.

"그래서 저한테 잘해주시는 거라고 생각했어요. 그게 아니면, 아가씨 같은 숙녀가 저한테 잘해줄 이유가 없을 것 같았거든요."

메리는 동정심이 솟구쳤다. 몇 년 전에 그녀도 앤 트렐리븐에게 똑같은 말을 하지 않았던가?

"그것만 봐도 제가 학교에 가긴 너무 멍청한 거겠죠?"

말은 그렇게 했지만 소녀의 목소리는 기대에 차있었다.

"학교 가는 것에 대해 좀 더 생각해봤니?"

카스가 고개를 너무 열렬히 끄덕여서 머리카락이 필럭였다.

"학교에 가고 싶어요. 아직 그럴 수 있다면요. 그리고 아가씨가 저한테 너무 화나지 않았다면요."

"화나지 않았어. 그리고 내가 전에 말한 학교에 아직 자리가 있고."

"열심히 할게요. 약속해요. 영리하진 않지만 최선을 다하겠어요. 맹세해요."

메리는 소녀의 어깨를 잡았다.

"나 말고 네 자신한테 약속하렴."

메리가 한 말의 의미를 이해한 카스의 눈이 커졌다. 그리고 고개를 끄덕였다.

"아가씨는 정말 좋은 분이세요."

"내가 노예 상인이 아니라고 확신하니?"

메리는 미소 지었다.

카스의 얼굴이 타오를 듯 달아올랐다. 그리고 머뭇거리다가 소리 내어 웃었다. 가늘고 짧은 앵앵거림은 소리의 주인이 웃는 데 익숙하지 않다는 것을 보여주었다. 그래도 카스의 웃음소리를 들어본 건 이번이 처음이었다.

"네, 아가씨."

세인트 존스 우드로 향하는 마차에서 카스가 공책을 꺼냈다.

"저는 아둔한 것 같아요. 숫자도 알고 글자도 조금 알지만, 이게 무슨 의미인지 이해하지 못하거든요."

메리는 주저하며 공책을 받아들었다. 이제 막 임무가 끝난 터라 피곤했다. 머릿속에는 수많은 정보의 단편들이 회오리쳤지만 그 정보들을 일관된 전체로 정리할 수 없었다. 그리고 조용히 아버지에 대해 생각하고 싶기도 했다.

그러나 카스가 기대에 찬 눈으로 그녀를 쳐다보고 있었다. 메리는 공책을 펴서 여러 개의 칸에 작은 숫자들이 인쇄된 페이지를 훑어보았다.

"이건 대차대조표구나. 사업을 할 때 들어오는 돈과 나가는 돈의 합계를 보여주는 거야."

그녀는 아무 페이지나 펴서 보여주었다.

"이거 봐. 여기 날짜가 있고, 차변과 대변에 여러 항목들이 기입되어 있지. 총 수익이 462파운드 8실링 4펜스구나. 이건 부기에 대해 조금 알아야 이해할 수 있어."

카스는 당황한 듯한 모습이었다.

"부기도 배워야 하나요?"

"원하면 배울 수 있지."

메리가 한 페이지를 넘기며 멍하니 중얼거렸다.

"숙녀들이 모두 부기를 아나요?"

"대부분은 몰라. 주로 사무원들이 하는 일인데, 아직은 여자 사무원들이 많지 않거든."

카스는 여전히 혼란스러워 보였다.

메리는 몇 페이지 더 훑어 본 뒤, 장부의 첫 페이지와 마지막으로 기입된 페이지를 보았다. 카스가 가져온 재무 기록은 2년 이상 작성된 것이었고, 아주 꼼꼼하게 기록되어 있었다. 잃어버린 사람이 누군지 몰라도 미친 듯 찾고 있겠군.

"카스, 이거 누구 공책이니?"

카스는 메리의 물음에 켕기는 듯한 얼굴이 되었다.

"저도 잘 몰라요."

"하지만 숙녀들이 전부 부기에 대해 아느냐고 물었잖아."

"이건 주운 거예요."

"어디서?"

"정문 계단 옆에서요. 계단을 닦고 있을 때였어요."

메리가 애써 부드럽게 말했다.

"소롤드 가족의 집에서?"

"네."

"언제?"

"정확히는 기억 안 나요. 일주일 전? 그보다 더 뒤였나?"

"혹시 이 장부를 찾았다고 말했니? 뭐, 주방장이라던가."

카스가 고개를 저었다.

메리는 손에 든 물건에 대해 곰곰이 생각해보았다. 작고 낡은 데다 금박의 일부가 떨어져 나갔지만 원래는 아주 값비싼 물건이었을 것이다.

"떨어뜨린 사람을 봤니, 카스?"

그 질문에 카스는 의자 뒤로 물러나는 것처럼 보였다.

"전, 전 몰라요."

메리는 카스를 눈여겨보았다.

"정말이야?"

카스의 시선이 장부에 고정되었다.

"이게 아주 중요한 건가요?"

"네가 생각하는 것보다 훨씬 더."

카스는 조금 더 장부를 응시한 뒤 심호흡을 했다.

"정확히 보지는 못했지만 소롤드 부인인 것 같아요. 제가 계
단을 닦고 있을 때 부인이 외출하는 바람에 다시 닦아야 했거
든요. 바닥을 다시 청소하기 시작했을 때, 이게 한쪽에 있었어
요. 그전에는 없었거든요."

카스는 잠시 멈추었다가 방어하듯 빠른 속도로 말했다.

"하지만 소롤드 부인의 물건일 리 없어요. 그분은 숙녀잖아
요? 사무원이나 뭐 그런 사람이 아니라고요."

메리는 기억을 더듬었다. 그렇다. 그럴 듯했다. 소롤드 부인
은 수요일 오전에 서둘러 외출했다. 안젤리카와 마이클이 응접
실에서 얘기하는 걸 엿듣던 날이었다. 그리고 돌아왔을 때 부
인은 기분이 저기압이었다. 하지만 이것이 소롤드 부인의 것이
라면, 핌리코 사건에 대해서는 전혀 다른 해석이 필요했다. 의
사를 만나거나 내연의 남자를 만나는 대신, 소롤드 부인이 남
몰래 어떤 사업을 벌이고 있었다면? 그렇다면 정확히 어떤 종
류의 사업일까?

메리는 한 번 더 장부를 넘겨보았다. 다른 사람의 사적인 기
록을 읽을 때 느끼는 양심의 가책 따위는 증발한지 오래였다.
이번 달에도 대차대조표가 만들어졌지만, 구체적인 날짜가 없

었다. 그리고 거래들 사이에 때로는 몇 개월씩이나 비는 등 간격이 긴 때가 있는 반면, 무더기로 입력이 이루어진 시기도 있었다. 아마 계절에 따른 사업이거나 외부 압력에 의해 좌우되는 사업일 것이다.

정보가 조금만 더 있으면 좋으련만……. 메리는 빈 페이지를 넘겨보았다. 제법 많았다. 공책은 겨우 절반 정도 채워져 있었다. 그리고 그때, 공책 맨 끝에서 반쯤 지워진 작은 연필 글씨를 보았다. C:7, G.V., Lh.

충격으로 의자 깊숙이 주저앉았다. 왜 몰랐을까!

그녀는 지금까지 아무것도 보지 못하는 둔하고 무모한 얼간이였다! 마차가 없었던 걸 보지 않았나! 소롤드 부인은 방에서 쉬겠다고 했지만 소란 속에서 아무도 소롤드 부인이 어디 있는지 확인하지 않았다.

메리는 마차 밖으로 몸을 빼고 마부에게 빠르게 몇 가지 지시를 내렸다. 그리고 다시 앉으면서 말했다.

"카스. 아주 중요한 얘기를 해줬어. 그래서 난 당장 그 일을 처리하러 가야 해. 일단 마부가 런던 동부로 가서 나를 내려줄 거야. 그런 다음 널 아카시아 로드에 있는 학교로 데려갈 거야. 스크림쇼 여성 아카데미라는 학교지. 거기서 트렐리븐 선생님을 뵙겠다고 해. 내가 널 새 학생으로 보냈다고 말한 다음 이 공책을 드려. 그리고 내가 라임하우스 조지 빌라 7번지에서 소롤드 부인을 만나고 있으니까 그 주소로 즉시 출발하라고 전해. 내 말 이해하겠니?"

카스는 난감해 보였다.

"네."

메리는 카스의 어깨에 손을 얹었다. 눈치채지 못한 척했지만, 소녀는 이번에도 한 대 맞을까봐 몸을 움찔했다.

"넌 전혀 잘못한 게 없어, 카스. 오히려 헤아릴 수 없이 큰 도움을 줬지. 트렐리븐 선생님에게 널 직접 소개해주지 못해서 미안하다. 하지만 내가 지금 해야 할 아주 중요한 일이 있다는 걸 이해해주렴."

카스가 조심스럽게 고개를 끄덕였다.

"이해해요."

"좋아."

마부에게 카스를 아카데미에 안전하게 데려다달라고 부탁하며 돈을 지불하는 순간부터, 메리는 자신이 지금 라임하우스에서 뭘 하고 있나 하는 의구심이 들기 시작했다. 그녀는 지난 며칠 동안 여러 가지를 착각했다. 조지 빌라 근처의 철벅거리는 진흙길에 닿자 확신은 희미해지기 시작했다. 설령 소롤드 부인의 공책은 입증할 수 있다 해도 그저 사업적 거래의 기록일 뿐이었다. 거기에는 연필로 갈겨쓴 주소 외에는 부인과 인도 선원 보호소를 연결지을 만한 구체적인 언급이나 어떤 단서도 없었다. 그러나 한편, 마음 깊은 곳에서는 왠지 믿는 구석이 있었다. 지금도 메리는 답이 여기에 있다고 확신하는 이유를 알 수 없었다. 하지만 의식적인 논리보다 본능에, 지식보다 직감에 귀 기울였다.

모퉁이를 도는 순간 크고 좁은 집들 중 맨 끝 집에서 솟아오르는 연기 기둥을 발견했다. 적은 무리의 사람들이 건물 앞에 둘러서 있었는데, 불을 끄기보다 구경에 더 몰두해 있었다.

메리는 그 틈으로 뛰어들었다.

"불이 난 지 얼마나 됐죠?"

그녀는 가장 가까이에 서 있던 땅딸막한 중년 여자에게 따지듯 물었다.

"나도 방금 왔어요."

여자의 목소리는 다급한 기색 없이 차분했다. 그녀는 얼룩진 앞치마 위로 팔짱을 끼고, 마치 쇼를 구경하기 위해 자리를 잡은 사람처럼 서 있었다.

메리는 군중들을 밀치고 앞으로 나갔다.

"안에 누가 있나요?"

그녀가 소리쳤다.

주변의 얼굴들은 하나같이 무표정했다.

"얘."

메리가 마치 방금 침대에서 튀어나온 듯 맨발에 숄을 두르고 있는 소녀를 골라서 말을 붙였다.

"누군가 저 안에 사람이 있는지 확인하러 들어갔니?"

소녀는 고개를 저었다.

"너무 늦었어요."

소녀가 손가락으로 가리켰다.

"얼마나 빨리 퍼지는지 보이죠?"

아니나 다를까. 연기와 불꽃이 옆 창문까지 번지고 있었다.

"옆집에 누가 살지?"

메리가 필사적으로 물었다.

"옆집 사람들은 불을 끄고 싶을 거 아냐?"

소녀는 총명해 보이지만 졸린 듯한 눈으로 그녀를 보았다.

"이 빈민굴에서요? 여길 대체 누가 신경 써요?"

소녀의 말이 무슨 뜻인지 설명이라도 하듯 누군가 벽돌을 집어 들어 1층 창문으로 던졌고, 군중들 틈에서 귀에 거슬리는 환호가 터져 나왔다.

메리는 절망적으로 건물을 바라보았다. 분명 안에 아무도 없을 것이다. 늙은 선원들은 아침마다 외출하고, 첸은 유능하고 지각 있는 사람이다. 물건을 좀 더 건지겠다고 자기 목숨을 위태롭게 하지는 않을 것이다. 엽궐련 상자라 해도 말이다. 그러나 이성적인 판단에도 불구하고, 그녀의 직감이 우세했다. 메리는 마지막으로 군중들을 돌아보았다. 경찰은 한 명도 보이지 않았다. 메리는 건물 안으로 뛰어들었다.

27

아직까지 건물 안까지 불이 번지지 않았다. 축축하고 음침한 현관과 복도는 옅게 깔린 연기만 제외하면 메리가 기억하는 모습 그대로였다. 화재는 건물 맨 위층 어딘가에서 시작된 것이 분명했다. 그녀는 관리자 사무실에서부터 시작했다. 그리고 사무실이 약탈당했음을 단번에 알아차렸다. 그녀는 재빨리 잔해들을 뒤져 엽궐련 상자를 찾았지만, 곧 부질없는 짓임을 깨달았다. 절망과 분노로 미친 듯 방을 뒤져야 마땅했지만 지금은 그럴 시간이 없었다. 아버지의 편지가 아무리 중요해도 그보다는 건물 나머지 부분을 수색해 사람들이 있는지 확인해야 했다. 그리고 지금 그녀의 마음 깊은 곳에서 상식이 작동하고 있는 것이 다행스러웠다.

연기가 자욱한 2층에서 메리는 손수건으로 코와 입을 감싸고 몸을 낮게 숙였다. 이곳을 마지막으로 돌아볼 참이었다. 맨 위층에서 화재가 났다면, 아직 시간이 있을 때 그곳부터 시작해야 했다. 3층은 두꺼운 연기 장막에 휩싸여 메리는 이제 기어야 했다. 움직일 때마다 크리놀린에 무릎이 긁혔다. 창문에서 연기가 나오는 방들은 앞쪽 방들이었다. 첫 번째와 두 번째 방에는 아무도 없었다. 연기 때문에 눈과 폐가 따끔거렸다. 조금 전 어디선가 손수건을 잃어버렸다.

건물 뒤쪽으로 가는 길에 메리는 밑에서 연기가 스멀스멀 기어 나오는 문을 발견했다. 손잡이가 따뜻했지만 장갑 낀 손으로 만질 수 있을 정도였다. 그녀는 천천히 문을 밀며, 화염이 솟으면서 덮칠 열기에 대비했다. 그러나 메리는 화염과 열기 대신 흘러나오는 자욱한 회색 연기 때문에 거의 쓰러질 뻔했다. 그녀는 눈물을 흘리고 콜록거리며 잠시 기다렸다가 방 안으로 들어갔다. 연기가 복도로 빠져나가자, 그녀는 바닥에 납작 엎드린 형체를 알아볼 수 있었다. 흐르는 눈물과 벗겨진 무릎은 까맣게 잊고 그 형체가 있는 곳으로 기어갔다.

제임스였다.

메리는 놀라지도 않았다. 어쩌면 그녀는 이 상황을 예상했는지도 모른다. 제임스는 몸이 꽁꽁 묶인 채 문 쪽으로 얼굴을 향하고 엎드려 있었다. 그녀는 장갑을 벗고 그의 뺨을 만져 보았다. 따뜻했다. 그의 목에서는 강하고 꾸준하게 맥박이 뛰고 있었다. 단지 의식을 잃었을 뿐이었다. 하지만 어떻게 여기서 끌고 나가지? 제임스는 메리보다 체중이 5, 60파운드는 족히 더나갔다.

메리는 세차게 그를 흔들었다.

"제임스."

아무 반응도 없었다.

이번에는 더 세게 흔들었다.

"일어나요! 제임스!"

여전히 아무 반응이 없었다.

메리는 그의 따귀를 때렸다. 한 번, 두 번.

그때 기적적으로 그의 속눈썹이 살짝 떨렸다.

"제임스!"

그녀가 쉰 목소리로 악을 썼다.

"일어나요!"

마침내 그의 눈꺼풀이 들렸다. 그리고 마치 낮잠에서 깬 사람처럼 달콤한 미소를 지었다.

"메리."

목소리에서 가벼운 놀라움이 묻어났다.

"여기서 뭘 하는 거요?"

그녀는 자기도 모르게 싱긋 웃었다.

"얘기가 길어요."

그는 몸을 움직이려다가 손발이 밧줄에 묶인 것을 보고 깜짝 놀란 것 같았다. 서서히 기억이 되살아나는 것처럼 보이더니, 제임스는 잔뜩 인상을 찌푸렸다.

"제길."

그는 몸부림을 치다가 갑자기 움찔했다.

"어서 나가요. 여기 있으면 안 돼요."

"알아요. 건물에 불이 났어요."

히스테릭한 웃음이 목구멍에서 나왔지만, 그것은 도중에 기침으로 바뀌었다.

"함께 나가야죠."

그는 혼란스럽고 모호한, 그렇지만 늘 익숙한 눈으로 메리를 노려보았다.

"그만둬요. 탈출할 수 있을 때 탈출해요."

"제임스, 칼 있어요?"

"없소."

메리는 주변을 둘러보았다. 그녀의 다급한 시선은 침대에서 세면대, 물담뱃대로 정신없이 옮겨졌다.

"뭔가 날카로운 게 있을 텐데, 유리창을 깨면 되겠네요."

"이런 맙소사! 나가요, 메리!"

그는 목이 막혀 한바탕 발작적으로 기침했다. 그리고 기침이 멎자 푸념했다.

"똑똑한 여자가 더럽게도 멍청하네!"

"당신이 나한테 했던 말 중 가장 듣기 좋은 말이군요."

메리가 침대를 돌아 창문 쪽으로 기어가며 빈정거렸다. 그리고 곧바로 완전히 목소리가 달라져서 외쳤다.

"이런, 맙소사!"

제임스가 물었다.

"아직 살아 있소?"

긴 침묵이 흘렀다.

"아니요."

메리가 다시 기어서 돌아왔을 때, 그녀의 얼굴에는 절망감과 당혹감이 뒤섞여 있었다. 그녀는 손에 뭔가를 쥐고 있었다.

"칼이에요."

그녀가 떨리는 목소리로 말했다.

"그분 주머니에 주머니칼이 있었어요."

제임스는 한동안 그녀를 응시했다. 그녀가 손목을 묶은 밧줄을 자르기 시작했을 때, 그는 문득 생각했다.

"그 여자는 남편 능력이 자기보다 아래라는 걸 알았소."

대마 밧줄은 거칠고 질겼고 칼은 너무 작았다. 밧줄을 자르다 칼이 계속 튕겨 나가자 그녀는 절망감에 헐떡거렸다.

"메리?"

그는 얼떨떨한 듯했다.

"왜요?"

소금기가 있는 물방울 때문에 눈이 따끔거렸다. 메리는 자신이 땀을 흘리고 있는 것도 깨닫지 못했었다.

"소롤드 부인이었소. 그녀는 소롤드를 도왔던 게 아니라 오히려 남편을 공격했던 거요."

"뭐라고요?"

"그녀는 해적이오."

"설마 진짜 해적은 아니겠죠?"

"음, 앵무새를 키운다거나 애꾸눈은 아니지만, 소롤드 부인이 해적단을 운영하고 있는 건 사실이오."

"그럼 침몰한 배들이나 소롤드의 화물도?"

제임스가 끄덕였다.

"모두 부인의 작품이오."

메리는 한숨을 쉬고 나지막이 욕설을 내뱉었다.

"뭐가 문제요?"

"당신이 먼저 알아냈군요."

그는 그 소리에 웃었다.

"내가 부인을 홀려서 알아냈소."

"당신 매력이 그렇게 대단하진 않은가보군요. 여기서 죽게 내버려둔 걸 보니."

마침내 밧줄이 끊어졌다. 제임스가 까져서 피가 나는 손목을 구부릴 때, 메리는 발목 쪽의 밧줄에 달라붙었다. 그들은 기대했던 것보다 훨씬 오래 버텼다. 하지만 불길이 계단으로 번지면 어떻게 할 것인가?

마침내 메리가 명령했다.

"일어나요."

제임스는 끙끙거리며 몸을 일으켜 천천히 두 발로 설 수 있었다. 그리고 보란 듯이 웃어보였다. 그러나 곧 휘청하더니 무릎이 꺾이며 바닥에 쓰러져 욕설을 내뱉었다.

"연기 때문이에요?"

제임스는 인상을 찌푸렸다.

"뇌진탕 같소."

메리는 제임스의 허리에 팔을 둘렀다. 그리고 그의 팔을 자기 어깨에 올렸다.

"자, 갑니다."

그녀는 마음을 단단히 먹은 뒤, 제임스의 체중 일부를 떠안고 일어섰다. 어느 정도는 제임스도 도울 수 있었지만, 여전히 그녀의 어깨에 기대야 했다.

그는 첸의 시신을 멍하니 바라보았다.

"저분은?"

"불길이 좀 잠잠해진 것 같지만, 모험은 그만하고 싶어요."

그들은 기우뚱거리며 출발했다. 열기는 조금 약해졌지만, 두 사람 모두 얼굴에서 땀이 비 오듯 흘렀다. 제임스는 고통 때문이었고, 메리는 그를 부축하느라 힘이 들었기 때문이었다. 복도에 연기가 자욱하게 고여 있어서 두 사람은 무섭게 기침을 하기 시작했다.

메리는 말을 할 여력도 없이 그저 제임스가 의식을 잃지 않기만 바랄 뿐이었다. 계단이 시작되는 곳에 다다르자, 그녀는 제임스의 뺨을 살짝 때리며 명령했다.

"내려가요."

대답 대신 제임스는 메리의 어깨를 더욱 꽉 움켜잡았다. 첫 번째 층계참에 이르자 연기가 조금 약해졌고, 메리는 제임스를 올려다보았다. 그의 얼굴은 검댕이 묻어 시커멓게 변했다. 보나마나 그녀의 얼굴도 똑같을 것이다. 그런데 제임스는 어떻게 알아본 걸까?

그들은 2층 복도에 접어들었고, 낮은 입구 밑으로 통과할 때 제임스가 머리를 휙 숙이는 바람에 한 번 더 균형을 잃었다. 둘 다 비틀거리며 벽에 기댔다.

"메리."

"왜요?"

제임스는 갑자기 메리의 얼굴을 뒤로 젖히고 키스했다.

메리의 눈이 둥그레졌다.

"왜, 왜 이래요?"

그에 대한 대답으로 그는 그녀에게 또다시 키스했다.

그녀는 헐떡거리며 그를 밀쳐냈다.

"정말 뇌진탕이 맞나보군요."

"내 머리는 더할 나위 없이 말짱해요."

"날 좋아하지도 않잖아요!"

그들은 다시 내려가기 시작했다.

"그래서 거부하는 거요?"

"거부하는 게 당연하지 않나요?"

"그게, 어쩌다 보니 당신을 좋아하게 되었소."

"나한테 꺼지라고 말했으면서요? 애정을 이상한 방법으로 표현하시네요."

제임스가 다시 멈췄다.

"맙소사."

그가 발끈해서 말했다.

"당신을 보호하려던 거요. 지금 보니 어리석고 의미 없는 짓이었지만."

지금까지 제임스가 내뱉은 말 중에 가장 제임스다운 말이었다. 그렇기 때문에 더욱 메리를 심란하게 만들었다.

"이제 불타는 건물에서 빠져나가는 데 집중할까요?"

메리는 날카롭게 말했다.

그들은 남은 계단을 내려가서 엉망이 된 채 연기를 토해내고 있는 정문으로 튀어 나갔다. 그들은 가장 가까운 가로등에 기대어 주저앉았다. 그리고 몸을 지탱하기 위해 가로등에 꼭 붙어서 헐떡이며 신선한 공기를 들이마셨다. 다른 상황이었다면 몹시 추잡해 보였을 것이다.

얼마나 지났을까. 그녀는 주위를 둘러보았다. 거리 풍경, 건물, 비교적 한적한 일요일 오후……. 메리는 문득 깨달았다. 적은 무리였지만 그나마 모여 있던 군중들이 없었다. 한 사람만 남아서 그녀와 제임스를 흥미로운 눈으로 보고 있었다.

메리는 입을 열었지만 가래 끓는 소리만 올라왔다. 그녀는 헛기침을 하고 다시 시도했다.

"사람들은 다 어디 있니?"

메리의 목소리는 탁했고, 평소보다 두 옥타브 정도 낮았다.

맨발의 소녀는 심술궂게 미소 지었다.

"피에 굶주린 것들은 파괴되는 것에만 관심을 갖죠."

메리는 여전히 창문으로 연기를 토해내는 인도 선원의 집을 올려다보았다.

"진화된 거니?"

"몰랐어요? 그래서 당신이 안으로 들어간 줄 알았는데요."

메리는 어안이 벙벙해서 고개를 저었다.

"무슨 소리야?"

그 소녀, 혹은 여자는 다시 싱긋 웃었다. 늦은 오후의 햇빛 속에서 보니, 그녀는 처음 봤을 때보다 나이가 더 들어 보였고, 이가 죄다 까맣게 썩었거나 아예 빠지고 없었다.

"불은 저절로 꺼지고 있어요."

메리가 눈살을 찌푸리자, 그녀는 한숨을 쉬면서 가까이 몸을 기울었다.

"저 집은 타기엔 너무 축축해요. 그렇지 않았다면 어떻게 당신이 살아서 나왔겠어요?"

28

5월 18일 화요일

아침을 먹은 뒤 메리는 교원 휴게실로 불려갔다. 오늘도 만만치 않은 날이 될 것이 뻔했다. 심장이 쿵쾅거려서 숨이 가빴고 입술이 떨렸다. 그녀는 활기차게 문을 똑똑 두드렸다. 그렇게 하니 조금이나마 긴장이 누그러져서 다행스러웠다.

"들어와."

메리는 안으로 들어가 미끄러운 말총 쿠션 의자에 앉았다.

"안녕하세요, 트렐리븐 선생님, 프레임 선생님."

인사가 돌아왔고, 찻잔을 내왔다. 랍상소우총은 아니었다. 떨리는 손 때문에 받침 위에서 달그락거릴까봐 메리는 찻잔을 사이드 테이블 위에 올려놓았다.

앤은 차를 홀짝인 뒤 잔을 내려놓았다. 그리고 날카로운 회색 눈으로 메리를 보았다.

"일요일 사건으로 많이 힘들었을 텐데, 몸이 좀 회복되었으면 좋겠구나."

"완전히 회복되었어요. 감사합니다."

메리는 36시간 동안 꼼짝없이 침대에 누워 있어야 했다. 연기로 상한 목을 진정시키기 위해 억지로 보리차를 마시느라 거의 미쳐버릴 지경이었다.

"오늘 널 부른 건 헨리 소롤드 사건에 대한 보고를 듣기 위해서야. 알다시피 사건이 종결되었고, 그는 체포된 상태지."

"소롤드 부인은요?"

참아야겠다는 생각보다도 먼저 이 질문이 튀어나왔다.

"도주 중이야."

앤의 딱딱 끊어지는 어조가 좌절감을 드러내주었다.

"경시청에선 소롤드 부인이 해외로 도주했다고 생각해."

메리의 눈이 커졌다.

"그렇다면 일요일에 떠난 모양이군요. 보호소에 불을 지른 직후에요. 그것 때문에 건물을 전소시킬 만큼 파라핀을 많이 쓰지 못했을지도 모르겠네요. 마음이 급해서요."

"충분히 가능한 얘기야."

펠리시티가 말했다.

"그리고 위조 여권을 준비했으면 그날 밤 쉽게 프랑스에 들어갈 수 있었겠지."

"앞으로 에이전시가 런던 경시청을 도와 소롤드 부인을 찾을 기회가 있을지도 모르지."

앤이 말했다.

"하지만 오늘 여기 모인 건 소롤드 씨에 대해 얘기하기 위해서야. 런던 경시청에 최종 보고서를 제출하기 전에 확인하고 싶은 몇 가지 내용이 있어. 기소를 위해 필요한 내용들이지. 준비가 되는 대로 시작하렴."

메리는 앤의 격식 차린 어조에 당황하지 않으려 했지만, 결국 목소리를 내기 전에 침을 삼켜야 했다.

"아시다시피 저는 처음에 이 사건에 적극적으로 개입할 거라고 예상하지 못하고 소롤드 가족을 감시하기 위해 체이니 워크에 투입되었습니다."

목소리는 여전히 평소보다 허스키했지만 적어도 안정되어 나오긴 했다.

"그리고 처음엔 공범으로 의심했던 마이클 그레이 역시 소롤드를 의심하고 있다는 사실을 알게 되었습니다. 그레이는 관련 문건들을 몰래 필사해서 숨겨두었다고 알려주었죠. 경찰이 그 문건들을 입수했나요?"

앤이 고개를 끄덕였다.

"그래서 그레이가 그렇게 협조적이었군. 하지만 아직 조사 중이야. 어쩌면 네 보고가 혐의를 벗는 데 도움이 될지도 모르겠구나."

"그러길 바랍니다."

메리가 심호흡을 했다.

"소롤드의 서류를 찾다가 제임스 이스튼을 만났습니다. 그 사람 역시 관련 정보를 찾고 있었죠."

뺨이 달아올랐지만, 이야기를 계속했다.

"함께 일하면서 라임하우스에 있는 인도 선원 보호소와 핌리코에 있는 소롤드 부인의 집을 발견했습니다. 그때 저는 필요한 정보를 거의 다 가지고 있었지만, 어떻게 꿰맞춰야 할지 몰랐죠. 하마터면 너무 늦어버릴 뻔했지요. 소롤드와 인도 선원 보호소, 그리고 핌리코의 집 사이의 연결 고리는 물론 소롤드 부인이었습니다. 여자라고 과소평가한 게 잘못이었죠."

그리고 덧붙였다.

"아무리 병약한 척하는 여자라도 말이에요. 하지만 저는 소롤드 부인을 과소평가했습니다. 그 여자는 아주 영리했고, 비밀 사업을 불륜으로 위장했어요. 아주 전형적인 불륜으로 보였죠. 하긴 어떤 의미에서 사실이기도 했어요. 남편을 배신한 거니까요. 하지만 간통이 아니라 몰래 사업을 운영한 거였죠.

돌이켜 생각하면, 소롤드 부인을 조금 더 의심했어야 했습니다. 그 여자의 연기는 일관되지 않았거든요. 가끔은 약하고 수동적이었지만, 또 어떨 때는 아주 단호하고 강한 의지를 드러냈어요. 사실 소롤드 쪽이 훨씬 더 뛰어난 배우였죠. 그는 스트레스나 좀 받는 지극히 평범한 사업가로 보였으니까요. 아내가 고의로 사업을 방해하고, 파산할 위기에 처한 사람처럼 보이지 않았어요. 하지만 저는 결국 소롤드 부인 때문에 한참을 헤맸습니다. 마지막 순간, 카산드라 데이가 우연히 주운 공책을 보여주었을 때야 비로소 소롤드 부인이 실제로 사업에 관여하고 있다는 사실을 깨닫게 되었습니다."

메리는 잠시 말을 멈추었다.

"물론 제임스 이스튼이 부인에게서 제법 자세한 설명을 이끌어낸 건 아시겠죠."

앤은 한쪽 눈썹을 치켜 올렸다.

"전형적이고 극적인 고백이었을 것 같구나. 해적질과 보복, 부부간의 불화."

"아주 설득력 있는 젊은이인가 보군."

펠리시티가 싱긋 웃었다.

메리는 그 미끼를 덥석 물지 않았다.

"물론 우리 이론의 약점은 순전히 제임스 이스튼이 들었다는 고백에 의존한다는 점입니다. 공책은 아주 조심스럽게 작성되었습니다. 사업에 대한 직접적 언급 없이 재무 정보만 담고 있죠. 다른 사람의 장부일 수도 있어요."

"하지만 그 장부 때문에 인도 선원 보호소로 간 거잖아."

펠리시티가 말했다.

메리는 망설였다.

"네. 연필로 쓴 보호소 주소와 관리인의 이름이 있었어요. 하

409

지만 암호문 같았고 애매했죠. 제가 거기 가기로 결정한 건, 상당 부분 직관 때문이었어요."

"이성과 직관이 공존하지 못할 이유는 없지."

앤이 진지하게 말했다.

그렇게 인정해준 것에 감사하며 메리가 고개를 끄덕였다.

"아마 소롤드 부인의 해적 행위에 대해서는 저보다 더 잘 아실 겁니다. 제임스와 직접 얘기하셨나요?"

"제임스?"

앤의 눈썹이 올라갔다.

"이스튼 씨요."

메리가 곧 말을 고쳤다. 뺨이 화끈거렸다.

"아, 그래. 보안상의 이유로 넌 인터뷰에서 제외되었지. 물론 그 사람을 직접 만나진 않았어. 그건 경시청 문제니까. 하지만 그가 작성한 조서를 읽어보았지. 핌리코의 집을 어제 수색했는데 벽난로에 재들이 쌓여 있는 것을 보아 문서들을 대부분 불태운 것 같지만, 증거는 충분해. 소롤드 부인이 자기 입으로 떠벌린 덕분에, 이제 그녀가 해적단을 보내서 남편의 선박을 공격하도록 지시했다는 걸 알고 있어. 아마 남편의 서류철에서 훔친 항해 경로나 화물 정보를 이용했겠지. 회사 내부에 공범이 있는 걸로 보이는데, 아마도 어제 결근한 사무엘이라는 하급 관리자일 가능성이 높아. 숙소는 비어 있었고 아무도 행방을 모르는 상태야. 그런데 소롤드가 아내의 범행을 언제 알아

410

차렸는 지가 확실치 않아. 작년에 유언장을 고쳐서 인도 선원 보호소를 포함시킨 것을 보면 아주 최근일 것 같기는 한데. 자신이 그렇게 오랫동안 몰랐다는 걸 아무도 믿지 않을까봐 두려워했을 수도 있어. 아내는 남편의 재산이고, 아내가 알고 있으면 남편도 알고 있어야 하지. 법과 관행이 그것을 당연하게 받아들이고 있으니 오히려 그 점을 이용하여 비밀을 유지했을 거야. 소롤드 부인이 본인 주도로 해적단을 조직하고 남편의 선박을 공격해 화물을 강탈한 데다 선원들을 살해했다고 누가 상상하겠어?"

세 여자는 사건의 심각성에 새삼 경악하여 말문이 막혔다.

마침내 메리가 조용히 말했다.

"소롤드는 자신이 찾을 수 있는 가장 값싼 외국인 선원을 고용했습니다. 그리고 그런 비용 절감 전략을 자랑스러워했죠. 어느 날 저녁 집에서 이걸 '제국의 이익'이라고 표현했어요. 그가 고용한 값싼 선원들은 소롤드 부인에게도 유리했겠죠. 외국인 선원이 몇 명 죽었다고 조사하려는 사람은 없으니까요."

메리는 잠시 말을 멈추고 첸을 떠올렸다.

"거의 없었죠. 로이드는 물건이 실제 사라졌는지에만 관심이 있었고요."

펠리시티가 열심히 고개를 끄덕였다.

"보험 회사라. 그 점도 흥미로워. 의심했던 대로 소롤드는 실제로 로이드를 상대로 사기를 치고 있었어. 밀거래를 포함해 모든 화물을 멀쩡하게 싣고 돌아왔는데도 선박이 사라졌다거나 전복되었다며 보험금을 청구했지. 마이클의 증거가 보여주는 것처럼 소롤드는 메이즈라는 자에게 뇌물을 먹여서 내부 조사를 조작하고 사기 증거를 없애게 했어. 하지만 그게 먹혔던 건 로이드가 메이즈를 의심하기 전까지였어. 거의 동시에 소롤드는 진짜로 해적들이 훔친 화물에 대해 보험금을 청구하기 시작했어. 소롤드는 이전에 했던 거짓 청구 때문에 진짜로 청구하기 어려워졌단 걸 알고선 아마 제정신이 아니었을 거야. 게다가 보험 청구를 하지 않을 수도 없었지. 해적질이 사업을 위태롭게 하고 있었으니까. 그가 할 수 있는 건 끝까지 시치미 떼는 것뿐이었어. 습격은 지나치게 정기적이었고 그는 곧 내부 정보를 가진 누군가를 의심하게 되었겠지. 언제인지는 아직 분명치 않지만, 아무튼 결국 범인이 자기 아내라는 걸 알게 되었을 거야. 아마 그래서 유언장에서 인도 선원 보호소를 거명한 것 같아. 나름대로의 방법으로 보상을 하려던 거지."

"그리고 어쩌면 일종의 간접적인 고백일 수도 있고."

앤이 말했다.

"메리, 네가 첼시와 라임하우스를 관련짓게 된 게 유언장 때문이었니?"

"네."

외국인 선원 얘기가 나오자 메리가 재빨리 화제를 돌렸다.

"소롤드 부인과 사무엘 씨가 주기적으로 그곳에서 시간을 보냈기 때문에 핌리코의 집에 대해 알게 되었습니다. 연관성을 발견하게 된 건, 제임스 이스튼의 개입과 카스 데이가 발견한 공책에 적힌 주소처럼 예기치 못한 사건들 때문이었습니다."

메리는 갑자기 말을 멈추고 자신의 고용주들을 보았다.

앤은 진지하게 고개를 끄덕였다.

"요약 고맙다, 메리. 도움이 많이 되었어. 그리고 이 시점에 너도 질문이 있을 것 같은데."

메리는 기대하지 않았던 앤의 아낌없는 칭찬에 얼굴이 상기되어 고개를 끄덕였다.

"이해할 수 없는 게 있습니다."

그녀가 조심스럽게 말했다.

"어떻게 소롤드 부인이 제임스, 그러니까 이스튼 씨가 개입한 걸 알게 되었을까요?"

앤이 고개를 끄덕였다.

"이스튼 씨는 핌리코 집과 인도 선원 보호소를 감시하고 있었어. 그가 고용했던 열 살짜리 소년이 일요일에 시체로 발견되었지. 살해된 거였어. 그때 알게 되었을 거야. 소년을 죽이기 전에 술수를 써서 정보를 빼내는 건 비교적 쉬운 일일 테니까. 네가 의심을 피할 수 있었던 이유는 소롤드 부인이 설마 여자 따위가 자신을 궁지에 빠뜨릴 수 있으리라고 생각하지 않았기 때문이야. 참 아이러니하지?"

아이러니. 정말 그랬다.

"이제 이해가 됩니다."

메리가 수긍했다.

"하지만 어째서 자기 남편의 사업을 공격한 걸까요? 바느질이나 사교 방문 말고 직업을 갖고 싶다는 생각은 이해할 수 있어요. 부인의 딸도 같은 소망을 갖게 되었고, 그건 우리 아카데미가 추구하는 가치죠. 하지만 남편의 무역 활동을 위태롭게 하기 위해서라면, 그건 똑똑한 것도 선견지명도 아닌 것 같은데요."

펠리시티가 열심히 고개를 끄덕였다.

"당연하지. 이 시점에서는 추측만 할 수 있을 뿐이지만, 이스튼 씨가 제시한 증거를 보면 소롤드 부인은 남편을 무시해왔던 것 같아. 깊숙이 자리 잡은 경멸이라고 해도 과언이 아닐 거야. 어쩌면 해적질은 남편에게 보복하기 위해서나 남편이 자신보다 열등하다는 것을 입증하기 위해 선택한 방법이었을지도 모르지."

"결국 진실을 아는 건 당사자뿐이겠죠."

앤은 살짝 나무라는 투로 말했다.

"어쩌면 부인 자신도 모를 수 있어요. 결혼이란 아주 복잡한 괴물이니까요."

펠리시티가 쾌활하게 말했다.

"지극히 성실해 보이는 부부가 속으로는 자기보다 잘난 상대를 죽이거나 파멸시키고 싶어 하는 경우가 수두룩해요."

메리는 펠리시티 프레임 '부인'에 대해 궁금한 생각이 들었다. 프레임 부인은 프레임 씨에 대해 언급한 적이 한번도 없었기 때문이다.

"다음 질문?"

앤이 재촉했다.

"왜 런던 경시청이 하루 일찍 움직인 걸까요? 월요일에 행동하기로 했다고 들은 것 같은데요."

앤은 조금 언짢아 보였다.

"정말 큰일 날 뻔했지. 어떤 열성적인 경찰관이 일요일이 더나을 거라고 생각한 거야. 다행히 선박이 이미 부두에 들어와서 하역을 기다리고 있었기에 망정이지, 안 그랬으면 증거를 확보하지 못할 뻔했어."

메리는 고개를 끄덕였다.

"그렇군요. 주 요원이 피해를 입지 않았으면 좋겠는데……."

"주 요원은 뛰어난 공작원이야,"

앤이 말했다.

"네가 창고에 침입한 것은 유감스럽지만, 다행히 어떤 돌발상황에도 대부분 대처할 수 있는 사람이야."

메리는 얼굴을 붉혔다.

"그럴 테죠."

"이렇게 생각해봐."

펠리시티가 좀 더 부드럽게 말했다.

"넌 그녀의 동료고, 따라서 네가 돌발 행동을 하리라고 절대 예측하지 않았을 거야. 특히 명령에 어긋나는 행동은. 창고 침입으로 피해를 입은 건 아니지만 주 요원에게 불편을 끼쳤지."

메리가 경박하거나 변명하는 것처럼 들리지 않을 만한 답변을 고르고 있는데, 앤이 의외로 상냥하게 끼어들었다.

"지금 그 문제를 다시 거론할 필요는 없어. 너도 많은 걸 느꼈을 테니까. 또 질문 없니?"

"하나 남았습니다."

메리는 망설였다.

"어쩌면 적절한 질문이 아닐지도 모르겠지만, 혹시 개에 대해 어떻게 생각하세요?'

앤이 눈을 깜빡였다.

"개! 애완동물로 말이냐?"

메리가 고개를 끄덕였다.

"여기 아카데미에서?"

앤은 얼굴에서 싫은 기색을 감추지 않았다.

펠리시티가 눈살을 찌푸렸다.

"왜 그런 질문을 하지?"

"소롤드가 경비견을 키우고 있어요."

메리가 변명조로 말했다.

"그런데 별로 경비견 같은 개는 아니에요. 침입을 막는 것보다 낯선 사람과 노는 것에 더 관심이 있거든요. 지금 그 개가

416

어떻게 되었는지 궁금해요."

"야간 수색을 하다가 개를 만난 거니?"

펠리시티가 물었다.

"친해지지는 않았어요."

메리가 시인했다.

"하지만 사랑스러운 잡종이에요."

펠리시티는 앤을 바라보았다.

"하나만 여쭤볼게요."

메리는 단호하게 말했다.

"선생님께서 짐승을 참기 힘들어하는 건 알지만, 아무리 개라도 주인이 범죄자라는 이유로 고통받으면 안 되겠죠?"

"그러고 보니 생각나는구나, 메리……. 이건 개인적인 질문인데……."

"네, 트렐리븐 선생님?"

메리는 부모님에 대한 질문이 나올 것을 각오하고 마음을 단단히 먹었다. 어떤 일이 닥칠지 두려웠지만, 이제 아버지에 대해 말할 수 있게 된다는 생각에 일종의 안도감도 들었다.

그러나 앤은 눈에 띄게 불편해 보였고, 한동안 침묵했다.

말문이 막혀버린 동료를 흘끗 쳐다본 뒤, 펠리시티가 대신 입을 열었다.

"네 동료 제임스 이스튼에 대한 질문이야."

그러니까 메리의 비밀은 아직 안전했다. 하지만 이 주제 역시 만만치 않아서, 목구멍과 뺨이 뜨겁게 달아오르는 것을 막을 수 없었다. 일요일 오후에 메리가 제임스와 함께 인도 선원 보호소 밖의 가로등에 옆에 쭈그리고 앉아 탈출을 자축하며 미친 사람처럼 킬킬거리고 있는 것을 앤과 펠리시티가 본 것이었다. 그때 메리와 제임스는 분명 단순한 '동료' 이상으로 보였다.

"네가 그냥 아카데미의 평범한 교사였다면 사적인 교류까지 캐묻지 않을 거야."

펠리시티가 조심스럽게 말했다.

"하지만 에이전시의 멤버인 이상 물어야겠다. 제임스 이스튼이 얼마나 알고 있지?"

"에이전시에 대해서는 아무것도 모릅니다."

메리가 재빨리 말했다.

"우린 서로를 의심할 만한 상황에서 아주 우연히 만났어요."

그녀는 옷장에 갇혀 있던 몇 분이 떠올라 뺨이 달아올랐다.

"그가 설명을 요구했을 때, 전 최근에 사라진 하녀가 어떻게 되었는지 알고 싶다고 말했죠. 하인들 사이에서 그 여자가 임신했고 소롤드가 아기 아버지라는 건 다 알려진 사실이었어요."

"그래서 그 말을 믿든?"

펠리시티가 집요하게 물었다.

"그렇다고 생각해요. 그리고 그때 이스튼 씨가 같이 정보를 수집하자고 제안했어요."

"그의 동기는 뭐였지?"

"이스튼 씨의 형이 안젤리카에게 청혼하려 했는데, 이스튼 씨는 두 가족이 결혼으로 엮인다면 소롤드의 사업 문제가 이스튼 가문에 어떤 영향을 미치게 될지 걱정하고 있었어요."

"실용적인 젊은이군."

펠리시티가 중얼거렸다.

"로맨틱한 타입은 아닌가?"

메리의 얼굴이 다시 격하게 달아올랐다.

"모르겠습니다, 프레임 선생님."

펠리시티는 한동안 면밀하게 관찰한 뒤 미소 지었다.

"음, 알겠다."

메리는 그녀가 눈치챘다고 확신했다.

29

메리는 제임스가 자신에게 구애를 한다거나 그와 비슷하게
터무니없는 행동을 하는 것을 원치 않았다. 그들은 아직 너무
어렸고, 게다가 서로 전혀 다른 세계에 속해 있었다. 제임스에
게 범죄로 얼룩진 과거와 가족사는 물론이고, 에이전시에 대한
얘기도 절대로 할 수 없을 것이다. 그냥 친구가 되기에도 너무
달랐다. 그러나 그와의 협력 관계를 끝내야 한다고 생각하니,
서운함으로 가슴이 저려왔다. 비록 서로 언쟁하고 불신했지만,
그래도 호흡이 잘 맞았다. 아마 그가 그리울 것이다.

하지만 상관없었다. 라임하우스에 도착해 합승마차에서 내
리면서, 메리는 제임스와 에이전시와 소롤드 가족에 대한 생
각을 잠시 접어두었다. 인도 선원 보호소가 가까워지자 심장이

빠르게 요동쳤다. 엽궐련 상자를 찾을 거라 기대하진 않았다. 첸의 사무실은 완전히 파괴되었다. 그러나 잔해들을 직접 수색할 때까지는 마음이 편치 않을 것 같았다.

메리가 보호소에 거의 도착했을 때, 아시아계 노인 몇 명이 정문으로 쓰레기를 담은 양동이와 상자를 들고 나와, 거리를 막고 있는 커다란 짐마차에 실었다. 그들은 천천히 움직였고, 몇 명은 관절염 때문에 다리가 뻣뻣해 보였다. 중절모를 쓴 젊은 백인 남자가 노인들에게 지시를 내리고 있었다.

남자가 메리를 발견하고 서둘러 뛰어왔다.

"도로가 폐쇄되었습니다."

메리는 갑작스럽게 올라오는 메스꺼움과 싸웠다.

"건물 전체를 싹 치웠나요?"

그는 고개를 끄덕였다.

"주말에 화재가 있었습니다. 물건은 전부 못 쓰게 되었지만 하늘의 도움으로 건물은 살아남았죠."

"그럼 물건들을 전부 내다 버리고 있나요?"

메리의 목소리가 가늘고 높아졌다.

"건질 만한 물건은 아무것도 없었습니다."

감독관은 변명조로 말했다.

"가구에서 나온 봉 말고는 말입니다. 폐품 수거원들이 벌써 다녀갔습니다. 아이고, 저게 오늘 세 번째 쓰레기랍니다!"

그는 계속해서 청소에 대해 시시콜콜 얘기했다. 들어도 이해하지 못할 얘기들이었다.

"너무하는군요."

메리가 마침내 울먹이며 내뱉었다. 이제 끝이었다. 아버지의 유품이 이렇게 사라진 것이다. 엽궐련 상자 속의 문서를 볼 기회도 없었는데.

"그런 소리 마세요, 아가씨."

젊은 남자가 그녀에게 잔소리를 했다.

"이건 전화위복입니다. 주님께서 주셨다가 주님께서 가져가신 거죠. 주님께선 우리에게 새로운 기회를 주신 겁니다. 집은 새 단장이 필요하고, 늙은 외국인 선원들은 고용이 필요하지요. 그리고 지금 우리는 함께 일하고 있지 않습니까!"

메리는 힘없이 고개를 끄덕였다.

"우린 새로운 자금줄을 찾아야 할 겁니다. 최근에 우리는 중요한 후원자를 잃었지만……."

그는 아주 즐겁게 기금 마련과 대대적인 수리 계획에 대해 계속해서 재잘댔다.

"첸 씨는 어떻게 됐나요?"

메리가 말을 잘랐다.

"이곳을 관리하던 노인 말인가요? 어, 그건 참 유감입니다. 연기에 질식한 것 같습니다. 그리고 우리끼리 얘기지만……."

그는 비밀 얘기를 하려는 듯 몸을 앞으로 기울였다.

"그건 그리 큰 손실은 아닙니다. 아편 중독자였거든요."

"아니에요!"

남자가 메리를 거만하게 쳐다보았다.

"음, 진실은 진실이죠. 아가씨가 어떻게 믿고 싶건 말입니다. 게다가 관리인이 죽었을 때 방에 커다란 아편 흡입 장치가 있었단 말입니다. 그럴듯한 교회장을 치르기는 틀린 거죠."

메리는 몸을 홱 돌려 가버렸다.

"이봐요!"

남자가 그녀를 불렀다.

"그럴 필요 없다니까요! 그런데 아가씨 이름이 뭡니까?"

메리는 남자가 떠드는 소리를 무시했다. 그녀는 주위의 모든 것에 대해 눈과 귀를 막고 최대한 빨리 걸었다. 그러나 빅토리아 공원에 도달했을 때, 그녀는 걸음을 멈추었다. 무엇을 해야 할지, 어디로 가야 할지 알 수 없었다.

간신히 눈물을 삼켰을 때 누군가 팔꿈치를 가볍게 건드렸다. 뒤로 돌았을 때 그녀는 자신이 피할 수 없는 운명과 마주하고 있음을 발견했다.

제임스가 잘 재단된 양복에 반짝반짝 윤을 낸 부츠를 신은 우아한 차림으로 서 있었다. 검은 눈이 자신을 훑자, 메리는 문득 달아나고 싶은 충동을 느꼈다. 그녀는 낡고 색 바랜 드레스 차림이었고, 올린 머리에선 머리카락이 삐져나오기 시작했다. 게다가 몸에서 화끈화끈 열이 나고 땀이 흘렀다.

"안녕하세요."

메리가 인사했다.

"당신을 한참 따라왔는데 불러도 못 듣더군요. 괜찮아요?"

그녀는 고개를 끄덕였다.

"인도 선원 보호소에서 오는 길이오?"

"당신도 갔었나요?"

"첸 씨에게 조의를 표하고 싶어서요."

그들 사이에 팽팽한 긴장과 침묵이 흘렀다.

"멀쩡해 보이네요."

그녀가 마침내 중얼거리듯 말했다.

"아직도 머리가 아파요?"

제임스가 고개를 저었다.

"별거 아닌 부상이었소. 갈비뼈 몇 개에 금이 갔고, 두통 정도. 심각한 건 없었소."

그는 잠시 멈췄다가 서둘러 말을 이었다.

"당신도 아주 좋아 보이는군요."

거짓말쟁이 같으니. 메리는 자기 모습이 신경 쓰여 머리를 매만졌다.

"고마워요."

다시 한 번 어색한 침묵이 흐르자, 메리가 수줍게 말했다.

"바쁘실 텐데 붙들고 있으면 안 될 것 같네요."

제임스가 한쪽 팔을 내밀었다.

"당신하고 산책을 하고 싶소. 그런데 당신 고용주들이 그런 걸 허락할까요?"

"당연하죠!"

메리는 발끈해서 말하고는 방긋 웃었다.

"당신은 못된 버릇을 끌어내는 데 소질이 있어요."

제임스 역시 싱긋 웃어보였다.

"난 당신이 무례할 때가 더 좋소."

메리는 그의 팔짱을 끼고, 뱃놀이를 할 수 있는 작은 호수를 향해 공원을 천천히 거닐었다. 제임스는 다시 말수가 줄었다. 미간에 살짝 잡힌 주름이 반가웠다. 그는 할 말을 찾고 있는 것 같았다.

제임스는 메리를 보며 웃고 있었지만 눈빛은 진지했다.

"뭐 하나만 물어보고 싶소."

"네?"

"어쩌면 당신이 설명해줄 수 있을 거라 생각했소."

미간에 잡힌 작은 주름이 깊어지며, 그가 서둘러 말했다.

"소롤드의 일은 이제 알겠소. 정확히 내가 두려워했던 일이었소. 하지만 첸 씨는 대체 어떻게 연관된 거요? 왜 소롤드 부인은 그를 죽여야 했을까요?"

또 일 얘기군. 아무렴 그렇지.

"부인이 알려주지 않았나요?"

"아마 그건 자랑할 만한 일이 못 된다고 생각했나봐요."

알프레드 퀴글리를 살해한 것처럼. 제임스는 그 생각만 하면 아직도 속이 메슥거렸다. 오늘 아침 퀴글리 부인을 찾아갔던 것은 제임스의 인생에서 가장 불편한 경험 중 하나였다.

"첸 씨는 부인의 일에 방해가 되었어요. 외국인 선원들 중에 해적의 공격에서 간혹 살아남는 사람들이 있는데, 해적단이 항구로 들어올 때 도와줄 사람들이 필요해서 살려둔 사람들이죠. 소롤드 부인은 외국인 선원들에 대해 별 위협이 되지 않는다고 느낀 것 같아요. 영국인 선장의 말보다 외국인 선원들의 말을 더 믿을 사람이 어디 있겠어요? 당국은 아마 그들이 뭔가 착각하고 있거나 거짓말하고 있거나, 영어를 잘못 이해했을 거라고 치부했겠죠. 하지만 비슷한 얘기를 하는 외국인 선원들이 보호소에 나타나자, 첸 씨는 그들과 면담을 하기 시작했죠. 그리고 부두에서 흘러나오는 소문들을 추적했어요. 그리고 증거들을 수집하여 사건을 당국에 고발할 준비가 되었었죠."

"그래서 입을 막은 거군요."

"그래요."

그들이 호수에 도착했을 때, 제임스는 몸을 굽혀 자갈을 한 움큼 주웠다. 그리고 자갈을 호수에 하나씩 던져 넣었다.

"그리고 보니 질문이 또 하나 생각나는군요."

제임스는 격렬한 눈빛으로 메리를 보며 말했다.

"당신은 일요일 오후 내가 인도 선원 보호소에 간 걸 알았을 리 없었을 텐데 어떻게 된 거요? 난 소롤드 부인의 유인에 넘어가 바보처럼 그곳에 갔었소."

"나도 소롤드 부인 때문에 간 거예요. 공책에는 아무것도 분명하게 드러난 게 없었지만, 그걸 보자마다 첸 씨의 안전을 걱정하게 되었어요. ……그리고 당신의 안전도요."

제임스가 메리를 뚫어지게 응시했다.

"무슨 뜻이오?"

그녀는 뭐라고 설명하기 힘들었다.

"당신을 거기서 찾을 거라고 생각한 건 아니었어요. 하지만 당신을 발견했을 때 놀라지 않았어요."

제임스는 여전히 정의 내리기 힘든 격렬한 눈빛으로 그녀를 보고 있었다. 그녀는 그의 시선을 더 이상 견딜 수 없어서 눈을 피했다. 그리고 어깨를 으쓱하며 말했다.

"난 그냥…… 어떤 느낌이 들었어요. 당신이 거기 있다는…… 확신이요."

"위험에 빠졌다는 느낌 말이오?"

"그렇게 말할 수도 있겠죠."

그는 마지막 돌을 호수에 던졌다.

"메리? 하나 더 있소."

제임스는 잔뜩 긴장한 목소리였고, 메리를 똑바로 쳐다보지 못했다.

그녀는 조용히 기다렸다.

"나는, 매우 갑작스럽지만, 나는…… 내가 말하려는 건……."

그는 한숨을 쉬고 호수를 향해 얼굴을 돌렸다. 다시 입을 열었을 때, 말이 아주 급하게 나왔다.

"난 떠납니다."

메리는 눈을 동그랗게 뜨고 쳐다보았다. 제임스가 말하려는 게 정확히 뭔지 몰랐지만, 청천벽력 같은 소리였다.

"어디로요?"

"캘커타. 우리 회사가 철도 건설 계약을 따냈소."

그녀는 그를 위해 기뻐하는 것처럼 보이려 애썼다.

"정말 멋진 소식이군요."

제임스는 메리의 얼굴을 살폈다.

"그렇게 생각해요?"

"물론이죠. 회사를 성장시킬 멋진 기회잖아요."

그가 끄덕였다.

"당신이 그렇게 생각하니 다행이오."

"언제 떠나시죠?"

"다음 주요."

제임스는 숨을 깊이 들이쉬었다.

"빨리 가시네요."

"원래는 조지 형이 가고 내가 이쪽에서 사업을 운영하기로 되어 있었소. 그런데 이번 소롤드 사건이 모든 걸 뒤죽박죽으로 만들어버렸고, 형은 마음을 바꿨소."

그의 목소리에 웃음기가 비쳤다.

"형이 안젤리카와 결혼해서 그녀를 인도로 데려가려고 했던 거 알아요?”

메리가 웃었다.

“아뇨!”

“아이러니하죠? 그녀의 운명이 아버지와 구혼자에 의해 인도에 엮여 있었으니 말이요.”

“그리고 두 운명 모두 피했죠.”

메리는 안젤리카의 새로운 계획에 대해 설명했다.

제임스는 낮은 휘파람을 불었다.

“소롤드 양이 다시 혼자가 된 걸 형에게 말해야 할까요?”

“하지만 소롤드에 대해 당신이 품었던 최악의 우려가 현실이 되었어요. 여전히 그 결혼에 반대하나요?”

그는 어색하게 어깨를 으쓱했다.

“음, 물론 그래요. 하지만 형이 그 사실을 알고도 여전히 결혼하고 싶다면 내가 무슨 말을 할 수 있겠소? 그렇다면 형이 정말로 그녀를 사랑하는 거겠죠.”

메리는 그 말에 웃었다.

“당신으로서는 굉장한 양보네요.”

“언젠가 당신이 내 장점들에 대해 인정할 날이 오겠죠.”

“장점들이요? 장점이 많다는 얘긴가요?”

“너무 많아서 일일이 세자면 아마 어지러워질 거요.”

그들은 한동안 서로를 보고 웃으며 서 있었다. 그리고 메리는 길게 숨을 들이쉬었다.

"음, 작별이겠죠?"

"그렇겠죠."

"당신은 인도에서 아주 잘 해낼 거예요."

"그렇게 생각해요?"

"장점이 많으니까."

제임스는 웃음을 터트리다가 다시 진지해졌다.

"메리."

그의 눈빛이 메리의 가슴을 쿵쾅거리게 했다.

"네?"

제임스는 두 번이나 입을 떼려 시도했지만 모두 실패했다.

그리고 메리는 그의 심정을 이해할 것 같았다. 이제 곧 떠나려는 마당에 무슨 말을 할 수 있을까? 편지하라는 간단한 부탁마저도 부담스러운 약속이 될 것이었다. 지구의 반 바퀴 떨어진 곳으로 수년 동안 나가 있게 될 제임스로서는 도저히 할 수 없는 약속이었다.

메리는 애써 예의 바른 미소를 지으며 손을 내밀었다.

"행운을 빌어요, 제임스."

서운함, 그리고 안도감이 그의 눈에 가득했다. 그는 그녀의 손을 꼭 잡고 오랫동안 놓지 않았다.

"당신도요."

꾸물거리는 건 바보 같은 짓이었다. 그녀는 손을 잡아빼고, 아카데미 방향으로 걷기 시작했다. 30보쯤 걸었을 때, 제임스의 목소리가 들렸다.

"메리!"

메리는 돌아보았다.

"왜 그래요?"

"앞으로 옷장 같은 데엔 들어가지 말아요!"

그녀는 웃으며 고개를 흔들었다. 그리고 다시 걷기 시작했다. 이번에는 입가에 미소가 떠올랐다.

지은이 잉 리(Y. S. Lee)는 싱가포르에서 태어나 밴쿠버와 토론토에서 자랐다. 2004년 잉은 빅토리아 시대 문학과 문화로 박사 학위를 받았다. 이 연구와 런던에서 생활했던 경험이 여성들의 탐정 조직에 관한 소설을 쓰도록 영감을 불러일으켰다. 그 결과물인 『에이전시: 소롤드 저택의 스파이』는 그녀의 첫 번째 소설이다. 그녀는 현재 온타리오 주 킹스턴에서 남편, 그리고 아들과 함께 살고 있다. www.yslee.com을 방문하면 그녀에 대한 더 자세한 정보를 얻을 수 있다.

옮긴이 정해영은 이화여자대학교 통역번역 대학원을 졸업하고 현재 전문 번역가로 활동하고 있다. 옮긴 책으로『리버보이』『빌리 엘리어트』『정복자 펠레』『더 미러』『세계 챔피언』『하버드 문학 강의: 문학의 사회적 성찰』『암컷은 언제나 옳다』등이 있다.